忠诚的名义

农秀红◎著

群 众 出 版 社
·北 京·

图书在版编目（CIP）数据

忠诚的名义/农秀红著.—北京：群众出版社，2019.8
ISBN 978-7-5014-5999-5
Ⅰ.①忠… Ⅱ.①农… Ⅲ.①纪实文学－作品集－中国－当代Ⅳ.①I25
中国版本图书馆CIP数据核字（2019）第190083号

忠诚的名义

农秀红 著

出版发行：群众出版社
地　　址：北京市丰台区方庄芳星园3区15号
邮政编码：100078
印　　刷：北京市泰锐印刷有限责任公司

版　　次：2019年10月第1版
印　　次：2019年10月第1次
印　　张：11.625
开　　本：880毫米×1230毫米　1/32
字　　数：320千字

书　　号：ISBN 978-7-5014-5999-5
定　　价：40.00元

网　　址：www.qzcbs.com
电子邮箱：qzcbs@sohu.com

营销中心电话：010-83903254
读者服务部电话（门市）：010-83903257
警官读者俱乐部电话（网购、邮购）：010-83903253
电子音像与数字出版分社电话：010-83903341

自序

感谢您打开这本书。

都说敝帚自珍。自己写下的文字，心头自有无法割舍的记忆。从事公安宣传文化工作25年，自认为还算是一个有心人。身在公安队伍，我对从事的职业始终保有一份珍爱，对同一个战壕里那些英勇顽强、默默奉献的战友，始终饱含一份敬意。作为一个时期公安历史、公安工作的记录者，我付出了无限热情与无比真诚。

也许有人会说，新闻讲究时效性，你那可都是旧闻了。的确，集子里的文章，有今年、去年写的报告文学，但大多是几年前、十几年前，甚至二十多年前的“旧闻”。但是，恳请不要提前下“过时”之类的断语。毕竟，深度报道不是快餐文化，在每一起案件事件里，都有着不一样的人性故事；在每一个公安英雄、榜样人物身上，都有着令人感动的担当和奉献的精神。我们可以借鉴，可以思索，可以不断感受回味，从中获得提升与力量。在25年的公安工作中，我经历过“严打”整治、“非典”时期、“打黑除恶”；我多次深入基层采访，曾经走在打拐的前沿，也曾经走进传销现场，那些年，那些事，那些案，那些人，因为一份当时的记录而留存下来。而我关注的目光和笔触，也涉及到了诸多警种。正是他们，共同谱写了身为警察的光荣梦想、火热生命。

正义、担当、忠诚、时光，我认为，这些字眼是本书最突出的元素。我相信，总有人会在书里发现自己或者自己的同类，也总有人认为这些记录非常值得，应该留存。因为这本书里面的那一个个片断、一个个场景、一个个鲜活的人，他们曾经就在我们身边，近在咫尺，触手可及……

在收集、整理、出版的过程中，我再一次感受到过往的力量。

还是以作品本身来说话吧。集子里收录的，都是已公开发表、出版的作品，每篇文章都标明有出处。这也是这些年来个人从事公安宣传文化的重要经历。

时间既远，所以，敬请您阅读文章的时候，留意文章的出处，也请您注意文章发表的时间，这是引您真正走进去的一把钥匙。在那段过去，我直击的那些案件、事件，如果恰好您也是亲历者、参与者，这样最好，这样一段时光，让我们共同见证！

时间是最轻薄的，也是最厚重的。说及时间轻薄，自然因为它一旦走远就无影无踪，无法回收；而时间厚重，在于它承载太多内容，或为物质，或是精神。时间却一直是世界上最公平的，不管你抓不抓紧，不管你愿不愿意，它都走得义无返顾，毫不留情。

大学里，我学的是汉语言文学专业，文字的魔力让我深深折服。因为采访，很多人与我熟识，好些人也成为了我一生的朋友。这些年来，或多或少的问候与联系，是平淡生活中的一抹真！

感谢留下来的这些文字，感谢群众出版社结集成《忠诚的名义》出版。这是从警时光给予一个公安宣传文化人的最厚重馈赠。

公安宣传文化工作让我终生受益。

感恩公安宣传生涯！

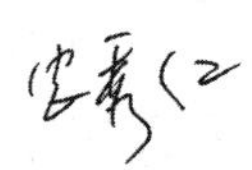

2019 年 8 月

纵横警事

大案实录

警察人生

文化如水

◎纵横警事◎

面对是一种痛，也是一种自豪

面对是一种痛

“他们是：涂九祥的母亲涂文英、韦声略的母亲谢忠莲、韦必江的妻子黄桂珍、钟锐的父亲钟国明……秦启雄的女儿秦健、白华恩的妻子李红、钟振宇的母亲何月英。”12 月 10 日上午，在公安厅办公大楼 13 楼会议室里，在广西警方烈属参观团的开团仪式上，区公安厅徐昇副厅长凝重的声音在一片寂静中缓缓响起。

那一个个遥远而亲切的名字呵！代表席有点骚动起来，禁不住的是窸窣的抽泣声。那一个个名字，唤起了人们记忆深处的感伤。

新中国成立以来，我区公安战线有一百多名民警为广西的革命和建设事业，为全区人民的幸福、安宁献出了自己最宝贵的生命。他们的亲属，则献出了自己最可爱的亲人。11 月下旬，在自治区成立 40 周年大庆即将来临之际，厅政治部警务处、厅宣传处、《公安时报》社共同筹划，决定把新中国成立以来自治区 38 名被授予革命烈士称号的民警的家属邀请到首府南宁。在全区人民庆祝广西壮族自治区成立 40 周年的喜庆日子里，应该让烈属们看一看他们的亲人为之献身的这块红土地上已然欣欣向荣的新面貌，应该让烈属们亲身感受自治区成立 40 年来所取得的辉煌成就。

筹备这次慰问活动的我们有一种担心，毕竟是重提伤心事，难保不会出现哭成一团的混乱场面。但放弃这样一次活动更让我们感到不安，一想到多年以来烈属们默默承受在心灵深处的各种痛苦，便觉得这样的理解、关怀、安慰无疑就意味深长了。我们要表达的其实很简单，因为我们不应该忘记他们也从来没有忘记过他们。

筹备工作出乎意料的顺利，陆炳华厅长为此事专门做了重要批示，要求有关单位大力支持。11 月 25 日，关于调查烈士家属情况的通知发下去才两天，我们就陆陆续续收集到了烈属的有关情况，于是邀请函马上以特急明传电报的方式发送各地市公安局……

12 月 9 日是广西警方烈属参观团团员的报到日。8 日下午，涂妈妈在灵川县公安局的护送下最先到了南宁。我知道，1994 年 8 月 19 日，她的儿子——灵川县公安局甘棠派出所所长涂九祥用生命书写的那一页华章：那天上午，灵川县公安局潭下派出所与甘棠派出所办理一桩故意伤害案犯罪嫌疑人的移交手续后，在潭下一饭店吃工作餐。餐毕，甘棠派出所的民警押解犯罪嫌疑人先行回所，涂所长留下来与潭下派出所副所长秦荣光一起研究辖区内涉及的几起流氓伤害案。涂九祥上洗手间时，秦荣光突然发现流氓伤害案涉嫌人蒋某刚经过，当即叫住他。蒋见势不妙要逃，被秦荣光拦腰抱住。蒋拼命挣扎，秦渐渐支撑不住时，涂九祥一个箭步冲到蒋的面前，揪住其衣领。蒋突然从裤袋掏出刀子朝涂九祥的胸部和颈部连捅三刀，又朝秦的大腿猛刺一刀。涂、秦二人手一松，蒋撒腿就跑。“抓住他！”浑身上下血人似的涂九祥踉踉跄跄往前追，终因支持不住，倒了下去……1995 年 4 月，涂九祥被公安部追授全国公安系统二级英雄模范称号。

韦声略的妈妈来了，霍建很的妻子带女儿来了，尹晓松的父亲到了……24 名烈士的 30 位亲属加入了我们这个参观团。

面对是一种痛，我们回避不了要提起的那个让其亲人伤心难过的名字，如同我们回避不了那个已经过去的事实：当母亲的，失去可以依靠的儿子；作妻子的，失去知冷热的丈夫；为儿女的，失去呵护成长的父亲。在徐副厅长念出烈士名字的那一刻，在那个熟稔的名字再一次从别人的口中念出声鲜活起来的时候，无尽的伤感终于还是不由自主地流露出来了。烈属们热泪盈眶，忍不住地倾泄出来。

那一个个让坐在代表席上的烈属们引以为荣的名字呵……

被簇拥在最中间的是……

如果说烈属们在南宁市公安局110警务大队、南宁市公安局车管所参观使他们如沐春风的话，那么，广西公安管理干部学院、广西人民警察学校之行则使他们如沐春雨了。

接待是出人意料的隆重：一下车，学院党委书记刘树辉、院长何炬便迎上前去，伸出手去，握紧，传递出一种温暖。女生们则将早已备好的红花给烈属们一个个别在胸前。掌声响起！那是同学们在夹道欢迎。这种欢迎，通过上千号人的热情点燃起来了。那有力的掌声密密匝匝杂乱又有序地响彻校园，比敲锣打鼓更显得激情洋溢，让人感到，只有一种发自内心的仰慕，才能击出这样的掌声，那么朴素，那么热烈。

在这所被誉为培养警官摇篮的学校，烈属们被一一请上主席台，观看大操场上专门为他们表演的操练。烈属们真真切切融入这感动和欣慰之中。被人尊敬、受人尊重真是一种幸福。那生龙活虎的接班人，那整齐划一的步伐，那干脆利落的动作，深深地嵌进一双双全神贯注凝视的眼睛。有这么多人，在烈士身后继承他们的遗志，心中的悲痛真是缓解了不少。邓品良烈士的父亲邓志瑶一想到那个场面便感动不已：“我真高兴啊，这表明了他们要继承遗志继续奋斗。如果没有这种想法，他们也不会那么尊敬我们。”

表演结束，学院领导带烈属们参观学生宿舍。我敢肯定，警校毕业生、一级英模钟锐的父亲钟国明一定是在犹豫再犹豫之后才向我走近的。其时我手中拎着相机，正准备跟上去抢拍镜头。我听到他说出自己小小的要求：在嘈杂的宿舍楼前，他想照张相，意在日后留作纪念。老人家的要求根本算不了什么，却令人心酸。我给他照了，背景就是闹哄哄的人群。因为随意，甚至于只有对校园熟悉的人才知道这就是学生宿舍楼。他明显在努力地控制自己的感情，我猜想着，所以按下快门之后，便上前提议待会儿再上宿舍专门帮他拍照。他忙摆手说不了。我见到，那双眼睛里闪烁着泪光。虽然那道眼神迅速回避了我，我分明已经看到，他那目光中隐藏的深情：这是儿子生前曾经生活过的地方呵！

作为纪念，照例都要合张影。在那张学院领导与烈属们的合影中，你会看到，被簇拥在最中间的是谁……

尘封的故事

尘封的故事是我慢慢读出来的——

秦健是秦启雄烈士的女儿，今年 23 岁。她告诉我说，父亲走的时候，自己才 8 岁半。她小的时候，母亲要读书，小弟弟放在外婆家，家中其实只有父女俩。对父亲尚有的印象是父亲经常要出差，家里实际上等于留下自己一个人。苦难是一个人成长的试金石。在后来长大成人的过程中，秦健的确很懂事。对她而言，父亲始终永远高大地立在心头看着自己，无论做什么事，都要尽努力去做好，不能丢父亲的脸。大学工商企业专业毕业后，她还决定读些书，譬如法律。要知道，人不但要有一张学历，还要有实际工作的能力。从她的嘴里，我知道她 20 岁的弟弟现在苍梧县公安局工作，从事的就是父亲未竟的事业。

81 岁的覃佑妹老太太痛失儿子的时候，孙子刚 1 岁多。现在孙子都是 30 岁的人了，在单位还担任了领导职务，有出息了。覃老太太老在念叨，儿子要还活着的话，今年有 58 岁了。29 年了，儿子走之后，孙子是老太太拉扯大的，其中的辛苦可想而知。儿媳对这个家也很尽心。

小妮妮是毛林烈士的女儿，还不到 7 岁就有一米三儿高了。她的母亲施丹妮很骄傲：“孩子她爸高，一米七五呢！”1994 年 10 月，富川县公安局富阳派出所民警毛林牺牲时，他的小妮妮才2岁7个月。他的妻子用柔肩挑起了整个家庭的重担，精心抚养女儿。如今，聪明伶俐善解人意的孩子是她最大的安慰。

今年38岁的覃建国根本谈不上对父亲的印象了。他的父亲——荔浦县花簧公社公安员覃家财1961年12月28日牺牲时，他才多大呀……

在欢庆的日子里

在欢庆的日子里，烈属们聚在了一起，看到了自治区成立40年来取得的辉煌成就，感到了身为烈属的光荣。虽然自己失去了亲人，但却得到了这么多人的关心。从某种意义上说，这种牺牲是值得的。

邓品良烈士的父亲邓志瑶说，是在南宁市公安局工作的儿媳李新飞接到通知的，那孩子关切地叫二老别闷在家里。虽然我们通知上写的是每家派一名代表参加，可当听说这对夫妻要求一起参加时，我们马上表示了欢迎。

邓志瑶先生1957年就在南宁市公安局消防队工作，这次来，他很感慨："韦必江的妻子也来了。"韦必江是柳州市公安局消防队的。可他这个战友早在1963年就不在人世了。这些天来，跟新老朋友们聊聊天，那种温暖能鼓舞人呢，心情自然也就开朗了。

钟振宇烈士的母亲何月英与白华恩烈士的妻子李红住同一间房。一聊起来才知道，她们的亲人都是今年5月离开她们的。于是，这个觉得那个年纪轻轻一个人带个小孩不容易，那个觉得这个晚年丧独子日子太辛酸，相互间更加怜惜了。

何阿姨见我的时候说："见到你们，我心里真是又高兴又难过。"是啊，就冲着我们身上那套她的儿子也同样穿过的制服，她的联想绝不会少。何阿姨是触景生情了。

李红的孩子——3岁的小婷婷像个小精灵，胖嘟嘟的煞是可爱，小嘴巴也甜甜的讨人喜欢。叫阿姨，又叫叔叔，几天里，她有了姨妈，有了舅舅，有了爷爷，当然快乐啦，还有两个比她大几岁的小姐姐一块儿玩耍，好大的一个家呀！在青秀山的草地上，几个孩子无忧无虑地嬉戏着，旁人见了心里都难受极了："若是她们的父亲还在，见到自己的孩子这么快活，多好啊！"

12 月 11 日上午，自治区成立 40 周年庆祝大会在民族广场隆重举行。我们这支"杂牌军"能够顺利进入 40 周年大庆主会场，那一路的绿灯便是各部门、各单位大力支持我们这个活动的最好证明。

记得，听到自治区主席李兆焯在大会讲话中提到无数先烈为八桂大地抛头颅洒热血的话时，我那颗心猛地一下被击中了。那种痛隐隐散去之后，我不禁想：真的，面对是一种痛，同样，面对也是一种自豪。

发表于《公安时报》1998 年 12 月 15 日
获 1998 年广西新闻奖二等奖、广西报纸副刊好作品二等奖

高雅的疯狂

——关于非法传销的方方面面

一个人的遭遇：从海鲜生意到“爽安康”的传销

一个亲戚挺不好意思地说，他加入了传销，想问问我们对传销这种“事业”的看法。

在此之前，我们对传销这种传说将占据21世纪商业主导地位的商业运作方式并没有太多的了解。尽管曾有过若干亲朋好友满怀希望拉我们加入以便“脱贫”，但因为这辈子从没见过从天上往下掉馅饼的事，故而一口回绝。想不到现在倒有局中人向我们这些个局外人请教了。

亲戚从前在湖北搞运销，生意尚可。两个月前，一个挺好的朋友突然打电话找他，说是在南宁大沙田做海鲜生意特来钱，光帮老板运运货每天就能有200余元的进项。亲戚于是怀揣8000元钱立马登上南下的列车，待屁滚尿流赶到大沙田才知道上当。但朋友一脸庄重地告诉他，有一项“伟大的事业”等待着他去开拓，一不小心成功了，这辈子就不用愁了。这项“伟大的事业”就是——“传销”。

接下来，朋友带着我们那满腹疑虑的亲戚在大沙田到处感受“伟大事业”的气氛。上午OPP（创业说明会），下午NDO（新传销商培训会），晚上家庭聚会或拼搏课堂。那激动人心的演讲、暴风骤雨般的掌声、同吃同住的生活、井然有序的作息，以及“经理”、“总裁”这些上线人物对下线传销者的关怀备至，使当过兵的亲戚仿佛重新回到了部队那种火热的生活，不禁激情澎湃。3 天后，亲戚在朋友的悉心指点下填了一张表，掏出 3900 元抱回一台叫“爽安康”的氧气健康器，加入了广西健业商贸有限公司直销商行列，并正式成为朋友的下线，进而也成为湖北红安县开拓“爽安康”传销这项“事业”的第二号人物。

客观地说，亲戚属于事业心强的年轻人。既然从事了“爽安康”这项“伟大的事业”，便一头栽了进去。白天听前辈讲课，晚上写联络信，21 时过后利用长途电话半价的机会打电话，动员亲朋们加入。与亲戚一样相信天上有时会掉馅饼的红安人络绎而至。一个月后，亲戚的下线发展到 30 多人，而下线们又更加卖力地去发展下线。亲戚似乎已经能看到阿里巴巴山洞的洞口了。

这时，厄运降临了。地方新闻媒介开始对非法传销进行口诛笔伐。满腔热情的亲戚被当头泼了一瓢冷水。1997 年 12 月 29 日，在南宁从事传销的广州生威保南宁分公司管理人员卷走 400 多万元传销款脚底抹油。这消息使大沙田的传销人员乱了套。惊慌失措的亲戚于是找上门来。

骗子云集大沙田

我们来到大沙田。

位于南宁市郊的大沙田经济开发区属邕宁县地盘。7 年前，刚起步的开发区用一栋 5 层的商住楼筑巢引凤。到今天，这里已经成为当地政府引以为豪的工业及商贸中心。但 20 世纪 90 年代初期的房地产热在开发区也留下了后遗症：大片大片建好的商品房无人居住。这种后遗症被传销者们盯上了。

1997 年 3 月初，开发区内的“大田房产”、“锦绣银庄”等住宅小区陆续住进 40 多名广东人，且不时有热烈的掌声及喝彩声传出。

这当然引起了当地派出所的注意，于是派员前往调查。广东人说是搞传销，还拿出了有关证书及复印的营业执照。派出所拿不准传销这种商业行为到底归谁管，于是要求这帮广东人到派出所办了暂住证，管了公安机关该管的事。

这之后，当地居民发现操着南腔北调的外来者逐渐增多，房屋出租生意日渐火爆。刚来时，这些人往往蓬头垢面，但经过一段时间后，这些人突然变得衣冠楚楚起来，或多或少都有了西服，据说是公司要求的。当地居民还发现，这些外来人组织纪律性特强，白天晚上都开会，还发疯地鼓掌，热烈地喊口号，颇有当年红卫兵的狂热劲头。后来居民们才知道这伙人都是传销人员，几乎人人都抱了一台白色的机子，一通电，机子便摆来摆去。这些人说，机子叫“爽安康”，是一个台湾老板花了 1.7 亿美元从一个日本博士手里买来的专利产品，可治百病。到 12 月，大沙田满街都是外来者，能住人的地方几乎都租出去了，谁也说不清大沙田有多少外来人口。传销者自己估计，大沙田这块弹丸之地住了 3 万多他们的事业伙伴。除西藏、青海、新疆、甘肃等省区外，全国各地都齐了。

来到大沙田的传销者几乎每个人的经历都是一样的。先来者以做生意的名义叫来家乡的亲朋好友，这些亲朋好友经过 OPP、NDO 及拼搏课堂的“洗脑”后，又叫来自己的好友亲朋。这样一级发展一级，传销者的队伍就如滚雪球般急剧壮大。

不要小看这种近乎原始的扩展方式。

从前，欧洲有个国王，很喜欢玩游戏，只要玩得开心，就赏赐下人，出手大方。有一天，来了一位学者，献上了一盘棋，棋盘设黑白 64 格。国王学会了下棋的方法后，感到趣味无穷，十分着迷。他决定要好好行赏这位学者，便问学者想要什么。学者说要大米。棋盘的第一格放 1 粒米，第二格放 2 粒米，第三格放 4 粒米，第四格放 8 粒米，即后一格是前一格的两倍，直到棋盘放满，他的要求就这么多。国王一听，这么一点要求？哈哈一笑就答应了。后来，国王才吃惊地发现，把全欧洲的大米都运来，也满足不了学者的要求。

每个传销者都对这个故事耳熟能详。而传销的运作方式就与这个故事惊人地相似。

以“爽安康”的传销为例：一个传销商如果一个月发展一个下线，而每个下线也同样每个月发展一个下线，一年12月就会形成一个有4096个成员的网络，同时也销售出去4096件“爽安康”。如果销售奖金平均每台按500元计算，这个传销商全年的奖金收入就是500×4096＝2048000元，即204.8万元。

这足以令每个传销者为之发狂。于是乎，大沙田重复上演了一幕幕大骗子骗小骗子，小骗子再骗小小骗子的活话剧，并引出了一连串令人哈哈笑不得的故事……

62岁的朱老头原在北京城卖排骨，被亲戚以做边贸生意的名义骗来大沙田搞传销，并塞给他一本“爽安康”的《OPP创业说明会》小册子。老头一看乐了：买一台“爽安康”就可以成为广西健业商贸有限公司的传销员，然后发展到10名下线可升为主任，发展到65名下线可升经理，发展到393名下线并拥有4名经理者可当总裁。总裁又有1线总裁到10线总裁之分。一辈子没过过领导瘾的老头觉得此事可手到擒来，立即买了一台“爽安康”，成为会员。然后分别给5个女儿打电话，最后有两个女儿被说动了心，赶到大沙田也各自买了一台“爽安康”入会。但两个女儿回到北京后并没能发展到下线，两台昂贵的机子成了废物，于是迁怒老头，父女从此反目。

7月份，大沙田派出所黄善宝副所长碰到一件窝心事：一名来自湖南常德的女子加入了传销，折腾半天只发展了自己的姐夫入会。姐夫在大沙田呆了2个月，“事业”没有任何进展，于是与小姨子发生争吵。两人闹到黄副所长那里。姐夫要小姨子赔偿2个月的经济损失8000元。小姨子大怒：“我白送给你睡了一个多月还不够本吗？”目瞪口呆的黄副所长调解来调解去，半个月后，这对男女却突然不知道了去向。

……

尽管存在着许许多多不尽如人意的地方，但丝毫不能阻挡传销大军的涌入。每天都有一辆辆的大客车把传销人员都从全国各地运来。他们七八人挤一个房间，凑合地应付肚子的革命，过着常人难以忍受的生活。正常人不禁会产生这样的疑问：引起这种疯狂热情的动力是什么？

集会和出版物：传销的“秘诀”

1月4日晚，我们挤出一脸虔诚的神情，混进了一个家庭式的传销聚会。

聚会规模不大，30人的样子，主持的中年妇女热情地把我们迎进屋子。西装革履、头发油亮的传销者们鼓起掌来，显然认为自己的队伍又增添了新鲜血液。坐在他们当中我们才觉得不对劲：一股汗酸味直冲鼻子。这很令我们怀疑，发亮的头发是由头皮的分泌物闷出来的。主持人郑重地把一个叫常某华的中年妇女介绍给大家，说是总裁。常某华的演讲开口就不凡：“上个月，我的业绩是26万元。这个成绩你们都可以达到。”传销者们疯狂鼓掌。必须承认，中年妇女颇有演讲口才，突出主题，明确中心，符合演讲的要义。她说，两年以前，她还是湖南衡阳一个五金批发部的小小主任，月薪不过350元，且疾病缠身。一加入“爽安康”以后，疾病霍然而愈，原因在于心情舒畅，爱心如潮。8个月后，她便当上了总裁，赚了第一个16万元。传销者们听得如痴如醉。中年妇女又旁征博引，论证毛泽东打下江山、李嘉诚富可敌国的原因在于相信自己是最棒的。她让众人抛开顾虑，全身心地投入传销行列。“不要怕别人说你骗人，更不要因此而产生罪恶感，因为真理在没有被证实之前，总是让人误解的。你骗他，是因为你爱他！”这句颇有“哲理”的话赢得了传销者们的欢呼。实际上，中年妇女的演讲平均不到三分钟即被掌声打断。她那抑扬顿挫的语气，适时而至的手势，以及幼儿园老师对小朋友式的神情，无不显示出一种专业的“修养”。我们不无遗憾地发现，这是我们所听过的最好的演讲之一。

在大沙田，类似的集会或曰“培训班”比比皆是，天天都有。集会的组织者据我们观察绝大多数口才颇佳，多为总裁级的人物。他们要扩大自己的网络，就必须经常举办各种培训班，以鼓舞士气，笼络人心。总裁们常常鼓励下线超过自己。这倒是一句真心话。因为越能骗人的下线就越能更快地把自己推向更高总裁的宝座。而骗人的技巧除了在演讲中得到实际锻炼外，还能在各种传销书籍中找到理论依据。

关于传销的书籍在大沙田多如牛毛，且多为非法出版物。这些书详细传授如何开展传销、如何发展下线、如何诱人入瓮的手法，被传销人员视为“宝典”。一本叫《下线，你在哪里》的非法出版物把骗人的技巧发挥到极致。书中认为，发展下线一般在三种地区：一是工业不发达、生活水平较低的地区，因为穷则生变；二是政治环境宽松的地区，原因是不受约束；三是“三不管”地区，最好是省与省交界处，因为根据毛泽东的游击理论，这种地方政府的管理往往十分薄弱。关于接近下线的方法，书中介绍了“云山雾障法”、“善意欺骗法”、“金钱激励法”等七八种学问。书中还详细罗列了10种人性的弱点，如八面玲珑型、贪小便宜型、自命不凡型等。针对每种人的弱点，又点出了击破的方法。总之一句话，不把你骗到手，绝不罢休。这些技巧令我们看得冷汗直冒，担心哪天一不小心就被人家骗到手了。

暗访中，我们还发现了一本印刷精美的非法出版物《兴田世纪》，从中可以窥出“爽安康”传销如此成气候的原因。书的封面是一个类似纳粹标志的符号，这个符号也就是“爽安康”的标志，常常被贴在集会的会场。书中开首第一篇便是兴田公司董事长《迎接兴田世纪到来》的文章。文章说：“3个月以来，我不断奔波，全国巡回，从中央政府的领导阶层拜访到地方政府首长，经过我详细向他们介绍兴田事业之后，他们给我们的事业以大力的支持。我们数十万的爽安康事业伙伴也在睿智的选择判断下，坚定地加入了兴田事业”。书中并特别报道了兴田公司在北京举办网球邀请赛的消息，宣称有多名中央高层领导兴致盎然地参加了网球赛，并印有6张模糊不清的照片。这本书成了“爽安康”传销者们信心的来源。

泛滥成灾传销潮

1997年12月29日，南宁市北湖路华基商业中心原广州生威保有限公司总部的玻璃门上张贴了一纸《通告》，曰:“各位受骗的兄弟姐妹们，生威保逃了，请集合。”传销者们盯着《通告》都呆住了。中午，消息终于得到证实：原广州生威保有限公司管理人员已于当天凌晨1时，带着400余万元传销款连夜逃跑了。4000多名传销者顿时欲哭无泪。“生威保”事件的发生令有关部门大吃一惊。这时，人们仿佛突然间才发现，广西乃至全国竟存在着那么多家非法传销公司，这些非法传销公司所造成的后果又会是如此严重。

在广西，1997年是传销泛滥之年。南宁市有从事长寿牌摇摆机传销的龙发国泰广西分公司，有从事化妆品传销的正昊工贸有限责任公司，此外还有传销芦荟矿物精华素的丁发公司，具有非法传销性质的新城区众人信息服务部，至于传销“爽安康”的广西健业商贸有限责任公司更是赫赫有名；11月1日，柳州市双龙磁疗床垫有限公司违规进行多层次传销，并在电脑中作手脚，使众多下线应得的“奖金”没有兑现，不到两个月即获暴利500多万元；12月，河池市海鸿公司进行营养液和神蛇粉的多层次传销，规定只要发展到30名会员，就可获“奖金”8500元，因而短短半个月便有600余人卷入这起非法传销……这些都还是小巫，湖南省长沙县星沙第三产业区冒出一个规模庞大的传销“圣地”，云集了全国各地的10余万传销者从事“康福宝”摇摆机的传销，被国内新闻媒介称为“中国第一传销城”，《南方周末》甚至称其为“一个培养骗局的天堂”。

至于广西全州县冒出的“全州县爽安康保健行业公会”则把传销发展到常人难以企及的高度。据知情者反映，去年年初以来，该“行业公会”共举办了7期“研习营”培训，每期均有三四百人参加。“研习营”设在距县城7公里的黑龙洞（地名），训练基地是一栋原为医院的5层大楼，开班前有入会仪式或跪拜仪式。在入会仪式上，参加者要说：“为了事业的成功，要撕破脸皮，要不择手段，甚至出卖肉体，违法犯罪在所不惜”的誓言。会员之间以兄弟姐妹相称，男女之间可任意拥抱。训练方式上采用了日本的“魔鬼式训练法”，让人抛弃他念，一门心思只迷“爽安康”传销，而且还灌输武士道精神，天不怕，地不怕，离婚不怕，坐牢不怕，只要“我成功”。会员们通常以11人为一组，年长的男性为“爹地”，漂亮的女性为“妈咪”，身体最棒的为“大哥”，其余的都是兄弟姐妹。会员之间的游戏以“成功操”为主，不分男女排成一行，后者将左手搭在前者肩上，再用右手摸前者的头、胸、腰部。玩至高兴时，还把“靓女”在人群中抛来抛去。一些意识不良的男女青年为此纷纷入会。会员毕业时要扎写有“成功”二字的红绸带，在“成功门”前狂喊“我要成功”，直到声嘶力竭得到组织者认可为止。这种带有邪教性质的培训班理所当然遭到当地公安机关的查处。但是，非法传销在全国范围内依然生生不息。时至今日，大沙田的“爽安康”传销大军仍有数千人之多，传销产品的源头广西健业商贸有限责任公司也仍然安然无恙。

传销该谁来管——法律缝隙中冒出的问题

从纯粹的商业角度看，传销，尤其是多层次传销，绝对是一种新颖大胆且成功率颇高的商业运作模式。至于这种传销给社会带来的负面效应，商人们是从来不予关心的。就如大沙田派出所颜正仁所长介绍的，大沙田“传销集中营”自去年年底开始向海南溃散后，已发生多起传销者与当地居民冲突的流血事件。而在海南，非法传销更爆出新闻：一名传销者不但没有圆自己的发财梦，反而因为与同伴发生斗殴，连性命都给丢了。

传销也叫多层次直销或网络销售法。据说，1945年，美国两名学者设计了这种产品的行销方法，1960年以后在全美各地迅速发展。60年代初，日本将之引入本国，并一跃成为全球最大的传销王国。受日本影响，亚洲的马来西亚、香港、韩国等国家和我国的台湾地区也迅速引进了传销。1990年11月14日，中美合资广州雅芳有限公司成立，传销正式进入中国大陆并很快掀起热潮。几乎与此同时，国内媒介对传销进行了大量的批评揭露，原因在于传销一进入法律尚不完备的中国大陆便走了样，变成了连环诈骗的圈套，老百姓因此称之为“老鼠会”。有关部门也感到了情况的不妙。1995年9月22日，国务院下发了《关于停止发展多层次传销企业的通知》。1997年1月10日，国家工商行政管理局《传销管理办法》出台，这便是著名的第七十三号令。而恰恰是这一年，非法传销在全国差不多可以用“风起云涌”来形容。

今年1月5日，记者就大沙田“爽安康”传销一事采访自治区工商局公平交易局一名领导。这位领导明确无误地告诉记者，大沙田这种传销方式肯定属非法传销无疑，是公然违反第七十三号令的。我们不禁为法律的逐步完备而高兴。当天晚上，记者暗访大沙田一个三四百人的传销集会。现实很快给我们当头一棒。一位中年妇女鼓动垂头丧气的传销者们要顶住舆论界对非法传销进行口诛笔伐的强大压力，不要担心被查处。“我们什么都不怕，因为我们有第七十三号令。”三四百人同时喝彩。我们不无悲哀地发现，法律对传销的管理出现了一道裂缝。

按规定，传销企业不得以缴付入会费、保证金或者认购一定数量的产品等作为参加传销的条件，不得强制安排传销员发展下线人数，或者根据下线的人数计算报酬，同时还规定，传销企业必须在传销员参加传销活动之前对其进行培训。而问题往往出现在这里。工商部门很难认定某个企业是否要传销者购买一定数量的产品作为参加传销的条件。如“爽安康”，参加者必须自己先购买一台产品，但工商部门真要查处时，传销公司往往以产品是卖给消费者直接使用的名义将责任推卸干净。至于发展下线的问题，任何一家企业都可以把这个问题说成是传销者的个人行为，与公司无关。更重要的是，对非法传销的处罚过轻，最高的只是处 3 万元以下的罚款，对获利丰厚的传销公司来说，这点罚款犹如大海中的一滴水。传销“爽安康”的广西健业商贸有限责任公司到去年 12 月仅在南宁市范围内发展的传销商就有 5 万多人，以每人购买一件 3900 元的产品计算，销售额就达到 2 个亿，而每件产品的成本价格，行家推算不超过 500 元，获利之丰可想而知。

传销企业真正害怕的是公安机关对传销集会和培训的管理及处罚。工商部门对集会并无管辖权，对家庭式聚会更是不得叩门而入——该部门并无进入民宅的权力。根据《集会游行示威法》的规定，公安机关对集会有管辖权，但传销集会往往以培训班或学习班的名义举行，公安机关难以处置。有鉴于此，1997 年 11 月 24 日，公安部与国家工商行政管理局联合下发了《关于严厉查禁非法传销培训的通知》。即便如此，对非法传销及由此产生的非法集会，在管理上仍存在法律的盲区。这就是非法传销屡发屡禁而鲜有非法传销者受到法律制裁的原因。

让我们把这个问题交给法律吧。

发表于《公安时报》1998 年 1 月 27 日

致命的失职

身为警察，我像我的许多警察同行一样，像珍惜自己生命般关心警察这个群体的声誉。虽然一直以来社会上对警察的微词颇多，我仍旧坚持着维护的态度。可2003年6月发生在四川成都的吸毒人员之幼女饿死案，却让我实在无话可说。

最先是在网上知道这个消息。不经意地浏览却让我发现了一个令人触目惊心的标题——《公安抓走母亲却不通知亲属，致使三岁幼女活活饿死家中》。

据称，2003年6月21日晚，成都金堂县公安局青白江区分局团结村派出所辖区的群众反映，位于九千小区一栋三单元一户人家的门口不知何故竟有一股臭气。20时30分左右，闻讯赶去处理的团结村派出所民警在住户的寝室内发现了其3岁女儿已然腐烂的尸体。

成都市公安局指挥中心接到金堂城郊派出所强制戒毒的吸毒人员之女死在家中的消息后，当即指令警务督察处连夜调查。

随后，真相大白。随即，警察陷入了一片骂声中。

事情还得从2003年6月4日说起。

当天下午5时许，四川省成都市金堂县公安局城郊派出所民警黄某兵、王某林接到群众报警，将在该辖区红旗超市偷窃的李某芳（原系攀成钢职工，因长期吸毒被该厂开除，后因吸毒曾多次被公安机关处理，并曾因贩毒被判3年缓刑，目前仍在缓刑期）抓获。

人赃并获，李某芳对偷窃事实供认不讳。因李某芳的尿液毒品检验结果呈阳性，城郊派出所报请金堂县公安局批准后，决定依法对李某芳实行强制戒毒，并办理了相关的法律手续。

当天晚上10时许，在被送往市强制戒毒所途中，李某芳向负责押送的该所副所长王某某和民警卢某军提出，因其父母双亡，自己已离异，3岁的女儿正被反锁在家中，无人照管。她要求先把女儿安顿好，自己再接受强制戒毒，并告诉民警自己姐姐家的电话号码，请求联系其姐帮助照看女儿。

按照李某芳提供的电话号码，金堂县城郊派出所民警多次联系却无人接听。卢某军便与李某芳居住地的青白江区分局团结村派出所联系，向接听电话的穆某（系在该所实习的学生）通报了上述情况。穆某后来也按这个电话号码打过电话，但是也没联系到人，然而整个情况，穆某既未向所领导及其他值班民警汇报，也未做电话记录……

很显然，漏洞就在这里！按照1995年1月12日实施的《强制戒毒办法》第五条的规定，对需要送入强制戒毒所的吸食、注射毒品成瘾人员(以下简称戒毒人员)实施强制戒毒，由县级人民政府公安机关决定。强制戒毒决定书应当于戒毒人员入所前交给本人。强制戒毒决定应当自做出决定之日起3日内通知戒毒人员的家属、所在单位和户口所在地公安派出所。

采取强制措施，却未按有关送达规定，这是一种对工作的极端不负责任。因为曾经给团结村派出所打过电话，所以城郊派出所的民警想当然地认为，戒毒人员李某芳家中无人照管的3岁女儿已经被安顿好了……

一开始，谁也不希望发生这样的悲剧！

然而，后果令人震惊令人心疼令人心寒！从6月4日母亲被抓，到21日发现孩子尸体，共17天，这可怕的17天……

没有人会否认，正是大人们的冷漠、麻木导致了一位3岁的小女孩在孤独、恐惧、绝望、饥饿、无助中死去。就在网上，《成都三岁幼女活活饿死在家中，谁之过？》跟帖的评论不断。人们多是为死去的孩子讨一个公道：太惨了！成都的警察还是人吗？强烈要求成都市公安局长引咎辞职！！！如果公安人员还有点人性，怎么能做出这样的事情……

在我，这样的文字太过刺眼。但我真的无话。毕竟，理智告诉我，负责此案的民警确实有着不可推卸的责任。

6 月 24 日，成都警方召开公安队伍集中教育整顿工作会，通报对此案相关责任人停职接受调查的初步决定：对此负有直接领导责任的金堂县公安局政委，城郊派出所所长、副所长，青白江区分局团结村派出所所长、教导员停职检查；在此事件中工作极端不负责任、执法冷漠、严重失职渎职的派出所民警王某某、卢某军、黄某兵、王某林等 4 人移送检察机关；在派出所实习的学生穆某给予开除学籍处分。

说实在的，我宁愿相信这是公安民警工作上的一时疏漏，但谁又能否认这不是一种严重的渎职行为呢？深究下去，还不是因为一些公安民警对人民群众没有感情、缺少关爱、执法冷漠？退一步说，就算他们是无心之过，但这样的后果却让他们的心永远得不到安宁。用生命来做代价确实惨痛。

为什么公安队伍里会有那么些缺乏起码的同情心、缺乏人性的警察呢？警察的责任感哪去了，人情味哪去了？愤怒的群众不断地质问。

为什么类似这样的问题累累在我们公安机关发生？四面楚歌之中，我们的民警需要反思了。

警察并非天生就是冷血动物，并非生来就对世态人情漠然置之。因为常常要面对社会的黑暗面，特别是一线的基层的民警，什么场面没经历过？平日里对毒贩子、瘾君子们的谎言也见得太多了。在那样的情况下听戒毒人员说家里有孩子需要照顾，大多数的警察都要怀疑，都不会相信。这样的逻辑虽然说得通，但不合情不合法。从程序上，执法从来都是来不得半点马虎的。说到底，严格、公正、文明执法是公安机关的生命线。执法，要对法律负责，执法，也要对人民负责。在执法活动中，漠视群众疾苦、伤害群众感情、侵犯群众权益是绝对不能允许的。毕竟，公安队伍作为一支具有武装性质的国家行政执法和刑事司法相结合的专门力量，地位重要，权力很大。执法者一旦失职，后果往往不堪设想，且影响也会非常恶劣。

执法简单、冷漠，对人民群众没有倾注感情，执法为民的思想没有得到根植，模糊了“相信谁、依靠谁、为了谁”这个“分水岭”，这里面既有历史的积淀，也有现实的成因。因为忽视公安机关的服务职能和人权保障职能，在公安队伍中形成了一些今天看来明显有偏差的认识和做法，如“为了稳定大局，侵犯一些人的权利也在所难免”，“重打击，轻保护”、“重管理，轻服务”、“重实体，轻程序”等等。冷静想想，这都是公安队伍多年积淀下来的问题，应该从更深的层次去找原因：关于体制的问题，还有人事管理的问题，队伍素质，腐败，等等。但不管怎么说，错在警察自己，错在自己失职，警察就要勇敢地担责。

李某芳算不上好母亲，仅就把一个才 3 岁的孩子独自锁在家这件事来说，作为母亲，她太狠心了！可想而知，有一个吸毒成性的母亲，这样的孩子，她的人生多么悲哀。只是仍然心痛：那孩子太过无辜。

我知道，2003 年 6 月的这种痛是时间的流逝所不能减轻的：可怜的孩子惨死于人性的泯灭和致命的失职。

这里，还是很希望人们能看到这一点：不要因为少数人的问题就把所有警察的辛苦与付出全部都否定了！这个世界上没有绝对的完美，这支拥有 170 万成员的公安队伍，这支和平年代里时时在流血流汗在牺牲的队伍也没有绝对的纯洁。最起码，警察这支队伍能够正视自己存在的问题（我们没有掩盖袒护，此案有关责任人已被严肃处理），最起码，警察这支队伍现正在努力地净化自己（我们努力实践“三个代表”，提出了要执法为民，让人民群众满意）。

发表于《南疆警事》2003 年第 9 期

正义无敌：我区“严打”告捷

周密部署，“严打”整治的战斗号令发出

都说“严打”这场雨来得快，下得及时。那是因为一切都是计划之中的迅速——

为实现两年内社会治安明显进步的目标，就必须下大力气解决当前社会中的突出问题，就必须开展一场全面的、彻底的“严打”整治斗争。于是，在今年4月，人们对“严打”一词更有了深刻的认识再认识：

2日，全国社会治安工作会议上，江泽民总书记明确发出“严打”整治的战斗号令；

4日，全国公安厅局长会议是一次具体布置“严打”斗争的会议；

6日、7日上午，自治区公安厅召开党委扩大会议，厅长陆炳华传达全国社会治安工作会议和全国公安厅局长会议发出的“严打”整治斗争精神，迅速部署抓紧制定广西关于严厉打击刑事犯罪活动集中整治社会治安的工作方案；

9日，自治区紧锣密鼓部署“严打”整治斗争；

10日，公安部召开全国公安机关“打黑除恶”暨“严打”整治斗争电视电话会议，要求迅速启动全国“严打”整治斗争，向严重刑事犯罪发起凌厉攻势；

11日，区公安厅坚决贯彻落实党中央和自治区党委的战略

部署，陆炳华厅长在全区地市公安局长会议上全面部署开展“严打”，并强调，各级公安机关要统一认识，扎扎实实推进“严打”整治斗争，并成立了由陆炳华厅长任组长，其他副厅长任副组长，厅机关主要业务处负责人为成员的“严打”整治领导小组。

可以看到：这场“严打”，各级领导均高度重视，且时间长（分三个阶段，为期两年：2001年4月至2002年年底），任务重（在三条战线上开战）。

这三条战线是：

一、以深入开展全区性的“打黑除恶”专项斗争为龙头，开展打击杀人、抢劫、爆炸、绑架等严重暴力犯罪的集中行动和打击盗抢机动车、拐卖妇女儿童犯罪的专项斗争；

二、在全区范围内开展治爆缉枪专项行动，整治治安混乱地区和突出治安问题的集中行动，以及消防安全专项治理和交通安全整治行动；

三、积极投入整顿和规范市场经济秩序的工作，以打击金融、财税和商贸等领域的经济犯罪为重点，深入开展打击经济犯罪的专项斗争。

三条战线同时出击

战斗的号角一经吹响，全区民警即以战斗的姿态、昂扬的斗志投入到“严打”之中——

三条战线同时出击，取得了节节胜利。

之一：“打黑”需要勇敢。

“打黑除恶”是此次战役的龙头，公安机关首先把利剑斩向了社会的毒瘤。目前已取得初步的战果：百色“打黑第一案”划上了圆满的句号，北海打掉了为害一方的“西头帮”，贵港摧毁了地方恶势力团伙“龙山帮”……一批罪大恶极的黑帮头目纷纷落入法网，一大批强拿硬要、欺男霸女、欺行霸市、人民群众深恶痛绝的“街霸”、“市霸”、“村霸”等恶势力犯罪分子也陆续被绳之以法。

公安机关在其中起着极其关键的作用：对已抓获的黑恶势力加强了审讯深挖，努力扩大战果，并加快办案速度，及时移送起诉，依法从重从快惩处犯罪。“除恶”触及到黑恶势力的“关系网”和“保护伞”的，各级公安机关坚决地履行自己神圣的职责。

令人高兴的是，不少地方黑恶势力被摧毁以后，当地的恶性案件明显减少，治安混乱的局面得到了扭转，群众的安全感明显增强。

之二：治爆缉枪专项行动全面铺开（4月20日至9月30日）。

与此同时，治爆缉枪行动亦已全面铺开：各级公安机关对所有涉爆涉枪单位、人员进行全面检查，及时发现问题，彻底消除隐患，努力减少涉枪涉爆事故，减少爆炸物品和枪支弹药丢失；坚决收缴流散社会的爆炸物品和枪支弹药，坚决取缔非法生产、销售爆炸物品的厂点，依法收回超范围、超标准配发的枪支，摧毁非法制造、贩卖枪支、弹药、爆炸物品的“地下窝点”和“黑市场”；严厉打击涉枪涉爆犯罪活动；进一步落实管理和防范机制。

行动现已取得显著战果：

南宁市：从4月18日开始，短短一周就收缴非法枪支200余支、炸药1000余公斤、雷管6000余枚，查处了涉枪、涉爆案件一批，仅邕宁县就抓获涉枪涉爆违法犯罪嫌疑人60余名，依法刑事拘留17人、行政拘留34人。4月28日上午，在南宁市开枪袭警后潜逃到合浦藏匿的毒贩陆某明被北海、南宁两市警方合力生擒，当场缴获已上膛的“五四”式军用手枪1支。并在其租住的房间搜出子弹22发。

百色地区：5月11日，公安局集中销毁收缴的5754支非法枪支，在全区是数量最多的，重达10多吨。

之三：打击经济犯罪。

各地公安机关经侦部门对近年来本地区经济犯罪情况认真排

查分析，把查办危害严重、损失巨大、影响恶劣的经济犯罪大案要案，追捕负案在逃的重大经济犯罪逃犯，整治经济犯罪猖獗的地区、行业，作为“严打”经济犯罪工作的重中之重。在“严打”第三条战线上发起了严厉打击经济犯罪活动的强大攻势，全力参加整顿和规范市场经济秩序的行动，至4月23日，共抓获经济犯罪嫌疑人108人，其中经济犯罪在逃人员41人，刑事拘留34人，逮捕11人；破获重特大经济犯罪案件23起，打掉了一批破坏市场经济秩序的犯罪团伙，挽回经济损失550万元，缴获赃物一批，取得了整顿市场经济秩序第一仗的胜利。

各地公安经侦部门在当地公安局统一领导下，迅速出击，全力以赴开展集中抓捕行动。南宁市公安局经侦支队破获涉税案件8起，刑事拘留12人，追缴赃款及赃物折款112.5万元；桂林市公安经侦部门共出动警力250人、车辆85台，搜查抓捕对象落脚点及复杂场所189处，抓获犯罪嫌疑人45人，破案9起，其中重大经济犯罪案件3起，打掉犯罪团伙2个，成员13人；梧州市公安局经侦支队出动警力53人，抓获犯罪嫌疑人1人，其中刑事拘留11人，捣毁一制售假烟窝点，缴获赃物一批，挽回经济损失20万元……

一批批经济犯罪大要案件也成功破获：

——桂林农行重大金融票据诈骗案。今年4月3日，农行桂林支行被人利用伪造的传票通过银行的电脑传输系统，转走资金376万元。桂林市公安局经侦支队集中优势警力连续奋战，于4月18日将此案告破，抓获犯罪嫌疑人7人，冻结涉案人员资金243万余元，查封财产一批。同时，通过对该案犯罪嫌疑人的审讯，抓获非法炒卖外汇的犯罪嫌疑人5人。

——柳州胡某华团伙证券诈骗案。1999年8月，柳州市的胡某华伙同邱某泉、黄某科等3人，以虚构的法人代表在柳州注册登记后，成立华上网络信息咨询有限责任公司，以帮助股民买卖股票为幌子，采取欺骗的手段，先后骗取217名股民的565万元保证金。

胡作案后一直潜逃。“严打”斗争中，柳州市公安局经侦支队深入调查，周密布控，将3名犯罪嫌疑人抓获。

……

序幕拉开，成效初显

“严打”序幕既已拉开，成效也是很明显的：

4月11时零时，南宁市委、市政府、市政法委的领导对抓捕行动高度重视，公安局全警动员，在全市范围内集中开展为期3天的抓捕、清查统一行动，拉开了“严打”整治斗争的序幕。据不完全统计，共出动警力7000人次，抓获各类违法犯罪人员763人，其中刑事犯罪嫌疑人109人。

4月11日清晨，一场代号为“春雷”的缉毒行动在邕宁、宾阳、横县、灵山全面展开，1000余名民警以迅雷不及掩耳之势重拳出击，抓毒贩、打团伙、捣毁吸贩毒窝点、扫荡毒品地下零包市场，狠狠打击了毒品违法犯罪分子的嚣张气焰。仅在当天的行动中，公安机关就抓获了吸贩毒人员1066名，其中批捕在逃人员18名、批准劳教在逃人员30名，查获毒品案件16起，破获其他刑事案件一批，缴获其他赃款赃物一批。

柳州市加大“严打”整治斗争宣传工作力度，4月22日，公、检、法、司等部门共出动政法干警1500多人，在全市五区两县共设57个宣传咨询点，高挂宣传横幅，发放《柳州市“严打”整治斗争宣传资料》、《给违法犯罪人员家属、亲友的一封信》，向群众讲解法律知识，组织“严打”整治专场法制文艺演出，广泛发动群众参与。凌厉的攻势收到了实效，最直接的反应是：接警少了，案件少了。

百色地区公安局开展清查收缴非法枪支弹药及爆炸剧毒物品集中统一行动，截至4月20日，全地区共查破涉枪案件18起、涉爆案件25起、涉毒案件2起，摧毁恶势力违法犯罪团伙17个，抓获违法犯罪嫌疑人176人，缴获各类非法枪支775支（其中军用枪3支、猎枪285支、其他枪487支）、炸药14155公斤等赃物一大批。

为动员群众积极参与“严打”，迅速拉开“严打”整治斗争的序幕，公安机关积极配合检察院、法院做了大量的工作，努力加快办案进度，及时移送起诉，同时派出警力，维护公捕、公判大会现场的秩序。目前，各地市县公捕公判大会都已顺利召开。

“严打”中的一些真实情节

“严打”还在进行着，但其中的一些真实情节却令人难忘：

面对穷凶极恶的歹徒，桂平市公安局木圭派出所副所长举起了手中的枪。4月20日晚8时许，桂平街头。感冒数天的罗海峰在骑摩托车买药的路上，发现身边飞驰而过的一辆摩托车有嫌疑，即悄悄跟了上去。犯罪嫌疑人龙某强在一个发廊前停车后，罗海峰上前查问。不料发廊里冲出一个曾被罗海峰“处理”过、对其怀恨在心的人及一个不明身份者。3名歹徒仗着人多势众，将其包围并用电击棍袭击民警。罗海峰临危不惧，在被歹徒逼到墙边再无路可退的情况下，拔出身上的“六四”式手枪上膛后，鸣枪警告。但歹徒更是疯狂。经再次鸣枪示警无效，歹徒且某正抡起一个铁货架朝他狠砸过来时，罗海峰沉静地开了第三枪，将歹徒击毙。

（点评：英勇果断的民警不畏强暴，以一敌三，着实令人钦佩。）

背包的工作组——玉林市公安局抽调118名民警和26辆车，组成7个工作组，由局领导任组长带队，自带铺盖行李、伙食费分赴全市7个县（市）、区，与基层公安机关同甘共苦，一起战斗。

（点评：毋庸置疑，这种“背包”精神值得提倡。事实正是如此，我们的民警努力实践“三个代表”重要精神和实事求是的作风，在“严打”中体现得淋漓尽致，并颇有成效。）

逃犯投案自首——4月25日上午，因争揽水库工程聚众闹事且相互用土炮轰击的浦北县“2·8”炮击事件主要犯罪嫌疑人王某康投案自首。事件发生后，王某康逃往广东，浦北县公安局曾组织警力追捕未果。“严打”开展后，经公安机关反复找王某康的家属进行教育，使其家属明辨是非，主动外出寻找王某康。王某康最终在家属的陪同下到县公安局刑警大队投案自首。他不但彻底交代了自己的犯罪事实，还检举揭发了他人的犯罪行为。

（点评：探究王某康自首原因，不外乎法律的威慑力与群众的支持这两条。“严打”中，迫于法律的威严，主动到公安机关投案自首的犯罪嫌疑人不在少数。）

举报电话响个不停——4 月 24 日，宜州市公安局根据群众举报，一举抓获该市倒卖雷管的犯罪嫌疑人唐某文。经追查，唐某文在宜州、河池两地共倒卖雷管 19347 枚。目前，涉案的另 3 名犯罪嫌疑人已被抓获。此案仍在调查中，并已被区公安厅列为督办案件。

（点评：为发动社会各界和广大人民群众检举揭发涉爆涉枪违法犯罪活动，区公安厅印制了 10 万份《公安部关于严厉打击违反爆炸物品、枪支、弹药管理违法犯罪活动的通告》下发各地公安机关张贴，并在新闻通报会上，通过新闻媒体向社会公布了公安厅和各地公安机关的举报电话。到 4 月底，仅公安厅就收到了全区各地群众打来涉枪涉爆举报电话 20 多个。可见，只有最广泛地发动群众才能有深厚的群众基础，也只有充分动员了广大群众的力量，犯罪分子才无路可逃。）

各级领导的重视和广大群众的支持

4 月 19 日前后，为促进我区“严打”整治工作的顺利开展，自治区公安厅派出 14 个由厅领导和有关业务处局主要领导带队的工作组，分赴 14 个地市进行检查、督促和指导。在这第一次的检查中，厅长陆炳华赴桂林，副厅长徐昇到百色，副厅长文起洁奔梧州，副厅长袁光荣往柳州……

为确保这场战役取得实效，各级公安机关督察部门也迅速行动起来，对公安机关打击严重刑事犯罪、整治社会治安秩序、加强公安队伍建设的各项措施进行了现场督察。

总的看来，“严打”整治斗争开局良好，基本做到了领导重视到位、警力部署到位、任务措施到位、宣传督查到位。

4 月 29 日，自治区党委书记曹伯纯、副书记陆兵亲自到公安厅听取情况汇报，并对下一步的“严打”整治工作作出了重要指示。其间，各地、市、县党委、政府领导也纷纷亲临“严打”第一线，看望民警，指导工作，切实帮助解决工作中遇到的困难和问题，确保了“严打”斗争的顺利进行。

说起来，“严打”过程中，公安机关破大案、抓凶犯的数量是一方面，更主要的是要看群众的满意程度，看人民群众的安全感是不是有所增强了。为了人民搞好“严打”，依靠人民搞好“严打”，“严打”让人民满意。人民群众的支持与拥护始终是我们赢得战役最后胜利的重要保证。

这场“严打”整治战斗正酣，全区各级公安机关将继续一手抓治安，一手抓队伍，力争让党和政府放心，让人民满意。

正义无敌。我们相信：有各级领导的重视，有广大群众作为“严打”的坚强后盾，这场正义的人民战斗必将取得胜利。

发表于《今日广西》2001 年第 6 期

一位在邕降生的毒瘾女婴

一、不该出生的毒瘾女婴

1996年12月22日，躺在南宁市北湖路某私人诊所待产的31岁产妇阿英生下了她的小女儿。

孩子很不幸，落地的那一刻，她就“死”了过去——虽然是足月出生的，又非难产儿，出生时却全身激烈抽搐、继而窒息，第一声啼哭竟然没有声音。经过给氧及紧张抢救，10分钟后才清醒过来。孩子总算过了一道关。接生的医生为此惊讶不已。在医生的询问下，产妇阿英承认自己染上毒瘾已经4年多，而且，怀孕以来一直没有停止注射毒品海洛因。只是因为怀了孕，她有所顾忌，服用的毒品剂量相对地减少。

阿英从1992年开始吸毒。1989年，她与丈夫离了婚，生活变得空虚无聊起来，加上身体多病，疼痛时非常难受，1992年的某天，阿英胃出血，有个女友便叫她抽根烟试试。虽然她从来不抽烟，但还是接过烟，抽了。那支含有毒品的香烟成了她吸毒的开始。知道自己吸毒后，她曾想过自己戒掉，于是搬回娘家住。没料到中毒成瘾，个人的毅力根本无法抗拒毒瘾的发作。家人慌慌张张送其去医院，终于知道了阿英吸毒的残酷事实。像所有因为吸毒而倾家荡产的人一样，为了吸毒，阿英做生意赚来的几十万元和一幢二层楼房都赔了进去。可自从对毒品形成依赖后，吸毒的快感逐渐无从谈起。吸毒后人昏昏沉沉地想睡觉，日子便这样浑浑噩噩地过去，阿英苦不堪言。

1994 年 7 月，阿英因为吸毒第一次被公安机关抓获，并送戒毒所强制戒毒 3 个月。可是一从戒毒所出来，她就复吸了，毒瘾在生理上易戒，心理上难戒。1996 年，阿英再一次被抓，由于发现她有孕在身，于是得以获释。

吸毒的女人一般很难怀孕，吸毒者产下的婴儿往往难以成活。阿英知道自己怀孕后，她没有将为人母的喜悦，有的仅是感到无休无止的恐惧：孩子能顺利出生吗？孩子会不会是个怪胎？孩子会染上毒瘾吗……何况，这个未出生的孩子的父亲因为吸毒已被送到广西劳教戒毒所接受戒毒了。一个身边没有男人的吸毒女人是没有勇气要这个孩子的。打掉吧，自己的身体向来不好，恐怕吃不消。阿英不敢去做 B 超，做胎检，更不敢去做引产手术。她想到过死，甚至已吞服了安眠药自杀，可就是没有死成。平时她每天用的毒品量是 0.5 至 1 克，妊娠期间，她减少到每天 0.2 克的用量。

这个本不该出生的孩子终于出生了，抢救孩子死里逃生的一幕令阿英心悸不已。她为孩子一出生就历经磨难而心痛。她所认识的吸毒女友中，有的孩子未出生就流产，有的孩子出生后把孩子遗弃。于是她苦苦哀求医生帮她把孩子送人或者丢弃。医生从人道主义出发，不同意遗弃孩子。虽然她担心孩子养不大，但接生医生的话又使她心存几分侥幸：等孩子大一些，有点抵抗力，与孩子朝夕相处的人如果吃药戒毒，可以通过母乳把药效传给孩子。只要大人能戒断，孩子也是能戒断的。

二、甜甜的乳汁含有可怕的毒素

阿英把可怜的女儿抱回了家。几次要丢在街边，但想到孩子毕竟是自己身上掉下来的肉，又不忍心了。她最害怕的事，在带女儿回家后的第三天发生了。孩子全身抽搐，呕吐，腹泻，每隔 2 至 3 小时一次，后来还反复出现狂乱地吸吮手、多汗、呵欠伴流泪等戒断症状。阿英唯一想到的就是哺乳，想不到哺乳真起作用，孩子吃了母亲给的乳汁后上述症状慢慢缓解，一天天地长大，那种与生俱来的母女情也日益深厚。

当女儿长到 3 个月大的时候，忐忑不安的阿英带女儿去了趟妇幼保健院。孩子很配合医生，检查的结果良好，体重、心脏各方面都正常，让母亲阿英感到了一丝欣慰。她当然没有告诉医生自己吸毒，可她心里却很清楚，在女儿毒瘾不发作的时候，女儿确实与正常孩子无异。但是，作为母亲，她怎会不知道女儿的异常：平白无故地会手脚抽搐，饿了，如没有及时吃到母亲的奶，谁也哄不了她。女儿先是大哭大闹，继而是呕吐、昏迷、发冷发热。女儿痛苦的小手乱抓乱挠……一如自己毒瘾发作时的情景，虽然女儿检查时未发现什么不妥，但以后的发育很难预料。她的女儿无疑是最无辜的毒品受害者。阿英恨透了可恶的毒品，她也愧做孩子的母亲。一想到毒品不但害了自己，连那么小的孩子也跟着受罪时，阿英内心的痛苦便要加剧。但是，一旦女儿毒瘾发作，往往就带得母亲发疯一般地去找毒品，先自己注射，然后喂奶。不可思议的是，吃过奶的女儿便会神奇般地恢复过来。阿英守着自己一天天长大的女儿，记住接生医生的话，女儿大一些了，帮助女儿戒毒的事不可再耽误了……

阿英没有固定的职业，又带着一个小孩，唯有投靠母亲。跟母亲住，吃饭不成问题，吸毒的费用，她自己偷偷想办法。阿英已经沦为零包毒品贩子，以贩养吸。每天，她必须卖出五六包海洛因，凑够自己吸毒的花销。这是她今年 3 月开始的营生。

可悲的是，“精明”的母亲吸过毒之后便喂孩子，而且从孩子出生就一直母乳喂养。她只看到喂养母乳可以缓解女儿一时的痛苦，却看不到这样做的结果，那就是孩子的毒瘾也不断地加重，受害亦不断地加深。这个错误一直被延续着。

三、为了挽救染上毒瘾的婴儿

这个染上毒瘾6个月的婴儿是在无意之中引起人们的注意的。

1997年5月20日凌晨2时，南宁市公安局永新分局的缉毒民警在五里亭某宿舍区抓到了一名“粉仔”，从其身上搜到两小包海洛因。“粉仔”交待说，毒品是一名叫“阿英”的女人提供的。民警立即出动，从阿英处缴获4克海洛因。阿英因此被带回了缉毒大队。可是就在清晨5点多钟，一位自称阿英母亲的老妇人急匆匆抱着一个哭得撕心裂肺的小孩来了。说来也怪，孩子一到母亲怀里，哭声马上停了下来。

办案民警虽然对母女情深毫不怀疑，却无法不对这一现象表示惊奇。孩子是否染有毒瘾的猜测很快被其母证实。孩子的母亲阿英承认孩子一出生便有了严重的毒瘾。她声称，每天自己都是在注射毒品海洛因之后才给孩子喂奶的。

中午11时，婴儿开始烦躁不安，啼哭渐渐变成了嚎哭。抱着孩子的阿英同样烦躁不已。原来，她头天晚上吸食过毒品，此时药效已药然无存。阿英迫切需要有毒品重新使自己镇静。母女两人的毒瘾竟然同时发作了。阿英苦苦哀求民警让她回家给孩子喂奶，不然，孩子会受不了。果然，孩子开始出冷汗，继而手脚冰冷。在孩子的哺乳期，母亲是不宜关押的，所以，在办理完必要的手续后，阿英匆匆将孩子抱走了。

6个月大的婴儿被毒瘾缠身的消息不胫而走。此事引起了有关部门的震惊。次日上午，有关部门即派员直到阿英的住处。南宁市社会福利医院的医生当即为孩子做检查，确认孩子已染上了严重的毒瘾。

南宁市社会福利医院杨院长对孩子染上毒瘾的解释是：怀孕期间，母亲吸食的毒品通过胎盘进入孩子体内，致使孩子尚未出生就形成了对毒品的依赖，故而在突然脱离母体，毒源被切断的情况下，出现了抽搐症状乃至窒息。而在孩子出生以后，又一直由吸毒的母亲用母乳喂养，这样，孩子的哺乳就等于间接的吸毒。孩子的毒瘾便日益加深，形成了更深的依赖。显而易见的是，毒瘾将严重影响孩子以后的正常发育。由于免疫功能尚未健全，染上毒瘾的孩子极易感染上其他疾病，而且其发病率也将比正常的孩子要高。

可怜的小家伙哪里知道母亲甜甜的乳汁中竟含有可怕的毒素呢？就在5月20日上午阿英抱孩子回家之后，她再一次“成功地”用喂奶的方式帮助女儿消除了痛苦。

孩子应该及早送到医院做进一步的检查治疗。或许可以采用母亲服用戒毒药，通过哺乳的方式帮助孩子戒毒。然而，该医院戒毒中心的陆主任坦言，这种从娘胎带来的毒瘾在国内还少有先例，治疗方法上根本无章可循。毒品对正在发育的婴儿身体及智力损害的后果，将在何时以何种形式表现出来，都是个未知数。

这真是个难题呵！戒掉这个小不点儿身上的毒瘾的成功率有几分？她的生命可以延续下去吗？没有人敢作肯定的保证。

为了孩子，想尽一切办法也要戒掉毒瘾了，这样的决心阿英下过多次。可她从未想过除了家人以外还有什么人可以帮助她。吸毒日久的她，亲身经历过太多的白眼。以前的熟人朋友见了面，都远远地避开。吸毒是一条不归之路。死对于阿英还是可怕的，她认识的吸毒者有吸毒时毒瘾发作死的，有注射毒品过量死的，她不想死！除了这个6个月大的孩子，她与已离婚的第一任丈夫还有两个健康的女儿。一个读四年级，一个念一年级。她们年纪虽小却很懂事：“妈，别再吸了。又挨抓，家里又没钱！”听到这话，阿英的泪水就忍不住地流。

南宁市社会福利医院当机立断收下了这名特殊的小病号。治疗方案在众人的讨论中一致通过，决定采取母婴同治的治疗方法，即给患儿母亲口服戒毒药美沙酮。第一天服用50毫克，第二天减至40毫克，以后几天逐渐减量，第五天服用量为10毫克。在母亲服药的同时，也给患儿哺乳。5天之后断乳，以牛奶代替。医生们一天天地观察，进行着疗效评定。结果发现，患儿狂乱地吸吮手、哭闹、多汗、呵欠、流泪等戒断症状逐渐消失，第11天给小孩尿检吗啡定性已是阴性。

这真是一个令人振奋的好消息：治疗过程顺利，孩子脱毒成功了。由于婴儿大脑发育未成熟，中枢神经系统未完全建立，心理渴求能力远远不如儿童，故早期治疗能达痊愈。南宁市社会福利医院的廖医生直接参与了治疗孩子的全过程，他写下了《婴儿海洛因依赖脱毒成功一例》的文章，肯定了患儿吸食含有美沙酮的乳汁的治疗方法。这样，一方面可以替代患儿的海洛因依赖，另一方面解决了直接给患儿美沙酮口服剂量不易掌握的缺点。

四、5个月后的跟踪报道

10月24日下午，永新公安分局缉毒大队通知记者说，又找到了阿英母女。

5月份，阿英带孩子从南宁市社会福利医院戒毒出来后，居无定所，东躲西藏，孩子不再吃母乳了，而改吃牛奶、米糊。孩子有了名字，叫恩恩。恩恩10公斤重，长了十几颗小粉牙，恩恩会摇摇摆摆像模像样地走路了。做母亲的如数家珍，阿英快活地说："我大姐的女儿比恩恩大3个月，都没有她聪明……"每个月，阿英定期带孩子去妇幼保健院检查，表面看来，孩子的一切都很正常。

为了切断与吸毒者的往来，阿英声称自己又搬了家，为的是求一份安静。她不出门找任何人，也不让别人来找自己。她只管在家里带孩子，煮一日三餐。她还从口袋掏出戒毒证给记者看，说自己已经坚持戒毒很久了。这话听得耳熟了，记者记得5个月前，她已决心戒毒十几次了。然而，阿英无法解释自己为什么在这五个月中，很不光彩地"出入"公安分局多次。

每抓到阿英一次，永新分局缉毒大队覃忠浩队长都要骂阿英不争气："你不要总是拿孩子当挡箭牌。除非你不在南宁了，除非你不再跟‘粉仔’接触，不然，凭你怎么搬家，我们都能找得到你。”覃队长告诉记者：“有一次抓到阿英后，在其家守候，仅一个晚上，就抓了10多个上门找零包毒品吸食的人。”原来，阿英至今未能将毒瘾戒掉。而只要她一天没有戒断毒瘾，家里的人就不相信她洗心革面从事自食其力的工作。她说她想摆一个卖水果的摊点，苦于没有本钱。不是因为兄弟姐妹不救济，他们给她钱，但每次都被她拿去买毒品吸掉了。永新分局缉毒民警坚决不信阿英，他们说她的毒瘾一上来就顾不上什么决心不决心了，而且她以贩养吸，害人害己。若不是看在她女儿只有8个月的份上，阿英早该关起来了。

一直密切跟踪关注恩恩戒毒瘾的廖医生闻讯从社会福利医院赶到永新分局取尿样，大半天时间，恩恩就是没有尿尿。让她站上桌面玩耍时，她却冷不防地将尿尿洒在桌面上。廖医生如获至宝，取尿、检验，说十几秒钟便有结果显示。母亲阿英最先见到尿检检验盒呈阳性的一条红杠，“不可能！”她喃喃道，“不会的，不会的，治好后她再没发作过。”这样的尿检阿英做过多次，但这次她却充满了怀疑，女儿还有毒瘾实在出乎她意外了，她请求医生再验一次。

廖医生见到眼前活泼的孩子，他也宁愿相信是尿检中存在着误差。出于对孩子的认真负责的态度，廖医生说：“星期一，你带孩子去医院。”阿英点头同意了。吸毒的母亲不断申辩，自己已经很少吸毒了，而从当天早上一直到下午5点这么长的时间里，也确实没见其发作。

“会不会是你不注意，跟孩子在同一房间时吸食了毒品？”廖医生询问阿英。大人的戒毒都不彻底，即便是脱毒，也不能说完全戒掉毒瘾。毒品毒害大脑神经的体验对成年人来说深刻无比。阿英承认怕家人看见便偷偷躲进厕所去吸毒，11个月大的恩恩爱往母亲怀里钻，被动吸毒可能引起了呼吸道感染。母亲若不戒断毒瘾，对与其朝夕相处的幼儿始终都是一个隐患。孩子纵然没有心理毒瘾，但其抵抗力同样很脆弱。

所幸的是，星期一下午（10月27日），记者在福利医院戒毒中心看到的情景证明了这只是一场虚惊。

27日上午，恩恩被母亲抱到医院时就已睡着了。大人们先是耐心地等孩子醒来，然后费尽心机地哄孩子尿尿。满满一罐的健力宝恩恩喝下去一个小时了仍然没有尿。孩子笑嘻嘻的、胖乎乎的小脸写满了简单的快乐。中午快下班了，陆主任才轻轻说了一句："导尿吧！"

"怎么又来验尿？"护士小姐惊讶地指责阿英："你怎么还忍心害孩子？"边说边取出医疗用器械，戴上了塑料手套。

吸管从一小杯淡黄色的尿液中汲取几滴滴进尿样检验盒。所有人的目光都盯得紧紧的。在一道鲜明的暗红杠显示之后，淡淡地映出了又一道浅浅的红杠。两条对称的线条如雨后的彩虹，天晴了，结论出来了——是阴性！

阿英吁了一口气，下意识地拍拍怀里的恩恩。她像在安慰女儿，更像是安慰自己。

永新公安分局缉毒大队出资给恩恩，让她免费检验和治疗。

南宁市社会福利医院戒毒中心的医生们为恩恩精心制订治疗方案，密切关注恩恩戒毒的情况，随时准备采取应急措施。

5个月后，孩子目前尿检虽然是阴性，可阿英对自己女儿的前途依然感到渺茫。

母亲阿英！为了孩子，你无论如何一定痛下决心戒毒！

社会上知道恩恩染上毒瘾的素不相识的人们，出于爱心，捐资并努力帮助恩恩在未来的岁月能够健康成长，享受一个孩子应享有的权利。

发表于《广西工人报》1997年11月1日

"非典"作为一种新的传染疾病，它正威胁着人类的生命安全。疫情一旦失控，更会对人类造成灾难性的打击。

这场战斗没有硝烟，却充满着同样的残酷与牺牲。疫病把人们隔离，人性把人们重新联系。我们的人民警察与医务人员一道，站在了抗"非典"战场的最前沿——

"非典"时期，广西警方的非常战斗

上篇：两个阵地

南宁"110"：当直面"非典"成为一种需要

说起来，南宁市公安局110警务大队民警黄剑锋和蓝柳还有过一段被人为"隔离"的经历呢。

2003年4月26日凌晨3点半左右，"110"接警，说是抓到一小偷，需要他们协助。到现场后，他们见到了"全副武装"穿防护服的医生，一问，说是小偷比较符合"非典"的症状。而当时"110"未配防护服，只有普通的口罩和手套——这显然达不到安全的标准，但职责在身，他们仍协助医护人员将小偷送往医院。

"非典"那时已在全国一些省市肆虐，人们谈"非典"色变。出警回来后，两人所穿的衣服全都泡进消毒水里了。但队里的气氛却陡然紧张了起来，仿佛他们已沾上了"非典"一般。这也罢了，他们想不到竟然还要跟那个已送往医院的小偷打交道。因为，就在当天，那小偷患者竟然从医院里跑了出来！

有心人应该注意到这样一则启事。《寻医院出走者》：黄高明，男，1974年11月3日生，4月26日从南宁市第四人民医院出走……如有知其下落者，请速与南宁市社会应急联动中心联系，联系电话120、110。

人们私下里猜测着：这“出走者”莫不是“非典”患者？！我的周围会不会有病毒载体呢？

在随后的几天里，不少群众积极向公安机关举报发现了疑似“非典”之人。因为黄剑锋和蓝柳曾见过此人，只要是这类举报，即便不是他们当班，他们都要跟警。

同样是在4月26日。晚19时30分，“110”民警在南宁市华西路利客隆超市门口抓获一小偷。在对嫌疑人搜身时，此人又出现咳嗽等症状，民警马上警觉——是“非典”吗？经请示社会应急联动中心，民警与嫌疑人马上被隔离，又是验血又是拍片的。幸而，只是一场虚惊。

26日到30日，才4天工夫，“110”民警出“非典”警共9起：有打电话到南宁市公安局110报警服务台，声称自己患上“非典”的发“酒疯”者；有群众举报发现“非典”患者，结果发现抓获的人竟是疯子……每一次，民警都毫无例外地会同有关部门第一时间赶到，采取紧急处置措施，直至卫生部门检测排除其患有“非典”可能，才算是完全消除了恐慌。

“这种警，以后肯定是越来越多。”在4月29日的采访时，民警黄剑锋的担心并不多余。毕竟，如今出警意味着存在双重的危险：一方面，违法犯罪嫌疑人可能要进行反抗，对民警造成伤害；另一方面，违法犯罪嫌疑人可能是“非典”患者，民警弄不好因此而染病。按理，如果是一次大警，“110”要有四五人出警，而普通的小警也要两三人。可如果都这样，才46人的南宁“110”还剩多少人？工作压力不可谓不大，责任重啊。奋不顾身当然需要，但怎样加强自我保护也提上了日程。所幸，现在“110”防生化呼吸面具、防护隔离服、手套、口罩、消毒剂等装备已基本配备齐全。

“110”不愧是“110”。“非典”时期，他们迅速果断，措施得当，及时打击各种违法犯罪活动，为群众排忧解难，高质量地处置了各类警情。据统计，4 月 22 日至 5 月 20 日期间，南宁市“110”出警 487 次，共出动警力 1174 人次，参与处置刑事案件 73 起、治安案件 247 起，接受群众求助 110 起。

2003 年 5 月 2 日下午，南宁市第四人民医院出走病人黄高明在南宁市被南宁警方查获。

现在“110”这种出警已越来越少了。

梧州留验站：一丝不苟　一车不少　一人不漏

梧州地处两广交界处，毗邻“非典”重灾区广东，无疑成了阻击“非典”输入传播的咽喉之地。随着“非典”疫情越来越严峻，梧州市委、市政府果断下令，由公安、卫生、交通、防疫等部门抽调组成的检验队伍，在辖区各个主要公路出口设立留验站，对所有进入梧州市的车辆、乘客逐一进行“非典”检验。

5 月 6 日下午 3 时，我们来到两广交界处的梧州东出口留验站。从车里出来，被烈日灼晒后的水泥路面热浪阵阵，扑面而来，尽管只是 5 月上旬，但这里的室外温度少说也有 40℃以上。

在交警的示意下，一辆由广州开往贵港的客车在留验站靠公路边停下，司机、乘客全部下车接受医务人员检测体温，另一组工作人员则上车喷洒消毒水消毒。登记结束，这辆没有疑似病人的车辆获准放行。

趁着检查的空隙，我们对值班交警黎超强进行了采访。皮肤晒得黝黑的黎超强是交警支队长洲大队的民警，他从 4 月 18 日设立留验站便在这里工作了。留验站每班设工作人员 14 名，其中公安部门派出 4 人，2 名交警、1 名交通协管员和 1 名辖区公安分局的民警。上岗值班人员每班工作 6 小时，全天候 24 小时链接轮换。

黎超强说，为了避免疫情影响到更多的工作人员，在留验站上班的人员相对比较固定。就公安这一块而言，满打满算的 5 班人每天只有一班人能轮空休息，若遇到特殊情况，休息是想都不用想的。上岗的交警及交通协管员负责拦停每一辆从广东方向驶入广西的车辆，维护好后续车辆的停放秩序，分局民警负责路面巡逻，维护好留验站路段的治安秩序，一旦卫生人员检验出疑似人员，经登记后马上由分局民警驾车送往医院。由于这里是两广交通大动脉，每天的车流量连同摩托车在内达三四千辆，最多时近万辆，每一班拦车的动作都要重复做上几百甚至上千次；若遇上车流高峰期，工作量还得成倍增加。黎超强说，在路面跑上跑下流点汗倒没什么，最难受的是工作时要戴着把口鼻遮得严严实实的口罩，但不戴又不行，于是只好每隔一段时间便跑到公路的另一边，解开口罩深呼吸一下，确保大脑不缺氧。

当问起是否有司乘人员不配合检查工作时，黎超强说刚开始的一段时间还是有的，但现在好多了。每天车流高峰期的时候，停靠受检的车辆排成足有两三百米长的长龙，一些心急的摩托车、小轿车驾驶员为了赶路，从另一边的车道逆行而上。只要没有特殊情况或说不出正当理由的，值班的交警会对他们进行违章教育处罚。经过一段时间的查处，逆行冲卡的情况已经很少了。

留验站临时搭建了工作人员休息室。我们看到办公桌上摆放有消了毒的探温针、棉签，还有值班人员签到表及每班检查统计表。随手翻了翻，见写有“5 月 6 日零时至 6 时，查车 417 辆、3524 人，无疑似人员；6 时至 12 时，查车 494 辆、2012 人，无疑似人员……”再往前翻，见写有“5 月 4 日凌晨 2 时，广州——柳州粤 A 48559 号车，全车 22 人，熊某（男，25 岁，柳江县人）体温 39℃，咳嗽，头痛，肺部少许罗音，已送里湖医院检查”。每一天、每一班岗的登记一目了然。

临离开留验站时，我们看到一块约有 2 平方米的木牌，上面用醒目的红字写着：留验站必须做到“三个一”，一丝不苟，一车不少，一人不漏。留验站正是按照这“三个一”的要求认真开展工作的。

4 月 27 日，自治区党委副书记、代主席陆兵，区公安厅厅长陆炳华及自治区检查组，亲临防“非典”第一线梧州市检查指导防治“非典”工作。

中篇：警察天职

之一：维护“非典”时期的社会稳定

为确保防治“非典”取得胜利，广西壮族自治区公安厅党委高度重视，周密部署，于 4 月 25 日发布《广西壮族自治区公安机关处置非典型肺炎疫情工作预案》，同时，要求各地公安机关把维护“非典”时期的社会稳定工作作为当前的一项重要任务。厅长陆炳华强调，各级公安机关在维护社会稳定的同时，还要加强对疫情的收集上报工作，一旦发现，要及时报告当地党委、政府和上级公安机关，决不允许瞒报、迟报。

据悉，“非典”时期，根据处置非典型肺炎疫情工作预案，巡警、交警、边防、消防及派出所等都应急配备了口罩、手套、防护服、担架和消毒物品等。各地公安机关充分发挥职能作用，积极协助卫生等有关部门，做好对非典型肺炎的防治和隔离控制工作，强化对社会面的治安防控。

消息一：4 月 10 日 19 时，南宁市公安局新城分局接到报案：卫生部紧急拨给广西用于预防“非典”的一批运输冷藏箱被人盗走两个。为保证防治“非典”工作的顺利进行，接到报案后，分局长王健亲自带领刑侦大队民警赶赴现场勘查，终于 4 月 13 日 22 时，在市郊大沙田开发区一民宅内将被盗的两个运输冷藏箱缴获。一个外地流窜来邕的盗窃作案团伙由此被捣毁。

消息二：4 月 28 日，北流市一骗子把白开水说成是“非典”疫苗，冒充医务人员到农村行骗。当天上午 9 时许，一名 30 岁左右的青年男子来到北流市新圩镇梧村，吹嘘自己是防疫站的医生，是专门来给群众注射预防“非典”疫苗的，每打一针收费 10 元。村民觉得奇怪：以前来打预防针的医生都由村里的医生陪着，这次怎么没有呢？随即报案。公安机关迅速将其抓获，当场缴获注射器、“疫苗”等物品。

消息三：4 月 25 日下午 16 时 30 分，柳铁公安处东安车站派出所接到电话通报：“非典”患者罗某可能已坐上当日北京开往湛江的 K157 次旅客列车，准备到东安站转车。情况十分紧急！情况向上汇报后，查找“非典”疑似病人的工作立即展开：车上乘警和列车工作人员一边做隔离准备，一边冒着危险逐节车厢查验旅客的车票和身份证；车下的东安所和桂林所民警协助客运部门做好接车准备，布置警力严阵以待。但是，18 时 36 分列车抵达东安站，却未见罗某下车，19 时 20 分，列车开出了东安站。19 时 40 分，公安局指挥中心接报：罗某已找到，由于没买到车票，他没能上车。听到这个消息，劳累了一番的民警、医生们这才松了一口气。

消息四：4 月初，北海某中学女教师与一外省木匠的网恋在血腥里告终。女人惨死，男人不知去向。北海警方循线追击，获悉犯罪嫌疑人刘某心正在湖南。情况及时通报后，岳阳警方迅速行动，4 月 28 日嫌疑人在岳阳落网。当时，犯罪嫌疑人刘某心发烧 38℃。经检疫确认不是患“非典”后被关进了岳阳市看守所。当天下午，北海市公安局刑侦二大队大队长苏远江即率员赶赴岳阳。“非典”时期，民警们戴着口罩行进在办案路上，日夜兼程将杀人凶手安全押回北海。

……

公安机关严厉打击各类违法犯罪活动，最大限度地维护社会政治稳定和治安秩序，保障人民群众生命财产安全。

之二：让“非典”造谣者无处遁形

“非典”疫情，没有人不关心。信息时代，是网络的时代。网络成为人们了解信息最快捷的渠道。但显然，有人将这一渠道用错了地方。

可以说，“恐典症”患者一定程度上受到网上错误信息的误导，不明真相的他们听信了谣传，个别地方还一度出现了抢购潮，严重扰乱了正常的社会秩序。事实上，在我国有关互联网管理法规中已有明确规定，任何单位和个人不得利用互联网制作、传播9类信息，其中就包括“捏造或者歪曲事实，散布谣言，扰乱社会秩序”的信息。

——4月25日，南宁。《南宁时空网》西大专版一个网名为“滚来滚去”的人发布信息，标题为“听说西大有人得非典死了！”南宁市公安局查明该消息是虚假的，谣言为广西大学毕业生何某所发，经依法传唤并讯问，何某对上述行为供认不讳，声称消息是在同学处听来的。南宁市公安局已依法对其处以警告及罚款处罚。

——4月28日，贵港。市公安局网监部门发现本地一网站的“贵港论坛”上一个叫“捷克”的人发布虚假“非典”疫情的信息后，立即开展调查。经深入排查，周密布控，迅速出击，破获一起利用互联网非法散布“非典”谣言案件，将制造这一信息的某企业员工李某抓获，依法对其处以治安拘留10天，并没收其作案用的电脑。

——5月1日晚，柳州。市公安局公共信息网络监察科民警经缜密侦查，将一名在《网柳论坛》上散布虚假“非典”疫情的网民“网住”。那网名为“肥肥扣肉”的人发布信息称：“柳州昨天有一个SARS病人死在市某医院……消息千真万确，希望大家注意啦！！！”网络传播速度快、影响范围广，通过网络散布谣言，后果相当严重。散布“非典”谣言者刘某（男，26岁，湖南省蓝山县人，暂住柳州市航北路民鑫小区）被抓获后供认，其发布的信息毫无根据，是开玩笑的。5月2日，公安机关对刘某散布信息扰乱社会秩序的行为处以治安拘留15天。

……

广西各级公安网络监察部门依法严厉打击网上的违法犯罪行为。通过加大网上的巡查力度，他们及时地删除那些利用互联网造谣惑众、制造恐慌、不利于社会稳定的网上信息，还给网民一个真实的网络。

而那些利用手机短信息传播谣言者也不得不自食其果。

5月8日，岑溪市公安机关成功查处该市首例利用手机短信息发布虚假“非典”疫情造谣惑众、破坏社会稳定的违法案件。4月30日，岑溪市公安局110报警服务中心接到一名群众的报警，称其手机收到一条关于“非典”的谣言信息。接报警后，岑溪市公安局立即向市领导汇报，市领导指示要尽快查处，依法严惩造谣者，以维护社会稳定。经查，专案组民警将该市归义镇新圩街的嫌疑对象陆某传唤到公安机关。陆某供认，其在4月28日上午收到一条内容为“卫生部发布：北京非典型肺炎突破×××例，五一节放假一天，你将此消息转发给10位手机用户，你的账户上将增加188元话费，我刚试过，是真的，快转！”的短信息。在明知传播这条信息会引起群众恐慌的情况下，为得到所谓的188元话费，陆某没有考虑后果的严重性就把这条信息转发给10名手机用户。陆某因此被岑溪市公安局依法处以治安拘留15天。

之三：监管场所预防“非典”不容忽视

根据公安部关于加强公安监管场所非典型肺炎预防的通知精神，区公安厅要求：各地公安监管部门、戒毒所等单位建立有效的应急处置机制，对新收押人员要进行严格的身体健康检查，有条件的要设立过渡观察室，实行隔离观察，不具备条件的要相对集中关押，已发现“非典”疫情的监管场所，一律停止安排家属探视。

钦州市公安机关切实做好各监管场所非典型肺炎的预防工作，制订防治“非典”工作预案，各监所建立了预防、监测和处置应急机制，加大了对被监管人员的生活卫生管理，确保监管民警和被监管人员的人身安康，维护监所安全稳定：他们做好监区环境卫生，确保监室空气畅通，采光良好，除各监区不定期地消毒外，还向监管民警和在押人员发放防护药品发放预防药品、口罩；加强食品卫生，改善在押人员的饮食生活条件，适当增加在押人员洗澡、理发、洗晒被子和放风的时间、次数；为切断“非典”传染源，他们严把入监关，对近期内各类监所一律停止会见、探视，任何单位个人都不得审批或利用审讯、代理辩护等方面携带亲属探监；对新收监押人员进行严格的身体健康检查，做到“早发现、早报告、早隔离、早治疗”；对近期内送监管场监押的人员，办案单位和医疗单位要在确认无感染病毒后方可送押；各监所还安排监所医务人员不定时对各监房巡查。

在柳州，“五一”劳动节还发生了这样一件事：民警押着犯罪嫌疑人去医院看病。那天上午9时许，柳南公安分局总站派出所民警罗人英、林赢章到分局办理盗窃犯罪嫌疑人徐某红的刑拘手续。此前，所里的同志已对留所审查的徐某红量过体温，36.6℃，很正常。11时许，一切手续办理妥当，民警开车押送其到看守所。可到看守所一量体温，徐某红的体温竟上升到37.3℃，属低烧。根据上级的指示精神，此人不能收监！必须马上到医院确诊属何因引起，是否与“非典”有关。经专科医生诊断，此人属上呼吸道急性感染所致，不属“非典”症状，但要打吊针、吃药。大半天的治疗后，犯罪嫌疑人的体温恢复正常，但看守所还是坚持说不能收监，说是还要拍片和观察几个小时才能定。那一天，民警们一直忙到晚上11点钟才总算将人犯送进了看守所……

的确，在抗击“非典”的关键时期，方方面面都不能大意。公安工作服从于大局，由此可见一斑。

下篇:“非典”不可怕

抗“非典”:同一个声音

不让一个“非典”患者进首府!这是南宁市委、市政府的严令。为此,南宁市公安局在进入南宁市区的六条主要通道严防死守,对外地驶入南宁市的所有车辆进行拦截检查,配合卫生部门检查乘车人员的健康状况。在各出省、出城的主要公路上设立非典型肺炎防治检验检疫站,昼夜24小时查验过往车辆上的司乘人员,以把传染源堵住,从根本上防止疫情扩散,同时做好一旦非典型肺炎发生,协助有关部门对有关现场进行隔离等应急处置的准备工作。

“谁在抗击非典时期不作为或是耽误战机或是失职而造成给社会不良后果的,将被清除出公安队伍和被开除公职,同时还要追究其所在单位领导的责任!”南宁地区公安局局长李伟文在部署抗击非典行动会上颁布“连带责任”政策。他要求全地区12个县市的公安民警要积极投身到这场抗“非典”的严峻斗争中去,与越南毗邻的凭祥、龙州、宁明、大新等4个边境县市公安机关要与卫生防疫部门联手出击,为控制“非典”安全边境线,力争树起一道铜墙铁壁。

柳州市公安机关加大对防“非典”的宣传力度。社区民警把一份份宣传资料发放到居民手中,做到宣传不留死角。为加强对流动人口的管理,及时开展了统一清查行动。清查中,他们虽未发现有“非典”人员,却抓获了一批网上逃犯、犯罪嫌疑及卖淫嫖娼人员。

为确保全国防治“非典”期间的道路交通畅通,公安部出台五不准:不准以防治“非典”为由阻断公路交通;不准在公路的省界交界处实行交通管制;不准在道路上设置路障,阻拦车辆正常通行;不准劝返正常行驶的车辆;不准因卫生检疫造成严重交通堵塞。一旦发生,当地公安交管等有关部门将被依法依纪严肃追究责任,公安部交管局还将在今年的平安大道和畅通工程评价工作中对当地实行一票否决。

请看我区交警部门为抗击“非典”交上的答卷,5月6日这一天:

南宁市：检查车辆 4428 辆，检查 35169 人次。检查中发现有 6 人发烧，均送往医院观察；

梧州市：确保梧州东出口、岑溪归义、苍梧苍郁公路省际卡口道路交通安全畅通，检查车辆 3850 辆，检查 20093 人次，发现 1 例疑似病例，已送医院检查；

贵港市：在桂平、金田、麻垌和平南的丹竹、大安、镇隆设检查站，检查客车 400 辆，没有发现疫情……

胜“非典”：不是神话

据统计，从 4 月 23 日到 5 月 12 日，我区警方积极投身于疫情检查站的执勤、对隔离医院及疫情扩散点的警戒、对公共场所的巡逻防范，共出动警力 114891 人次，也涌现出了许多感人的故事。

贵港市公安局交警支队二大队老民警黄瑞规累倒在抗“非典”的第一线：50 多岁的黄瑞规是队里年龄最大的同志，患有骨质增生，脊椎经常痛。当时，他儿子正在医院做换肾手术，由于队里警力严重不足，他没有请假，白天上班，整个 4 月还加了十多个夜班。4 月 27 日是星期天，黄瑞规实在是太累、太难受了，不得不向大队领导请假到医院看病。上午 9 点，正在医院打针的他从电话中了解到二大队辖区内的国道 209 线港南区路段交通堵塞长达十多公里，已造成国道交通中断的情况后，不顾医生的劝阻，拔掉针头后立即赶赴岗位。整整 9 个小时，他坚持在路面执勤，滴水未进。下午 6 点，道路恢复通车时，他晕倒在地……

抗击“非典”，说实在的，考验的不仅仅是医护人员的医疗救治水平和城市公共卫生的应急保障能力；战胜“非典”，除了医疗科研机构做出不懈努力外，更要求对传染病防治法等相关法律法规不折不扣地贯彻执行。

也就是说，有疑似“非典”病人到医院就医时，医院因其交不出钱，没有采取任何救治措施的；冒充防“非典”领导小组办公室的药品监督员进行诈骗钱财活动的；利用防治“非典”的非常时机哄抬物价、制造假冒伪劣的防治用品的；借非典型肺炎疫情造谣惑众、敲诈勒索的；明知自己患上“非典”，却不向有关部门报告、拒绝隔离，甚至出走的……凡此种种，均是违法行为，严重的可能已构成了犯罪。

我国政府已将“非典”列入《中华人民共和国传染病防治法》中规定的法定传染病进行管理。对于违反传染病防治法的有关规定、情节严重、构成犯罪的，可依照刑法有关规定追究刑事责任。

最高人民检察院4月23日发出通知，要求各级检察机关对国家机关工作人员严重失职、渎职，造成疫情扩散等严重后果，构成犯罪的要及时立案查办。另外，对抱有各种非法目的，编造传播虚假信息，扰乱社会秩序，借机闹事的犯罪行为，以及为牟取非法暴利，利用群众恐慌情绪，垄断货源，囤积居奇，哄抬物价，生产、销售假药、劣药，破坏社会主义市场经济秩序的犯罪活动，要与有关部门密切配合，及时做好批捕、起诉工作，坚决依法惩处。

5月12日，第376号国务院令公布了《突发公共卫生事件应急条例》，把突发公共卫生事件的报告与应急处理等，一并纳入了法制化的管理轨道。

暴风雨降临我们的国度，人性中的阴暗和美好一同泛起。“非典”疫情面前，我们更是看到了全社会同舟共济的使命感和责任心。

共抗“非典”，全国人民众志成城，携手并进！

我们有理由相信：人定胜天！

这里，我们再次由衷地向白衣天使、公安战士以及各行各业的抗“非典”英雄致以最崇高的敬意！

发表于《南疆警事》2003年第6期

穿越心灵的沉重

1

就在前个月，我们杂志编发了关于平果县公安局因公牺牲民警韦伟的文章《刑警青春热血颂》。编辑校对的时候，我惊心于韦伟的年轻；才32岁呀！最是人生值得骄傲、最是人生走向成熟、最是人生生龙活虎的时候，而他竟然一头扎倒在工作岗位上不再醒来了。

韦伟说的最后一句话是："队长，明天我想到必罗屯去收集一些情况。"直到他倒下的那一刻，他心里想的还是工作。一个工作至上的人，活得多么纯粹啊。

人生一世，生命宝贵。韦伟这样的一生，值吗？想想吧，在韦伟做"拼命三郎"的时候，他自然是没把累没把苦当成一回事，可是，却是连他自己都不知道自己是在什么时候就把生命给透支掉了。他带给家人的是永远的痛。

我无法不为他这种忘我工作的精神而感动。

从某种意义上说，死亡就是一种永恒了。每一个生命都是不能修改的。韦伟当然也一样，他永远地把自己留在了32岁的年岁上了。所有为之感动的人，我想这感动都不仅仅是对韦伟一个人的，而是对像韦伟那样的许许多多的壮士。因为他们不灭的精神！

2

为了深切缅怀在“严打”整治斗争中牺牲的公安民警，把党和政府的关怀及全国百万民警的深情厚意传达到每一个英烈家庭，1月14日，公安部副部长赵永吉率领慰问团来广西了。

这是全国公安战线组织开展的“以弘扬英烈正气，共铸金盾辉煌”为主题的慰问“严打”整治斗争中牺牲民警的家属和英雄模范的活动。以赵永吉副部长为团长的慰问团一行8人的到来给寒冬里的人们如火般的温暖。

参加1月15日上午座谈会的有在“严打”整治斗争中牺牲的烈士家属王梅红、因公牺牲民警家属孙美娇和烈士子女闭李莉等代表15人。公安部赵永吉副部长、自治区副主席周明甫、自治区公安厅厅长陆炳华等领导出席了会议。

公安部部长贾春旺给战斗在“严打”整治斗争第一线的广大公安民警、英雄模范及家属同志们的慰问信在会上宣读。公安部慰问团向烈士家属颁发慰问金1万元，向因公牺牲的民警家属颁发慰问金各5000元。自治区公安厅也给烈属颁发慰问金5000元，给因公牺牲民警家属各颁发慰问金3000元，给烈士子女各颁发慰问金1000元。

颁发慰问金那段时间，全场无声。我却看到了无声的哭，看到了抽动的肩膀，看到了红肿的眼睛。那一幕深深刻在我的脑子里，它越是无声，越是让人的心灵感到无比的沉重。

烈士家属、武鸣县公安局原刑侦大队副大队长刘宁章的妻子王梅红发言。

生着的人从中感到了力量。似有源源不断的力量泉水，从心底里汩汩地冒出来。

赵副部长对广西公安民警巨大的奉献与牺牲给予肯定，“他们的精神是我们整个社会和时代的宝贵财富，他们永远活在我们心中。借此机会，我代表公安部党委和全国百万公安民警，感谢为祖国和人民培养了忠诚卫士的英烈父母，感谢一直支持亲人工作的民警配偶，同时也热切地期望英烈子女早日成才！”

烈士子女代表、正在广西公安管理干部学院就读的闭李莉同学也作了发言。

小莉曾是不幸的，1991 年 2 月 24 日，金秀瑶族自治县公安局刑侦队长李国康在一次执行追捕任务中光荣献身。小莉不到 9 岁那年就承受了失去父亲的痛苦。丧失至爱亲人的无情现实，沉重地打击了她幼小的心灵，让她无比悲痛，也使她的家庭生活陷入困境，学习环境也造成了很大的影响。但“警察”这个神圣的职业成了她心中的向往，完成父亲未竟的事业更成为她最为迫切的梦想。当她穿上崭新的警服，头顶着闪亮的警徽，她的内心深处自然又比其他同学多了一份庄严与沉重……

父亲是小莉的骄傲和楷模。因为父亲的牺牲，小莉受到了社会各界的普遍关注。但小莉深深地懂得，自己是不能永远生活在父亲的光环之下的。

座谈会上，小莉强忍住了泪水。原来失去父亲的痛苦本来已经很淡了，但再一次看到别人的新痛，她心里仍有不尽的难过。小莉对我说，她竟然有了“看到我妈当年的样子”的感觉。就在下电梯的时候，当她听说其中有位牺牲民警的孩子现在才 11 个月大时，她马上联想到了自己和比自己还小 3 岁的妹妹。不过，现在小莉已变得非常坚强了，她说：“我觉得她们是不能永远生活在痛苦之中的。从痛苦中走出来，这需要时间，除此之外没有其他方法。”

“领慰问金的时候，我的手上仿佛不是慰问金，而是捧着一份关心，捧着一份父亲用生命换来的荣誉。

“自从穿上这身警服后，我告诉自己不能再轻易掉泪了。也是我妈教会了我坚强，因为哭是不能解决问题的。有些痛不能避免，有些伤疤不能揭。1998 年，我参加了公安英烈子女赴俄罗斯参观团，大使馆的一位夫人也去那里野营，她明知道我们这种情况，还一个个地拉我们的手问我们的父亲是怎么牺牲的。那年我 16 岁，见她这个样子，我默默走开了。

“对父亲的印象已经有点模糊了，那时我还小，他又经常不在家。父亲是上门女婿，他很善良，对家人都很好。”

当年幼小不谙世事的小女孩如今已长大成人。这十几年到底是怎么过来的，仿佛也就是一瞬间而已。只是，当小女孩要负责修灯的时候，要跟母亲一起扛煤气、买米的时候，便不由自主地想着父亲在就好了。小莉的母亲让我由衷地敬佩。一个女人，十几年来一个人以一份工资供两个孩子读书教育（20 世纪 90 年代初，我们的抚恤制度还并不完善），担起一个家庭所有的负担，真是太不容易了。女儿成了母亲的一切，在家中，她一直坚守着失去另一半的寂寞与孤独。好在，两姐妹慢慢长大了，母亲闭凤音的艰辛也熬出头了。听说小莉 45 岁的母亲可能会在今年找一个伴，为此还专门征求了两个孩子的意见。小莉当然很赞成，这正是善良懂事的她愿意看到的：“只要那个人对你好就行了。”

3

隆重的座谈会结束之后，慰问团一行急驶往钦州。他们将要去看望全国公安战线二级英模黄源德同志。

老黄算是我的一个故人了。早在 1996 年我就在去钦州采访时认识了他。那时他是钦北公安分局副局长兼小董派出所所长，肩上一大堆琐事。我到钦州后，跟着我们钦州记者站站长李卫去了小董，却被那些大小的案子迷上。他们倒是很隆重地推出了他，可文章一出来，黄源德在我的笔下也只是“黄源德副局长亲自带队”一句带过。说实话，当时我的确顾不得好好地了解他。

然后就是 2000 年 10 月，听说他累倒了，积劳成疾，突发颅脑大出血。但幸运的是，保住了一条命——他在死亡线上好一番挣扎，终于活下来了。

我从心底里为他高兴。仅想到了一句话：好人还是有好报的。

后来，我为他写了一篇文章：《一个警察“工作狂”的激情备忘录》，写了他1984年从警以来的事迹。可惜那时他已没有知觉了。我与李卫在电话里联系，谈着关于黄源德的种种，心里真的非常遗憾不能采访到他，听他说那么一两句话，更是不能走进他的心灵，听听他心灵深处的声音。不过，自己总算也为他做了一点事情，心也稍稍安了。

这是2002年1月15日上午11时10分。这会儿，赵永吉副部长握住了黄源德的左手。那一刻，黄源德的脸非常的平静。

我从熟悉情况的人那里了解到，黄源德靠着坚强的毅力，已经能够听得懂别人的意思了，但自己还是说不出来。他一定感觉到了那双大手传递过来的温暖与力量。但他的激动无法表达，他只是抓住对方的手不放。英雄无语，无语亦英雄。两双年纪相仿的手相握，交流的岂止是感动？

黄源德用他经过锻炼现已比较灵活的那只手接过了部长手里递过来的慰问金。一同去的区政府副主席周明甫、公安厅厅长陆炳华、钦州市长李康也给他递过了慰问金和慰问品。

“你是我们学习的榜样！”这话从赵副部长的口中表达了明白无误的意思。“我今天代表公安部党委和全国160万民警来看望你。北京离这儿太远了，但我们都在关注你的事。”

钦州市公安局长鄂廷山介绍说：钦州这几年整个社会治安情况好转，这与民警忘我的工作分不开。黄源德的事给大家提了一个醒。去年局里开始重视这件事，但一检查身体，马上就有几个民警需要马上住院治疗……

“是啊，我们不仅要照顾好英烈的家属、照顾好生病受伤的民警，更要给仍在公安一线岗位上工作的民警更多的关心和爱护。”赵副部长深情地说，“我们要从优待警。在基层，民警工作任务太重，工作时间又长，没有节假日，精神压力太大。”

毋庸置疑，公安工作任重而道远。民警作为一个有血有肉的人，需要的是人们更多的理解与支持。

4

这一次，韦伟年轻的妻子黄英利也带着不到两岁的女儿来南宁了。

丈夫是 2001 年 10 月 19 日才离开的。这伤口太新了，太深了，以至于一说起丈夫，小黄都在哭。她其实是愿意有个人听听她的倾诉的。只是，我能想象得到因公牺牲的民警韦伟是一个工作认真负责的人，却想不到他也是一个感情如此细腻的人。

“我们谈恋爱的时候，他不让我和他一起出街，说是他在派出所工作 5 年了，抓的人太多，怕人家报复我。结婚时，他开玩笑说：就是看中你是老师才娶你的，因为刑警实在太忙了顾不上家，老师至少有 3 个月假期照顾家里啊。

“其实他是个很重感情的人，孩子出生后，虽然他和孩子在一起的时间很少，但是每次我和孩子去看他，他都尽量抽出时间陪我们，尽量做家务，朋友叫他去应酬他也不去。我说既然朋友请就去吧，他说：我一个月才能见你们一两次，我要多陪你们。结婚以来，我们几乎没什么吵架。他说，我们本来在一起的时候就少了，吵架太浪费时间了。你问我为什么爱他？我说不清。感觉他就是一个很好的依靠。他爱唱《让你依靠》这首歌给我听，可现在他才陪我走了那么一点点。

“我从来没见过他偷懒。我见他那么辛苦，曾劝他说调到别的科室去，就不用下队那么多了。他说那多没意思，还是趁年轻的时候多跑点。

“你不知道，在我们那里还是很重男轻女的，我怀孕 6 个月去照 B 超，他已事先知道是个女孩了，但他见我想要男孩就不告诉我，直到我准备生了，他才对我说：可能你要失望了，将来你要当外婆，我要当外公的。我是真心希望有个男孩将来也当警察呀。孩子出生了，他回家总要帮孩子洗衣服、洗尿片。这在我们那里是很让人看不起的，可他从不管别人怎么看。他只怕我累着。他常常对我说：还是女儿好呀，男孩子太调皮，你一个人管不了的。

“女儿 1 岁多时，由于很少见到父亲，我就在枕头底下放了一张他的照片，每天晚上 8 点半他打电话回家跟女儿说话之后，我就拿他的照片给女儿看。每天晚上女儿必须看了爸爸的照片才肯入睡。他爸爸去世后，她原本正常的生活也全打乱了，晚上睡觉也不按时了。我把她爸的照片收起来后，女儿每天晚上都喊：‘看爸爸，看爸爸！’她爸爸走了有 3 个月了，我想不到她也有记忆力。虽然整天不见爸爸，但她一见到相片就喊‘爸爸’，还拿着相片亲个不停。”

……

我几乎都在听她说，听得很仔细，也很少插嘴。只是我的心一次次地为之颤抖。小黄是个数学老师，还年轻得很，1977 年生的，比我还小几岁。我不敢想象一个女人如何面对人生中这样的痛——女人在生命情感的深处，失去一个深爱着的男人是怎样的痛。我也是一个母亲，我的孩子也跟她的孩子差不多大。以心贴心的无距离，我想我能感受得到她作为女人今后人生之路的艰难。小黄很秀气，善良于她是一种不张扬的美。与她交谈的时候她多数在哭，让我拿不准是否该结束我们的谈话。

“他平时连感冒都很少的，身体一直很健壮。哪里想得到……在医院，当我知道这一切，我连哭都不会哭了……我这辈子命苦，我堂姐说：你才 20 几岁，怎么就经历了人家一辈子也不可能经历的事情？

“出事以后我就没上班，单位领导不让我去，怕我控制不了情绪。说实在的，现在我的眼前真是一片黑暗，像天塌下了一般。我一点都没想过以后的事。我也想坚强呀，可一到晚上一个人守着空荡荡的屋子，我真的绝望。以前虽然他也很少回家，也经常让我等他，但我总还是有个盼头的。现在没有目标了……”

我听出一种哀莫大于心死的意味，便忍不住小声地提醒她：“别忘了你的女儿需要你啊。”

这个柔弱的女人叹了口气：“你放心，我也是搞教育的，我会尽我的最大能力教育好孩子的。她现在是我唯一的希望了。她爸在的时候特别爱她，说以后即使穷到要卖掉身上的衣服，他也要送她到最好的大学读书……”

“现在”是一个很短暂的词，可能稍纵即逝。但这个时候，小黄说到“现在”却让我不知道她的这个“现在”还会延续多久，她的切切悲伤更要延续多长。

“跟我住的翁梅，比我还惨。”小黄悠悠地又叹了口气，“刚来报到时，我见没安排人跟我一起住，我很高兴。我是怕别人问起来，我会控制不住自己的。后来她来了，她这次是跟她的母亲一起带孩子来的，小孩正在发烧，她们就住在亲戚家，只是中午我们在同一间房里呆了一下。我没去问她太多，毕竟自己也有伤口，我不想触动她。我只问她有没有孩子，她说有，11 个月大，丈夫是去年 7 月走的。然后我们都哭了……”

她们作为同一间房里的同命人是应该抱头痛哭的，但她们都懂得体恤对方。她们是在用哭声支持着对方啊。“看到这世上跟我这样命苦的人，我的心平和些了。”想不到，这样的相聚对于她们竟然成了一次精神的相互鼓励。看到这世上还有这些与自己命运如此相似的女人同样也在努力地营造着生活，她们于是有了交流、有了倾诉的欲望，也有了生活的勇气。明白到这一点，我顿时惊得说不出话来。我真的不是一个很好的采访者，我只能顺着她的思路走。我想，你已经把人家弄成这样了，你还这么清醒地发问，是不是太冷酷、太残忍了？

我真心地为小黄祝福，说愿时间能帮你慢慢抹去悲伤。

难得的是，即便沉浸在无尽的悲伤中，小黄仍记得让她的女儿小豆豆跟我道了声再见。

5

和平年代里，谁都不会否认警察是一个牺牲、负伤人数最多的职业。据统计，新中国成立50多年来，公安战线先后有8000多人为国捐躯，还有十几万人光荣受伤。仅2000年，就有443名民警以身殉职。而在我们广西这片红土地上，解放以来共有63名烈士，因公牺牲人数也达176人。1999年至2001年，因公牺牲民警30人，其中有3人被追授为革命烈士称号。

“对于公安英烈家属来说，你们的亲人为了保护国家、集体和群众的利益，献出了自己的生命，给你们的家庭带来巨大的精神打击和生活压力。但你们忍受了极大的痛苦，默默挑起生活的重担，有力地支持了公安工作。你们的亲人为革命作出了贡献，党和人民不会忘记他们。作为家属，你们也对公安工作作出了贡献，党和人民同样也没有忘记你们。”陆炳华厅长的话在我耳边响起来。他的话不是仅对在场的英烈家属说的，也是对所有的因为从事公安工作失去亲人的人们说的。

在从严治警的同时，也要从优待警。

要把抚恤工作作为激励士气、鼓舞斗志的重要工作来抓。

要多层次、多渠道地解决因公伤亡民警家属的实际困难，切实解决广大公安民警的后顾之忧……

警察的付出和生命的价值是以千千万万人的幸福和安宁作为衡量标准的啊。公安机关忠实履行保护人民，打击敌人，惩治犯罪，管理社会治安的神圣职责，有时候，他们的付出甚至于连他们自己的亲人也很难理解他们的忙碌。广大民警的工作生活条件比较艰苦，而他们的默默奉献却少为人知。那么他们在生与死之间，到底得到了什么？又失去了什么？

他们留下的只是一串串闪光的脚印。顺着他们的脚印，我们不难看出他们的赤胆忠诚。

我们不会忘记他们！不会忘记他们的牺牲和付出，也不会忘记警功章背后坚强的支撑。莫泽光、冯海龙、黄飞鹰、黄水芳、蓝克雄……以及他们名字后面的罗少琼、韦金琳、翁梅、何月留、涂世波……

党和中央政府一直关心、爱护公安队伍，特别是公安民警的优抚工作，时刻牵动中央领导的心。公安部于1997年1月建立的“全国公安民警英烈抚恤补助基金”迄今已累计发放各类抚恤补助金760多万元，补助了2000多个公安英烈家庭。无疑，这种类似的慰问是能增加队伍的凝聚力和战斗力的。

可是，就在1月16日上午跟随公安部慰问团从百色回南宁的路上，我惊闻一个很不幸的消息：南宁市公园派出所民警梁志昨夜参加伏击守候，由于近段时间来全身心都投入工作中，天蒙蒙亮时他倒下了。脑溢血，正在医院抢救。就在当天晚上10时许，民警梁志走了……

我再次感到心里那说不出的痛。生命对于每个人都是最珍贵的，而我们民警的身体状况、生存状况却着实令人担心。怎样给我们的民警“减负”，怎样最大限度地减少我们民警的伤亡呢？

6

夜深了，我在灯下一点点地整理着自己的思绪。想说的话都说了，只是心中的沉重没有随着夜色褪散。

我为自己身在这样一个充满激情与奉献的团体感到自豪。

我为自己身边那么多前赴后继的同一战壕的战友感到骄傲。

然而，我实在是不再愿意看到民警牺牲了。

发表于《南疆警事》2002年第2期

谁不希望自己生活在一个平平安安的环境之中？但不可否认，我们的身边却存在着许多可怕的火灾隐患。粗心的我们也许注意不到。幸好，它们逃不过消防人员锐利的目光。本刊记者为此采访了全国著名火调专家、广西公安消防总队防火部林松副部长……

火灾隐患就在身边，请对我们的生命负责！

人为封堵安全出口等于关上了生的大门

没有安全出口，是对生命极其不负责的一种态度。

今年6月30日，柳州市消防支队对柳州市两面针大厦做出停产停业整改的处罚。为什么？柳州市两面针大厦有9层楼，1–3层经营百货，只有一个疏散通道；4–9楼也只有一个通道（楼梯），但业主已把它锁上。4楼以上，每一层都分别出租给了不同的老板。一起火，电梯马上停电，而能够步行逃生的唯一通道又锁住了！你想吧，每一层楼的活动人员多达百人，但生的大门却关上了，谁能逃得出“鬼门关”？像新疆克拉玛伊大火、洛阳东都商厦大火，都是因为逃生的大门被关上而造成的惨案。“两面针”的隐患最终使其“关门”。

据我所知，还有一些厂家，更是典型的工厂、仓库、宿舍“三合一”，通道七弯八拐，也没有疏散标志。昏暗的灯火中，每层楼都被阴森森的铁门和防盗网包围。车间里，成品、半成品到处扔；面积很小的宿舍里，床位密密麻麻。火灾发生时，四处浓烟滚滚，烈火熊熊，死生系于一瞬间！如此紧张混乱的火场，没有逃生之门最可怕。人家日本人进宾馆，如果没有消防设施、没有安全出口是不会住的。

点评：疏散通道堵塞现象相当普遍，造成后果也非常严重。千万不能将疏散通道封死。提高人们的消防安全意识和掌握必要的逃生常识非常重要。一般说来，经营者出于降低成本和防盗的考虑，肯定是千方百计地减少或封堵出口。为了应付消防检查，他们会打开门。但消防人员一走就又关上。消费者有没有意识到没有出口使自己处于不安全的状态中？这就需要消费者去监督，以不去那里消费作抗议。这是我们的权利。也只有到那个时候，经营者才想着去改，以“提高其产品的质量”吸引消费者。

改变建筑原设计功能
（特别是大楼出租后各自为政带来的种种问题）

以上了重大消防隐患“黑名单”的南宁市金融大厦为例。金融大厦是多功能的高层商业大厦，上有公司，下有银行、证交所、营业部。有的公司把两三间房都打通，以扩大面积。本来是长长的一条有两边出口的内走廊，如果公司只买下一半，便堵住，断开，自成一体。这样，公司的领地算划分清楚了，但进出口却变成了一个！而且，为了充分利用空间，往往还把原来布好的报警设备拆除。消防系统不能正常运行，其安全管理实际上是空的。

1999 年 12 月 21 日，合浦县某大厦发生特大火灾，造成 1 人死亡、6 人受伤，直接财产损失 133.5 万元。火灾是因大厦一楼商场的吊顶内电线接触不良，造成喷溅火花引燃可燃物所致。但也跟屋主进行二次装修时未报请消防审核（按规定，装修应报公安消防机构备案审核，完工后应报验收合格才能投入使用），擅自改变建筑功能，将住宅楼改为集商场、旅馆、娱乐场所为一体的综合楼有关：大厦一楼为摩托车销售商店（火灾当天存放各种摩托车 128 辆及配件一批）、二楼为公共娱乐场所（用可燃及易燃材料进行装修）、三楼以上为旅业用房。一楼摩托车销售商店与楼梯之间用木板进行分隔，其他楼层的使用场所直接与楼梯连通，但疏散楼梯只有一个！

点评：这是严重违反建筑消防管理的行为。改变建筑使用功能进行内部装修，未按规定向消防机构申报，未经消防验收合格擅自投入使用，使原设计的安全设施，特别是配电、用电及消防布局、措施达不到国家有关消防法规、技术规范要求，留下了重大火灾隐患。建筑审核以后，一般来说是不能随意改变的。

电线乱拉乱接，超负荷用电

1997 年 9 月 19 日 2 时 40 分，柳州市白云批发市场因电气线路接头接触不良发生火灾，烧损建筑 1.39 万平方米，过火门面、摊位 284 个，烧毁家用电器、副食品、糖烟酒等物品一大批，直接财产损失 1900 万元。

我到火灾现场进行了调查。依据现场勘查发现起火点处的配电线路有短路和放电痕迹、叠放在起火点下方的食品被引燃烧成“U”形痕迹、配电箱自动空气开关处于合闸自动跳闸状态、电工等人证实起火当晚没有中断市场各摊位的供电、38 号摊位业主反映其摊位日光灯有照明不稳定和时亮时灭现象，以及保安员目睹电弧光等的事实。大量证据证实：这起火灾系因市场配电线路在一楼 38、42、43 号摊位的进户线共同连接处，导线接触不良过热，导致局部绝缘失效，与摊位分隔墙角钢相触，产生对地放电火花，引燃周围可燃物蔓延成灾。

点评：线路会老化，也会由于接触不良引起打火，发生火灾事故。可以看到，在我国的火灾分类中，电气火灾发生频率正逐年上升。引起电气火灾的原因，通常不外乎三种：一是电气产品质量低劣；二是电气安装违反安全规程；三是使用电气不慎。

大量采用可燃易燃材料装修，降低耐火等级

1993年10月11日13时14分，玉林市某卡拉OK歌舞厅发生特大火灾，烧毁歌舞厅及毗连的大酒店、一层出租商场，过火面积3500平方米，受伤8人，直接财产损失337.5万元。歌舞厅装修未报审，防火分区、消防设施、安全疏散等均没有很好地执行有关的消防技术规范。歌舞厅在装修施工前未依法将工程图纸报到消防部门审核就擅自施工，装修中使用了大量的易燃材料，增加了火灾荷载，更是留下了先天性火灾隐患；电气施工人员无《特种作业人员操作证》，电气线路安装不符合防火安全要求；不按规范要求安装室内消防设施，消防用水严重不足；工程竣工后也没有经过消防部门验收就投入使用。

造成群死群伤的大火，大多发生在人员密集的公共娱乐场所。一个重要的原因就是公共娱乐场所的建筑耐火等级低，耐火等级之所以低，是因为在装修中采用了大量的可燃易燃材料。譬如英国早已禁止使用的聚胺酯泡沫我们都还在用，像三合板、木龙骨，以及很多走线都是装修板下面进行的。一旦起火，燃烧便会迅速地蔓延。

点评：1995年1月26日，公安部颁布了《公共娱乐场所消防安全管理规定》明文指出："公共娱乐场所建筑的耐火等级不可低于一、二级……吊顶应当采用非燃材料，墙面、地面、隔断应当采用非燃或者难燃材料，帷幕（幕布）、窗帘、家具包布应当采用阻燃织物或者进行阻燃处理。"但很多公共娱乐场所并未执行这些规定。公共娱乐场所的装修应当使用防火涂料、阻燃木材、阻燃装饰布等。

防火分区面积过大

最引人注目的就是仓库、市场、娱乐场所。

南宁市网吧的消防安全状况不容乐观。位于广西大学附近的火炬路上，有一家设在二楼的拥有300多台电脑的大型网吧——不必说，防火分区面积过大了。该网吧的事故应急照明已经损坏，无法正常使用；安全出口也被“铁将军”把守着。沿着安全出口一路走，你想不到二楼疏散通道通向楼下的是一家食品饮料公司。机器声隆隆的是公司的吹罐车间，另一边本来是疏散通道通，却被挪作他用，成了车间和仓库。楼下堆放大量的可燃物。成品仓库与罐装车间混在一起，消防管理十分混乱。一旦发生火灾，二楼的网吧必定在劫难逃，重大的人员伤亡少不了。

合肥某外资企业，总投资达30个亿。厂房很大，有1.4万多平方米，存放了33万个轮胎。由于没有防火分区，厂房太大，一把火就全烧光了。厂房建筑倒塌，损失了600多万元，整个损失高达2000多万元。当时，当地是因为好不容易才引进来一个外资企业，所以未经消防部门审核便投入使用了。如此大的一个仓库，既不设防火卷帘也没有防火墙。在火顺势蔓延的时候，当真是一点办法也没有了。

点评：国家消防技术规范规定：一个仓库，按2000平方米做一个分区。即使加上水喷淋系统，也不能超过5000平方米。不能贪图方便采用超大的面积。一般的大商场都要严格地划出防火分区，这样，真烧起来了，也只是烧一个。火势不蔓延，不但减少了损失，也容易进行扑救。

消防设施成了摆设

在对消防设施的检查中，我发现里面存在的隐患较多。如没有建立建筑消防设施维护保养制度：二氧化碳自动灭火系统泄漏后未能及时维修补充，关闭的灭火系统控制柜的电源也未及时恢复，导致系统的自动报警、自动灭火功能失效。也就是说，作为能尽早发现着火的自动报警系统因关机而不能在第一时间发现着火，从而在着火初期（一般是5分钟内），耽误了宝贵的灭火时间；供水系统筏门关掉了，出现了故障，却没有人去修，关键时刻，室内消火栓系统和水喷淋系统等灭火设施起不到作用。听到报警后，一般人不会处置，表现在他们不会使用消防器材。也有的是怕警报是误报，干脆关掉。一些单位不会组织灭火，也从来没有灭火预案。一些市场内通道狭窄，摊位拥挤，乱搭乱建屡见不鲜，造成了着火时无法隔离着火区；而消防通道一旦受阻，消防人员及设备不能进入着火区，当然也就不能有效地控制火势……

点评：把消防设施当成摆设的后果不言而喻。安装消防设施不仅仅是为了应付检查，而要将其看作是一个实用的工具。消防，字面上就包含了“消”与“防”两方面的内容。如今有关消防部门屡次强调“防”的重要性，但却很难真正落实下去。有人认为在这方面投资没有任何回报，是“白花钱”。“养兵千日，用兵一时”是古人早就明白的道理，这些人却忽略了，他们必将会为此付出惨重代价的。

违章操作

这样的事例就更多了：1999年5月16日9时40分，柳州微型汽车厂涂装车间新面漆返修线因违章电焊发生特大火灾，烧毁喷漆室278平方米及价值635万元的自动喷涂机等设备，直接财产损失900.4万元。两个工人既无焊工操作证，又无在场的动火监护人的同意，违章动火作业，违反了《中华人民共和国消防法》第十八条的规定，导致特大火灾事故的发生。而火灾事故发生时，在场的人员取来了灭火器但不会用，拉来了消防水带也不会接水，该厂负责管理二氧化碳自动灭火系统的人员居然对该系统不熟悉，未能准确打开着火区域的选择阀，也贻误了灭火的有利时机，小火酿成了大灾。

2000年9月1日15时35分，南宁化工股份有限公司供销公司酒精罐发生火灾，直接财产损失126.32万元。起火原因是工人在气焊酒精罐的氮气管道时违章作业引起爆燃所致。由于该企业的有关人员不按规定办理有关动火手续，在甲级防火区内违章使用二级动火证进行维修动火作业，严重违反了防火安全的工作程序。

而一些违章焊割操作、无证上门焊割安装的现象更是比比皆是。

点评：没有坚持必要的工作程序和制度必将造成事故。操作者必须经过严格的培训考核才能安全上岗，持假证上岗等于拿性命开玩笑。更不能违反安全操作，在危险区、生产区，要有安全措施才能动火。有章不循要不得。

每一次火灾的形成并非单纯的一个隐患而已，都是由于多种原因造成的。但总的说来，他们都严重违反了消防安全管理规定，存在多处火灾隐患。隐患太多，不去整改，着火是迟早的事情，这也就是“隐患险于明火”的道理。如果在此之前投入一些资金来加强防范，这些资金相对着火造成的损失来说恐怕无法相提并论吧！

警钟长鸣，才能真正地防患于未“燃”！

发表于《南疆警事》2002年第9期

一次终生难忘的警卫任务：警卫小平同志

1986年元月26日—29日，小平同志在王震同志的陪同下视察桂林。4天时间匆匆而逝，11年的光阴也疾步如飞。然而，一代伟人的风采永远地扎根在当年曾担任过警卫工作的同志们的心中。

这是一段至今鲜为人知的往事。

当年是他——广西区公安厅副厅长马禾亲自从湖南冷水滩车站接小平同志入广西境内的，圆满完成警卫任务后，又是他护送小平同志到了贵州的马尾车站。马副厅长回忆起当初接受安全保卫工作的情形："就在小平同志到桂林的前半个月，中央一个电话打到广西区公安厅，要求负责警卫工作的厅领导去北京一趟。我与警卫处的蓝日廉副处长到北京后才知道，原来是小平同志要视察我们广西桂林。我当时是既高兴又感到责任的重大。一到南宁，我便向区党委的领导作了汇报，并开始着手作周密的部署。能警卫小平同志，是我一生中最大的光荣。"

为此，区公安厅警卫处的几名干部也被派往桂林。现在的区公安厅警卫局四科科长郭雄、一科副科长陈鲜朝就是其中的两个。郭雄当年32岁，他是一个有心人，那4天里发生的事，他都详细地记录下来了——

我们是23日到桂林做准备工作的。当时还成立了安全警卫领导小组，我和其他6名同志分在随身警卫组。

元月26日上午9时45分，小平同志一行乘坐专列抵达桂林火车站。自治区党委书记陈辉光、主席韦纯東及桂林市党政领导早在火车站等候。82 岁高龄的小平同志迈着稳健的步子走下火车后，亲切地与大家一一握手。专车很快将小平同志一行送到了榕湖饭店 7 号楼。

我们都认为，经过长途旅行，小平同志一定很累了。可想不到半个小时后，小平同志就神采奕奕地走出房间。他绕着住地，在九岗岭散步，前后绕了三圈，有半小时左右。

当天，王震同志把区党委领导请到房中，一再嘱道："小平同志的安全问题关系到党和国家的前途命运问题。希望大家以高度的政治责任感和严密的警卫措施来确保小平同志在桂林的安全。"

小平同志到桂林在当时是保密的，并不对外宣传。而小平同志在人民当中拥有极其崇高的威望，为了避免出现群众大规模欢迎围观的情况，视察、游览路线的安排非常周密。

元月 27 日上午 8 时 30 分，小平同志一行由陈辉光书记陪同在杨堤码头上船游漓江。桂林市公安局的摩托艇在前面保卫。在船上，小平同志跟陪同人员兴致勃勃地谈起了当年领导百色起义的情形，谈到了与李明瑞的关系。小平同志非常希望能到当年战斗过的百色和龙州走走，看望为革命作出了巨大贡献和牺牲的老区群众。但是，由于去百色的路况差，考虑到小平同志年事已高，为了安全，此事只好作罢。在九马画山一带，船停了十多分钟。小平同志饶有兴致地观察据说有九匹马的石壁。船上的人纷纷提出与小平同志合影。小平同志微微笑着，一一满足了大家的要求。这可忙坏了广西区公安厅负责摄影的宋成章等同志。也正因为如此，广西得以保留了大批小平同志的珍贵照片，也使得我们今天能够一睹小平同志的音容笑貌。

下午 1 时 30 分，我们的船抵达阳朔码头。小平同志步履稳健地走下宽度不足 40 公分的木板，根本不用人搀扶。这哪像是一个上 80 岁的人呢？想不到才一上岸，周围就有群众认出了小平同志。这一下可不得了了，码头、街道马上就挤满了人。而且人是越挤越多，好几千人呢。群众都自发地鼓掌，气氛非常热烈。我们与中央警卫局的同志非常紧张，但小平同志却高兴地频频向群众挥手致意。鼓掌声欢呼声于是更加热烈。最后，经过多方努力，小平同志总算顺利地乘车回到下榻的榕湖饭店。

元月 28 日上午 8 时 40 分，小平同志在自治区主席韦纯束的陪同下参观了芦笛岩。很难说是不是因为前一天小平同志在桂林的消息传开了，进洞看岩一小时出来后，在洞外的山头、天桥上就挤满了群众。一日本游客竟然还越过好几道防线走到小平同志面前要跟小平同志握手。小平同志友好地与对方握了手。这时群众越围越多，我们忙催促大家散开。但群众却不断涌来。大家热情地鼓掌，小平同志也慈祥地点头微笑，并跟群众挥手致意。此时群情更激动了。我们在紧张之余却深深感受到了小平同志与群众水乳交融的一片深情。

在贵宾室休息时，桂林市党政领导取出宣纸，请小平同志题词。他欣然同意。大家都把目光停在了小平同志着笔的手上。你猜猜小平同志写了什么？他写——一九八六年一月二十八日，到此一游。然后他签了名。没有人想到他老人家会如此风趣而幽默，他竟以一名普通游客的身份，写下了与众多的游人一样的留言。写完，他对王震同志说："你也写一下吧。"王老也很风趣，当下就在那张纸的末端添上了五个字："陪随者王震"。大家齐声叫好。

29 日，小平同志又去了反映桂林古人类文化历史的甑皮岩观看，还到了七星公园观骆驼峰。走到盆景园的门口，游人很容易就认出了这位伟人，便都涌了过来。有十几个上海交通大学的女大学生还掏出了笔记本认真地请求签名。碰到这种情况，我们搞警卫的总是很紧张。正想阻挡，小平同志已走到一位拿笔记本的女学生身边。问清是上海交通大学的学生后，他指着一旁的王震同志笑笑说："王老曾经当过你们的校长呢！"言下之意是叫王震同志代笔。王老谦让着说还是小平同志签吧。小平同志就笑了。他接过了笔记本。大家都为这名幸运的女大学生鼓掌。

走着走着，小平同志为什么停下来了？奇怪，附近没有什么景点呀！大家顺着小平同志的目光停在了一棵树上。这树原先是有四角的石栏围住的，而今树大了，便撑破了四周的围栏。小平同志对周围的同志说了一段意味深长的话：你们看，任何有生命力的东西都是禁锢不了的，就像这棵树。有生命力的思想也一样。

当天晚上，小平同志一行乘专列离开了桂林。

……

记者 2 月 21 日到警卫局采访郭雄科长时，他沉重地说："小平同志去世的消息，我昨天上午听说了，心情很悲痛。在我的警卫生涯中，参与过小平同志的警卫，亲眼目睹了领袖的风采，真的难以忘怀。"郭科长拿出了他珍贵的相集，指着一张张当时的留影向我一一作解说。

就这样，一段尘封了 11 年的往事由此揭开。

发表于《公安时报》1997 年 2 月 28 日

做大做强广西特色的派出所社区警务

——访广西壮族自治区公安厅治安总队政委颜琦玮

记者： 颜政委，请您就广西派出所工作的特点做个介绍。

颜琦玮： 作为多民族聚居的自治区，广西有壮、瑶、苗、侗、仫佬等12个世居民族，还有40多个其他民族，这使得少数民族聚居地区的派出所工作具有浓厚的少数民族特点。广西地处祖国南疆，边防派出所还肩负着打击偷渡、走私、非法越界等违法犯罪活动，预防和处置边境涉外事件的重任。此外，广西农村派出所比重大，处在城镇化进程的时代背景中，是许多矛盾纠纷的“润滑剂”、“调和剂”。城市地区派出所紧紧抓住北部湾经济区同城化的有利契机，加强派出所建设，提高派出所综合战斗力，形成一张包括全广西的“农村包围城市、城市辐射农村”的“安全网”，成为我们创建平安广西、和谐广西的坚强后盾。

记者： 目前，广西在派出所工作方面有哪些好的经验做法？

颜琦玮： 近年来，广西壮族自治区各级党委、政府高度重视社会治安防控体系建设，积极推进社会治理。在实际工作中，广西创造了不少适合本地治安情况，符合当地社会发展的好做法、好经验。比如，得到中央政法委充分肯定的“天峨经验”，就是在党委的领导下，以民警为核心，依靠基层政权力量，共同做好群防群治工作的模式。该模式简单地说，即“三依靠”、“四到位”、“五联防”、

“六大员”。村里建警务室，指定驻村民警，配备专业齐全的巡防装备，依靠党员、村组干部和治安积极分子，组建集人民调解、治安信息采集、法制宣传、交通安全、义务消防和抢险救灾等六大职能于一体的专业、多功能巡防队伍，简称“六大员”。“六大员”来自基层，充分掌握基层群众的诉求和信息动态，及时发现基层矛盾和隐患，准确报告冲突的背景和成因，有效执行上级依法下达的各项指示，构成天峨社会治安管理的第一道“防火墙”。在村级建立警务室、屯级建立警务联络点，建立“一村一警”工作机制，村警带领“六大员”开展治安治理工作，形成了派出所与警务室联防、警务室组织“六大员”联防、“六大员”带领警备联络点联防、警备联络点发动治安中心户联防、治安中心户带动党员群众联防的“五级联防”体系，构成天峨社会治安管理的第二道“防火墙”。加强“一村一站、一屯一点”农村警务建设，从机关和派出所抽调民警进驻各行政村，与“村两委”联合办公，明确规定每月进村时间，做到“村村有警、月月见警”，带动党员、村组干部和治安积极分子，敢管、会管农村治安。公安机关积极构建农村新型治安防控体系，得到当地党委和政府的大力支持，做到了人员、经费、装备、待遇保障“四到位”。迄今，天峨县 94 个行政村和社区警务工作全覆盖，社会治安防控体系建设经费纳入县年度财政预算，足额划拨。天峨县连续 3 年实现群体性事件和进京非访事件“零发生”，全县社会公众安全感和人民群众对公安机关的满意度连续 4 年稳居广西 110 个县（市、区）前 3 名。“天峨经验”作为专门工作与群众工作相结合的典范、新型农村社会治安管理的创新样板，已在广西全面推广。

记者：作为调处民间纠纷、化解社会矛盾、促进和谐稳定的前沿阵地，派出所充分发挥群众工作优势，切实履行职责，对维护社会治安大局稳定发挥着重要作用。您认为目前广西派出所在这方面表现如何？

颜琦玮：派出所工作处在公安工作的前沿，化解了大量矛盾，对维护社会治安大局稳定发挥着重要作用。广西治安大局稳定，经济建设快速发展，群众安全感满意度逐年提升，派出所工作功不可没。

记者：广西派出所工作和社区警务工作在新形势下如何创新发展？对此您是怎样思考的？

颜琦玮：近年来，国家大力推进社会治理，2003 年推出社会平安建设项目，以县域社会建设为基本单元，推出平安建设考评；2010 年推出社会安全感满意度考评。我认为，平安社区建设在平安建设项目中具有健康细胞良性发展的作用。

第一，平安建设的落脚点应在社区。平安社区建设是平安县市建设的基础。2010 年中共中央办公厅、国务院办公厅发布了《关于加强和改进城市社区居民委员会建设工作的意见》，标志着国家将城镇化建设过程中最小社会单元纳入社会治理基本建设范畴。新中国成立之初，我国实行计划经济，社会管理体制是“单位人”制度。改革开放后，“单位人”转化为“社会人”，由于社会管理体制未能跟上，尤其是以人管理为核心的社会制度没有适应性地建立起来，社会管理一度失控。随着市场经济建设的发展积累和体制机制建设的不断完善，社会治理逐渐找到适应市场经济流动性发展的建设途径，即通过对社会人落脚的社区进行管理，将“社会人”管理最终落到“社区人”身上。以南宁市为例，将拥有 300 万人口的主城区划分为 221 个社区。按照自治区考市县、市县考社区的思路，将平安社区纳入基层政府绩效考评，集中精力和资源，逐一建设好平安社区。一个个平安社区就像电力传输，一个一个电灯亮起来，连成片，每一个社区实现平安建设，平安县市便落到实处。

第二，应构建平安建设的责任体系。“盯住人，控好面，守好点，看好物，管好网”，这是对治安工作的最高要求也是最基本要求。建设社会治安主体责任体系可借鉴安全生产责任经验，按照“谁主管，谁负责；谁审批，谁负责；谁生产，谁负责；谁受益，谁负责”的原则，厘清权力清单，责任不能全由公安机关承担。比如，当前引发社会问题比例最大、最不落实责任的矛盾纠纷化解问题，就应当作为解决主体责任体系建设的切入口。2014 年我区 1637 个派出所设立调解室 2111 个，落实调解人员 26271 人，其中民警调解员 8186 人、民间调解员 18085 人，两年共调解案件 196754 起，成功调解 185772 起，成功率 94.4%，其中治安纠纷 119539 起、民间纠纷 66233 起，牵扯了大量警力。矛盾纠纷问题大多是冤有头、债有主、树有根、水有源的问题，必须建立化解责任体系。应当积极建立政府组织、社会组织、经济组织、党群组织矛盾化解责任的多种调解组织，最终化解不了的以诉讼形式由法院依法审理。如此类推化解矛盾，直至从制度源头建立起化解矛盾机制。公安机关通过在责任体系建设过程中的信息化系统建设，大数据共享，抓住“人”和“事”两个关键因素，按照“人事关联，以人控事”的原则，健全重点人员、重大事件预警防控机制，强化动态管控和社会治安预警，集中精力，控制和及时快速处置突发案（事）件，让落脚小区、社区、村屯的危险人员“进不来，藏不住，干不成，逃不掉”。

第三，应大力推进保安服务社会化，整合治安力量的资源。在基层社区，我们的治安力量有社区网格员、社区保安员、义务巡逻队员，以及基层政权组织从事社区工作干部。社会化的保安服务队伍是当前一支重要的社会法制力量。目前，广西登记在册的保安人数 9 万多，加上从事社会保安工作的企业，如物业公司、企业自招、押运公司、大型活动等，估算保安人数接近 30 万人。这些保安人员依照《保安服务管理条例》接受培训，规范服务，依规着装，接受公安机关监管，依法提供安保服务，是市场化的重要安保力量，应该使他们真正发挥作用。目前，我们正大力建设保安监管信息网，积极与自治区人社、住建部门沟通加强培训和市场规范管理，不断提高保安人员的自身素质和服务水平。公安治安基础工作要盯住人、控好面、守好点、看好物、管好网，离不开基础信息支撑。广西综治部门建立的网格员信息采集，每天达到几十万条，可谓海量。这些海量信息怎么过滤，特别是对公安工作有用的信息如何做到不重新录入又能为公安工作所使用，需要整合。

第四，也是最重要的一点，就是一定要真正重视派出所工作，使其成为警务工作的核心。派出所工作需要顶层设计。解决派出所工作问题应纳入厅党委议事日程。在公安厅这个层面上，要建立派出所工作专门委员会，厅领导半年听取一次情况汇报，成员单位参加，把派出所需要解决的问题、各部门需要派出所落实的主要工作、派出所工作情况反映上来，真正听到派出所的真实反映，解决派出所解决不了的问题，改变上级部门只给派出所下任务、要警力的做法。治安总队要在派出所发展建设中发挥主要推动作用，既要当好党委的参谋助手，也要成为派出所的家，分享、共担派出所的喜怒哀乐。相信这会对广西公安基础工作产生积极的促进作用。

发表于《派出所工作》2016 年第 2 期

幸福的版本

儿子曾顺，2001年被保送进入清华大学读书的优等生。

民警的孩子免试进入清华的并不多见。曾经有老师对陈群桂说，我们不喜欢民警的小孩。因为民警的小孩一般比较调皮，而家长又忙，没时间管，所以他们的学习成绩也不好。但曾顺却是个例外：他曾获第三届全国宋庆龄奖学金，全国高中数学、物理竞赛一等奖，2000年金球杯第五届全国青少年美术书法摄影大赛“钻石杯”奖、2000年世界华人艺术展书法佳作奖，参加全国优秀高中生访日代表团，还是校排球队员，年年的“三好学生”……

在这个家里，相濡以沫是极平常的爱，共同奋进才是最深切的追求。罗马并不是一天建成的。的确，结婚20多年，工作与家庭的关系处理得那么好，这其中，包含了作为民警妻子、作为孩子母亲的陈群桂多少心血啊……

“沾”了警察的光

陈群桂所在的市国税涉外分局，负责全市300多家外商企业和外国企业的税收征管。她勤恳、敬业、干练，良好的工作能力和工作作风是有目共睹的。但作为一名常常顾不上家庭的警察的妻子，陈群桂明白自己的家庭是多么的需要她。事业女性陈群桂是个好强的女人，结果母亲和妻子她都做好了。

2002年3月7日，陈群桂从南宁捧回了“十佳警嫂”的奖杯后，即赶回桂林参加桂林市女职工先进事迹汇报会，她要在会上发言。听说她的发言很成功，好几次被热烈的掌声打断。第一次掌声响起来是大家得知她获得了“十佳警嫂”称号，按照陈群桂的理解，人家那是对公安的尊敬，自己是“沾”了警察的光呢。

与警察相伴多年，陈群桂太知道警察是一份怎样的工作了。丈夫曾宪明搞的是技术侦查，一直任劳任怨，成天忙和累，但即便做得再好也不能宣传报道，个中辛苦也不为外人所知。有一次，丈夫回家，有点儿自嘲地笑着说：“今天我们没有吃饭，买了馒头，那真叫饿呀，我是吃到第三个才发现馒头下面有纸。”说者无心，听者有意，陈群桂心痛极了。以后，在承担繁重的家务劳动的同时，她更加体贴入微地照顾好丈夫的生活，一次又一次地把饭送到丈夫的办公室，督促他平时多注意休息……

勇敢坚强的陈群桂也有后怕的时候。那是1982年6月，她大着个肚子准备生了。住柳州的家婆担心儿子工作忙照顾不过来，叫儿媳到柳州来生，说这样自己也能帮帮忙。陈群桂准备在预产期的前10天去，不料那天起床已经有点见红了，但丈夫曾宪明当时手头有一个案子没忙完。陈群桂向医生咨询，听说可能还有十来个钟头才生时，她就没让他陪，一个人坐上了火车。下车了，她提着包慢慢出站。那时出租车还不发达，她挤上了公共汽车。本想直接去家婆那儿，太远，便拐到一亲戚家。亲戚赶紧通知婆婆过来，婆婆才把她送去医院，儿子就迫不及待出来了。幸好母子平安，还算顺利，故夫妇俩给儿子取名曾顺。

警察曾宪明连桂林的小家都顾不上，对柳州老母亲的照顾更是心有余而力不足。陈群桂自己的母亲不在了，这使她非常珍惜能为另一个母亲尽孝心的机会。身为儿媳的她，不管再忙再累，不管丈夫有没有空能不能去，反正过年过节、老人生日，她都会抽时间专程去柳州看望老人，精心帮老人挑好看的衣服，亲手做老人爱吃的饭菜，与老人促膝谈心……婆媳关系亲如母女，胜似母女。

作为支队长的爱人，陈群桂不仅全力支持丈夫的工作，还经常与队里的警属沟通，相互间多了勉励，多了帮助，关系非常融洽，使得广大民警家属都愿意向她看齐，关心和支持支队的工作。

“可能所有的警嫂有一样是相同的，那就是为丈夫担心受怕。不过，我跟刑警的妻子、跟很多警察的妻子可比不上，她们更加辛苦。虽然有时我也会想，他要是不干这工作该多好呀。你不知道，夜深人静，我最盼望的是听见他的脚步声。但不管怎么样，做了警察的妻子，我无怨无悔。”

陈群桂就是这样“沾”了警察的光？

家有贤妻万事无忧。对此，丈夫曾宪明充满感激之情，工作上更加勇往直前。

“那年他从杭州回来，我问他，都说杭州很好，你感觉怎么样。他只说了一句：‘全国最美的景色，还是桂林的小陈’。”一句话就够了，陈群桂明白了丈夫的心意。说这话时，她流露出女人那种心满意足的幸福感。

孩子很敬重我，但他敬佩的人还是他爸爸

有位哲人说过，父母是孩子的第一任老师。儿子曾顺小时候与母亲一起乘师大的校车，见母亲主动买票，很奇怪地问：“有的人也不是师大的家属，他们不买票，我们为什么要买？”母亲对他说：“做人要诚实。这样做，妈妈才会坦然。”孩子眨眨眼睛，听懂了母亲的话，也听懂了做人的道理。

儿子很小的时候，老缠着父母亲带去公园玩。那天是休息日，他爸爸本来说有空能一起去的，刚要出门，又有事不能去了。“儿子那期盼的眼光让我掉泪了。”孩子如此小的一个要求，作父亲的竟然都无法满足。但作为母亲的她一个人带儿子去了，并适时地引导儿子，在他心中树立起父亲的高大形象。母亲告诉儿子，爸爸是为了工作，不是故意让他失望的。她要让孩子懂得什么是责任，让儿子学有榜样。

“自从我的孩子上了清华，很多人见了我都是这个话题，问我是怎么教育他的，给他请了什么家教没有。我总会告诉他们：孩子的成长是学校和许许多多老师辛勤培养的结果。我作为家长，只是根据孩子的具体情况正确引导，并鼓励孩子要一生不停地向前奋斗，决不改变和放弃。”孩子是母亲的骄傲，教育孩子的点点滴滴这会儿一一涌上陈群桂的心头。诸如自己的汉语拼音字母老早丢光了，于是从头学起，为的是教会儿子，儿子终于在没进学校就掌握了拼音；儿子才上一年级，她就把一到六年级的课本全部买来，还买了磁带，儿子一起床就放，为的是让他多听多感应；为帮 3 岁的儿子找到一个好的书法老师，她跑了差不多大半个桂林城；由于那时复印打印还未普及，她常常晚上帮儿子手抄学习资料……

比较来说，陈群桂更注重对孩子进行心理素质教育。曾顺读三年级那年参加了数学竞赛。赛后，她帮孩子查分数。一个熟人告诉她，这次竞赛 77 分入围，没有你小孩的名字。这消息让母亲有点儿难过，但怎么告诉孩子这一切呢。为了帮孩子从困境中走出来，那天，她专门请了假，早早到学校接儿子：“儿子，妈妈今天帮你查分了，你没到 77 分。”“好像不可能。妈妈，如果要出钱才可以查试卷，你能出钱帮我查试卷吗？”从小生活俭朴的孩子这时有了一个迫切的希望。母亲说：“可能是你答题有失误，不过不要紧，妈妈相信你下次一定行的。”儿子说：“妈妈，我知道你为什么来接我了。”孩子终于能够接受失败了。不过，后来情况却出人意料：儿子是学校唯一的“二等奖”，可能查卷时偏巧送上去的名单漏抄了。儿子估分有 83 分，实际上得了 84 分。通过这事，陈群桂非常高兴，因为她把儿子的心理状态调整得很好，儿子的自信心更强了。高中时儿子通过大学英语四级考试，接着又考六级，得到 59 分。“只差一分，真可惜！”当母亲的不免为儿子感到可惜，不料儿子却说：“这没什么，如果我能达到 80 分以上的水平，就不会出现只差一分的情况了，还是我的努力不够。”听到这话，你一定能想象陈群桂是怎样的心情吧。

陈群桂从不娇纵儿子。从儿子读小学的时候起，她就给他的脖子上挂一把家门钥匙，告诉他家里的事，家里所有的人都有责任去做。儿子很自觉也很懂事，回家早，他必定会先煮饭。从小到大，儿子只有一件事跟母亲发生过争吵，并且坚决不愿让步。你猜为了什么事？原来，儿子临近中高考时学习特别的紧张，做母亲的想让他多睡点，表示给他加点营养，要早早起来帮他煮好早餐。虽然此举遭到儿子的强烈反对，但母亲却感到非常欣慰。

“他爸爸也爱孩子，不过他用的是父亲的方式。”陈群桂说，那年夏天，由于连续几天通宵工作，他爸爸染上了感冒。儿子因为报名参加数学竞赛，那时正在灯下复习，突然被一阵剧烈的咳嗽声打断了思路。儿子回过头来，却看见父亲若无其事地往外走，边走边说：“屋里真热，我到外面乘会儿凉。”10点了，儿子也复习完了，就在他去叫父亲回屋的刹那，却看到父亲坐在院内的石凳上，一手拿着毛巾捂住嘴巴，忍住咳声，另一手拿着扇子，驱赶嗡嗡围着他的蚊子……儿子当时感动得热泪盈眶，后来还把这件事写进了作文里。儿子必须要通过体育达标项目，他爸爸只要有空，都会陪他一起练。儿子中考，他爸爸那天忙到了凌晨3点，但一大清早就起来陪儿子去做体育项目。

还是3月7日的事。那个晚上，儿子曾顺给妈妈打来电话，头一句话就是：“妈妈，你被评为‘十佳警嫂’，我为你骄傲！”陈群桂心里却很清楚：“在我儿子心中，仍是他爸爸最伟大。儿子敬重我，但他敬佩的人是他爸爸。”

爱的收获

跟真诚的陈群桂大姐交谈，那丝微妙的心弦也随着她一跳一跳的。我眼前真的出现了那个大着肚子拎着行李走下火车蹒跚而过的女人；我仿佛看到一个奔走于大小书店用真诚打动店员买到儿子学习课本、一个坐在灯下帮儿子手抄学习资料的母亲；隐隐约约的又是那个在工作岗位、在自己的小家里不知疲倦的忙碌操劳的身影；我能想象那位柳州的母亲看到她那来自桂林的“女儿”时脸上情不自禁的笑容……

是的，即便没有丈夫的陪伴，在已经动了胎气即将生产前独自坐火车赶去柳州不仅仅是出于一种勇敢，那是因为爱；母亲的本能和望子成龙的美好希望使她对儿子严格要求，细心呵护，也是因为爱；让丈夫安心工作，替丈夫尽为人子女的孝心，同样是因为爱；一点一点积累起这个家的拥有，仍然是因为她心中有爱。如今，这个家被评为桂林市“五好”文明家庭标兵，也成了广西区“五好”文明家庭标兵……

把一切的奉献全归于爱，那么她做这一切都是值得的。

这样，家才真正成了一个温暖的港湾；这样，身在其中的人才会感到舒心舒适；这样，才能迎接到一个又一个进取的乐趣。

绝对的幸福实际上是一种绝对的付出。一个女人付出了所有，付出了全部，她将是幸福的。

发表于《人民公安》2003 年第 17 期

中国：户籍之“口”缘何开？

关注的目光：新的户口政策体现对人和人权的尊重

朋友田君大学毕业后从四川跑到南宁做生意，开始并没感到没有户口的不便之处，生意照做，有钱照赚。唯一不顺的是，开公司的时候要用别人的名字进行工商注册——因为他没有本地的户口。这也没什么了不起的。可他最近准备结婚了，不幸女友也是外地人，一想到未来的小宝宝出生后落户、上学的问题，这才感到户口的重要，便决定弄个正规的城市户口。

《南国早报》的陆女士与丈夫分居两地，女儿已出生 9 个多月了仍迟迟不去办理户口登记。原先只是为自己的工作调动问题而奔忙的她，现在又转而为女儿的落户问题操心了。8 月 28 日，《人民日报》头版刊出的一则消息让她激动起来：国务院日前下发文件，批转了公安部关于解决当前户口管理工作中几个突出问题的意见。文中指出 4 个需要重点解决的问题里就有新生婴儿随父随母自愿的原则。她坦率地告诉记者，这真是好消息，如果仍是那套老政策则不敢痴心多想了，大不了孩子随母呗，也是个城市户口。当然她心里极愿孩子能随夫，毕竟丈夫的户口所在地珠海才是夫妻俩理想的定居之地。现在她关心的是实施的细则何时能出台，孩子 2 岁以前要申报户口的，能不能赶得上这班车呢？

不可否认，新户籍政策的出台对国家对人民对中华民族的前途有利。正如那个文件指出的：解决当前户口管理的突出问题，是密切党和政府与人民群众关系，维护人民群众切身利益，促进社会稳定的一项工作。那4个问题中，婴儿落户随父随母自愿，保护了中华人民共和国公民的合法权益；放宽解决夫妻分居问题，不再用条件死卡，减少的何止是怨尤；男性超过60周岁，女性超过55周岁，身边无子女需到城市投靠子女的公民，对因工作调动等原因在其他地方离、退休人员，需返回原工作单位所在地或者原籍投靠配偶、子女的，优先照顾，集中体现了对老年人的关心，进一步讲是重视了对人的关怀；而鼓励在城市投资、买房、兴办实业，更是紧紧围绕着市场经济建设进行的一项工程。

两地分居的夫妻、回城的知青、千千万万的打工仔打工妹们、许许多多被“户口”两个字压得沉重非常的人们，知道这天大的喜讯了吗？长期困扰你们的就业、与家人团聚、子女上学等棘手问题，终于能随着新户口政策的实行迎刃而解了。

就我自己来说，在这个城市里长大，顺利读完大学，走上工作岗位，对户口的感觉很平淡也很不以为然。而我大学有个同学，因为是农村户口，又是民族预科班上来的，即便在学校工作能力已被看好，毕业分配也被用人单位看中，但没办法，他先就被打回原籍。有本科文凭的他怏怏离校。

中学时代，我读过一本叫《人生》的小说。不就是因为一纸农村户口么，高加林就丧失了走进城市追求幸福的种种权利。当年的我仅仅对命运多舛的他鸣不平倾注稚嫩的同情，想不到今天也可以陪他一同欢呼了。

其实，人和人之间哪来的贵贱之分、等级之别？偏偏城乡之间人为的鸿沟天堑，造成了两种户口持有者在受教育、就业、社会劳动保障、生活福利待遇上非常不合理的悬殊差别。

现在可好了，新政策实实在在地体现出对人的尊重，加速了国人现代公民意识的提高。它更具有民主精神，更富有人道主义，既充满了人情意味又融入了公平的内涵。毫无疑问，不断文明进步的今天，户籍改革乃民心所向、大势所趋。

历史的回顾：户籍制在中国，多少事欲说还休

孔子的“户口”所在地是鲁国——一个相当于今天一个县那么大的小国，但孔子显然不以国小而自卑。他带着众弟子周游列国，到处劝国君们实行仁政，何等潇洒！如果放在今天，孔子与众弟子保证被当作“盲流”抓起来。也许，这算是有历史记载的最早的“盲流”了。秦始皇统一六国后，重视了“户籍”问题，以后的历朝历代相继实行户口管制，并与田赋、徭役、兵役等连在了一起。我国现行的户籍制度把全国人口划分为城镇户口和农村户口两大主要户口类型，把户口划分为“农业”和“非农业”两大户口性质。

新中国成立初期，百废待兴。为彻底粉碎国民党的警察机构和保甲制度，必须着手建立新型的户籍制度。当时户籍管理方面最紧迫的任务是：广泛开展调查研究，发动群众，肃清反革命分子和国民党反动派的残余势力。为此，1950 年 8 月，公安部制定了《关于特种人口管理的暂行办法（草案）》，加强对特种人口的管理。

1951 年 7 月，《城市户口管理暂行条例》颁布实施，建立了全国统一的城市户口登记制度；1954 年 12 月，内务部、公安部、国家统计局联合发出通知，要求普遍建立农村的户口登记制度。城乡户口登记制度相继建立，对迅速稳定政局、防止人口无序流动起到了积极作用。

1956 年 3 月，全国第一次户口工作会议明确规定“证明公民身份，便利公民行使权利和履行义务；统计人口数字，为国家经济、文化、国防建设提供人口资料；发现和防范反革命和各种犯罪分子活动；密切配合斗争”为户籍管理的基本任务。

1958 年 1 月 9 日审议通过的《中华人民共和国户口登记条例》标志着我国户籍管理法制化的开始，并沿用至今。

如果说新中国成立之初是为了给脆弱的工业“输液送氧”才实

施农业支援工业、农村保城市的战略，那么当时政府对农副产品实行低价统购统销，借助于行政手段积累城市工业化建设资金的目的无可厚非。由此派生出的以“吃粮”为标准的农业和非农业的“二元结构”模式，无疑为我国迅速恢复战后经济作出了贡献。尤其是在三年自然灾害时期，我国有 20 多种票证均是凭户口发放，合理而科学地统筹安排，保障了那一特定时期全国人口的基本生活之需。但从此后，本质上平等的两种户口性质，事实上却不平等了。

按现行户籍规定，人一出娘胎就因着血缘关系被划定社会角色和地位，城市的子子孙孙毫无异议地成为市民，而农民的后代只能是农民。

城里人由国家统一供应商品粮，享受国家副食品补贴和公费医疗；农民吃自产粮，没有副食补贴，医疗费用处理。国营企业单位的招工，一般都规定只录用城里人，被录用的合同制工人合同期未满，中途也可以办理工作调动，到新单位后，保险金和工龄可以累计，到退休年龄可以享受退休金待遇；农民招工面就窄多了，唯有矿山井下、野外勘探、森林采伐和盐业生产 4 个行业的有关工作才对农民网开一面，合同期未满，中途只能办理辞退，到退休年龄，保险费一次付清，没有退休金。城市男女适龄青年都可以报名参军，服役期满由国家安置工作；农家子弟只有适龄男青年能报名，而且服役期间退伍回家仍需扛锄头。不仅如此，城市人和山里人在受教育的问题上也不同。山里人的学习条件肯定无法跟城里人比，但在报考学校的时候，山里人总也弄不明白：为什么城里人可以考技校而自己不能，为什么大家同是考中专，自己的录取分数线一定要高出城里人 10 分到 20 分?

城市户口的“含金量”远远大于农村户口的“含金量”。户口分出人的贵贱，竟然成了身份地位的象征。

1958 年以前，我国实行户口自由迁移政策，公民迁移非常活跃。1958 年以后便做了调整，改自由迁移政策为控制城市人口规模政策。1958年9月，中央精简干部和安排劳动力5人小组发出了《关于精简职工和减少城镇人口工作中几个问题的通知》。《通知》指出："……对农村县镇迁往大中城市的，目前要严加控制。"1975年，修正后的《宪法》取消了公民自由迁移的条文。虽然后来也作了一些调整和改革，包括调整"农转非"，增加"自理口粮户口"类型，试行"当地有效城镇居民户口"制，实行居民身份证制度等，但这些都没有从根本上解决户籍制度中所存在的深层次矛盾。在计划经济时期，"二元结构"的户籍制度的确使得了政府对社会的控制和管理。

那些时候，宛若处于世界两极的两种人几乎不作沟通。城里人生出天生的优越感，山里人养成谦卑的好习惯。山里人打心眼里无限仰慕城里人的高贵身份，偶尔进城的他们对迎面而过的每一个城市人都满脸钦羡。

这一切了城里人的骄傲，于是在心里更看不起土头土脑的农民。直到今天，在不少人的思维定势里，"农民"仍跟泥巴画等号。显然，农民的份量农民的作用农民的创造农民的贡献他们知之甚少。那么在这里我不能不提：农民是各种农产品和畜产品的主要生产者和提供者；农民是乡镇经济的发展主体，如果把整个国民经济分为城市工业经济、农业经济和乡镇经济三部分，则农民三分天下有其二；农民是构成市场经济体系中的重要组成部分之一的农村市场经济的活动主体，农村市场容量约占全国市场总容量的一半以上；从1950年到1996年，中国的农民为工业化和城市化提供的资本积累总额超过2万亿元，约占我国全社会资本存量的三分之二；至今，农民仍以各种形式为工业化和城市化源源不断提供所需要的实物资本和人为资本。

流动是人类的天性，古语不是说树挪死人挪活么？最早对城里人进行冲击的山里人，不幸被扣上了"盲流"的帽子——这是何等蔑视的称呼。所幸的是，城里人对后来的外来民工宽容了少许，却也不见得愿意接受这股“民工潮”。事实上，流入城市的大多数农民干的都是最脏最累最危险的活计，这些廉价劳动力拿极少的报酬不说，还要忍受城里人的白眼，干得再好也无望融入城市。

明摆着，户口注定了从农村流出的农民只是城里的“二等公民”，被隔离在城市管理之外。而当“盲流”帮助城里人做大就业这块蛋糕时，反而被一直心安理得享受种种好处的城里人怀恨在心，感到受了挤压，并无理地将自己面临就业、医疗以及供水、污染、垃圾处理等生存空间威胁的因由归于农民。

现在，作为户籍管理中的农业人口和非农业人口的区分，随着粮食供应的放开逐步取消了，再在经济生活中讲谁是城里人谁是乡下人似乎也不如吃商品粮时期那么大了。何况，在过去的几十年中，农民一直在默默贡献，现在是应该得到补偿的时候了。起码，农民不应该继续被剥夺，继续被歧视。

改革的呼声：传统的户籍管理出现了混乱和失控

户籍管理工作中出现了一定程度的混乱和失控：

——按“农业”与“非农业”划分户口性质并进行登记，已经不能真实反映出我国全部人口构成及就业人员构成的实际状况。

在户口登记中属于农业户口的已有相当比重的一部分从事第二产业、第三产业，我国劳动力资源分布的真实情况已不能从户口统计中找数字。户口统计失实，贪图省事想通过户口登记对人口作科学管理显然不可能。

——不配套的滞后的户籍法规和政策与实际情况脱节，以致出现了大量的人户分离现象和无户口人员。

《中华人民共和国户口登记条例》第6条规定：“公民应当在经常居住的地方登记为常住人口，一个公民只能在一个地方登记为常住人口。”经济发展中，人口的流量加大，尤其是劳动力和专业技术人才流动加剧。这些人离开常住户口所在地后，长期滞留异地，不是一年半载而是几秋冬十几秋冬。他们实际的常住地区并非户口登记的常住户口所在地，即人户分离了。据8月31日《法制文萃报》载，济南市公安部门曾对驻济各大中专学校作摸底调查，惊奇地发现，在已毕业的学生中，有近4000名学生的户口至今仍留在校内没有迁出，有的竟已长达10年。即使能将其户口发回原籍，但你怎能肯定其人必在原籍？如果人已不在原籍，原籍会同意接收吗？也有一些地方政府为完成计划生育控制指标，对超计划生育小孩或非婚生小孩一律不予以入户登记，同样造成无户口人员的大量存在。如果公民的身份得不到法律的证明，便不能依照我国宪法的有关规定行使权利和履行义务，那么这些人的出路狭窄，谁知道对社会安定构成多大威胁呢？

——一些地方自行制定户籍优惠政策，出现了诸如蓝皮户口、绿皮户口、开发区户口等几十种不同形式的"地方性户口"。

四川省为吸引外资，批准对华侨、港、澳、台人员在国内投资20万美元、捐赠2万美元的，可为其家属输一个"农转非"户口；广东省规定，凡经批准在城镇购买商品房住宅或自建住宅，要求迁入城镇居住的，可以为其办理自理口粮户口；陕西省另有规定，对年满40岁、工龄满20年的省以上的劳动模范，可以解决其家属的"农转非"户口。

这些倒也罢了，一些地方更是走向极端，把户口当成可以买卖的商品，公开或变相出卖非农业户口。改革开放以后，富裕起来的农民啥也不缺，只缺个身份，让自己在城里人面前抬得起头。"精明"的城里人也重新掂量了自己，终于想出了卖户口的"绝招"，提出收取城市增容费。一个愿打，一个愿挨，有买有卖，两厢情愿，皆大欢喜。城市人卖了户口，并没有帮农民解决实际问题。这种情况倒下了大批受贿的干部，而为了弄到一纸户口，又倒下了多少不惜卖身求"荣"的农村女青年。

1992年8月7日，《人民日报》的《情况汇编》（第471期）

编发了河南日报记者采写的《河南对收费办“农转非”褒贬不一》的报道。报道指出在7月中旬半个月左右的时间里，河南全省已有40多个市县搞了各种名目的收费“农转非”，已办4万多名农民进城入户手续，户口单价6000元至3万元不等。速度之快，普及面之广，影响之大，历史罕见。8月9日，国务院总理李鹏看完报道当即批示：“请镕基同志研究考虑此事。”朱镕基副总理马上召集人进行了专门研究。8月12日，公安部部长陶驷驹以个人名义致信李鹏、朱镕基同志，指出公安部自1992年3月下旬发现一些地方出卖非农业户口的问题后，即代国务院起草了制止出卖非农业户口的通知稿。5月4日，以公安部的名义下发《关于坚决制止公开出卖非农业户口的错误做法的紧急通知》。

户籍管理中出现的混乱和一系列问题不能不被重视，来自社会各界改革户籍制度的呼声也一浪高过一浪。

1992年岁末，根据国务院总理李鹏的指示，国务院秘书长罗干要求由国务院办公厅牵头，公安部参加，成立国务院户籍制度改革文件起草小组，集中国务院各部门对户籍制度改革的意见。1月6日，文件起草小组同公安部副部长白景富等同志就此作了座谈。文件起草小组先后到北京、广东、浙江、山东、河北、河南、四川、湖北、陕西、黑龙江等省市，就户籍制度改革广泛听取意见。8月，文件起草小组成员参加了国家体改委在深圳召开的农村城市化体制改革座谈会，与黑龙江、河北、广东等12省的体改办负责同志共同探讨户籍改革问题。

改革现行户籍制度的时机已经成熟了。

户口的开放：让漂泊感与自由流动的梦同飞

当今世界，仅有中国、朝鲜、贝宁三国对公民实行严格的户籍管理，而今，中国维持了40多年的城乡壁垒森严的“二元”结构也开始有所松动。

我国户籍制度改革的总目标是：多种户口类别将被取消，实行起全国城乡统一的“中华人民共和国居民户口”，公民可以在法律和政策许可的范围内自由流动；整个户籍管理体系由户籍登记、户籍迁移两项规定，户口簿、身份证、出生证三种证件和常住人口、暂住人口、寄住人口三种户口形式组成；以《中华人民共和国户籍法》为基础的科学完备的户籍法规体系逐步建立，健全户籍管理体系，实行户籍管理手段的现代化，建立和完善户籍人口数据库和全国户籍信息网络。

追求工业化、现代化、城市化是政府和全体国民的强烈愿望，解决我国9亿农民在内的13亿人口城市化的发展问题，是建立在农业发展，农村经济繁荣和农民富裕的基础上的。这是条现实之路：围绕大城市（中心城市）构筑“大城市→中等城市→小城市→乡镇→乡村”的城市化网络，谋求共同发展，相互补充。

我们不难看出，小城镇正是一座桥梁。农民经过这座桥梁，逐步走进工业化，走进城市化，走进现代化。反过来，大城市也可以利用这座桥梁辐射乡村。小城镇是个动态的概念，因为今天的大城市可能是昨天的小城镇，而今天的小城市可能就是明天的大城市。

小城镇可以圆农民进城落户的梦了。小城镇户籍制度改革使户籍体制改革得以真正向纵深方向发展。据国家民政部《中国设市预测与规划》报告透露，我国2000年和2010年城市化水平分别达到34%左右和42%–45%，其中城市化人口比重分别达到24.48%和31.5%。

城市各项配套设施的集中能提高人们的生活质量，可以想象，走进城市的“农民”也将在城市的潜移默化中自然而然提高自身素质。

不错的，户口不开放，城市人决不会放弃户口的价值。因为他一旦离开城市就意味着永远失去城市户口，损失惨重，所以几乎没有人有这个勇气。而一旦户口放开，那就不同了。人们自然敢于走出城市走进内地和农村，或去寻飘泊的梦，或决心好好施展才华，或为一份新奇，或仅仅只是远离一种熟悉喧嚣的生活。这当然是中国缩小东西部差别所需要的。

无怪乎有识之士声称，户口开放之后不会引起社会混乱。

因为，即使不开放户口，在20世纪末大量流动的人还是流入了城市；开放户口，农村多余的劳动力仍不会全涌入城市，毕竟农村在发展中也同样出现了许多新的致富门路，人们不必也不会全都离开农村。

户口的开放，既有由农村流向城市的正向流动，也会有人口上城市注入农村，由沿海流向内地的逆向行为。持续不停歇的双向流动，无疑使城乡保持活力，促进更新。

飘泊感曾是多少远离家乡人的感慨，如今，带着飘泊感上路的人，已能少掉远虑和近忧，这是因为我们即将走向更新的文明。

21世纪总有许多让人津津乐道的未来蓝图与诱惑的话题。在美好的21世纪到来之前，我们已经看到了我国户籍改革步子美好地迈出。

发表于《公安时报》1998年9月29日

野生动物：夹缝中如何生存？

面对野生动物，人类在做什么？

若谈起吃来，国人大多会眉飞色舞口若悬河。且听大有口福的现代人怎样大放厥词吧：带毛儿的除了不吃掸子；带腿儿的只差不吃板凳；带翅膀儿的就差不吃飞机。呜呼，作为“美味佳肴”的野生动物就在一个个风卷残云的“吃”字下，命丧人类腹中。

我们必须正视一个现实：全国非法经营野生动物的现象屡禁不绝。在暴利的驱使下，扛着饮食文化大旗的非法捕猎者和不法商人恶狠狠地向野生保护动物举起锋利的屠刀。当你走进餐馆，听到“干锅大雁”、“纸包鸵鸟肉”、“清蒸龟蛇鹰”这等靓菜名时，你不必惊得合不拢嘴；也用不着怀疑冰柜里冷冻着被肢解的巨蜥、穿山甲、猫头鹰等是否货真价实；更用不着对别有洞天的后厨房里任顾客自由点菜的动物笼子表示任何诧异。或许除了老虎、狮子、大象这些“巨头”鉴于目标过大无从下手外，神通广大的老板能满足你关于吃的 99.99% 的新奇念头。

本来，人口增多、城市侵占绿地、滥伐森林、水源污染和工业垃圾等已使野生动物的生存面临巨大的危险，而大吃狂嚼野味的人更是把野生动物逼进了灭绝的边缘。

地球上有人类的那一天起，人类就未停止过对野生动物的戕害。地球上的 1300 万至 1400 万物种中，有 5400 种动物正在逐步消失。在人类的历史上——北美东部曾经栖息着一种黑眼、蓝身、红翅的鸟，大群大群的鸟飞起来遮天蔽日，蔚为壮观。人们发现其经济价值后大量猎杀，以至于最后看见这种鸟是在1889年的一天；新西兰有过世界上最大的一种类似于鸵鸟的行走鸟类，叫恐鸟，由于英国殖民者进入后大量捕杀，这种鸟在19世纪末就已绝迹。

而在我们中国——

北京有家名叫“汇聚奇特”的饭馆，经营的是眼镜王蛇等各类剧毒蛇以及万寿老龟等野生保护动物，该店同时还备有其他“时令性珍禽”。

广西邕宁县农民雷某清，1997年1月至1998年6月间，先后14次从钦州市、防城港市、北海市非法收购国家一级野生保护动物巨蜥867.5公斤，国家二级野生保护动物穿山甲4999.15公斤。

1995年6月5日，广东廉江县长山镇村民李某旭等3人携带长猎枪到广西马山县林圩、片联一带捕鸟。不到20天就射杀国家二级保护野生动物褐翅鸦鹃（俗称红毛鸡）1000多只。6月25日，当他们把经过烘焙处理的珍禽装箱带到火车站托运时被人赃俱获。

至于倒卖虎骨、犀牛角、藏羚羊皮也没啥稀奇，那些偷杀珍稀鸟类，攫取珍稀动物皮毛、内脏、牙骨，走私猎物的事情经常发生。在野生动物市场里，越是国家要保护的，越是濒临灭绝的、珍稀的野生动物，要价就越高。高额的利润使不法之徒无视法律道德，不择手段，铤而走险，滥捕滥杀野生动物。

去年12月，重庆动物园有16条种群成熟娃娃鱼（最大一条重50多斤，长1.11米）被盗卖于千里之外，差点成为餐馆的绝妙野味。12月10日晚上，歹徒翻墙入园，进了两栖爬行动物馆，将通往娃娃鱼池的木门用尖刀撬开后作案。这是新中国成立以来该园最大一起国家珍稀野生动物被盗案件。《羊城晚报》等大报即时作了专题报道。无数善良的人们通过文末《重庆动物园近十年罹难动物一览》的表格，无不震惊：1987年3月，歹徒夜晚潜入，用麻药醉翻一头黑熊，盗回老家，破腹取胆；1989年12月，歹徒夜入梅花鹿馆锯鹿角，致使一梅花鹿失血而死；1996 年 8 月，歹徒将一非洲鸵鸟杀死于馆内，割走了双腿肌肉；1997 年 12 月，11 只鹦鹉被盗；1998 年 1 月，鸵鸟“小黑”被歹徒拧断脖子，割去 40 多公斤肉……重庆市动物园的保安工作固然有漏洞，但经此一览，无人不愤恨残害动物的歹徒！所幸的是，这批种群成熟娃娃鱼流落广西梧州市时被梧州警方追回，重返动物园。

凡此种种，不一而足，野生动物的命运着实令人担忧。

保护野生动物就是保护人类自己

野生动物是自然生态系统的重要组成部分，对人类的生存和发展起着重要的作用。早在“茹毛饮血”的蒙昧时期，它就为人类的生存和繁衍提供了不可缺少的物质条件。做好野生动物资源的保护，拯救珍稀、濒危野生动物物种，对于维护自然生态平衡，开展科学研究，发展经济，改善和丰富人民的物质、文化生活以及促进国际交流，增进世界各国人民之间的友谊，都具有十分重要的意义。

人类的发展依赖于相关生命形式的进化。保护野生动物也就是保护我们生存的环境，也就是保护我们人类自己。但遗憾的是，仍有许多人对保护野生动物的重要性认识不够。

有人认为，“野生无主，谁猎谁有”。这种观念是错误的。野生动物资源是属于国家所有的。中国对野生动物的法制保护和管理历史悠久，最远可追溯至周朝。“凡田猎者受令焉。”这是周朝保护野生动物的法律性规定。《礼记・王制》中亦规定“不杀胎，不夭夭，不覆巢”，即不杀怀胎之兽，不杀雏鸟，不倾鸟兽之巢穴。新中国成立以来，我国先后以宪法、政府指示、通令行政管理办法、通知、保护法、条例、规定等形式加强了野生动物的保护和管理。1988 年 11 月 8 日第七届全国人民代表大会常务委员会第四次会议通过了《中华人民共和国野生动物保护法》。这是野生动物保护与管理方面的基本法，规定“在中华人民共和国境内从事野生动物的保护、驯养繁殖、开发利用活动，必须遵守本法。”它的颁布实施，在我国保护野生动物的历史上具有划时代的意义。

我国还是《濒危物种国际贸易公约》和《湿地公约》的缔约国，这意味着我们对野生动物的保护负有国际责任。在国际上决定禁止象牙、犀牛角、虎骨制品的贸易时，我国政府就积极采取了行动。1993 年国务院发布了《关于禁止犀牛角和虎骨贸易的通知》，重申禁止犀牛角、虎骨的药用标准。

人类对其他生物形式赖以生存的环境的大规模破坏，已经威胁到了野生动物的生存环境，引起了动植物生长条件的急剧变化。如今，濒危动物的灭绝正在加速。千万不要小看一个物种的灭绝，它可能会导致其他物种的灭绝。生态环境如果继续恶化，人类也难逃灾难性的结局。摧残野生动物，无异于人类自我摧残。这绝非危言耸听，如果人类真的成为地球上孤芳自赏的唯一动物，那必将是人类的灭亡之时。

严厉打击野生动物违法犯罪活动

去年以来，广西林业、林政部门及野生动物保护部门加大了打击破坏森林资源违法犯罪活动的力度，开展野生动物执法大检查，清理整顿野生动物养殖场以及大力开展保护野生动物宣传等活动，有力地打击了破坏野生动物资源行为，成效显著。据不完全统计，全区共没收非法运输贩卖国家一级保护野生动物巨蜥 2294.3 公斤、蟒蛇 4953.2 公斤，国家二级保护野生动物穿山甲 2232.2 公斤，猕猴 82 只、蛤蚧 85 条、猫头鹰类 41 只以及蛇类、龟类、蛙类、鸟类等一大批。1998 年 10 月以来，广西通过集中力量对重点林区、边境流通、集贸市场的专项整治，共查处野生动物案件 157 起，处理违法人员 214 人，其中宾阳、宁明、崇左、合浦、玉林、百色、南丹等县（市）分别破获野生动物特大刑事案件，有 19 人被判处有期徒刑或刑事拘留。

今年3月20日14时，南宁市树木园派出所接到群众举报称，有人从防城港市用汽车将一批非法收购来的国家一级保护动物大蟒蛇运往南宁市高价贩卖。派出所所长韦文刚立即率民警赶到南宁市郊的大沙田设伏。15时30分许，一辆挂着防城港市车牌的双排座农用车驶进大沙田收费站，久候的民警立即上前检查。在车厢内发现了八个装得鼓胀、散发着腥味的大麻包。打开一看，全是国家一级保护动物大蟒蛇，有100条共420公斤。李某辉等3名非法收购、贩运国家野生保护动物的犯罪嫌疑人被公安机关依法刑事拘留。所缴获的大蟒蛇当天被送到广西野生动植物和自然保护区管理站进行抢救。这是广西至今查获的最大一起非法运输野生动物案件。

今年4月19日下午，防城港市公安局交警支队特勤大队查获一起走私国家二级保护野生动物案，使112只穿山甲幸免于难。当天，特勤大队接到举报，一面包车载着可疑走私品自东兴往防城方向行驶。下午3时50分，民警在距接报处2公里路段将走私嫌疑车截获，货主之一的庞某被擒。庞某供认，穿山甲是由他及一个代号叫“三哥”的人合伙从越南走私入境东兴，计划送达防城港交货。这批被13只化纤袋和4只木箱囚禁的穿山甲共113只（其中一只已死亡）计522公斤。这批穿山甲被注水、灌流食过多，不少还带伤在身，生命垂危，防城港市林业局野生动植物和水林源区管理站于当晚将之送往自治区野生动物救护中心。

今年5月6日，广西龙州警方在响水镇查获偷运国家一级保护野生动物巨蜥75条共217公斤。当天凌晨2时，龙州县公安局林业公安股据群众举报，在响水镇木材检查站截获一柳微汽车，并从车上搜出用编织袋装着的巨蜥（最大一条重约8公斤、长近1米），即送往南宁地区濒危野生动物救助中心救治。货主叫张某云，山东人，在凭祥以每公斤70元的价格收购后，雇用凭祥司机李某、梁某中连夜运往广州，不料在响水镇落入法网。

新刑法实施后，这是广西首次判决的非法运输野生动物案——

1998年4月7日22时许，在南宁打工的扶绥县农民王某琳和桂平市农民刘某，帮人将国家一级野生保护动物巨蜥36条、蟒蛇5条和二级野生保护动物穿山甲61只装上面包车，准备运往梧州贩卖。途经宾阳县黎塘木材检查站时被查获，移送县林业公安科立案处理。王某琳、刘某因涉嫌非法运输珍稀野生动物而被捕起诉后，同年10月9日，宾阳县人民法院作出判决：王某琳被判处有期徒刑3年6个月，刘某被判处有期徒刑3年，两人分别被处以4万元罚金。

野生动物非法贸易为何猖獗

广西地处祖国的南疆，边境线长达500多公里。近年来，野生动物非法贸易问题非常严重。

由于历史的原因，边境大部分地区经济不发达，地方财政困难，野生动物保护经费难以落实。在这种情况下，贯彻执行野生动物保护法律法规的许多措施也就难以落实。宣传工作的流于形式，又使边民对国家保护野生动物的政策了解甚少，个别干部还错误地把野生动物非法贸易活动当作群众致富的好门路。

广西林业公安处陈志华处长对记者说，根据1994年《林业部、公安部关于陆生野生动物刑事案件的管辖及其立案标准的规定》，非法收购、出售国家重点保护陆生野生动物及其制品的，“一级保护”的1只以上就要立案，2只以上就是重大案件，3只以上就是特别重大案件；“二级保护”的3只以上应当立案，6只以上应当立为重大案件，12只以上应当立为特别重大案件。在新刑法出台之前，地方上“以罚代刑”的问题较突出。不管什么样的野生动物案件，也不管其性质有多严重，一概罚款了事。例如，非法收购、运输、出售国家重点保护一类野生动物蟒蛇、巨蜥近十只、二类野生动物穿山甲几十只，本应依法立即拘留、逮捕、依法重判的犯罪嫌疑人只作了林业行政处罚。以罚代刑的现象相当严重——一些地方成了非法猎捕、走私、运输、收购、出售珍稀、濒危野生动物的重灾区。

新刑法第341条规定的非法猎捕、杀害、收购、运输、出售珍贵、濒危野生动物，珍贵、濒危野生动物及其制品罪，划归破坏环境资源保护罪，其侵犯的客体，是国家对珍贵、濒危野生动物资源的重点保护制度；主观方面是出于故意，但不强调行为人的动机是否以非法获取利润为目的，只要是侵犯了野生动物管理法规，就构成犯罪。依照法律规定，行为人没有法定手续、法定资格，故意实施了猎捕、杀害、收购、运输、出售珍贵、濒危野生动物及其制品的，都构成犯罪，都要立案侦查。同时，新刑法明文规定了非法猎捕、杀害珍贵、濒危野生动物罪，非法收购、运输、出售珍贵、濒危野生动物、珍贵、濒危野生动物制品罪；非法狩猎罪；走私珍贵动物，珍贵动物制品罪等——涉及这些罪名的案件，法律已明确由森林公安机关管辖。

有人一针见血地指出，野生动物保护难，难就难在一些职能部门、执法部门的工作人员参与了吃，参与了野生动物非法贸易的犯罪活动。虽然我国在有关野生动物的法律法规上已对非法猎捕、杀害、收购、运输和出售国家重点保护的珍贵、濒危野生动物及其制品的行为有明确的处罚规定，但对吃野生保护动物的行为却没有法律上的界定。执法人员要想对食用野生保护动物者进行处罚，缺乏法律依据，难以操作。而在我国，违反国家野生动物保护法规的案件大多与“吃”有关。因此，只有堵住吃野生动物的嘴，尤其是那些个拿着公款进餐馆的人的嘴，才能从根本上阻止对野生动物非法经营、交易、运输、收购和捕杀。

边境地区野生动物非法贸易实际上是一种国际性的犯罪现象，大力发展打击野生动物非法贸易的国际性大协作尤为必要。通过加强与国际刑警组织的联系，搞好经常性的业务协作，建立起强有力的情报信息网络，无疑能够提高发现、控制、打击野生动物非法贸易犯罪的能力。

进一步发展野生动物保护事业

野生动物保护管理工作必须纳入正常化、法制化、规范化轨道，通过贯彻实施“加强资源保护，加大行政执法，积极驯养繁殖，合理开发利用”的方针，努力使野生动物资源的保护、利用和发展实现良性循环。

首先，要保护好野生动物的栖息环境。通过增加对自然保护区的财政投入，下大力气巩固与发展自然保护区，给野生动物一个家。自然保护区是生物物种及其群体的天然贮存库，能够为保护和发展稀有珍贵的生物资源，为濒临灭绝的物种引种、驯化、繁殖提供良好的基础。到 1997 年年底，我国已建立自然保护区 926 处，其中已公布的国家级自然保护区有 50 多处，但总面积只占全国国土面积的 7.64%。

同时，要严格管理野生动物养殖场所。到目前为止，广西依法发证养殖野生动物有东北虎、华南虎、孟加拉虎、黑熊、穿山甲、蟒蛇、巨蜥、灵长类等 10 余种珍贵种类，养殖场已达 700 多个，不仅减少了直接利用野生动物野外种源，也满足了人们在精神和物质上的需求。为了使养殖场健康发展，有关部门进行了全面整顿，共取消不合格的养殖场 400 多家，新审查核办证 156 家，保留合法养殖场 630 家。最近，柳州地区林业局要求每个蛇类养殖场每年把人工孵化蛇定期放 500 条至 1000 条回归大自然。1998 年广西灵长类实验动物养殖大幅增长，达到 1.2 万只，出口达 2900 多只，比 1997 年增长 50%，为国家创汇达 160 多万美元，为科学研究、医药实验用猴作出了重要贡献。

加大对保护野生动物的宣传，必能产生良好的社会效应。有例为证：今年 5 月 31 日，一只体长 40 厘米、宽 28 厘米、重 7.5 公斤、年龄远超百岁的老山龟被送进南宁市动物园，当上了龟蛇园里大小山龟的“大王”。“大王”虽然不会说话，但它一定对黎先生满怀感激。5月15日下午，大化瑶族自治县的黎先生在市场见它时，可怜的“大王”正被人以300元的价格叫卖。一酒楼还价200元准备拎走，是黎先生用290元抢先一步买下来，悉心喂养，然后又送它到动物园定居的。社会上越来越多的人有保护野生动物的意识，无疑，这是野生动物的福音，也是人类的福音。

加强执法，严厉打击破坏野生动物资源的违法犯罪活动，严禁捕捉、猎杀、毒杀野生动物等违法行为。各级野生动物主管部门应与林业公安、林政密切配合，对无证从事猎捕、收购等进行清理整顿，还要与当地公安、工商、铁路、公路等执法单位配合，对以野生动物为原料招徕顾客的宾馆、饭店、餐厅给予清理，加大对野生动物栖息地、驯养繁殖地、农贸市场、交通运输、产品加工、出口贸易等方面的管理力度，定期不定期检查，对非法猎捕、收购、出售、运输、走私野生动物案例，除公开曝光典型案件外，还要依法严肃查处，以震慑犯罪，教育群众。

1999年是国际生态年，让我们行动起来，切实保护野生动物，关心我们共同生存的环境！

发表于《公安时报》1999年6月29日

◎大案实录◎

恶之花

——一起杀人碎尸案的采访札记

去桂林之前，我已知道桂林警方最近破获的这起杀人案。

我手头那份桂林市公安局的简报上说：象山分局深挖线索，征战万里擒凶，成功破获一起特大麻醉抢劫、杀人碎尸案。日前，3名犯罪嫌疑人（其中两名是“三陪女”），全部从黑龙江省哈尔滨市押解回桂林。

可以这么说，这个案子，让我感兴趣的不外乎两点：一是杀人者仍“三陪女”也；二是我们的民警曾两次赶赴黑龙江查案，几乎一个南一个北的，终将所有犯罪嫌疑人全部捉拿归案。我不禁想，案件的本身已经够吸引人的了，完全可能有细细挖掘的必要。对于我们的广大读者，何尝又不是一次警戒教育呢？

2001年9月6日上午，记者在桂林市公安局宣传科和象山公安分局民警的陪同下，走进了桂林市看守所。

逼良为娼

采访之初，我就提出要先见见犯罪嫌疑人魏某香——也就是两姐妹中的小妹，听说她今年只有20岁。很难想象，她是从什么年纪操起这种令人不齿的营生的。而这种营生，最终也让她走上了犯罪的道路。

魏某香的个子不高，当看守所的民警将她带到我面前的时候，我的眼睛首先是被她那一身鲜红的衣服弄花了。不是吗？我横看竖看怎么看她都有二十七八岁的样子，甚至还更大一些：她的头发曾经染过金黄色，毕竟过了一些时日，自然生出了黑黑的新发，黑黄如此分明，于是那旧日的金黄如同稀稀拉拉零落的花蕊垂下，只是被无心打扮的主人很随意地扎成了一把；她的眉纹过，细细的，弯弯的，然而因为太过服帖而显得不够生动，挺假；她的唇也纹过，一道红红的外唇线勾勒着两片干涩的唇，由于没有口红的滋润，一点都不饱满……在我的心里，曾经模拟过她的样子，我老想着她身上自然有一股风尘的味道。原来，“风尘”也是需要有自由的空气的。

这时的她显然没有一丝生气，我甚至怀疑我能否从她嘴里听到她说的话了。

我的问题当然是从她怎么想到桂林开始的。她轻轻叹了口气，回答了我的问话。她的普通话是典型的北方口音，还蛮好听。问答中，我倒有些被她的遭遇迷惑了。

“那时，我二姐与老公吵架，她不想回家，想出去躲一段时间。正好我在呼兰县当服务员时认识的女友张宇说要跟什么人去桂林，问我要不要一起去，还说那人愿帮出路费。于是我们姐俩就和张宇等五个女的跟一个男的共六人一起来桂林了。”魏某香顺带谈了自己的家庭：父母健在，是黑龙江省兰西县建昌村两个老实巴交不经世面的农民，她有两个姐姐，下有一个小弟。由于家境不好，大姐没读书，二姐念到小学三年级，她算是读得最多了，也就读完小学五年级。我不禁问她：“你又没有一技之长，你觉得你在桂林能找到好工作吗？”

“不容易找。在农村，所有的农活我都能做。我曾做过服务员，有半年多，做些拖地、涮碗的活儿。如果前台忙不过来，我就帮忙记记账、点点菜什么的……我们真的在这里找不到工作。所以才到这里三天，张宇她们三个女的偷偷走了，把我们两姐妹扔在了桂林。大安，哦，就是仲某安（犯罪嫌疑人之一）不让我们走，说要我们还他的路费。”她说，当时仲某安已帮她们租了间简单的小房子，说住下来可以慢慢地找工作。仲某安的姐夫也在桂林打工，那一天，好几个男人一齐站到姐妹俩面前，威胁道：你们不还钱还想回去？姐妹俩没敢说话，更不敢顶嘴……

“然后，他们逼我们干起了那种事……”听魏某香说，那阵子，她们姐俩天天挨喝酒，陪他们睡觉，还聆听了“教诲”：“清香，就指望着你挣钱了。只有你挣了钱，咱们才能回家，你想不想回家？”这样的情况下，不去找钱，能行吗？而且，大安还热心地跑上跑下给她们联系了宾馆，她们仍不愿做。为了挣钱，姐妹俩想到去卖血，但走了几家医院，都没有卖成。没有钱，那边大安又催得紧，只得去陪客人了。完事后，她们还拿不到钱，一分钱也没到她们的手中——不是人家不付钱，而是大安半路给截下了。问大安，大安就说是他姐夫截去了，他也没得到。

至于是怎么认识死者何某的，魏某香说：“在我们回家前的半个月，大安说介绍一个人给我认识，还说这个人挺好的。大安说，他是外地人，在这里是做生意的，可能有钱。你去陪他吧。”就这样，一辆摩托车带她到了他的住地。她环顾四周，那是一个条件也不怎么样的旅社。说实在话，她是自始至终也没见过那人有多少钱。那次，完事后，男人给了她 150 元钱，就算是两讫了。她一分钱也不敢留下来，全部交给了大安……

“不就是几百块钱的路费嘛，你说回去再还他不就行了？”我想不到区区几百块钱会愁死两个大活人。

“不行的。他说他也没钱，也没有朋友能借到钱。”她摇头。

“你们没有想过逃跑？”

“怎么逃？我们人生地不熟的，出去一步大安都跟着。他自己要是出去，就把门锁上。开始他带我们姐俩去他联系的宾馆，后来见我姐接客不行，就不让她去了。他说，清香，就指望着你挣钱了，你可以值10万，你姐连1万都不值。那一个多月里，我是被他逼着去宾馆做生意的，常常半夜一两点钟走回来。也有做不到生意的时候，但只要得钱，我全都交给他了，他却说没得到钱，不让我们回家……”一说到回家，她就忍不住哭了。她的哭是那种因了刻骨仇恨无法得到宣泄的恨到了极点的痛哭。大安据说后来也不再去找工作了，这更使魏某香感到是自己正用自己的血汗钱养着他——一个禽兽。这样的生存状态放在谁身上都很可怜。魏某香姐俩常常因此抱头痛哭，却毫无办法。

“他后来说这样来钱不快，要我打那个男的传呼机 约他到我们这里吃饭。他说那人有钱，我们可以从他身上搞钱。他老是向我灌输‘指望着你挣钱’的话。他拉我去给那男人打电话，逼我跟他去买安眠药。没有他，我们不可能做这些事。这一切，都是他造成的，他逼的……”魏某香又哭了，很无助，也很无奈。

“那你们是怎么商量这个杀人计划的？”

“商量？我们没有权力说商量，他说什么我们就要做什么。他有一把20厘米长的匕首，一直揣在怀里，时不时把它放在我们的眼前晃。我能不去吗？其实原来我们也没想到会杀人的。我们只想要他的钱。大安把安眠药倒到一瓶永福山葡萄酒里，还熬过，让它不苦，并帮我们做好了一桌饭菜。那天晚上6点半，何某准时来了，之前，大安怕他看见，已先到三楼去了。何某喝完酒，才20分钟就昏过去。我们姐俩吓哭了。我姐把已跑到楼下看人家打麻将的大安叫上来。大安回来，翻那男人的口袋，发现他只有100块钱和一部手机。他说让他吐吐吧，就让我们一起抬何某去卫生间，我们帮他抬进去就出来了，过了十几分钟，他出来要我们进去，说是他已把那人给解决了。”

“你们也够残忍的，还分尸呢！”

“大安说的，这么扔容易被人发现，所以要碎尸。我们不干。他就说，反正我已杀了人了，杀一个是杀，杀两个也是杀，如果你们不帮忙，我连你们姐妹也杀了。我犯了天大的错，我是帮凶。但是，如果当时我不帮忙，我也不能活的，我没有办法……我还是参与了。等我们埋尸回来，天也蒙蒙亮了。”

他们是杀人后的第二天匆忙离开桂林的。“做了这样的事，你心安吗？”我问她。

“我没有心安过。我根本不敢想我这半年是怎么过来的，整天提心吊胆，也不敢跟父母说。我不敢呆在家里，后来到哈尔滨，在歌舞厅，还是做了‘三陪’。我觉得我已经堕落下去，无路可退了……”

听到这里，我的心里装满了同情的泪水。我不自觉地为她的命运感到难过。毕竟太年轻，她一不小心就上了当，从此在这一条路上是越走越远了。难道，真的是逼良为娼？还是，她本质里那种爱慕虚荣害了她？

毕竟法大于情，这一点我还是记得的。魏某香终要为她造成的后果付出青春的代价。

我本善良

因为上午听了魏某香的一席话，我对犯罪嫌疑人仲某安（大安）简直没有一点好印象。下午的时候，及至见到他本人，我内心深处那种厌恶尤甚。我恨这个人，自己牛高马大的（有 1.75 米呢，也壮实得很），却欺负弱小女子，真不是男人。而面前的那张脸也显得麻木而呆滞，他自己声称是这几天不舒服，感冒了。

我没想到，此刻仲某安的心中，最恨的人就是她——魏某香。他不称她的名字，只说“她”，或干脆称作“妓女”。“那个妓女，本来就是说来桂林卖淫的，我好心带她来，结果，她连路费也不打算还我了。在哈尔滨，她就干这种事，都落在人家公安眼里了。哈尔滨抓黄抓得都疯了，所以她叫我带她到桂林来。她们五个人都是心甘情愿跟我来的。”仲某安激动起来，他的叙述充满了仇恨。

仲某安生于1974年，结过婚，又离了。说是因为当年孩子胎死腹中，夫妻俩为此吵得很凶。为回避前妻，他曾在2000年二三月份到桂林打工，追随“姐夫”。他的“姐夫”早几年就来了，在这里开了家东北饭店，当然规模不大。他就在“姐夫”的店里帮忙，做厨师，据他自己说炒菜的味道还可以。等他同年10月份回了趟老家又准备出门时，熟人张宇就请他带几个女伴一起去。于是，看在老乡的面子上，他好心答应了。而且事先已说好自己只是先给她们垫路费，要还的。因为“她二姐的老公要砍她二姐，所以她就带二姐一起来了”。到了桂林，他也不管她们。仲某安一副我很无辜的样子：“张宇她们三个人都走了，我拦了没有？她姐俩也可以走啊，腿长在她们身上。是她们自己不愿走。都是老乡，我们就在一起吃一起喝，互相也为了有个关照。她平时交个伙食费几十块钱，也很应该啊。”

“是她自己不愿走，还让我帮介绍酒店，现在反咬一口说是我带她去卖淫？

“她说把钱都给我了？她瞎掰！我们是10月份来的，天还不很冷，当时也没穿什么衣服。她的钱都是她自己花的，她打车，又买衣服，买化妆品。房子她也要住，租房子不要钱？哪样不花钱？我姐夫回老家后，我还把我姐夫借给我的呼机借给了她……

“你说我为什么要帮她？好心啊。那时，我们在一起算同居吧。因为是没有感情下临时发生关系的，你情我愿，我哪里强迫她了？

“死者我不认识，直到他死的那一天，我才第一次见到他。她自己烦嫖客，心里想要搞死他，弄些钱，就跟我一起商量这事儿。后来，我们就做了。她姐俩把人迷倒时，我正在楼下看人家打麻将，她姐招呼我上楼。我问：有钱吗？她们说只有100块钱和一部手机。谁信？！她们肯定拿走了钱，故意剩下这些糊弄我。而且她非要拿人家的手机不可。我对她说人家丢了东西，是会到这里来找的。这是我姐夫租的房子，人家一找到我姐夫不就找到我了吗？她不答应，我们讲了好长时间，结果手机她还是拿走了。我连摸都没摸过手机一下。等我们抬那人到卫生间后，她自己先拿起水果刀。人是她杀的，我只是帮凶。杀人时，我心慌得很，毕竟不是杀鸡杀狗！

“她是什么东西？我也不是东西，但她更不是东西。我当然是被她拉下水的。她姐俩都是变态的。你不知道，她还自残过，在手臂上还有伤痕的……”哦，刚才魏某香穿的是长袖衣，所以我没注意到她的手臂。

这些真就是仲某安的原话。我如实记录下来。我奇怪，怎么他们两人的陈述如此南辕北辙？到底谁说的才是真话？

破案经过

2000 年 12 月 14 日下午 3 时许，江苏宜兴市某特种金属有限公司驻桂办事处一员工到象山公安分局报案，称其同事何某失踪了，其手机也已关机。因其有个好习惯，每天都向单位和家里打电话问候，故可以推测他大概是两天前出事的。

象山公安分局刑侦大队侦查员全勇、盘远安、郑文挺即赶赴何某的住地开展调查。何某的住地各种物品叠放整齐，并无搏斗痕迹，可见何某并非被人从住地带走。很快，一条重要线索凸现：何某在出事前几天认识了一个女子，个儿不高，讲北方话，头发染成黄色。

参与办案的民警盘远安、郑文挺坐在记者对面接受记者的采访，那是 2001 年 9 月 6 日桂林炎热的午后。“对何某生不见人，死不见尸的情况，我们回局里向领导汇报……”案情分析会上，大家一致认定这不是一起普通的失踪案。蹊跷之处在于：若是遭到绑架，怎不见有绑匪联系？若已被害，杀何某的动机又是什么？为钱？何某的钱，好好地还在其住地；为仇？何某性格较好，并未与任何人有仇……

继续调查。很快，一组民警从失踪的手机入手，获得线索：哈尔滨人王某与案件有关；另一路也传来消息：调查出有一北方女子，曾与何某来往，其租住的房子正是以王某的名字登记租赁的。可想而知当时办案的民警有多兴奋：两条线索已然吻合，哈尔滨人王某的嫌疑最大。

事不宜迟，为尽快落实情况，专案组成员全勇、盘远安、小鞠等三人坐上了飞往哈尔滨的飞机。那是2001年1月7日，冰城哈尔滨市一片冰天雪地，零下40多度。一南一北的，时差与温差最难适应，生物钟也没来得及调整，久居南方的全勇等人不禁有些手足无措。但这些都不成为理由，工作是不能中断的。所幸的是有当地警方的密切配合，很快查明了王某的住址。原来，王某一家在桂林开了一家饭店，经营了两年有余，只因生意淡薄，王某全家已回哈尔滨数月。临走前，王曾将其租赁的房子让给亲戚仲某安居住，传呼机也暂借他使用。据此分析，仲某安有嫌疑。情况马上形成文字传回桂林。

仲某安会在哪呢？那神秘的北方女子姓甚名谁？桂林的民警在桂林撒开了网，全勇等人也不停地穿行在北方城市寻找仲的踪迹。都没有，仲某安仿佛在地球上消失了。等赴哈尔滨的民警接到专案组领导指示撤回到桂林，再有两天就大过年了。

说起来，赴哈办案应该最让小鞠难忘了：那一夜，民警们在外整整忙活了一天才回到旅社。小鞠脱鞋洗脚时就觉出不对劲了：好像脚趾头没有知觉了。他不敢确信，以为脚趾只是冻麻了，便又用手压了压，发现脚趾竟弹不起来了——老天！脚趾头因经受不了零下40多度，已冻到骨折了。不仅小鞠，其他两人也都不同程度地受了冻伤——这些都是寒冷北方留给他们的记念。

需要支持的愿望向北飞去，桂林的协查通报发往哈尔滨市。半年过去了，专案组始终没有放弃对仲某安的追捕，但案子却因为仲某安的暂时消失而陷入了僵局……

半年之后，全国的“严打”整治斗争如火如荼。仲某安一案的案卷一直提醒象山分局民警。据他们掌握的情况，仲某安应还在哈尔滨，有必要再北上一趟。也就在这时，哈尔滨警方传来好消息：仲某安已被擒获。专案组急欲北上，但局里的办案经费紧张。陈伟民局长二话没说，从自己的私人存折上取出5000元。7月19日，50多岁的老刑警谢桂六带队，民警一行4人抵哈。

桂林警方当仁不让，担任了主审。

仲某安的眼神里有一丝飘忽不定：说桂林话的人怎么会在哈尔滨？仲某安隐隐约约感到了不安，但仍心存侥幸。一夜即将过去。

谢桂六也是一夜合不上眼。天快亮了，他来到审讯室……

“仲某安招了。”我听到民警郑文挺将这一切归功于老将谢桂六的出马。“当然，犯罪嫌疑人仲某安还交代了此案的另两名同伙：魏氏姐妹。他们害怕桂林警方追捕，杀人后是分头躲藏的。”

据仲某安交代，魏氏姐妹是兰西人。兰西是一个偏僻的穷县。7月21日凌晨，驱车到魏某香大姐家的民警对她讲明了利害关系，使其自愿带路到犯罪嫌疑人魏某凤家中。仍在酣睡的魏某凤被当场抓获。审讯中，魏某凤供述了参与杀人埋尸的作案经过，但她也不清楚其妹魏某香的下落，只知道她在兰西县城一歌舞厅里打工，具体在哪一家也弄不懂。功夫不负有心人。在兰西警方的全力配合下，两天时间拉网式的排查工作取得了进展，民警终将魏某香抓获。

至此，这起杀人碎尸案的三名犯罪嫌疑人全部抓获。7月29日，民警将他们押回桂林。

最后的疑问

关于这起杀人案的前前后后，相信大家已经看出了疑问。不错，你们一定会问：怎么审讯了一个多月还没有结论呢？到底谁是主犯？谁说的才是真实可信的？

我的疑问也同样存在。问起办案的民警，说是这起案子肯定是他们一起做的，但审讯中，尤其是具体到谁杀人的问题，他们都坚持是对方杀的人。想来他们一定都知道杀人偿命的道理，于是便一口咬定自己不是主犯，只是帮凶。一般说来，为自己辩解是人之常情，但如此颠倒黑白的事会不会有呢？从他们审讯的情况看，魏氏姐妹的话倒是可以互相印证的，仲某安的陈述甚至于连他自己都站不住脚。仲某安这个人曾经当过保安，有一定的反侦查能力。看来，他作案的可能性要更大一些。

我突然想起办案民警说过的，仲某安为逃避警方的追捕，在北方的大澡堂里躲了大半年的事儿。说是北方的大澡堂每次收费5元，洗澡时间长短不限。他就每天都到那里去报到了。嗯，真是有点做贼心虚的味道。

然而，这是破案啊，怎么能用推理的方法呢？

这毕竟是已发生的一个真实故事，不是让人去寻求合理推理的答案。

记者便问起魏某香到桂林之前（即在哈尔滨时）是否就是“小姐”？能否通过当地公安机关查实？或许从中可以印证一点真与假吧。

民警一听就笑了：我们办案，只认犯罪事实，这些细节，我们还真是忽略了。苍蝇不会叮无缝的蛋。游戏人生的人，也总是无可奈何地成为被人生戏弄的人。你说吧，为了100元钱，丢了一条性命，我们为破案花掉近6万元的经费和半年多的时间，还不包括警力……

其实还不止这些，我想，还有三个人会为此付出目前还不很清楚的沉重的代价。这些都是因为罪恶的缘故。罪恶之花在开放的瞬间似乎美妙无比，然而，这种美妙瞬间即逝。

想来，终结罪恶的结果，一定是我们的民警通过审讯，获知此案本身的真实。

最后，法院也必定会对此作出一个对魏某香和仲某安都很公正的判决。那么，让我们拭目以待吧！

后 记

9月18日上午，记者获悉，就在两天前，犯罪嫌疑人仲某安在审讯中终于承认自己是这起杀人碎尸案的主犯，并对其犯罪事实供认不讳。

发表于《人民公安》2001年第23期

大苗山火场上的福尔摩斯探秘

——广西融水县“12·9”火灾调查始末

敏感时期的敏感事件，火灾原因的认定意义重大

去年12月初，法国总统萨科齐会见藏独分子达赖。中国政府对此严正抗议。中法关系面临两国建交近半个世纪以来最严重的时刻！

可偏偏就在12月9日晚上，广西融水县大年乡，一名法国籍女士居住的木楼突发火灾，该女士不幸丧身火海。火灾仅过去几小时，此消息便通过互联网从广西最偏远的山村传出，飞向了世界各地。

敏感时期，竟然发生了如此敏感的事件！在中法两国关系处于最低潮之时，两国之间的任何一件事情都有可能被别有用心的人加以炒作和利用，引起外交纠纷。如果不能迅速查明火灾原因，确定火灾性质，势必会给我国带来负面影响。

12月10日。天刚透亮，公安部、外交部、自治区领导有关迅速查清火因的批示已经下达。法国领事馆也打来电话追问火灾情况。火灾过后，才一天多时间，法国内务部警察署3名警察即赶到大年乡火灾现场，要求中方解答相关问题。

火灾原因的认定意义重大！广西消防总队迅速启动紧急火场调查预案，派出火灾调查专家组深入到火灾现场开展勘查工作。究竟是什

么原因导致了火灾的发生？是故意杀人放火还是意外导致火灾？社会各界有种种言论种种猜测，使得这起火灾变得更加地扑朔迷离……

木楼起火惊现炭化尸体，法国籍女士下落不明

古色古香的吊脚木楼、婀娜婆娑的竹海、清澈透亮的河水，还有原始生动的踩堂舞、被誉为苗族传世“无字史书”的叙事性服饰图案，以及奇异的恋爱婚俗，构成了一幅美不胜收的民族风情画卷。

这是绚丽多姿的大苗山。

在广西壮族自治区西北部这片连绵起伏的崇山峻岭里，聚居着占人口总数39%的苗族及瑶、侗、壮等多个少数民族。这里民风纯朴，人与自然静谧和谐。但是，一场突如其来的火灾却发生了——

那是2008年的12月9日。

21时40分，有村民发现，位于几座山岭之中的法国人方芳女士居住的木楼闪动着红红的火光，连忙大声呼叫：“救火啊！”几百名群众闻讯很快赶到火灾现场，奋力地展开各种营救工作。但山风席卷着浓烟，烈火舔食着木楼，木楼轰地颓然倒塌，汇成火海一片。

村民们一声声地呼唤着“方芳、方芳”。没有她的回音，也找不到她的踪影。当地公安民警迅速赶到，清理火灾现场发现一具高度烧焦炭化的尸体。

村民们惊呆了，几乎不敢相信自己的眼睛：是方芳女士吗？这会是那个孩子们亲切地称她为妈妈的人吗？真是那位深受当地人爱戴的法国人吗？

是啊，如此偏远贫瘠的山村里，怎会住着一位外国人呢？

关于死者：一位可敬的女性

方芳（法文姓名为FRANCOISEGRENOT）女士1949年12月17日出生于法国巴黎。1997年，她应邀担任无国界医生组织法国

部融水组大年乡医疗点的汉语翻译。谁也没想到，此行完全改变了她整个人生的轨迹。

回国之后，方芳女士的心因为那个有着浓浓的人情味却被贫穷困扰的大苗山填得满满的。她想不通：那么美好的大山，竟然还沿袭着“狗不耕田，女不读书”的习俗？这古旧的习俗使得许多苗族女童无法上学。想着一路上让她无法忘怀的那些扑闪着求学渴望的大眼睛，想到大山深处那些纯真可爱的女孩子享受不到知识的阳光，方芳女士毅然辞去公职，带着一颗爱心远洋而来。

大苗山以宽厚的胸怀迎接了方芳。而方芳，也真切地把自己融入到这片丰饶的土地上。长期驻在融水县大年乡开展帮扶活动的她，说的是苗语，穿的是苗族服装，与当地的少数民族群众更是结下了深厚的友谊。1998 年，在她的大力呼吁和奔走下，法国－中国色彩协会慈善机构组建，专门从事着资助少数民族地区贫困女童读书和援建校舍的工作。据不完全统计，十年来，方芳女士和法国－中国色彩协会资助融水、三江两县以及贵州省部分县乡的贫困女童近 6000 人，累计资助金额约人民币 869 万元。是她，帮助贫困山村建造教学楼及学生宿舍 68 栋，购买电脑等教学设备 155 项，兴建和维修当地的鼓楼等，共计投入人民币 695 万元。是她，通过网络，向世界各地募集大苗山教育资金。大批的外国游客因而知道了中国有个大年乡，也纷纷来到了偏僻的大年乡。聚在大苗山的木楼里，他们了解当地的教育状况，热情地帮助失学孩子上学。由她发起成立“法国中国色彩少数民族文化交流中心”，现有来自世界上三十多个国家和地区的会员 2000 多人。各级新闻媒体追踪线索，详细报道，方芳女士的美名，在大苗山漫山遍野地传扬……

信息时代，什么都传得飞快。火灾仅过去几小时，方芳遇难的消息已通过电话和互联网从广西最偏远的山村传出，飞向了世界各地。

奔赴数百公里：火调专家艰难求证

融水大年乡地处崇山峻岭深处，山路崎岖难行，弯多路窄。

9日当晚，融水县消防大队、柳州市消防支队接到相关火情通报后，连夜赶赴火场。天黑路滑，他们的车子差点就滑落山谷，100多公里的山路走了五个多小时。到现场，天都快亮了。在现场，面对如此重大的涉外事件，柳州市消防支队立即向总队报告，请求支援！

广西公安消防总队接报后，启动紧急火场调查预案。广西最权威的火灾调查专家林松急率广西消防总队的火灾调查组赶赴现场，一路翻山越岭经过8小时的车程，于傍晚6时许赶到大年乡。

时间紧、任务重，林松等火调人员来不及放下行装，一头扎进火灾现场。

此时此刻，四层的木楼已不复存在，焦黑的柱子兀立着，瓦砾、炭末混杂一地，四周就像死一般的寂静。天黑下来，寒风阵阵，深山中，即便穿着棉大衣也使人不寒而栗。

经调查，火调组了解到，12月17日是方芳女士的生日，她已买好10日上午飞法国的机票，打算从桂林经香港回法国，与国内的亲朋好友一起过生日和圣诞节。火灾当天，方芳刚从银行取回一笔外币，就放在家里，打算飞回法国前作为工资发放给手下的工作人员。

方芳的木楼曾发生过失窃，离她上飞机的时间仅仅几个小时了，是有人谋财蓄意焚尸灭迹还是失火呢？这一个个问题，在火调人员的脑海中反复地出现。

此时，自治区、市、县三级刑侦部门也赶到现场。为的是协助火调人员进行外围排查，进行尸体解剖。

但晚上的光线明显不足，现场勘验工作根本无法开展。火灾调查组迅速调整工作部署，加大了调查询问的力度，通过走访附近村民，了解火灾发生前后相关情况，以及木楼原始结构等。

当晚的调查询问相当细致，获得的第一手资料充足丰富。

凌晨1点，结束调查询问后，同志们在狭窄的山路中摸黑驱车40分钟，才到最近的乡村找了家简陋的小客栈住下。条件艰苦是肯定的，好几个人被迫挤一间屋子，还有的同志，竟只能在车里蜷缩着过夜……

法国方面施加压力，火灾调查专家在废墟中寻找蛛丝马迹

到现场去！到现场去！只有开展现场勘验，才能寻找到起火证据，才能走进火灾事件的真相里。暗夜里，一个声音始终在众人的心头响亮着。

所以，谁也不敢耽搁啊——11日清晨6点半，这些在睡眠中合上眼睛还不到三四个小时的火调人员就踏上了弥漫浓浓晨雾的山路，火急火燎地赶赴火灾现场。

起火房屋位于名叫杉难冲的半山腰上，背靠山岭面向小河，是当地政府为方芳专门建造的一栋苗家木楼。起火房屋共四层，建筑面积537.24平方米。一层主要是洗澡房、卫生间和大厅；二层是餐厅、客厅、厨房及两间客房；三层是方芳女士的卧室、办公室及客房；四层是客房及仓库。

由于房屋为木质结构吊脚楼，在火灾中已付之一炬，现场留存痕迹物证难以搜寻。最先发现火灾的四位群众证实，他们当时是用尽了力气才撞开大门的，当时火在三楼的东北处，并烧穿了四楼屋顶，二楼充满浓烟根本无法进入。而东北处三楼正是方芳的卧室及办公室。

根据火场中承重木柱塌落方向，跌落层次、炭化深度，护坡墙体颜色变化，及坡面弹性变化情况，调查组初步判定起火部位在三楼方芳女士的办公室内。继而重点对此部位进行了细致的勘验。火灾现场深处，调查人员顾不上扬起的烟灰和刺鼻的烟熏，一点一点小心地扒开废墟，仔细地搜寻物证。从清晨到日暮，他们严格按

程序收集相关证据，绘制火灾现场图，记录勘验过程，固定证据，寻找物证。

负责外围调查的刑侦部门排除了人为放火的可能性；从尸检认定为烧死。通过现场勘验，也排除了生活用火、自燃起火、烟头起火的可能性。调查组把勘验重点放在木楼内部用电设施上。

于是比照原来照片中的电工布线。火调人员认定起火点位于办公室内靠北墙放置的办公设备的木桌下方的木地板上。很快，在起火点相对应的废墟中，火调人员发现了引起火灾故障的电源插排残骸！

正是这一重大发现，使得火灾原因调查工作取得实质性的突破。

就在火灾调查专家组紧张调查的同时，公安部消防局领导打来了电话，详细询问火灾调查的进展情况，充分肯定了调查组的工作思路与方法。精神上的鼓励，给参与调查的同志们增添了巨大的力量。“必须尽快查明火灾原因，给火灾定性！”火调人员明白自己身负国家荣誉的重责，也深感身负融水县人民感激方芳女士的重托。事实亦是如此，越快准确查明火灾原因，就越能掌握工作的主动权。

火灾当晚现场回放，与时间赛跑后迅速出具物证鉴定报告

调查情况，一点点载入火灾调查组的工作记录中。经过一番梳理，火灾当晚现场的脉络逐渐清晰起来：

火灾发生当晚，方芳在三楼办公室一直通过互联网与外界联系；

傍晚 18 时 30 分左右，工作人员叫方芳下二楼餐厅吃饭。她回答说等会儿再吃，随后工作人员离开；

19 时 30 分左右，在办公室的方芳叫两名工作人员上来交待工作；

20 时 30 分，两名工作人员离开木楼关上一楼大门时，听见方芳下楼的脚步声。

尸检报告显示，方芳是在进食约一小时死亡的。从时间上排查，方芳应该是在交待完工作后下楼吃饭；

从电信局提取到方芳女士网线断开的时间为 21 时 27 分。

现场勘验还发现，方芳的保险箱上插有一把钥匙，而另一把钥匙则掉落在方芳身体旁边。保险箱里有外币和银行存折炭化物，家中贵重物品的残骸一一俱在，方芳脖子上戴的金项链亦没有丢失。

据此，火调专家组推断：方芳发现三楼起火之后，立即从卧室取出保险柜钥匙，想打开放置在办公室内的保险箱取出钱物和证件，但第二把钥匙还来不及插入，浓烟便将其熏倒……

在起火点处，火调人员收集到电气线路、取暖器、电脑、复印机等残骸物证。经排查，未发现有重要物品丢失，立即电话联系公安部沈阳火灾物证鉴定中心，将电源插排残骸送检。一场马不停蹄的接力、一场与时间赛跑的传递开始了：从山村到县城，从县城到柳州市区，从柳州市转往南宁市机场。样品从广西最偏远的山村，连夜转运到南宁，赶上了航班，到达沈阳时已是深夜 11 点多。该中心工作人员冒着严寒到机场等待物证，取样后连夜组织人员加班进行鉴定，在最短的时间内出具了物证鉴定报告。

火灾原因调查经得起检验，法国驻广州总领事馆致谢

火灾过后，才一天多的时间，法国内务部警察署 3 名警察即赶到了大年乡。在火灾现场，他们提出要与现场勘验的消防、刑侦部门见面，并解答相关问题。

出于慎重考虑，向法方介绍调查情况的最佳人选非调查组负责人林松莫属。作为全国公安系统都赫赫有名的火灾调查专家，具有多次处置涉外案件的成功经验。

从调查询问、现场勘验、时间排查、物证鉴定、起火点位置到起火原因等情况，及至排除其他火源等依据，林松诚恳、科学地一一回答了法方提出的问题，沉静而自信。站在相互印证的证据链之

上，她从来都是用事实说话，以证据服人。

这样的答复有理有据，清晰明白，既经得起检验，也经得起信任——果然，法方接受了调查结论。在后来两国的外交交涉中，法方表示死者家属对火灾原因的调查工作感到非常满意，并代表法国驻广州总领事及夫人对消防调查人员表示感谢。签领火灾认定书时，他们也郑重声明：不再申请重新认定！

至此，融水县“12・9”火灾调查终于翻到了成功的一页。

“你们不愧是火场上的福尔摩斯啊！”这份由衷的赞叹发自肺腑。这是外事部门对消防部门所做努力给予的高度评价。他们说，正是由于消防部门快速准确地查明了火灾原因，他们与法方的交涉才得以顺利进行，最终使一场可能产生的外交纠纷化解于无形，使坏事变成了好事。

后　记

大苗山青翠的山岗上多了一座新坟。

根据方芳女士生前的意愿，当地的苗族同胞按照民俗，将她埋葬在生前居住的山岗。这样，在每一天里，她都可以眺望山下她为之倾注无限热爱的青葱校园了。

又过了些天，大苗山的村民们惊喜地发现：有一个黄头发白皮肤蓝眼睛的外国人的身影，走进了清新晨光与黄昏晚霞里的大年乡，频繁地往来于大年乡弯曲的山路上，为教育帮扶奔忙。这名后来者，是法国慈善者马琳。

绵延的大苗山以欢迎方芳女士的深情，同样热情地拥抱了马琳。

马琳来了！我们有理由相信：方芳未竟的事业将会进一步拓展，中法两国人民的友谊希望之花，将在这片美丽的土地上继续开放……

发表于《中国消防》2009 年第 11 期

车上那207.65公斤海洛因……

小引

1998年10月21日，中共中央政治局常委、国务院总理朱镕基在广西视察时指出，党中央、国务院非常关心禁毒缉毒工作，因为这个问题关系到人民群众的切身利益，关系到子孙后代，关系到中华民族的前途命运。他要求广西在边境地区筑起一道钢铁长城，堵住毒品的来源。他还签字拨款700万元，作为广西禁毒工作的经费保障。总理的嘱托义不容辞，全区缉毒民警深受鼓舞。遏制毒品的蔓延，严厉打击贩毒活动，把毒源堵于国门之外，在广西缉毒民警的心头都是重中之重的大事。事实证明，广西警方又一次不辱使命。

1998年11月24日，距10月份朱镕基总理到广西视察仅一个月时间，就在邓小平同志当年领导红七军发动著名的“百色起义”之地，广西警方成功破获一起特大跨国毒品案件，缴获毒品海洛因207.65公斤，这是广西解放以来一次性查获毒品海洛因最多的案例。207.65公斤海洛因，若是投放国际市场，其价值超过1亿元港币。更要命的是，这么大数目的毒品足以给千百个家庭带去毁灭性的灾难……

“致富捷径”：一路侥幸过关卡

对于境内外贩毒分子来说，广西东连广东，西邻云南，西南与越南接壤，陆地疆界线长，而且山高林密，警方查堵不易，不失为一条贩运毒品的绝妙通道。李某兴和段某相就曾为自己找到了这样一条“致富捷径”而欢喜不已。

李某兴的开心有他的理由，跑这一趟车，100万元啊！老板许诺的酬金似乎在不远处向自己招手了。好运是一个化名叫“猴七”的老板带来的。一个多月前，“猴七”明着说想用自己的车运毒到广东。人家若不是出于完全的信任，诚心提携自己，会这样掏出心来给自己看？当然，主要还是那100万元诱惑力大，李某兴毫不犹豫同意了。他把车开到缅甸的老街镇交给“猴七”装“货”。再见车时，他还奇怪不已：“怎么还是空车？”马上他就反应过来：那才是做大生意的人啊，办事都是大手笔，根本就是天衣无缝，无懈可击。车子肯定已经过特殊加工，藏好了毒品。

在老街镇，李某兴第一次见到他的合作伙伴段某相。11月17日，两人从老街启程了。虽然跑运输的他出出进进边境，但他知道带毒品过境是最难的。这么多关卡，万一……可一旦成功，那下半辈子就可以舒舒服服了。从缅甸入境，他高度紧张。他与受雇佣开车的段某相已成了拴在一条绳上的蚂蚱，风险是共担的，车子也轮流开。行驶中，两人都不敢合眼。特别是过关卡，李某兴都要亲自开车才放心。

车子开到云南澜沧地区的镇康县，李某兴知道那儿有一个出名的边境口岸——南伞。面对检查，李某兴心里紧张得要命，但车子的顺利通过证明了他似乎可以有不必担心的理由，胆气更是一路上不断地壮起来，何况还有100万元撑腰呢。虽然中途曾被交警拦下来，那是因为车子机械故障、灯不亮等原因，被象征性地小罚两次，都不痛不痒的。

说李某兴不心急赶路那是假的，他当然想早日到达目的地，然后向老板邀功，领取属于自己的那一份高额回报。可老板有交代，每天上路只管慢慢地开，晚上不必赶路，到黄昏六七点钟时就要找地方住下，一定要先打个电话汇报当日的停车位置。不用多说，报告已到哪里就行了。第二天出发前也要电话告诉一声出发的时间。

云南怒江红旗桥上的边防检查站，严格是出了名的，在那里曾栽倒不少“好汉”，大宗毒品案往往一到那里就人仰马翻。结果还不是一样？车子照样顺利通过了。这条桥一过，预示胜利已取得了一半。通电话时，李某兴甚至能听出老板话里的笑意。老板指示：车子开到红旗桥在保山找个修理厂保养一下，不急，继续慢行。车子过保山，出云南，李某兴的心坦然极了，以为这一把已稳操胜券。车子他基本上不开了，让小伙子锻炼锻炼吧。想休息了，他就眯一眯眼……车子驶入广西境内，驶进百色时，已经走了1800多公里，大大小小的检查站过了几十个……

查堵行动：“这辆车肯定有问题！”

11月24日下午14时50分，正在百色市东面的百林大桥设卡检查的是百色市公安局缉毒大队大队长唐桂宏、副大队长刘钊及民警甘文波、赵勇。

百色是滇黔桂三省区的出海通道，国道323、324线横贯其中，通往中缅边境和云南省，又与越南接壤，地理位置特殊，人口流动量大，毒品犯罪活动猖獗。缅甸等境外毒贩偷运毒品基本靠公路运输，显然也看中这块宝地。从去年2月开始，百色市公安局缉毒大队根据局党委和上级业务部门的统一部署，坚持上路查缉毒品工作。10月以来，结合全区开展的缉毒“破大案、打团伙、缴巨毒”战役，整个百色地区公安局缉毒部门迅速行动，所属各县市缉毒部门分阶段、分时段、不定期上路检查，对从云南、越南等地流入百色境内的毒品开展大规模的查堵行动。

几个小时前，缉毒民警就在百林大桥对凡是从云南方向过来的车辆一律进行检查。这时，一辆东风牌大卡车缓缓向检查卡驶来。车子是云南车，车厢顶部有篷布盖得严实。因为车轮压了块石头，全车震了一下。

“师傅，请停车，我们在执行任务。”民警赵勇亮出停车示意牌。大卡车“嘎”的一声刹住了。驾驶室除了一名司机外，还有一名睡意朦胧的中年男子坐在副驾驶座上。

“请你们出示证件！”礼貌的话语中透出威严，唐桂宏、甘文波一左一右走上前去。车子的行驶证上写明：车主叫刘付超，云南省保山地区龙陵县平达乡黄连村人。司机的身份证表明他叫段某相，1970 年生，云南省保山地区施甸县旧城乡人；随车男子叫李某兴，云南省保山地区龙陵县平达乡人。

李、段两人被分开查问。刘钊、赵勇已开始对车子进行初检。

司机段某相说，车子是李某兴的，他帮李某兴开车从云南去田东拉设备，但具体到哪个单位，拉什么，找谁联系，他不清楚，反正酬金说好是 2 万元钱。李某兴却说不是自己的车，他也只是陪开车的小段出来而已。

两人的话含糊其辞，相互矛盾。你想吧，车子从云南开到百色行程已久，出来的目的还不清楚，除非这两个人的脑子有问题。车子长途行驶却空载无货，本身也很反常。另外，照段某相的说法，车主也太不划算了！此行来回不过一个星期，要付 2 万元酬金，拉什么货需付那么多钱？何况两人的身份证又属中缅边境地区。负责查问李某兴的民警甘文波更是发现，李某兴下车时神色不对，情绪异常紧张，还借故去小便想逃走。

怎么办？放行还是拘留？“这辆车肯定有问题！”结合自己多年缉毒的经验，唐桂宏坚信自己的判断。

就这样，车和人被带回缉毒大队进一步审查。李波教导员带人负责审讯，唐桂宏等人将车子开到修理厂全面再检查。

奇迹出现：毒品果真在车上

段、李两人仍然坚持原先的说法。只是审讯中，李某兴的身体状况似乎表现得相当不佳：先是打抖不已，后又冒汗不止，接下来还一个劲地抽筋。他的声带好像哑了，想说什么又说不出来。二十度的气温，他还直嚷嚷冷。民警给他盖上一床棉被，发现他整个身子还在里面不停地抖。

审讯组把情况及时反馈到查车组，唐桂宏他们更坚定了信念。可是车子上凡是能够打开的、能够撬开的部位，包括驾驶室、底盘、备用胎等又都检查个遍，仍没有任何发现。这倒奇怪了！

审讯组在搜查两人的随身物件中发现，两人有两张一模一样的"线路图"。且看段某相那一张，密密麻麻圈圈点点了好些地名——竟是他们这一路沿途经过的县市名称：国道323线从中缅边境经云南临沧地区一直通往保山地区、大理、楚雄、昆明市、广西百色地区，下面还有南宁地区、贵港市、梧州市，广东的肇庆、广州。

段某相在一段时间的沉默后作了一番解释：因为是第一次开这么远的车，路又不熟，怕走错路才事先预备的。但李某兴就不好圆谎了，因为一开始他就说是陪小段来的，没开车。那他操哪门子心？民警的心里又踏实了一些。

查车组细致到家的工作终于有了回报，爬到车底检查的民警发现，车厢底部的钢板不是原装车的钢板，厚度也与同类车不符——钢板加厚了，厚度达5厘米。为什么要在车厢底部加一层钢板呢？车子比较残旧，加固钢板有可能是为了稳固车厢，而且焊接处已有生锈现象，因此，这并不意味着内藏毒品。但有一点，如果钢板夹层是空的，那里面就足够有藏毒的空间了。

要检查就必须对车厢进行切割。考虑到如果真藏有毒品不能损坏到毒品原件，查车组决定用钻机钻孔检查钢板内是否有毒品。

刺耳的钻声响起，钻头一点一点地进入钢板。"钻头有白色粉末！”操作钻机的民警惊叫起来。

现场负责检验的女民警黄碧燕迅速取样进行初检。“是毒品海洛因！”小黄很肯定地汇报检验的结果。所有民警的脸上都露出了会心的微笑。

继续在4个角上钻孔，结果同样都发现有白色粉末溢出。由此可知，车厢底部夹层藏有大量的毒品海洛因。如果估计得不错的话，足足平铺整个车厢一层呢！奇迹出现了！

审讯组不再对李、段两人客气，当下就用手铐将他们分头铐住，审讯力度加大了。

市公安局立刻把情况向市委、市政府、地区公安局领导汇报，向检察院通报案情，要求派员提前介入。地委、行署、市委、市政府、地区公安局的领导都来了。

民警们采用氧焊切割的方法，经过9个多小时的工作，从车厢底板夹层中取出384块共207.65公斤重的毒品海洛因，为成功破获新中国成立以来广西最大一起毒品案提供了有力的证据。

追踪布控：此案留下了暂时的遗憾

案情也报到了区公安厅。缉毒处处长银延辉详细了解情况后，派马卫东副处长、唐厚池科长和民警陈康宁马上赶赴百色。在25日凌晨的紧急案情进展分析研究会后，“11·24”特大毒品案专案组成立。专案组首要的任务就是加强审讯，弄清案情，所以，审讯的主要内容是“‘货’运往哪里”、“接‘货’人是谁”等关键性的问题。

25日早上，李某兴缴械投降了，承认“货”是“猴七”的，车是自己的。一个多月前，他将车交给“猴七”在缅甸境内改装藏毒后，与段某相从缅甸老街镇开车入境到云南，准备取道广西运往广东。到这份上，李某兴不再隐瞒了。

说起来，李某兴在保山地区还大小算个知名人物呢！前些年，他带领全家种甘蔗发了大财，上过报纸、电视，戴红花出席过各种会议，被誉为劳动致富的典型。最红火那阵子，家中承包了一千多亩甘蔗，还请有工人，有吉普车和东风牌大卡车。周围的人哪个不艳羡？不然，大儿子交的女朋友哪会一来二去地成了自己的女人？糖价下跌，他的日子开始走下坡路。1998 年 3 月，随着小妻子的肚皮越鼓越大，为逃避计划生育，他唯有带她到缅甸老街去买房安顿下来。原来那个家算是被他彻底抛弃了，连同欠银行的 50 万元贷款。不种甘蔗，他跑起运输来，在边境一带拉沙、拉建筑材料。边境地区贫富悬殊，有钱的人财发得不清不楚，但人家住洋楼，深宅大院，门外有人站岗，有狼狗护门，让李某兴羡慕不已。人家一定是见自己的车在边境进进出出，出入方便，才找到自己的。100 万元对于以前拥有“名人”头衔的李某兴来说或许算不上什么，但对于现在这个要养活几个月大的孩子、费心操劳一家子的生计问题的李某兴来说太具诱惑力了。100 万元钱瞬间点燃起 46 岁的李某兴遥远的成功梦想……李某兴表示，愿意立功赎罪。

银延辉处长决定，把人和卸完毒品已复原好的大卡车调到南宁，让李某兴与“猴七”通上电话。想不到，这个迟到了一天的电话还真唤出了“猴七”。电话中，“猴七”一个劲地追问前一天不打电话的理由，还叫段某相也来接听电话，又盘问了一番。后来，电话那头换了另一个人说话：“那你们继续按路线走，到肇庆我派人去接你们。”

去还是不去？不去，线索就真的断了。最后大家达成一致意见：去！兵分三路：一路是银延辉处长带队，坐飞机先到广东联系，要求协助；一路由马卫东副处长带队，把两名犯罪嫌疑人押到肇庆，架网布控；一路便是百色刘钊副大队长开那辆东风车最后到肇庆。临行前，公安厅徐昇副厅长召集专案组开会，要大家做好防范保护工作，以安全为原则，行动上要注意保密。

肇庆之行却扑了空。专案组到肇庆后即发现，狡猾的对手有所觉察，已离开了广东。

28 日，专案组转战云南。这后面的追捕也就由秘密转到了公开。经过多方工作，在云南警方的大力协助下，专案组获知了对手的简单情况：“猴七”叫侯某华，原籍云南省保山地区龙陵县平达乡，是云南警方通缉的大毒枭。3 年前，他从中缅边境武装贩运毒品被查，发生过枪战，当时他跑掉了。另一个叫段某学，云南省施甸县姚关乡人，也是老牌毒贩。知道案情败露后，他们跑得比兔子还快。

追踪没有结果，但民警们充满信心。该犯罪团伙基本情况查清了，只要他们还敢冒头，要抓住他们也不是不可能的事。当然这需要时间，但只要有一线的希望，也要做百分之百的努力。

这 207.65 公斤毒品海洛因都是高纯度的毒品，是缅甸较正规的毒品加工厂按车子的规格特别设计加工的。缴获这批海洛因极大地打击了国际毒品市场。

12 月 16 日，广西区公安厅召开新闻发布会，徐昇副厅长通报我区这起新中国成立以来最大毒案的破获情况。徐副厅长称：这次行动是全区缉毒民警认真贯彻落实朱镕基总理的讲话精神，以实际行动、重大战果回报总理的最好答案，也是全区缉毒民警向广西壮族自治区成立 40 周年献上的一份厚礼。

发表于《公安时报》1999 年 1 月 1 日

婚姻是一棵能为人遮风挡雨的大树，可以使疲惫的心灵得到栖息；婚姻也是一株娇嫩的小苗，容易受到外界各种诱惑的影响而受到伤害。好的婚姻总需要一番经营的，更需要婚姻中的两个人共同去细心呵护。不善于经营婚姻的夫妻收获的只是一段失败的婚姻——

无可挽留

1

一切事件的发生发展都有其偶然性与必然性。破案亦如此。案起案落，或是破获或是成为无头案件你能说它没有一丝因缘？就像我，何尝不是在一个极其偶然的机会听到这个故事的呢？

2

2001 年 5 月 30 日下午，正在上班的广西壮族自治区公安厅监所管理处二科副科长黄宋文的手机响了。电话原来是他在贵州省的老朋友阿新打来的。阿新是个生意人，跟他同是马山老乡，平时有事没事也常联系。

寒暄话没说上几句，阿新就在电话那头很郑重地说：“姐夫，有件事，我不知道该说不该说。”

“什么事啊，如果涉及到案件的话，你最好跟我说。”

“不是我，是我的家人。”

“如果是案件，你就要相信执法部门是依法办事的。何况现在又是‘严打’。”

“嗯……”对方像是同意了他的话，却又没再往下说。

当天晚上 7 点多钟，阿新又从贵州打电话到黄家。

“案件牵涉到你吗？”黄宋文知道阿新还是因为那事，便主动把话题引到案件上。

“是我妹。”阿新像是下了很大的决心，终于把憋了许久的话说出，“她现在就在我这里。”

“知道吗，虽然案件跟你没关系，但你作为知情人，公安机关还是需要你做份笔录。带你妹回来吧。”虽然阿新也没说到具体的案件，但黄宋文已猜出此事不同寻常。

5 月 31 日上午 9 点多钟，黄宋文在办公室，阿新又打了他的手机：“姐夫，是我妹和妹夫杀人了。我妹夫叫李某。”

“人命关天。叫你妹接电话吧。”

很快，黄宋文在电话里听到了一个怯怯的女声告诉他，死者是一个叫韦某风的人。

黄宋文让她暂停，他自己放下电话，马上跟马山县公安局的政委蒙绍学联系：“我这有起杀人案，不知道马山有没有这回事？发案时间是 2000 年的 12 月，被害人叫韦某风。”

蒙绍学对分管刑侦的副局长唐茂义一说，唐茂义便惊呼起来，说确有此事，当时是韦某风的姐姐来报案，称其弟莫名其妙失踪了。

得到马山方面的回复后，因事关重大，黄宋文马上又打电话到贵州。

阿新在电话里说：“你知道的，我一直在凯里、都匀做服装生意。前段时间，我妹突然来我这里要帮我看摊。也就在前天吧，我才知道这事的。”

“叫你妹详细给我讲讲吧。”

这次通话足足有一个小时。黄宋文知道了大概案情。小黄夫妻俩婚后感情不是很好，虽然已有了一个 8 岁的女儿，但多次闹离婚。小黄因此多次离家出走，丈夫李某也不闻不问，漠不关心。在 2000 年七八月间一次争吵之后，小黄与韦某风交往密切，有了性关系。尔后，小黄又经不住李某拿孩子作挡箭牌，再次搬回家住。不久，李某可能听到了风言风语，就叫她把那人约出来，他要跟他商量件事。小黄不愿意但还是将韦某风约到了家里，李某随后把她支开，等她两小时后回家发现韦已死。她吓得要命，问他：“你怎么把他搞死了？”他却说：“你听着，别说出去，你要说出去我就说你也参与了。”当晚，她被迫跟李某一起把尸体拉出去，埋在了勉圩垃圾场（当地叫百龙滩垃圾场）。

“当时还有其他人吗？”黄宋文问。

“没有，就我们俩。”

“你参与挖坑了吗？”

“参加了，是他威胁我的。我会不会挨处理？”

“你在这案中有脱不开的关系，我觉得你应该主动投案自首。”

电话那头顿时无话，一时沉默。许久，黄宋文说：“你看到当地《关于敦促犯罪分子投案自首的通告》了吗？你要争取从宽处理。”

作为哥哥的阿新也担心起来，在旁插了一句：“现在是‘严打’，处理会很严吗？”

“人不是她杀的，埋尸她也是被迫的，应该不用负很大的刑事责任。你要是相信我，相信法律，就来公安厅找我吧，带你妹一起来。”

阿新兄妹答应连夜坐班车赶来南宁。

3

韦某风的失踪在当时还真的就是一个谜。

2000年年底的时候，韦某风的堂弟有事找韦某风，但找不到他，就回老家去找。但韦某风的家人寻遍亲朋好友家也不见他，韦某风的姐姐遂向公安机关报警，还在新闻媒体上登了寻人启事。

当时也有人怀疑韦某风是被李某杀的。恰巧李某因打架被公安机关抓起来了。民警依法到他家搜查，却找不到证据。公安机关对此案一直关注，但案子却因为没有掌握到确凿的证据而暂时搁浅。“严打”战役以来，马山县公安局将破积案隐案、追逃犯作为工作的重点。

来自贵州方面的消息让马山县公安局局领导心里有了底。正好李某两天前酒后滋事，5月31日当天，公安机关以此为由将李某抓获。

李某还是不承认他与此案有关。他一向自以为是，这回他以为还可以蒙混过关。

民警不慌不忙，决定先搞清楚外围情况再进行审讯。

4

29岁的李某与27岁的小黄是一对冤家。当年两人走到一起来的时候就很不被人看好。至少，小黄的家人是很反对的。

他们之所以能相识相恋，还得从小黄死去的二姐说起。李某跟小黄的二姐是初中同学。1989年，小黄的二姐不幸意外身亡，李某出于关心来到小黄家，见到伤感的高中生小黄。这时的李某对小黄来说意味深长，那是她感情最脆弱的时候，有一位年长的异性朋友表示关怀真是雪中送炭。双方对彼此都有了好感。高中毕业，小黄未能如愿考上大学，却如愿成了李某的亲密女人。他们同居了。

但才18岁的小黄要结婚还是为时过早了点。别的不说，李某也才20岁，虽在当地的卫校毕业，但没分到一个正式的工作。小黄嫁给这样一个人，怎能让家里人放心？那时小黄的父母已过世，长兄阿新和已嫁到南宁的大姐对此事都不同意。但小黄自身条件也摆在那里，长得一般，个头一般，也谈不上特别的贤淑，要想招个各方面都很不错的夫婿看来也不大可能，最糟糕的是，小黄已有了身孕。这关键的一条使得小黄的家人很快默认了这门亲事。1992年年初，两人说结婚就结婚了，1992年年底，女儿佳佳出世。但两家亲戚间的往来明显不多。

或许也是出于以上的原因，小黄与李某的“好”并不能持久。当初他们是奉“子”成的婚，两人的感情基础是深是浅还没量清楚呢。结婚第一年女儿降生，这对年轻的夫妇初为人父人母，却由衷地感到了一种来自生活的压力。李某是当地永州镇人，那个地方重男轻女思想特别严重。李某虽不至于因为老婆生了个女孩就不要她，但对小黄的新鲜感已荡然无存。为了生活，他卖过药，开过三轮车，也零零碎碎地接过一些装修的活儿，自感这一生真是劳碌奔波的命，挣钱养家对于他成了一种负担。1997年以后，他基本上不出去找工作做了，赖在家里无所事事。家中的生活来源则是妻子开的一间成衣店。成衣生意也不好做，所以小黄的牢骚不少。

两人的性格不合是有目共睹的。来自李某性格上的暴躁愈发显露，夫妻俩时常为一些芝麻绿豆大的琐碎事争吵。在吵闹中生活的人是受罪的，凑合着过的日子也没什么意思。最让小黄无法忍受的是，李某还经常打骂她。且这打骂是愈演愈烈，一旦动手打，他就失去了自制力，用小黄的话说是“打老婆像打小偷打条狗似的”，在他喝了点酒后尤甚。小黄说什么也不能理解李某的打人行为，两人的感情终于不可逆转地走了下坡路。

原想着委曲求全的小黄也想离婚了。但老公是自己当初不顾一切要嫁的，现在即使后悔了，也不愿意自己面子上太难看。好合好散嘛。她希望两个人能够协议离婚，可李某在关键时刻又死活不愿意离，让小黄无可奈何。日子慢慢地消磨着，孩子也慢慢长大了。由于两人无心带孩子，又不愿在孩子面前显得生分，他们干脆把孩子寄养到李某在柳州工作的大哥那里，请奶奶帮带。

1999年年底，小黄常与女友去跳舞，经女友介绍，与韦某风认识并交上朋友。

韦某风家住马山县合群乡内学村巴朝屯，由于在县城帮别人开中巴回家不方便，韦某风于2000年春节后租住在白岫楼的五楼。小黄与丈夫在一次吵架后，也搬去白岫楼与韦同住一层楼，两人的关系更加密切，跳舞时自然也拉上了韦某风。每次去跳舞，小黄与韦某风都玩得很开心。当然，不可避免地，两人孤男寡女，干柴烈火，自然把这份好感又走近了一层。

但小黄毕竟是有丈夫的女人，气消之后，她又与丈夫住到了一块儿。可两人的感情仍是时好时坏。忽一日，李某听到了一些关于妻子的风言风语，于是回到家便日夜审问。经过一番打骂，他成功地逼迫妻子承认了与韦某风有染的事实。原先只是为了弄清事实真相，可一旦知道了真相，他更是坐不住了，气愤在他心中久久难平。李某当然不能容忍妻子让自己戴“绿帽子”。

5

2000年12月26日，李某越想越不服气，非要小黄把韦某风找来，非要韦当面向他道歉不可。

小黄起先不愿意，她宁愿自己向他道歉，但李某坚持己见。见丈夫正在气头上，怕他又要打要骂的，小黄只好答应打韦的BP机。

韦某风原本不想来的，又经不住小黄一再地呼他。韦说自己参加个体协会业余汇演的排练，要练完后才行。

当晚11点钟，韦某风来到李某家。李某将妻子支开，说自己要跟韦单独谈。

李某当时并没有想到要杀人的，他只想让姓韦的低声下气表示歉意。但两个男人一见面都无法控制自己，李某将韦某风带上了二楼，韦坐在沙发上，李坐在床上。李某劈头就问他：“你跟我老婆是什么关系？”

韦某风不吃他这一套，可李某非要他说清楚点。韦某风只好承认，说出了他们的暧昧关系及多次性关系。

“将心比心，如果你老婆也这样出去跟别的男人乱搞，你感觉怎么样？”

“如果我老婆出去这样搞，我不会有什么哩。”韦某风的回答让李某心中的恼火更甚。尽管李某自己并不爱惜自己的女人，认为打她骂她理所应当，但决不容许别的男人也碰她。这是一个嫉妒男人的自私心理。当下，李某要求韦某风跪下认错。韦某风不肯，站起来就想走。李某拦住他，却被他一推推到了地板上。李某从床上拿起哑铃，想都不想就照着韦的脑袋砸过去。韦某风的左边太阳穴被砸，只讲了一句“你砸到我的眼睛”就倒地不起。李见他头部流血，估计他已活不成，为了不留后患，又朝他的头部猛砸了七八次。

小黄在外面却不知道干什么好，独自开着摩托车在街上乱逛，心里担心得很。夜已深了，她感到有点冷，又转回家一趟，还听到两个男人在谈话。她觉得是自己多虑了，又一次驱车出门。可再次回来就发现韦某风已倒在了血泊里……

6

应该说，小黄是有重大立功表现的。当她把一切都讲了出来，才终于可以睡上一个安稳觉了。近半年来，她天天提心吊胆，因为李某的威胁，她不敢去告发。

李某是个怎样的人她最清楚。记得她最先说到要离婚时，李某就威胁道：“如果离婚，我就 20 分钟杀一家，3 个钟头杀一家。”小黄知道他是什么意思：他只需 20 分钟就可到她县城的亲戚家，而 3 个小时他要上南宁来找她在南宁的姐姐一家也是绰绰有余的。别的不说，李某这一威胁可把小黄吓住了，她可不想因为自己而害死了家人。苦恼而又无法排解的小黄自杀过一次。那是 1996 年的一天晚上，她在家里吞下两瓶半的安眠药。结果没死成，家里只有她和李某在，她知道是李某发现并及时送往医院救了她一命。她没因为这就感激他，但是，她以后就不想死了。

那个恐怖的夜晚给她的心灵带来多大的阴影只有她自己知道。韦某风死得好惨，那张曾经与她如此靠近的脸变得血肉模糊，令她不由自主地尖叫了起来。她不敢再看下去，只知道跪在楼梯那里哭。她记得清楚，李某一个人跑上跑下地忙着处理韦某风的尸体，之后要她一起把尸体扛下楼找地方掩埋。

可以想象，一个女人经常被打，被残暴地往死里打，而且还亲眼目睹了残忍的丈夫杀人之后的现场，她心里害怕的程度。小黄不迷信，但在那时却信极了因果报应。她是害怕极了，甚至觉得自己真是撞到了鬼。因为就在他们把韦某风的尸体拉到百龙滩垃圾场掩埋时，一挖下去就挖出了一个死人的头颅来。黑夜里，那白森森的头颅让她心里冷嗖嗖的。

这夫妻俩的家务事旁人是不太管的。邻居夜里是听到了小黄发出的尖叫声，都以为又是李某在打老婆了。第二天，小黄按李某的意思，早早到成衣店开门营业，若无其事地将日子过得如平常的状态。李某跟着她，陪着她，帮她打下手，像所有不放心妻子一个人辛勤忙碌的好丈夫。

心底里，小黄也曾拿李某跟韦某风比较过，觉得两人也没什么两样。她不可能依靠他们中的哪一个人。究竟为什么自己变成了丈夫埋尸的帮手，她怎么想也想不通。

李某太了解自己的女人了。韦某风失踪后，民警找他问过这事，他猛地感到自己的女人是个不安全因素，便急急地赶女人到贵州投奔她哥，要她远远地离开马山，远离此事。他想，自己一口咬定不知道这回事，只要女人不说，他就是安全的。就怕女人经不起民警一再的问话，女人的心理承受能力不行的，她不会编谎话，讲了假话又无法圆谎。她要是一不小心给招了，自己不就完了嘛。

小黄到了她哥那里，真的守口如瓶，对自己的亲哥哥也不敢提起。可恨的是李某却没有放过她，三天两头打电话追问她，威胁她，怕她心虚把一切抖出来。

半年来，小黄无法忘记那个晚上。她做了无数次噩梦，梦见死者韦某风血淋淋地站在面前说是她害了他。李某的电话更是让她心惊肉跳——她的精神彻底崩溃了。她觉得只有自己站出来指证李某，让他受到法律的制裁，才对得起自己的良心，才能对韦某风公平一点，公正一点。

当小黄终于忍不住告诉了哥哥阿新时，阿新还没有反应过来。他反复问她是不是真有这么一回事。小黄说了几次是真的。阿新想，妹子也不可能为了要跟丈夫离婚而编出这么个骇人听闻的故事来，他顿时感到事态的严重。

7

三天后，民警根据小黄的交代，很快从垃圾场挖出了韦某风的尸首。

同一天，公安机关对李某正式宣布刑事拘留。

案件算是告破了。

记者在马山分别与这对夫妻见了面。

小黄戴副眼镜，样子蛮斯文，不像一个因为对丈夫没有感情就多次离家出走的女人。也不是她自己遇人不淑，李某刚结婚时也是一个知冷知热的丈夫，反正她那时能感觉出来的。女人都是在婚姻中成熟起来的，她发现自己也是慢慢才看清了丈夫的真实面目。

说起那段出轨的感情，她承认自己那时是有点空虚，跟韦某风一起她却不是想玩玩的。韦某风舞跳得好，让她有了飘飘欲飞的刺激，这自然是不同于李某的感受；韦某风有什么话都对她说，这也不同于李某的什么话都憋在心里不让她知道，所以她曾为韦某风动了真感情。在她得知韦某风还有一个漂亮的女朋友后，她开始觉得两个男人都差不多了。跟韦某风既然不会有什么好结果，她也想慢慢地疏远他。就当那错误没有发生过吧。后来，见李某又拿孩子来说话，“孩子都这么大了，还离什么婚？真要离婚，孩子归我！”她的心就软下来了。一个大男人，连自己都管不好，会管得好孩子吗？小孩子没有人照顾，没有人疼爱，对小孩以后的成长不会好。一想到没有母亲的孩子很贱很贱，她又不忍心让女儿不开心，有了台阶那就下吧，她老老实实搬回家了。

婚外情是一味可怕的毒药，不是说收起来就能收的。所以她与韦某风还有一些来往，这些往来却逃不过周围人的眼光。于是，那最让人害怕的一幕也是终究要发生的。

那一幕她亦不愿再提起了。一提起就怕。

在贵州的日子，她心里牵挂女儿，跑去看了几次。女儿大了，也很聪明，只见妈妈一个人，就问爸爸怎么不来。这年5月，两个根本不想再见面的大人约好要一起去看女儿。她从贵州出发的，李某则是从马山赶往柳州。在女儿面前，两个大人都努力表现出非常团结非常恩爱的样子。现在想来，这个专门为女儿做表面文章的机会，以后是不会再有了。

都怪自己太软弱了，她现在是一味地责怪自己了。我问起她曾经自杀的事，她轻描淡写地说，这事过去我都没有印象了。直到我要走了，她才忍不住地问我：“我现在离婚难吗？”

……

见到李某又是另一个局面。

奇怪的是，李某说自己对妻子已没有感情了，却坚持说当时掩埋韦某风的尸体是他一个人去的，与妻子无关（他不知道是妻子告发了他）。这种“扛”让他有点男子汉的味道，至少，让原先以为他只配得上“残忍”的我感受到了他内心依然残存的一丝温情。

或许，他在监狱里反省了一番，认为自己没有尽到一个丈夫和一个父亲的责任。毕竟，他以前对妻子还是有感情的。当初妻子不顾家人的反对嫁给了他，他也曾感动过。那时候，他可是一个关心体贴妻子的丈夫啊。

他对自己性格的粗暴也有所看清了，但对自己一气起来就无法克制住自己的情绪也很无奈。很多时候，他对我的问话闭口不答。只在我问起孩子时，他的眼光才变得柔和起来，竟也泛起了眼泪。我看到，他突然地用牙齿咬了咬嘴唇，把头仰了起来。男人与女人流泪时的样子是不同的，女人会低下头去，红着眼睛，无声地哭泣。而男人的泪不会愿意轻易让人见着的。是不是他在那一刻猛然想到了肩上的责任？想到了无辜的缺少父爱的孩子？

爱到尽头，覆水难收。面对记者，李某很多时候沉默不语，说得最多的是一句“不知道”，有时干脆不予理会。也许，他知道自己已经无可逃避了，多说无用。他是要受到法律的严惩的。

8

有人说：婚姻的生命是平平淡淡中相依相守的爱。因为激情总会冷却，浪漫总会乏味。感情生活没有经营就不会有收获。

李某和他的妻子都不是善于经营婚姻的人。婚姻需要容忍对方的种种，有这份迁就才能使感情稳定与持久。可年轻的他们没想过这个问题，也不知道怎么去解决一度形成于两人之间的冷漠。婚姻不是爱情的坟墓，可他们在自己的感情还没有完全成熟的时候就急不可待地走进了围城，又没有小心翼翼地呵护一段没有经历过风雨的爱，那就是一个错误。

爱的尽头不是恨，而是彼此间的无所谓与相互间的漠不关心。

勉强维持的婚姻是没有幸福可言的。既然心中已没有了爱，为什么不放开对方的手，让自己，也让对方，有一个更好的发展空间呢？

发表于《人民公安》2002 年第 8 期

揭开伪善人的神秘面纱

小引：一面

2001年9月7日上午11时15分，临桂县看守所。

随着"嘭嘭"的开门和关门声，刘某福出现在我们面前了——中间只隔了一道铁栅栏。秦初卯对他笑笑，轻松自如地问了句："刘主席，吃过饭了吗？"

"哦，刚吃过。"刘某福开了腔。说这话时，他还俨然一副主席的派头。说着，他摸索地从身上找了些什么药吃下去。如果不是事先知道民警提审的是刘某福，记者绝不相信这个形容有些憔悴、腰杆不很直、看起来有六十好几的人就是他。你想吧，刘某福何许人也？哪里可能让人看到他如此猥琐的一面？！想当年，刘某福堂堂中国足协副主席、广州市足协会长及"广州市荣誉市民"称号等21个头衔在身，何等的显赫和风光！无论他走到哪里，呼声就跟到哪里。到如今，刘某福却已沦为了阶下之囚。原有的光环自然全都卸下来，刘某福这个人也就如同一张最本质的素面朝天的脸——恢复了原状。记者在旁坐着，不动声色。且看刘某福将有些什么表现吧。

当天上午，桂林市公安局经侦支队接到广东省肇庆市某贸易公司的电话，说从报上得知刘某福被广西桂林警方抓获的消息后很是振奋，并声称1998年该公司曾被刘某福骗了价值40多万元的货，要求桂林警方作并案查处。经侦支队六大队大队长秦初卯于是与民警到看守所提审刘某福。

听说要核实问题，一栏之隔的刘某福飞快地瞥了一下记者，但立马就把脸侧到另一边去，喏喏作答。只是，民警一问到实质性的东西，刘某福便是一副老糊涂的样子，推脱说“不记得了”。于是就需要点醒他一下，他才又说，“好像是这样吧，我……”如此反复。审讯期间，秦初卯的手机响过一回。记者注意到，在秦初卯接听电话的当儿，刘某福也伸长了脖子，眼睛直直地停留在秦初卯打电话的手上。可以想象刘某福何以对手机着迷。毕竟，小小的手机——连接外界的消息，激起了犯罪嫌疑人刘某福的多少渴望。其实，这是所有失去自由的人共同的对看守所外自由世界的无限神往。

可惜的是，近半小时的提审中，刘某福说的都是些无关痛痒的话。只有到最后，民警给他看记下的笔录并按指印时，他才认真地打起了十二分的精神。看来，在这一点上他可没有老糊涂，也比较了解自己还有些什么权利。

走出看守所后，已与刘某福打了一年多交道的秦大队长告诉我们，刘某福一直都是这样的，不说真话，能赖过的事都想赖掉，如同他近年来的赖账功夫一般。而这一切，自他 2000 年 5 月 31 日被广西桂林警方抓获就开始了。

事实上，玩了近十年“空手道”、名噪一时的刘某福终于翻船的消息早已成为全国各媒体关注的焦点。今年 5 月 31 日，桂林市人民检察院以刘某福涉嫌诈骗罪，向桂林市中级人民法院提起公诉。据悉，刘某福一案原本定于今年 8 月底在桂林市开庭的，可由于广东省的多家单位纷纷来电来信要求桂林市公安局并案，故开庭之日不得不延期。

面目初探：刘某福的发迹已不是秘密

刘某福的名气实在是大，特别在他的老家广东省。

早在 1998 年 6 月 15 日，广州市中级人民法院通过传媒向社会公众发布了1998年第1号公告，公布了欠人债务、有履行能力而长期不履行法院生效裁决的112家单位和16名个人的名单。这些长期赖账者及其欠债数额一一被公之于众，并责令他们限期履行法院裁决。说句老实话，这种“黑名单”任谁都不会愿意上的——中国人历来最看重信誉和名声了。但大名鼎鼎的港商、广州市银利贸易公司法人代表刘某福却不幸赫然位列公告赖账名单之首。因为，他在8件案件中欠债高达1.7亿多元，且没有一件能够全部履行。

公告激起了公众强烈的反响。人们大惊之余，不禁要问：刘某福不是一个热心捐助内地文化体育事业而闻名的大老板吗？他从来都是乐善好施的呀，怎么可能拖欠亿元巨款？下面，记者带你去探寻刘某福起家扬名的足迹，你不但会看到一个真实的刘某福，或许还能从他发迹的技巧及使他扬名的“土壤”引发思考……

刘某福：男，现年55岁，汉族，高中文化，原籍广东省台山市。曾在广州市机关用房管理所当过房管员，其两颗大门牙外突，着实不雅，故有“老鼠刘”之绰号。因为将手下的公房私自出租，收取租金，而引起了一场“租金风波”，之后，他成了该所下属工程队的一名钢筋工。对这一意外事件，颇讲究面子问题的刘某福大为恼火，他恨不能马上就改变自己的身份。

20世纪70年代，刘某福看准时机，决意赴港闯荡，创办了银利（香港）企业有限公司。80年代初，他靠从香港走私“888”计算器到广州发了些财。只可惜，香港生意场上竞争非常激烈，他实在是名不见经传，更排不上号儿。

客观地说，刘某福算得上是一个捕捉住了机会的生意人。1989年，在别人对政局看“淡”的时候，他却非常看好。当然，他是以港商的身份回广州投资的——他理所当然成了那一年从香港到广州投资的第一人！这就是人们通常说的机遇了。果然，把握住机遇的刘某福创办的广州银利公司贸易公司从此风生水起，财源滚滚而来。没说的，刘某福的钱包很快就鼓了起来，胆气也壮了起来。刘某福想得很多，看得很远，这个时候，他觉得应该到了为自己立碑扬名的时候了。

同样，我们完全可以这么说，真正让刘某福扬名的是足球。抓住国人爱看足球，更抓住中国足球急于冲出亚洲的心理，刘某福对内地足球事业的赞助可谓是慷慨无私。

据不完全统计，仅 1992 年一年，刘某福就先后 20 多次捐助，金额近 1000 万元。1992 年 5 月 30 日，他出任广州足协首任会长，同年 6 月 22 日，他更是受聘担任了中国足协副主席一职。其间，颇有心计的刘某福自有他的高招：搞悬赏比赛，当场兑现现金作为奖励。这一绝招深深吊起了中国足球的胃口，也深深地感动了广大的球迷。与此同时，这些刺激的场面经过了传媒的大肆渲染，令刘某福声名远扬。不仅如此，自 1991 年以来，刘某福给内地的各类认捐数额超过了 5000 万元，足以堪称乐善好施者的典范。于是，很顺理成章的是他又获得了一项荣誉：1993 年 2 月 5 日，刘某福被授予“广州市荣誉市民”称号。

1992 年春，刘某福来到花都，得到了花都城北 107 国道旁一块面积千亩的土地（刘某福实际买下的只有 320 亩），每亩土地价约 11 万元。刘某福声称要在此兴建一座规模庞大的盈福工业村，并许诺在花都市建一座盈福图书馆和一个盈福妇幼活动中心。要知道，办厂、赞助，没有很大一笔资金根本无法运转，刘某福自己更深知自己远没有这个实力。怎么办？刘某福活络的脑子里自然有他的锦囊妙计：以土地作抵押，从银行贷款。于是乎，“名人”刘某福没费多大的劲儿就从花都市信用合作联社等处借贷款共 1.6 亿元。巨款到手后，他心想只有傻瓜才会投资办厂呢。刘某福可不傻，所以他并没有在花都花费精神和精力办什么厂。一方面，他忙着在广州、番禺、桂林、合肥等地投资地产和酒店业；另一方面，他继续慷慨赞助体育及其他公益事业。

也许你会觉得不可思议，但刘某福的名声确实是以火箭的速度飞快地打响了。

由于频频在传媒上露脸，刘某福声誉大增。“刘某福”这三个字本身就成了一个金字招牌。人人都鞍前马后地称他“刘主席”，让刘某福整个人不禁飘飘然起来。只是这美好的感觉太短暂了，也就持续了一年多的时间。

1993 年 3 月，刘某福到肇庆市。经过一番实地考察，他很郑重地表示，愿意为建设中的肇庆市体育中心捐款 2000 万港元，为体育事业尽自己的微薄之力。鉴于此，纯朴的肇庆人也决定给刘某福一点荣誉，授予了他“肇庆市荣誉市民”称号，回赠一辆价值 200 多万元的奔驰 600 骄车，并特批“8888”特殊车牌。岂料坐上奔驰车的刘某福一去就没再回头。及至第二年 11 月，广东省第九届运动会开在即，肇庆人给他送去了参加开幕式的请柬，他才不得不拿出了 100 万港元……

事实上，1 亿多元的借贷款一年期满后，刘某福根本无法偿还。整天面对债主们催讨，刘某福情急之下，开始了“拆东墙补西墙”。凭着刘某福的名气，他向你借款还是给足了你面子呢，你哪里还来得及考虑他什么时候还钱？他怎么可能还不起钱？他怎么会不还钱？！

……

从中我们不难看出刘某福的发迹轨迹：先是通过小恩小惠搞捐助，提高自己的知名度，捞取荣誉的同时赢得了门面；然后利用名誉和荣誉作为敲门砖，敲开银行的大门，借贷巨款。即便如此，刘某福也是在说“空话”，因为那些个捐助大多是没有履行的，刘某福不过是“出口大方”而已。也就是说，刘某福的“空手道”完全凭着他在外人面前“披”上的那一件华美的外衣。他可谓是借国有资产换取个人名利的典型了。

东窗事发：全某秀一案拔出萝卜带出泥

事情可追溯到1994年。那时，远在广州在刘某福虽然头上的光环依然令人炫目，但实际上已是重重债务缠身，心里头常常阴云密布。在众多的催款人中，有一位是桂林某银行的主任。该主任曾贷款给佛山某公司殷某1200万元，而殷某又以高息贷给刘某福900万元。眼见催刘某福还款无望，该银行主任便想：如果将“女强人”全某秀介绍给刘某福认识，依刘某福的性格，他一定会向全某秀借款的。只要他手里有钱，我才有希望让他还贷款。他依计而行了。果然，手中有钱的全某秀巴不得让钱滚动起来捞利息，刘某福也不放过任何可以借贷款的机会。于是乎，众人可谓皆大欢喜。

就在1994年9月至1995年5月间，刘某福先后分21笔从桂林市信利经济开发公司董事长、总经理全某秀处借款共9300万元。当时，他自称借款用于专项投资“中国会”饮食娱乐有限公司等项目，利息也给得很高——月利息千分之三（抓获刘某福后，办案民警查明，刘某福把9300万元的大头7000多万元拿来还债，600多万元用于各种赞助和捐赠，300多万元拿去买了汽车，仅有1000万元左右用在企业的投资上）。

1995年6月，全某秀诈骗案发。办案人员在侦查过程中，发现有9300万元赃款流入广州市银利公司刘某福的私营企业。其间，银行因多次敦促刘某福还款未果，为确保国家这笔巨额资金不至于流失，遂要求与刘某福签订“贷款协议”。对于签订协议，刘某福当即表示同意，但却隐瞒了真相，将花都一块早已抵押过的土地再次抵押给银行，并向银行制定了分期分批还贷计划。然而，再好的计划终究是计划，不过一纸空文。直至前后三期的贷款分别到期，刘某福仍是分文未还。

1998年10月，全某秀因诈骗资金2.7亿余元，被桂林市中级人民法院判处无期徒刑。1999年4月，全某秀一伙采取非法手段在武汉证券交易中心非法设立426席位诈骗国家资金2.7亿元的特大案件经广西高级人民法院作出了终审判决。法院对全某秀所流失的国有资产继续追缴，并确认了刘某福所借的那9300万元是其中最大的一块。但是，这个时候却是怎么也找不到刘某福了。到底是怎么一回事呢？由此，桂林办案人员将目标锁定刘某福，对其展开了追踪。

锁定目标：9个昼夜的死盯与一个周全之策

2000年5月23日上午，从桂林到广州的办案人员发现了刘某福。

这真是一个好消息！备受桂林方面关注的刘某福终于在广州现身的消息迅速报回桂林。办案人员请求给予指示。

桂林市公安局局长李幸很快接到报告。然而，面对一个既在全国有一定知名度，又非法占有国家巨额资金9300万元的人物，还是一个持有外国护照（当然，事后也查明，刘某福所谓的秘鲁护照是假的）的外籍人员，怎么办？

李幸局长当机立断，决定依法对其进行审查。在报得桂林市有关领导的同意后，李幸指示在广州的办案人员正面接触刘某福，对其实施死盯、软磨监视，千方百计拖住刘某福。与此同时，他派出增援力量火速赶赴广州。局领导紧急召集有关办案人员研究对策，听取意见。但由于当时的证据不充分，大家对刘某福侵吞国家9300万元的行为到底是违法行为还是犯罪行为意见并不统一。

话说桂林市公安局经侦支队的侦查人员在六大队副大队长秦初卯的率领下连夜赶赴广州，收集刘某福的犯罪证据。一查，刘某福在广州的银利公司没有在工商部门注册，是虚假公司；而刘某福用来抵押获得9300万元贷款的那块广东花都市的地皮，也存在重复抵押的情况。这两点发现让办案民警为之一振。因为，查证了这两点，公安机关的意见就统一了：刘某福涉嫌重大诈骗犯罪。

情况火速报回桂林。桂林市政法委、公、检、法以及银行的负责人和侦查、法律等方面的专家聚拢在一起，对刘某福非法占有国家巨额资金及公安机关的意见进行了专题研究。大家一致同意对刘某福涉嫌诈骗的犯罪行为采取刑事强制措施。但考虑到刘某福毕竟算个“名人”，大家都觉得：如果以常规手段不一定能将刘某福带回桂林，要将这事办稳办妥，必须想出一个周全之策。

5月30日下午，已是快下班的时候，桂林市人民检察院经过慎重研究，最终批准了公安机关对刘某福实施逮捕的决定。办案民警第二天一早开了逮捕证，执行逮捕刘某福行动小组即乘上当天早上飞往广州市最早的航班……

虽然桂林这边已是争分夺秒地开展工作，广州方面负责监控刘某福的办案人员却仍感到时间过得太漫长了。要知道，当桂林的办案人员正面接触刘某福后，刘某福先是表现惊慌，继而转为镇定，说是自己早就想到桂林去找他们了，只是没有时间。办案人员采取24小时轮流看守盯死他。刘某福为摆脱这种盯，5月25日下午，以心脏病为由住进了某医院（他曾为该医院捐助过一笔钱）。办案人员仍然坚决执行领导的指示：死盯——一天分三组，全天24小时轮流守候在刘某福住院的那幢大楼的两个楼梯口。个中艰辛是常人难以忍受的。最难控制的是车子的出入：办案人员担心刘某福使用掉包计，混在来探访的人群中离开。因此，每有车子出入医院，他们就悄悄地跟着来人上楼，看来人是否进入了刘某福的病房。有人下楼了，他们也要数清看准刘某福是不是夹杂在其中。办案人员丝毫懈怠都不敢有，也不能有。曾经，最多一次到医院来探望刘某福的就有20多人。当时大家私下里谁不是绷紧了一根弦？所幸的是没有出意外——刘某福一直在办案人员的“网”中。即便如此，大家的焦急万分还是写在了每一张脸上，更记在每一颗心里：希望桂林方面决策组尽快决断——对刘某福是抓还是放？

缉拿归案：实录刘某福的最后挣扎

正当办案人员死盯软磨苦战到第九天时，5 月 31 日中午 12 时许，行动小组抵达广州，与广州的办案同志会合，分工部署后，即赶到广东省公安厅，向省厅经侦总队领导通报了刘某福的一些情况和将要采取的刑事措施。后者在请示广东省公安厅领导和省委有关领导后表示全力支持，下午 5 时许，他们派出 5 个同志配合桂林方面的行动。

怎样才能在刘某福不知不觉的情况下将其调离广州押回桂林？行动小组决定分两步走：第一步要将刘某福调出他熟悉的医院，第二步才是正面交锋。随即，行动小组来到刘某福所住的医院，向院方出示有关的法律手续就要将刘带走。不料，刘某福的主治医师以刘某福的心脏病严重为由，拒绝配合，并声称刘某福的病情现在不能有任何刺激，否则，若弄出人命由公安机关负责。行动小组马上调出刘某福在医院的病历，病历上记录：刘某福患有心脏病，并在两天前进行过抢救。行动小组领导即找到院方领导，反复讲明其中的利害关系：刘某福因涉嫌重大刑事犯罪，已被逮捕，公安机关必须执行，将其押回桂林。同时，也请求院方在医疗技术上给予支持。倘若医院不让带人走，其在医院期间逃脱由院方负责。院方这才作出让步，同意办理刘某福的出院手续。

下午 6 时许，行动小组领导以帮桂林某银行追款工作人员的身份来到刘某福的病房与他见面，要求刘某福对欠桂林的款给个说法，并作出一个详细的还款计划。这样，就有必要外出找个餐馆，大家坐下来边吃边谈。色厉内荏的刘某福对此敏感得很，提出不能外出，希望就在医院的餐厅里谈。但在行动小组领导的一再坚持下，刘某福无奈同意了。在离广东省公安厅最近的一家餐馆里，行动小组与刘某福刚在二楼的包厢坐下，“刘主席”的一帮马仔也飞速赶到，坐在了包厢外一桌。此时，行动小组其他办案人员亦赶到，也紧靠包厢另外一桌坐了下来。明眼人都感觉得到，餐馆内的紧张气氛似乎一触即发。

刘某福毕竟精明过人，这时候已预感到情况不妙，所以刚一落座，他就积极采取主动，满脸堆笑地对“工作人员”道开场白：“其实我早就想见你们，只是这一段时间我一直太忙了……”他还表示，可以先还款50万元。行动小组领导严肃地说：“既然你也有这个诚意，那我们回广西去一趟。你贷款的金额有9300万元，现本息已达1.5亿元了，仅给我们50万元行不通……”孰料，“工作人员”话音未落，“刘主席”的脸即呈猪肝色，只见他身子一软，竟一下子瘫在了地上，嘴里还不忘喊道：“我的心脏病要犯了，我要死了……”

门外，刘某福的马仔听到里面有动静，急欲冲入，但马上被门外的民警及时制止。刘某福的家属赶来后，又与刘的马仔一起起哄，百般阻挠、干扰办案民警执行公务。此时，现场围观的群众越来越多，已逾千人。刘某福的人便企图利用不明真相的群众作掩护，叫救护车以抢救病人为名要将刘某福强行截离现场。关键时刻，行动小组向刘某福及在场的人宣布了桂林市公安局的逮捕令，并严正警告任何人不要妨碍民警执行公务。

刘某福的家人见硬来不行，又使出了一记阴招，以“桂林警察插手经济纠纷劫持人质”为由向当地的“110”报警。“110”民警随即赶到，幸好广东省公安厅经侦总队的同志及时出面解释，讲明了真相。于是，那几个到现场的“110”民警实际上是在旁边帮忙维护秩序，疏通群众……

虽然事态得到了控制，但刘某福的病到底怎么样，民警心里还没有底，当务之急是尽快送刘某福到医院好好地全面检查一下，但绝对不能回刘某福先前住的那家医院。民警就近送刘某福到广东省第二中医院。也真的很巧，负责给刘某福作全面检查的还是我们广西人。这名广西柳州籍的主治医生告诉桂林老乡检查的结果：“刘主席”的血压90—130，心跳110，基本正常。主治医生肯定地说，刘某福的身体无大碍，可以离院，去广西桂林问题也不大。为确保犯罪嫌疑人刘某福在押解途中的安全，警方还是租用了一辆救护车，请了两名医生并带齐抢救药品一同回桂林。广东警方一直将他们护送到高速公路入口处，并将桂林警方的车号通报沿途各关卡，保证他们能一路畅通。

5 月 31 日深夜，两辆警车与载着刘某福的救护车驶离了广州市。6 月 1 日凌晨，车队驶离广东进入广西境内。6 月 2 日早上 7 点，办案人员顺利押着刘某福抵达桂林。

后记："三个坛子两个盖"

据办案的大队长丘兴阳介绍，2000 年 5 月 31 日，他与刘某福是同坐一辆救护车回到桂林的。当车子驶离广州市时，刘某福一直哼哼哈哈的，以为事情还有回转的机会，还有人能救得了他。可你说怪不怪，车子一到广东与广西的交界处，刘某福就知道自己这次赖不过去了，竟然也睡着了，还打起了呼噜……

审讯的开始，刘某福还是大大咧咧地，也很自以为是："好办！不就是还钱吗？我这就打个电话到美国去。我在那边多的是朋友，我办事，他们都是相信的……"可实际上，一直打肿脸充胖子的他早已是资不抵债了。他常常往来于广东与香港之间，却居无定所，因为他始终不敢在一个地方作长久的停留，他的债主多得很呢！他的心也着实是虚的！

目前，刘某福在广东花都的那块地皮已被桂林市中级人民法院查封。而由于"盈福工业村"实际属于刘某福名下的仅有 320 亩，按当时买入价每亩 11.8 万多元计，也只约值 3000 多万元。距离 9300 万元，乃至 1.5 亿元，仍差得很远很远……

审讯中，办案人员问刘某福最多的一句话是："你把钱都用到哪去了？"

刘某福开始不愿讲，终于赖不过了，才勉勉强强地交代。用他的话说就是:“其实，我是‘三个坛子两个盖’。哪里追得紧，我就把盖子放到那里……”很明显，他已经知道自己不过是在拆东墙补西墙，所做的事也是于事无补的努力而已。

一年多来，办案人员的调查取证工作非常艰难。由于此案涉案金额巨大，时间跨度又长，他们为了核实刘某福借贷的每一笔资金的去向，已经多次赶赴北京、贵州、海南、广东、江西等省市一一去查实，走访的单位就有 40 多家，其中也遇到种种回避、遇到种种刁难，但他们始终坚持原则，克难而上。

办案人员是这样形容刘某福的诈骗的:“刘某福骗钱借贷，在主观上没有偿还的意识，在客观上也没有偿还如此巨额资金的能力。”这话真是一针见血，他们算是最清楚这个沽名钓誉的刘某福了。

其实，像刘某福的虚假捐赠在广东省还有多起。据统计，刘某福自 1991 年以来给内地各类认捐的数额超过了 5000 万元，但实际情况是——很多认捐项目实际兑现数额掺了“水分”，或者干脆属于空口说白话，分文未见。“功德碑”上，已然有了他的名字和捐助的数额，但他没有履行，也没有舆论监督，也不受法律约束。毋庸置疑，刘某福钻了我们制度的漏洞，法律的空白。

愿这种信口开河的捐助有法律加以约束！法律是应该解决刘某福给它出的这道难题的。为了规范公益性捐助，防范刘某福第二，是到了我们呼唤法律管辖的时候了！

发表于《南疆警事》2001 年第 10 期

无法轻松

——对一起引诱、容留、强迫25名少女卖淫案件的采访札记

血泪控告。走进一起强迫25名少女卖淫特大案件。

我相信，很少有人在这样一份血泪控告书面前能不为之动容。

血泪控告书

控告人：（略）

被告人：黄某晓，男，35岁，壮族，高中文化，农民，住田东县平马镇四平村；黄某兵，女，30岁，壮族，小学文化，黄某晓之妻。

案由：组织、诱骗、强迫25名少女卖淫。

请求事项：

一、请求公安机关立案侦查，追究被告人的刑事责任；

二、请求司法机关责令被告人赔偿受害人的经济损失。

事实和理由：

黄某兵、黄某晓于1998年2月至1999年1月期间，采用欺骗手段，从田东县境内分期分批诱骗25名未成年少女（13岁至17岁）到广东省潮安县浮洋镇的浮洋美容美发厅和金石镇的“金凤阁”两个黑店卖淫。

我们12个小姐妹就是受害者。去年2月间，黄某兵、黄某晓夫妇来到我们家进行游说："特大喜讯：广东省潮安县有几家地下卷烟厂招收女工，包吃包住，每月工资不少于600元。我们是老乡，不会骗你们。请你们一万个放心。"可我们到了潮安后，黄某兵却说："如今卷烟厂生意不好，不招收工人。我暂时安排你们到按摩店做工。"我们不同意，并指责她不守信用。黄某兵说："你们千里迢迢来到广东不容易，钱都花光了，怎么回去？"我们没有旅费，人生地不熟，逼于无奈，只好留下来在按摩店"做工"。黄某兵夫妻俩也分头到两个黑店协助老板"管理"我们。

头一个月，黄某兵怕我们逃跑，怕我们泄露黑店的秘密，对我们进行严密的监视。我们完全丧失了人身自由，丧失了人身权利。客人只要交20元钱，在包厢里便可以任意脱光我们的衣服，可以任意摸弄、猥亵我们，甚至可以奸淫我们。老板规定我们每天上午11时开始接客，晚上接客的时间不限。客人多时，我们要通宵达旦地连续接客。开始，我们不知如何接客，黄某兵便和男老板做示范动作，下流而肉麻。黄某兵引诱我们出卖肉体，还串通客人来强暴我们。

在广东那些日子里，我们实在是含着眼泪过着忍辱偷生的非人生活。我们有的已染上性病（见田东县医院病历证明），有的怀了孕打了胎，还有的由于不堪忍受摧残而自杀两次未果。1999年元月初，3个小姐妹从黑店逃回田东透露黑店的秘密后，有部分家长于元月18日赶往广东营救我们。由于走漏风声，黄某兵他们将我们统统扫地出门，致使我们流落街头……

现在，黄某兵两夫妻还在继续作案，还在不断地诱骗田东其他少女到广东去卖淫……

控告人强烈要求公安机关严惩犯罪分子。文末，是12位少女郑重的签名。

案子实在骇人听闻。田东县妇联、县公安局、县政法委无不震惊。2 月 13 日，接到县妇联转来的信访材料后，县公安局局长辛安拍案而起。案子立即上报。自治区公安厅陆炳华厅长、徐昇副厅长及刑侦总队吴竹林总队长、刘志强副总队长等领导作了重要批示，要求迅速组织力量彻底捣毁这个诱骗、容留、强迫妇女卖淫的黑窝，从重从快打击违法犯罪分子。

2 月 14 日，田东县公安局立案侦查。局长辛安召集刑侦大队、合恒派出所领导进行专题研究，局领导亲自指挥展开调查摸底工作。18 日中午，民警抓获黄某兵，依法对其刑事拘留。但黄某兵的丈夫黄某晓去向不明。

审讯黄某兵。她只承认带过女孩子去广东做按摩，不承认有强迫卖淫之事。

受害少女陆续接受公安机关的调查访问，询问笔录一一记录在案。初步查明，受害者控告黄某兵、黄某晓夫妇强迫他人卖淫的问题基本属实，黄某兵在强迫他人卖淫中获利人民币 1 万元。

2 月 23 日，春节放假后的第一天，区公安厅刑侦总队即派打拐科杨振炎科长赶往百色，会同百色地区公安局及田东县公安局组成联合专案组开展侦破。田东县委、县政府听到此案折专题汇报后，即特批专款。县检察院也提前介入此案。

3 月 2 日下午，在区公安厅打拐科办公室里，刚从田东回来的杨振炎科长向记者讲述案情。就是那份血泪控告书，带我走进这个故事。

1998 年 12 月 27 日，黄某兵又带一批姑娘去潮安。梅和秀到潮安县凤塘镇后便知受骗上当，气愤不已。梅瞅了个空子，打电话给姐姐。家里人慌忙请其在广州打工的小舅去看看。这位小舅到凤塘派出所寻求帮助。小美当时也在店内，见到民警又惊又喜，赶忙说自己也是被骗来的田东人，也想回家。

1 月 7 日，3 个女孩到家后，黑店的秘密便不再是秘密了。如梦初醒，孩子们的父母赶紧下广东救自己可怜的孩子。

元月25日，红婷等4位少女去县妇联申诉，却心有顾虑，只对妇联的同志说被人带去广东搞按摩。直到2月1日，姑娘们才吐露实情。妇联主席了解情况后，深知案情的重大，即让她们补写一份控告书。

受害人开口说话最能说明问题。受害人战胜了恐惧，拿起了法律武器。令民警担心的，还因为有5名受害少女仍在潮安。

转战广东。专案组带着一种愤怒上路。让正义撕破邪恶。

3月9日，专案组转战广东。此行的目的非常明确：抓捕两个黑店的老板：洪某茂和翁某平；解救5名受害者；访问附近的知情人，查找嫖客；调查取证等。记者随警作战。受害人小黄也坐上了奔赴潮安的警车。

小黄健康、开朗、大方，挺讨人喜欢。小黄今年还没到18岁。

不幸的她是黄某兵第一批"猎物"。她一家子有充分信任黄某兵的理由：不管怎么说，黄某兵是她"阿婶"呢！两家人住得不远，平日里亲近有加。小黄学习成绩一般，还读着初三。阿婶把卷烟厂说得那么好，小黄不可能不动心。正月初八，黄某兵带她还有小李上了路。

小黄的惊诧是，阿婶到潮安县浮洋镇洪某茂老板的美容美发厅后，换了一副态度。明说卷烟厂的工没得干了，只给她们一条路选择：就是搞按摩。

小羊一旦入了狼窝，便只有任人宰割的份儿了。2月的某天下午，一位老板（据说是洪老板的侄子）开轿车来店，与黄某兵在门外交谈很久。黄某兵进来后拉小黄到一边："等下你跟那个老板出去吃饭。"小黄不愿去。黄某兵说："怕什么，我也去。"说完，拉小黄上了车。3人来到潮州宾馆。说是先唱歌，就在宾馆包了一个包厢，让小黄进去。黄某兵和老板又在门外不知聊什么。黄某兵进来了，对小黄说你跟老板上楼去叫他一个朋友下来。小黄说不去。黄某兵就叫那个老板拉她走。走到楼上的一个房间后，小黄想走都来不及了……黄某兵在当天的账本上，为她记了4个钟。

“难道你没想过逃吗？”晚上，与小黄同住一房，我忍不住问她。“想，”小黄说，“但没办法。上街买东西她陪着，打电话她盯着，写信回家要经过她审阅，由她寄出，家里寄来的信，她也一定要过目。”所以，小黄不得不违心地对家人说过得挺好。她没想到，黄某兵就在她这句话上又做文章了。

3月和8月，又来两批人。她们是玲儿、小娜、小凤、红妹、明月、小珊、小翠……黄某兵的丈夫黄某晓不甘寂寞，帮带人上潮安后也不走了，当上了金古镇翁某平“金凤阁”的管理人员。

老板和他的管理人员都喜上眉梢。他们把骗来的少女当成自己赚钱的机器。40分钟算一个钟，收20元钱的按摩费，老板抽取10元，管理人员（平日里帮大家买菜做饭的黄某兵、黄某晓）取4元，而真正出卖身体的姑娘报酬仅是6元钱。

3月10日下午3时30分，专案组抵达广州。此案同样引起广东省公安厅的高度重视。刑侦局大案处李晓清副处长派打拐科科长孙丽红全力协助。两广警方再度携手。

小黄的心仍然坚强。女伴们受辱呼救，她总会奋不顾身冲进去救人，往往因此挨打。

谁看到小黄的心无声地流泪？在看到年仅13岁的妹妹红婷也被带来时，小黄的心乱透了。黄某兵马上把姐妹俩分开，把红婷分到彩塘镇的美容厅，后又转到金石镇的“金凤阁”。

小娜的遭遇，小黄很清楚。因为头一天顶撞了黄某兵，黄某兵当着大家的面对小娜说：“明晚有你好看的。”这天晚上，她带来一个客人，叫小娜去放松（按摩在当地就叫放松）。在按摩间里，小娜被客人堵嘴，施暴。小娜大力地用脚踢打木板。在隔壁的小黄听见了，不顾黄某兵的阻止，冲进来拉起压在小娜身上的客人。为此，小黄被客人打的同时也被黄某兵踢骂。接下来的日子，小娜常常被黄某兵带来的客人强奸。如果有所反抗，就要遭到毒打。

小黄不会忘记，小姣到来一个星期后，因不愿做按摩偷偷逃跑，过了两天被洪老板和黄某兵抓回。孩子们共6人集中大厅，看小姣被毒打。本着杀一儆百的原则，黄某兵毫不手软，打得小姣嘴巴出血，边打边“教育”大家：“谁不愿做，谁不服从，或想跑，那下场比小姣更惨。”

小黄还记得，小雪被强奸时，哭喊救命，可没有用。女伴们冲进房去拉开客人，她才穿衣出来。因为她一出来就骂黄某兵夫妇俩，马上被愤怒的黄某晓一掌打在脸上，又飞起一脚踢在她腿上。黄某兵则打小雪的脸。脚上流血了，又疼又恨又绝望的小雪从抽屉拿剪刀到店门外，想自杀。被女伴们夺下剪刀，拉回店里，趁大家不注意，她又跑到马路中间，想让来往的车辆撞死自己，又被女伴们拉回了。几个女孩在店门外抱头痛哭。这一晚，谁也没有接客。为了息事宁人，黄某兵夫妇亦不敢相逼。

孩子们的种种努力和抗争都没有成功。自信心却一次次遭受打击。离家之前，她们对外面的世界充满好奇和向往。穷山僻壤，这25名少女几乎都是第一次这么远地离开家门。穷困的土地上是一个个仍未摆脱贫困的家庭。幼小的她们在土地的劳作上出不了什么力，加上农村里对女孩子前途的指望向来不高，女孩子离开大山成了一种迟早的必然。我们唯一可以肯定的是，早熟的她们都期望通过自己微薄的力量分担家庭的重任。可没有谁能料到，在外从事的会是这种连3岁小孩都不耻的做“鸡”的营生。懂得自尊廉耻的她们简直无地自容了。

3月11日晚，潮州市公安局。时为21时20分。

广西区公安厅刑侦总队打拐科副科长黎辉介绍案情。潮州警方表示：一定大力支持解救，全力配合缉拿涉案人员。

22时25分。百色地区公安局刑侦支队副支队长马格平把案件情况作了通报，勾勒出夜里要突击的4个点：浮洋、金石、彩塘、凤塘4镇，点了5位少女的名字。

“今晚就分4组，争取全面开花。”潮安县公安局领导说话掷地有声。

12日凌晨1时10分，浮洋派出所。吴绍文所长、蔡楚盛指导员早已召集民警回所待命。专案组一到，任务立马布置、落实。

1时30分，一组人马穿过夜色来到洪某茂的美容美发厅。楼房内黑乎乎的。进得门去，手电筒直扫，细作打量，便见墙上的日历有8天没撕了，定格的3月4日那天。黄尚进仔细检查抽屉、床板，搜到一个记账本。记有女孩的工时，前半部分已撕掉，只有几天的记录。知道这是惯例，老板每月结完账便销毁。

1时50分，搜查洪某茂住宅的小组报来喜讯：人已抓到。真多亏当地民警，包围圈呈严阵以待之势。有人敲门有人监控的同时，有人就翻墙入室，逮住从热被窝中惊慌而起的洪某茂。

审讯洪某茂。沮丧的他却答非所问。时已凌晨2时30分，洪某茂提了一下：那5个女孩曾用某个电话找他。民警一激灵，旋即追踪查号，锁定金桥旅社。

专案组直扑金桥旅社，查看住宿登记本。女孩们只住了一夜。她们到底流落何方？

别无选择，便连续作战。办案人员高度的责任感着实令人感动。凌晨5时，回到住地准备小睡的我调好了起床时间。而浮洋派出所那边，田东的战友干脆都留下来了……

12日上午11时的碰头会正点进行。目光聚集四件事：洪某茂交代，曾带小姣、小娜去看病，因为她们的月经不正常——第一组就走医院；四个镇要有现场图——第二个组随即找点；凤塘派出所解救过3位少女——第三组派去取报案的材料；“金凤阁”老板翁某平未获——第四组继续布控。

3月13日早晨，刚起床下楼的我便听说翁某平成了瓮中之鳖。

金石派出所组织警力明查暗访，早晨7时30分果见分晓。

因为听说女孩子又转到了潮阳，我们的队伍便向潮阳开进。后来，我们在谷饶派出所见到了小李。

小李生于1981年4月，与小黄同属第一批“元老”。元月26日，她再次外出打工。长这么大了，她第一次没在家过春节。她现在潮阳县谷饶镇一个内衣厂打工，就住在姑姑家。因为在美容厅做事泄露出去了，胆小的她甚至于不敢呆在家里。家里的环境差是一回事。父亲早逝，母亲右手有残疾，下面还有弟弟妹妹。小学毕业，她就不读书了。小李的眼睛大大的，却没有神，眉眼很顺，一副低声下气的样子。才18岁呀！一想到她因此打过两次胎，我的心不由隐隐作痛。

因为个子小，小李几乎没办法反抗。所以她常常哭。黄某兵没少教训她：“有什么好哭的？摸你又不少你身上哪一块肉！你现在和别人做还得钱，以后和你老公做，连一分钱都没有。”她终于学会逆来顺受了。黄某兵反倒在其母面前夸起她来：“你家小孩最听话了。”

这是个习惯于忍辱的人物。小小的肩扛着委屈，受伤的心灵承受着悲痛。在广东打工的事，一切的一切，她无法向家人启齿，更不愿苦命的母亲再为自己操心。在那些干活的日子里，小李整天拉长着脸，不爱说话。

通过审讯，专案组获知另一犯罪嫌疑人黄某晓在防城一带躲藏。3月18日，专案组在防城区公安局刑侦大队的协助下，将其抓获。

至此，本案4名主要犯罪嫌疑人无一漏网。

田东。这是怎样一个女人？等待中，愤怒中，如何面对？怎能轻松？！

我知道自己必须去一趟田东。有一个声音在心底悄悄地牵引我。我要见见其他的女孩子们，用温柔的目光细细打量多么年轻的她们。更重要的是，我按捺不住自己的愤怒：我要听听黄某兵等人的说法，见识见识那个遭人唾弃的无赖。

3 月 29 日，在田东县戒毒所我见到了黄某兵。据她说自己也搞过按摩，1997 年整整一年在浮洋镇做皮肉生意。在特殊的情境中接待过洪老板。1997 年年底她回田东，洪老板说自己也开店，她便说可以介绍合适的女子来。魔爪就这样伸向村里那些逐渐长大的孩子。“头一次开红，客人给几千元钱呢！”当然，她从未想过这钱并不属于她自己。利诱劝说无效，她还有一招。往往不听话的女孩，在第二天就知道错了。因为总有客人对她们凶狠强暴。不必说，这就是“善于管理”的黄某兵与客人合谋的结果。

黄某兵在 12 月初听说有家长要上广东看女儿时慌过一下。与洪某茂、黄某晓 3 个人关起门来商量了一夜，同意孩子们回家。12 月 21 日离开广东前，还“周到”地每人发一条红梅烟，叫孩子们带给家人，再三说：“回去不能把这里的情况和家里说，要说在烟厂做工，就说做这种烟。”

过完节，她挨家挨户催促大家上路。12 月 27 日，她率大部队（共 19 人）回广东，还捎上几个新人。我很奇怪，见了亲人，委屈的孩子不是可以放声大哭了吗？为何还隐住真情？原来，走之前，黄某兵就威胁大家：“谁敢泄露半点消息，就把大家做的丑事公开。”此外，她又扣下每人 1000 元钱押金。家长糊里糊涂，不明真相，外面的待遇那么好，当然也劝女儿出门挣钱了。

19 个女孩中，梅、秀是新来的。洪老板的美容厅用不了这么多人，就把一部分介绍到彩塘、凤塘那里去了。3 个女孩离去后，就有人打电话过去，质问黄某兵是怎么一回事，怎么能带好女孩去做“鸡”？黄某兵跳了起来，竟要带红婷、小珊回田东“检查身体”，还专程请了律师上广东。

元月 18 日晚 8 点，黄某兵召集两个店的妹子 12 人到洪某茂的美容美发厅二楼“开会”，说有位律师来取证。凌晨 5 时许，女孩被老板掀开被子，一个个叫起来，强迫孩子们在有没有被迫卖淫，愿不愿在地下卷烟厂做工，有没有人身自由，是否被毒打虐待等几个问题上作令否定的回答，捺手印。不然就“不给你们回家”。因为是违心的回答，小娜签名的时候就写“小娜”两字，表示不是自己的真实想法。

光是受害人的旁证材料，案卷已厚厚的一叠。就是这案卷，记载了受害人心酸的经历，它何尝不就是黄某兵等人的罪恶呢？

黄某兵用赚来的钱起房子，起到第二层楼了。村民把木头扛的扛了，还把施工队的人赶走了。房屋还没起好就被拆，足见村民愤怒的程度。

我走进小村子。小黄刚放牛回家。见了我，很惊喜。便带我在村里走走。见小珊和小翠在锄地，拉我的手就进了门。

小珊小翠跟着就回来了。小珊话不多，抱着堂哥的小孩，边用勺子搅拌猪潲水。下午 6 时许，有些阳光，我们坐在一块。我看到，某种可爱的笑容不时浮现在她们脸上。家的朴素与温暖无可比拟。只在家中，才有这种完全得到自由释放的笑容。回来后，还未满 18 岁的她们在家干些农活，淋菜、喂鸡，也打柴。不过，她们还得默默承受村里人的一些闲言碎语。她们中间，也只有一个小蓉重新背上书包。她们和她们的家长都在等待一个结果。

青春是一本不能回头看的书。那段黑色经历宛如阴影。正直的人都感到，如果不惩治黄某兵等人，就是对受害的女孩子们的不公。善良的人们都坚信，法律必对作恶者作出严厉的制裁。

发表于《公安时报》1999 年 4 月 2 日

一张卡带来一个大骗局

2001年9月10日，广西境内首起利用“卡”的形式进行集资诈骗特大案件成功破获，民警在现场共查到涉案人员29名，查获作案使用的“八达通利人卡”9000余张和其他涉案物证一批，查扣涉案现金23万元，汽车3辆，冻结涉案款人民币95万元、美元23000元。经查，犯罪嫌疑人梁某实等人于2001年6月21日至9月10日期间，以发售“八达通利人卡”形式搞集资，共售出“八达通利人卡”8期共24800多张，涉及购卡人员约600人，涉案金额人民币约900万元。日前，梁某实已被批准并执行逮捕。

领导重视，案件的侦破势如破竹

事情还得从2001年8月29日说起。这天，自治区公安厅经侦总队四科接到了群众的举报：近两个月来，南宁市有人利用发行“八达通利人卡”进行诈骗活动，涉案金额巨大，请求公安机关立案查办。

公安厅及经侦总队的领导对此案高度重视，徐昇副厅长指示要从严打击犯罪、保护群众财产、维护社会稳定出发，抓住战机，尽快查明案情，将涉案人员一网打尽，并务必防止犯罪嫌疑人携款潜逃。总队长梁宏伟、副总队长王全忠直接指挥，召开案情分析会，与南宁市公安局经侦支队成立联合专案组。南宁市公安局经侦支队接受任务后，将案子交给了二大队展开调查。

民警到达北湖路48—1号卖卡点，发现往来人员频繁而又十分隐蔽，而且这些“卡”不是公开对外发售的。

10天过去了，功夫不负有心人，民警对广西利人商贸有限责任公司（以下简称利人公司）情况一一查实：利人公司2000年6月注册成立（并非公司简介宣传单上说的1998年），注册资金120万元（经查实，此注册资金为虚假出资），公司注册时的办公地址是南宁市北湖路48-1号，系经销“八达通利人卡”的“大本营”。2001年6月，公司地址已变更至南宁市民族大道80号东园大厦二楼。公司有3个股东，梁某实占了75%的股份，是公司的法人代表、董事长，另两位叫马某红、徐某。公司3位股东都不是本地人，梁某实持的是环江县的身份证，马某红是新疆喀什市的身份证，而徐某是梧州人。公司的性质是有限责任，经营范围包括：五金交电、建材、日用百货、机电产品、汽车配件、农副产品、通讯产品销售等。也就是说，工商核准的营业范围没有销卡、集资项目，“发卡”并非该公司的经营范围。利人公司起码涉嫌非法经营，并存在重大诈骗嫌疑。根据该类犯罪的惯用伎俩，一旦入不敷出或者得到一定数额的赃款，犯罪嫌疑人便会携款外逃，使购卡者血本无归。

经初查，该案主要涉案的犯罪嫌疑人有4人：梁某实，男，32岁，利人公司董事长；马某红，女，32岁，利人公司副总经理；刘某肖，女，46岁，利人公司北湖市场部财会人员；王某，女，33岁，利人公司北湖市场部主要负责人。

细致的调查之后，公安人员制定了周密的抓捕方案。日子就定在9月10日这天。定这一天，皆因10日是派薪的日子，而下一个派薪日要到20日。中间的间隔有10天，变故莫测。只有速战速决才能打对手一个措手不及。

9月10日上午9时，公安民警展开统一抓捕行动，兵分三组，一组直扑东园，两个小组控制北湖路48—1号红楼，支队还派有警力留守备勤。当天下午2时20分，民警在北湖路将刚参加完派薪大会的犯罪嫌疑人梁某实抓获，同时在北湖路48—1号红楼抓获涉案人员28名。该案犯罪嫌疑人基本到案：除主犯梁某实外，9个合伙人中抓了7个，11个一级代理就抓到了8个。民警依法搜查，查获作案使用的“八达通利人卡”9000余张和其他涉案物证一批，当场查扣涉案现金23万元，汽车3辆。

现场查到4个电脑软盘，内有详细的记录。

为尽最大可能地减少群众的损失，民警及时控制资金流向，冻结涉案款人民币95万元、美元23000元。

经连续两天对抓获的29名涉案人员严格审查，民警初步查实，犯罪嫌疑人梁某实等人于2001年6月21日至9月10日期间，以发售“八达通利人卡”形式搞集资，共售出“八达通利人卡”8期共24800多张，涉及购卡人员约600人，涉案金额人民币约900万元。

9月12日，民警对梁某实、刘某肖、王某、周某等4人依法刑事拘留，对该公司的一级代理商李某芹、何某兰、许某新、周某华、李某珍、雷某萍等6人取保候审。

贪财贪利，“受害者”的损失惨重

敬告利人公司客户：

利人公司涉嫌违法经营行为，按合同规定本公司已收回该房产。

业主

2001年9月11日

9月11日，利人公司的很多客户听说昨天公司出事的消息后纷纷赶到公司——北湖路48—1号红楼看个究竟，不料，却在这样一张告示前面傻了眼。这到底是怎么一回事呢？

一个个“受害者”陆续走进了公安人员的视线。

做服装批发生意的个体户L女士花170多万元买了一个大教训。

今年6月初的一天，L女士经人介绍认识了利人公司的王某女士。王女士的不凡气质侃侃而谈利人公司是一家集科研、开发、贸易为一体的综合性实业公司，经营范围涵盖保健食品、化妆用品、农副产品、生物农资、基地开发等诸多领域，目前拥有资金近千万元。不仅如此，公司与实力雄厚的上市公司上海豫园生物工程有限公司、美国华特有限公司紧密联合，依托中国农科院和美国华特有限公司在农业领域的世界尖端技术，引进先进的农产品，创造农业产业化道路，用高科技改造传统农业。最近，公司要搞生物工程方面高科技项目，包括农业共同体设想，需要一定的周转资金。公司准备推出一种服务卡，是为了向广大群众提供全方位优质服务的。

L女士是在生意场上拼杀多年的人，听到这里，她大概明白了对方的意思：人家是请自己投入资金支持公司的发展呢。L提出要去公司了解情况。于是她先后到了公司的总部和八达通事业部进行大概的了解。

一位办事员拿出了营业执照（复印件），她随便一看，哇，注册资金真有1000多万元，再一看，办公室摆设很气派。有人告诉她：公司很有发展前途，总经理梁某实的后台也很硬，他本人是北京大学国际贸易专业的高材生，事业心强，30多岁未成家。梁总又怎么怎么能吃苦，有几家快倒闭的厂，他接手后都搞活了。简直神了。一句话，我们梁总办利人公司是真正干事业的。请你放心好了！

L女士还是有点不放心。她提出：投资人的本金能返还，以后还可以从公司的实业收入、贸易利润中得到回报。你们的回报是不是过高了？

人家告诉她：你放心，这是暂时的。公司目前急需大量的启动资金，现在是把广告费等开支让利给投资人，以后的回报会慢慢逐步减少。待公司发展稳定后，投资人就只拿股金分红。

L女士不再怀疑了。6月25日，她首批投入资金4万元购买八达通卡100张，正式加盟利人事业。她清楚地记得，几天后，也说是7月1日那天，利人公司为庆祝共产党生日及八达通服务卡正式发行，在饭店摆了20台宴席。L女士理所当然也被邀请出席。梁总首先发言：在庆祝共产党生日之时，庆祝利人公司又一新的业务顺利成功。八达通服务卡是一创举，将全方位为社会服务。利人公司今后要成立党组织，发展党员……一番话，在场的人包括L女士都感到激情澎湃。

在与利人公司的更多接触中，L女士又“了解”到了利人公司的很多情况：利人公司办有两个大型养殖场，一个饲养肉鸽，提供给香港市场；一个养水獭，出口英国；利人公司在市郊可以使用土地1000余亩，准备搞生态农业园，该项目3年可创利人民币3亿元；拥有30多亿美元固定资产的英国好威仕集团看准利人公司，愿与利人公司合作，共同拓展八达通服务卡在中国的业务，并提供全方位管理培训和资金支持……

L女士终于相信梁总在办事业，需要资金支持。她不断投入，一发不可收拾。不但本人投入资金，还拉了不少亲朋好友、商场的老板支持利人公司的事业。截至9月9日，她共投入人民币176万元……

家住北湖路的宋老头今年73岁了，身体一向不好，春节前大病一场，还是在医院过的春节。光那次治病就用去了1万多元钱，令宋老头心痛不已。原单位效益不行，这医药费没法报销就等于是自己掏腰包了。老伴身体也不行，有高血压、心脏病。治病要花钱，长期服药治疗更要用钱，可老俩口的月收入加起来只有700多元，哪里够？

所以，利人公司的工作人员的花言巧语在他听来真是喜出望外。人家举例说：如果你投资4000元，80天可得利息2000元。也就是说，只要你交了4000元钱，每10天就可到银行取款一次，第一至第五次，每次提取600元，第六次可取800元，第七次取1000元，第八次是1200元。宋老头虽然文化水平不高，但钱能生钱的道理还是听说过的。他粗粗在心里算了一下，就知道自己是有利可图的——至少，比银行的利息要高多了。4000元钱放在银行，一年也不过80来元，还不包括上税呢。买卡显然可以解决家庭的部分经济困难。宋老头压根儿没想到这样做对不对，好不好。7月24日那天，他交了4000元，回家后，又立马发动“群众”，动员老伴、孩子一起加入了这份“甜蜜”的事业。

以后的一个多月时间里，宋老头对这些资金究竟用来做了什么，怎么用的，是一点儿也不关心，也一点儿也不知道。只是每月的10日、20日、30日这几个派薪日成了值得他为之高兴的“节日”。

9月10日，正在公司等着派薪的宋老头被公安民警当场传唤。宋老头大惊失色，要知道，到那个时候，老宋家共投入了41200元，除去几次派薪所得的1万多元，本钱至今尚有近3万元没拿回来……

利人公司案发后，地委大院的黄大妈也承认自己是“受了邻居的骗”：6月下旬，利人公司工作人员许春新（住地委大院住103幢）三番五次登门请她把钱投入该公司：“到时，你就坐在家都得钱。你怕什么，我本人投入几十份，玉林也有人来投，公司每天都有几百份上千份单。”黄大妈家老二下了岗，孙女高价读书的责任落在了老俩口的身上，眼前家里的确有困难。一开始，黄大妈顾虑重重：“这种投资方式像传销，万一被公安查封怎么办？”人家就说了：“最近市里有4家公司被查封。我们公司有正规手续、有工商执照，税务手续齐全。你一百个放心，尽管投。钱放在银行有什么用？如果被查封我赔钱。”话都到这份上了，黄大妈不再说什么。她不仅自己投了钱进去，还动员小孩、亲戚朋友也把钱投进去。谁知道，公司真就被查封了呢？事情发生后，黄大妈也算是看清楚了许春新。许春新恐吓她，要她多做下面的工作，不要闹事，不要到她家去，并保证钱能要得回来……

从利人公司的8期卖卡情况一览表中显示，“受害”群众已达数百人之众。应该说，是贪财贪利让这些购卡人损失惨重。但是，在高额利诱面前，这些“受害者”为什么就不多长个心眼呢？他们难道不知道，这种非法集资是不受国家法律保护的吗？

揭穿真相，“骗局”其实设得非常简单

明眼人是一眼就能看出这个“骗局”的。

“八达通利人卡”由广西利人商贸有限责任公司自今年6月21日起发售，每卡面值400元，有效期为80天。据“利人八达通”宣传资料称：该卡是利人公司通过与商家签约的形式，把客源引导到商家消费，使商家的市场竞争力得到提高，同时使消费者得到实惠的一种折扣性服务卡。号称消费者只要一卡在手，就既能购物、娱乐，又有社会医疗，因为该卡的使用范围包括了衣、食、住、行等各个方面。

也许看到上面的解释，你还感受不到“消费者是上帝”的感觉，那么，如果我告诉你：只要你买了卡，你无需再做任何工作，只管舒舒服服在家呆着，便可在80天内得到公司的8次派薪，每10天一次，头5次每次均为60元，第6次是80元，第7次是100元，第8次是120元，总共派薪600元。也就是说，只要经过80天，你的每一张卡就可赚取200元。现在，你会不会对这张卡动心了呢？

你一定也想买这张卡了吧，别高兴得太早了，不是什么人都能买到这张“八达通”卡的。要是没有经纪人介绍，你独自到公司要求购卡，接待人员是不屑接待的。他们会众口一词地说没有这回事。你不信？就连办案的民警装成要买卡的样子去问，人家也先是一口拒绝的，继而听说是某某介绍去的，才放人进去。

利人公司规定：售卡工作需由公司经纪人（即代理商或介绍人）开展，每售出一张卡，经纪人可从中得到45元至55元的提成。只要你一次买卡10张以上，你就可以成为公司的经纪人，再介绍客户来买卡，便可得到提成。各经纪人收到购卡款后，一律存到公司总经理梁某实的个人银行账号，然后再将购卡者资料传真至公司。每月逢十是派薪日，届时，派薪及提成均由公司财务人员通过银行存至个人存折，然后由业务员到公司领取，再发给购卡者。

公司设有市场部，是一级代理，一级代理下面又发展二级代理。总之，越到下面，人就越多，公司上下逐渐构成了一个传销“金字塔”。注意，这里我用的是“传销”二字，因为这种卡在推销过程中的确使用了“传销”的模式。而且，此案中的主要案犯大多是传销人员，譬如王某、周某。有人曾这样夸叹传销人员的口才，说他们的嘴能把树上的鸟儿都叫下来。事实的确如此。之所以有那么多的买卡人，之所以能销售那么多张卡，一个重要的原因是公司在前期的派薪中基本上兑现了。于是，已收到一点点蝇头小利的利人公司客户就以为有利可图，纷纷在后期将钱大量投入……很明显，这样“滚雪球”的方式是让利人公司（确切地说是梁某实个人）赚取更多的钱。至民警查获时止，“八达通利人卡”的发售还主要是南宁、柳州、玉林、贵港等地，但它呈现出了不断扩大的趋势。

可以看到，“八达通利人卡”与前段时间广州警方查处的“神龙数码卡”和南宁警方查处的“轻松商务卡”如出一辙，且比它们更为便捷、省事。“神龙卡”和“轻松卡”还须上网点击广告，方能得到所谓的“广告费”，而“八达通利人卡”则省去上网的麻烦，只要买了卡，便可坐享“广告费”。因此，对那些文化程度较低的退休工人、下岗职工、小商贩及农民，尤其具有极大的诱惑力。高额利润就在 80 天之后，无怪乎当局者迷了。

1993 年财经专业毕业、曾到深圳有一番闯荡的梁某实，信誓旦旦地说自己是个办实事的企业家：“我有很多朋友对农业非常有研究，我们商量着要创办一个农业共同体。我们的生物化肥是环保型的肥料，投资大，所以要通过集资方式开发这个项目。我们开发这卡只有两个多月的时间，我们的销售收入主要是为了农业产业结构调整开发，对购卡人，我们是会返还钱的，我个人没有得到钱……”

梁某实的话破绽百出。他对化肥根本没有什么投入（他在化肥的总投资是 14 万元，相对于 900 万元集资款简直算不上什么），投资化肥对他来说是亏本的。他说自己没得到钱，但所有卖卡的钱明明全部存入了“梁某实”的个人账户上。办案民警曾秘密暗访，查明梁某实用这些款分期付款买了一辆别克轿车和一套宿舍房（即他在北湖小区的房子），还将80多万元存到其母的户头上。及至民警清查，他个人的账上就只有2万元钱了。卖卡的钱中，有一部分是拿来派薪的；还有就是每一张卡，梁某实都给他的9个合作伙伴90元钱，由他们拿提成和再分配（你别小看一张卡才给90元钱，民警问过这些人，仅两个多月的工夫，他们每人从这些提成和分成中都有了将近10万元的进账）；那么，大家可以算算，到底有多少钱不见了？

公司租的房子里还有黑板，像大教室一样有人授课——传销人员都知道，这就是他们的行话“洗脑”了，这是由他们的总监王某负责的。公司合伙人的分工是不同的：刘某肖从梁某实处拿钱出来，李某芹主管记账……

审讯中，几位主要犯罪嫌疑人互相印证了他们共谋和具体集资运作的经过。

中止经济犯罪，经侦民警任重而道远

然而，由于此案“受害者”绝大部分是经济收入不高的普通群众，处理中稍有不慎，便有可能引起社会波动。能否在侦查破案的同时，安定这些群众的情绪，维护社会稳定，这对民警的工作艺术无疑又是一个严峻的考验。

自治区公安厅经侦总队总队长梁宏伟对记者介绍说：现在打掉这个犯罪团伙是非常及时的。毕竟它还刚刚起步，正是逐步猛烈扩张的阶段，若让其不断派薪，投资的人就会更多，滚动就大了。滚动到一定的数额后，犯罪嫌疑人下一步必然会携款潜逃，购卡人损失就更多，对社会的危害更大更严重。到那时，由经济案件甚至转化为政治事件都有可能。

从公安机关对“轻松卡”、“神龙卡”的严厉打击过程中，我们可以看到，这类案件的暴露往往滞后。一般情况是，如果老板不走，即便拖延派薪，也不会有人报案的。如果说“受害者”一开始是为了求财贪利，到后来就是一种保本的心理了。采访过程中，记者听到一个情况：有众多的购卡人受人煽动到公安机关静坐、请愿。在他们看来，是因为公安机关抓了他们的总经理，才害得他们血本无归。如果保得梁某实出来，他们的钱才有可能拿回。这自然是他们的一厢情愿而已。然而，由于他们这样想也这样干了，无疑也增加了我们民警工作的难度。民警一边办案的同时，一边还要向“受害”群众作解释，控制住局面的恶化。事实上，国家已经明令禁止搞传销和任何带传销性质的活动。而参加到这种活动中的人，也就是广大购卡人的购卡行为，是根本不受国家法律保护的。天上不会无缘无故掉下馅饼来，世界上也从不会有免费的午餐。民警忠告广大群众要在国家法律允许的范围内，依法经商、合法经营。只有劳动致富才是真正可靠的。

公安机关查办此案，正是中止了事情向更坏的方向发展。就在今年 8 月，南宁市郊区工商分局也曾对利人公司查处，原因是他们没有办理有关营业分支机构就售卡了，认定他们是不合法的经营方式，对其处罚 2000 元的罚金。

梁某实知不知道自己的行为不合法呢？答案自然是肯定的。他明知自己的行为不合法，主观上有犯罪的故意。利人公司的主要人员并不知道公司还有售卡的业务，公司财务也没进这些账。民警到工商局去查，发现从业人员刘某肖等人都是没有登记的。卖卡的钱并不进公司账上，全存到了梁某实的个人账户，也就是说完全没有用于公司的运作。

从法律上而言，梁某实以非法占有为目的，而且是明知不可为而为之。那么，等待的必将是我国法律对其行为的制裁。

发表于《南疆警事》2001 年第 11 期

大奖的诱惑

——南宁市破获全国首起盗打彩票中大奖案件

1

说林某海是个有“福”之人一点儿也不过分，你想吧，中国的彩民何止千万，有谁像他那么幸运，一出手就成为当期福利彩票一等奖的得主呢?

2001年11月17日，从报上获知自己中大奖之后，用又惊又喜来形容吸毒人员林某海的心情太合适不过了。因为运气实在是太好——大奖被自己拿到，报上说总共才有4注一等奖。由于该期一等奖的保底奖金是200万元，按派奖规定计算，自己该有60多万元的进项。当下，他便把中大奖的消息告诉了母亲纪某英。

2

2001年11月16日下午3点，位于南宁市长岗路金牛桥市场旁的“广西风采”福利彩票第45010232号投注站（以下简称“232投注站”）负责人王生向广西彩票发行中心桂南管理处报告，声称在下午1点50分左右被外人盗打了一张29选7玩法的复式彩票，该彩票共含16个号码，总价合计22880元。他要求彩票发行中心的电脑机房马上注销这张被人盗打的彩票。

但是，王生的要求遭到了彩票发行中心的拒绝。理由很简单：没有那张彩票作为凭证，我们按照规定是不能注销的。

什么规定？怎么有这样的规定？！从彩票发行中心回来后，王生心里一直忐忑不安。说到底还是因为实在不愿意平白无故莫名其妙地损失掉2万多元钱，遂向辖区的南宁市公安局向阳派出所报了案。

事情果然不出王生所料，关于那张没有注销的彩票的故事远远没有算完呢。

当天晚上，广西电视台生活频道进行“广西风采”电脑福利彩票开奖仪式现场直播。经现场公证员公证，当晚的摇奖符合既定的程序，合法有效。中奖号码为：04、07、13、15、18、20、21，特别号码为25。

坐在电视机前的王生大吃一惊了：这世上怎么真有那么巧的事情呢？那张被人盗打的复式彩票竟然中了一等奖？！

3

2001年11月16日下午，在232投注站当班的是年轻的销售员李小姐。因为投注站被人盗打彩票一事，李小姐不委屈是假的：她哪里想到自己就那么一转身的工夫，竟给投注站惹下了那么多的麻烦？

232投注站旁是一个音像出租店，与投注站有一小门相通。那天下午，两间店只有她个一人看管。当时有两位顾客填写为租影碟，她就到音像店去办理租碟手续。过了大约10分钟，她回到投注站的屋子，发现投注机的彩票打印出口处有一张16个号码的复式彩票，金额为22880元，流水号为207号，打印时间为1点55分15秒。她感到很奇怪，因为当时没有人买过16个号码的复式票，她自己也没有打印过16个号码的复式票。她没有多想，顺手便将该票注销了。注销时间为2点零分45秒。注销完毕，她越想越觉得奇怪，遂打印出当天的销售报表。这一看报表又把她给吓了一大跳：当天彩票的销售金额已达2万多元。可自己今天总共才销售了2千多元的彩票呀。一定是被人盗打彩票了！六神无主的她急忙把这事告诉了老板王生。

经把当天的销售数据传到彩票发行中心机房后核查，确实有一张流水号为206号的彩票在16日下午1时55分7秒的时候从232投注站“售出”，号码与已注销的207号彩票完全相同。

4

2001年11月17日，也就是第91期“广西风采”福利彩票开奖的第二天，一个名叫纪某英的中年妇女与女儿林某燕持206号中奖彩票到彩票发行中心桂南管理处要求兑奖。

的确，当期福利彩票共有4注号码中了一等奖，其中包括206号彩票。

经彩票发行中心工作人员初步验证，纪某英所持彩票确系中奖彩票。但由于事先有232投注站报告被人盗打彩票一事，因此发行中心的工作人员不敢轻率对待，而是先端上了一杯水请她们坐下来，对她们进行了详细的询问。纪某英当时回答说，彩票不是自己买的，自己不过是帮家人来领奖而已。

接到报案的向阳派出所所长黄绍球与民警闻讯赶来了。他们对纪某英母女进行了例行调查，但收获不大。

在当时的情况下，如果没有证据能证明这张彩票是被盗打的，彩票发行中心不能拒绝纪某英兑奖的要求。但收集证据需要时间。所以，在问了一些情况并留下中奖彩票复印件及纪姓妇女的身份证复印件、联系电话后，他们告知纪某英，由于是周末银行不办公，请她们先回去，下个星期一再过来办理领奖的手续。

彩票发行中心虽然可以暂时挡驾，但过两天纪某英再来兑奖又怎么办呢？要知道，无端拖延或不予兑奖会侵害到彩民的正当利益，而盲目地给被盗打的彩票兑奖显然也是不行的。为了维护投注站和其他中奖人的利益，同时也为了维护福利彩票的声誉，11月

18日，广西福彩中心向南宁市公安局刑侦支队报案。

本案关键的一点是：206号中奖彩票是不是被人盗打的。这其中自然也不排除232号投注站谎报盗打的可能性。四大队领导边立涛、梁欢庆接到报案后，立即组织二中队的侦查员开展调查。

围绕纪某英，民警主要调查她的家庭情况，查她有否经济能力一下子拿出2万多元钱买彩票，平时她买还是不买彩票，等等。一查就发现，44岁的纪某英家住南宁市长堽路，无业；纪某英的老公10多年前已亡故；两个女儿一个无业，一个是临时工，各自的家庭经济条件都不是很好；30岁的儿子林某海是吸毒人员，平日里不务正业，曾因盗窃被劳动教养两年、判刑两年。

但林某海此时不知去向。走访中，民警还了解到，案发时，有一名30岁左右的瘦高男子在232投注站附近出现，其体貌特征与纪某英的儿子林某海相似。林某海没有固定收入，他不可能拿出2万多元钱买彩票。林某海有重大嫌疑。

民警来到232投注站。老板与工仔都在，听说民警是为这事来的，很积极地配合民警开展调查。232号投注站是在开奖前报的案，而且他们之前还注销了一注与206号彩票号码完全相同（本来也是中大奖）的复式彩票，说投注站搞鬼没有理由，也就是说投注站不会谍报被盗打。

情况综合分析表明，中奖的206号彩票被人盗打的可能性很大。

据彩票发行中心工作人员反映，纪家母女前后去领奖两次，每一次都有两个男人同行。奇怪的是，上前与人交涉总是那两个女人，而那两个男人却缩手缩脚地站在门外等候，并不参与要求兑奖……那两个神秘男人是谁？

12月14日，离第91期福利彩票兑奖的最后期限不到两天了。在大队领导也感到时机成熟的情况下，民警们果断采取行动，将再次持盗打中奖彩票去福彩发行中心兑奖的纪某英、林某燕母女带回四大队审查。

5

办案民警惊讶地发现纪某英的家朴素得近乎贫穷。

来到纪家，民警看到的是一台小小的14吋“彩电”；空调是窗式的，很旧了；老式的木沙发也静静地卧在屋里。就是把这个屋里所有的东西都卖了也不值几万元钱。如果没有百分之百的把握，这样的家庭根本不会舍得也不可能一下子拿出2万多元钱投注。引人注目的是，屋里香火很旺，正在四处缭绕的烟雾显示出是母女两人出门兑奖前才点上的，大概是她们很诚心地希望此次出门有神灵的保佑事情会顺利吧。

同一时间，刑侦支队四大队里，纪某英母女俩分头接受了民警的问话。

纪某英的态度极其蛮横，一副持有中奖彩票便得理不饶人的样子。她说，买彩票的钱自己出2万元，女儿出2千多元，钱一直放在自家床底下，以前就放有的。买彩票那天是女儿开摩托车搭自己去的，号码是女儿早早就填好了的……

林某燕谈及买彩票的钱时，也说是母亲出了2万元，自己出了2千多元。但被问及在哪填写彩票时，她回答说是在母亲家，就坐在客厅沙发上填写，用的是母亲家的钢笔，当时母亲坐在其右边。她们是走路去买彩票的……

很明显，两人的说法不一。这时，另两名知情人——纪某英的一名欧姓老相好和林某燕的丈夫也被带回大队盘问。

林某燕无法自圆其说，最先向民警交代：11月17日那天，她接到了母亲的电话，说是哥哥买的彩票中大奖了，叫她赶快回家商量领取奖金事宜。按母亲的说法是，他原本买的是一张2块钱的彩票，是投注站的人打错了，结果就得了一张有16个号码的复式彩票。所以他自己不方便出面去领奖金。

欧姓男子交代：他们前后去领奖两次。就在他们第二次去领奖仍然拿不到钱后，自己曾与纪某英一起送纪某英的儿子林某海到云南思茅地区一个朋友那里，说好了要等这边把钱领出来后再通知林某海回来的。

接下来的审讯，办案民警可以说是胸有成竹了，但纪某英还是嘴硬得很。于是民警不动声色，到她身边只轻轻地问了一句“你为什么要把儿子送去云南”？想不到，那个一直都在叫嚣着的她突然间来了个一百八十度大转弯，马上对办案民警陪起了笑脸。虽然话里还是袒护儿子的意思，但底气明显不足了：“其实，我早就知道那小子不可能有 2 万多元钱买彩票的……”

原来，他们坐车送林某海到云南朋友那里避风头也就是早几天的事情。而到了云南之后，林某海因为惦记着那 60 万元，每天晚上都会打一个电话回家过问。

获悉这一情况时已差不多是下午 5 点了。民警立即请示领导，决定赶赴云南抓捕犯罪嫌疑人林某海。

兵贵神速。四大队副大队长覃雄威及民警刘斌、孙锋赶上了当天南宁—昆明的最后一次航班。抵达昆明后，他们又连夜赶往思茅地区上允县。12 月 15 日，他们在当地警方的大力协助下，将住在旅社里已感觉到不妙但还没来得及逃跑的林某海抓获。

6

12 月 16 日，犯罪嫌疑人林某海被押回南宁。至此，这起盗打彩票中大奖的主角真正露面了。

60 万元可不是小数目，林某海当然知道管住自己的嘴有多重要。他想顶住。所以一开始，他仍为自己辩解，坚持说自己当时掏出来的是 2 块钱，买的也是 2 块钱一注彩票，是投注站的销售员一不小心给打错了，而自己当时也没注意就将错就错地拿走了。他以为坚持到底他就能胜利。

“是吗？”民警们反问道，马上告诉他调查了解到的情况：11

月 16 日下午 1 点 50 分前后，232 号投注站那注 206 号复式彩票的前面几注彩票中根本没有人买过一注是 2 块钱的。而且按彩票发行中心工程师的说法，从操作上来说也是不可能打错的，毕竟打复式彩票的操作与一般的简单操作明显不同。何况 206 号与 207 号这两注复式彩票的中间间隔只有 7 秒，这 7 秒怎么解释呢？

“林某海，你还在讲假话！”民警一针见血地指出。

在事实面前，除了彻底交代自己的罪行，林某海还能说什么呢？

那一天发生的事情，实际上并不在林某海的计划之中……

2001 年 11 月 16 日下午 1 点左右，林某海与外号叫“黑仔”的朋友一起在金牛桥菜市后面的菜地用静脉注射的方式吸毒，而后分手各自回家。就在回家的路上，他经过一个“广西风采”福利彩票投注点。说起来还是投注站打出的牌子“广西风采 29 选 7 今晚开奖”那几个字吸引了他的目光，两腿便不由自主地走了进去，随口问人家投注站的老板“29 选 7”是怎么玩的。聊了有一会儿吧，见又有人来买彩票了，老板忙过去招呼。

不想林某海的好奇心一下子已被高高吊起来了。虽然当时他身上只有 7 元钱，但他还是决定去碰碰自己的运气，便拿了投注单到一边去填写号码。又过了一会儿，电话铃响了，却没人接，原来那个销售员见有人租碟就到隔壁的房间忙活去了。林某海站起来帮人家接了电话，电话是找老板的，他便叫那个跟投注站相连的影碟出租店里的小女孩过来接听。小女孩接过电话，对电话里的人说老板回去吃饭了。一转身，她自己又到隔壁房去了。

那时是下午 1 点 50 分左右，林某海已填好了“29 选 7”式彩票投注单第一注的 16 个号码：03+04+07+08+10+11+13+15+17+18+20+21+23+24+28+29。在他站起来东张西望的时候，见店里没有人注意到他，偷打彩票赢取大奖的想法一下子就冒上了心头。便悄悄走到投注机旁，在键盘上想当然地自行操作。当时，他看到那张刚刚放进去的投注单立即退了出来，就认为是自己刚才心太急没有放好的缘故，便立即将纸拉直了重新把它又放进投注机。这一次，他的手掌用力地压在键盘上拍了一下，正在担心有没有搞掂的时候，投注机有反应了，吐出一张打好的彩票。

大功告成！林某海没想到竟然会进行得那么顺利。他飞快地取了那张彩票，头也不回匆匆离开了投注站。但有一件事是林某海万万没有想到的：又有一张彩票缓缓地顺着投注机的出口处出来了……

真是老天有眼。

说实在的，如果不是林海东自己操作失误，如果不是多打出来的那一张彩票因为数额巨大引起了销售员的怀疑，他盗打彩票的冒险或许真能成功呢！

林某海毕竟还是做贼心虚。虽然第二天一早他就从报纸上获知自己中了一等奖，但要他自个儿去领这个奖，他还真没那个胆量。不过即便是傻瓜都知道要去兑奖的，不去领中大奖的彩票对一直用钱紧张为钱发愁的林某海来说根本就是不可能的事。林某海不傻，他决定找一个自己最信任的人帮自己去领奖。那个他最信任的人当然就是平时最宠爱他的母亲。于是，他在第一时间里联系到了母亲，并装作很轻松很随意的样子骗母亲说，自己运气太好了，是投注站的人打错了一张彩票给他，结果他才花了 2 块钱就得到一张价值 2 万多元的复式彩票，而且更想不到的好事还在后头呢，那张彩票竟然中了一等奖……

其实林某海大可不必作这么多解释的，那像炸弹一样的消息顿时让他那个一辈子没发过财的母亲心花怒放分不清东南西北了。不过她还记得马上把重磅消息向家人们一一发送出去。

接下来就是一家人兴高采烈地去兑奖了。事先已说好是母亲和妹妹打头阵的，所以林某海只管在后面跟着，不必靠前站。但两次去兑奖都没有成功，林某海就慌了。作为母亲的纪某英把一切看在眼里，猜都猜出来是怎么一回事了。所以，在林某海提出要离开南宁的时候，大家都说应该，然后帮他选择去的地方。结果老欧的提议被采用了。这就是林某海为什么选择到云南思茅去暂避风头的原因。

犯罪嫌疑人林某海向民警承认自己知道盗打彩票是违法的行为。不过，他的冒险计划似乎就在那么一瞬间里无法挽回去进行下去了，最终也把自己陷入了法网之中。

7

12 月 16 日，全国首起盗打彩票中大奖案件告破。林某海涉嫌盗窃罪，纪某英涉嫌包庇罪、诈骗罪被公安机关依法刑事拘留。近日，刑侦四大队已向南宁市新城区检察机关提请批准逮捕。

林某海一案在社会上引起了广泛关注。最注目的焦点集中到了如何处理那张中奖彩票的 60 万元奖金上。人们普遍觉得：狡黠的嫌疑人盗打彩票违法了，但是其余的中奖者完全不必承担其所造成的后果，所以他们有权按相应的条款分配这笔奖金。

对此，广西福利彩票发行中心的负责人表示：虽然此案在我国目前还没有彩票法规“对号入座”，但彩票中心还奖于彩民的原则是不会变的，福彩中心不会动用这笔巨奖。也就是说，这 60 万元巨奖可能会重新分配给第 91 期中一、二、三等奖的彩民，也可能将这 60 万元奖金滚入奖池基金。

无论如何，这样的结局应该是所有善良的人们都愿意看到的。

发表于《南疆警事》2002 年第 3 期

现代拍案惊奇

——广西摧毁特大恶性杀人抢劫团伙纪实

“死人”说话：“没有想到他们会把我们搞死！”

此夜绵长。

蜷伏在木薯地里的个体司机宁某海警惕地睁着他那双满是血丝的眼睛。1996 年 11 月 4 日的黎明在冲破了黑暗之后姗姗而至，在他的眼里显得出奇地美好。这个时候去报案应该安全了吧？

清晨 6 点多钟，宁某海满头血污跌跌撞撞地走进了武鸣县公安局锣圩派出所。这起惨无人道的血案中唯一的幸存者将自己的困惑和愤怒推到了民警的面前：“我们几个人没有一点儿反抗行为。我以为他们抢了钱和车后就罢休了，没有想到他们会把我们搞死。”

开长途车对宁某海这个陆川镇个体司机来说是家常便饭了。车上的货是广东老板洪某贩运的塑料凉鞋，要从广东揭阳拉往云南文山，再销往缅甸。其姐夫范某文在武鸣县新宾镇把方向盘交给了他，然后与广东老板昏沉沉进入了梦乡。宁某海的睡意随着夜行的寂寞缓缓上升。该过半夜 12 点钟了吧？

武鸣县锣圩镇桥银水库附近有一个大坡，坡的左边有一部大货车翻在路上。路面不宽，宁某海不得不打起精神，挂一挡慢慢地上坡。他拐过了那车，准备加速。就在这时，他发现后面有灯光逼近，一辆超速行驶的红色小轿车超过并横在自己的车前。他立即刹车。这时，从小轿车上窜出3个人，分别拿着霰弹枪和铁棒。宁某海忙拍醒睡得迷迷糊糊的姐夫和老板，没想到那3名歹徒动作更快。结果是歹徒把货车上的人全部打昏，蒙眼塞嘴捆绑。大货车重新开动了，不过这时司机已经易人。宁某海是受害的3人中最早苏醒的，虽然被打得昏头昏脑，但是残存的一丝清醒让他留了一个心眼。歹徒捆绑其双手时，他两手掌心微微曲成一个可以松动的三角形。

车子往回开了十几公里，在锣圩砖厂附近停下。这里有个路口，车子穿过两旁长满松林的小山坡，便沿着一条泥土路开了进去。

宁某海等3个人被4名歹徒架入松林，拉上了山。在他身体右侧的那个歹徒喘着粗气，显得很惊慌，似乎是第一次作案。这时宁某海呻吟了一声，立即被左侧那人用硬物猛敲后脑勺、脖子和脚踝关节。他就势俯倒在地，再也不敢动。接着，他听到挖土的声音。挖坑？难道要埋人？他更不知如何是好，便索性装作不省人事。

身边不知是谁惊醒了，猛窜起来，紧接着，便有两人追过去。不一会儿有一人回来，听他嘟囔着对挖土的人说什么追上那小子了，估计已被打死了。于是这3人继续挖坑。

坑总算是挖好了，果然是埋人用的。有一个人先被抛了进去，宁某海是第二个被丢进坑的。被丢时，他猛吸了一口气，顺势多滚了一圈，入坑时让身体呈俯卧状，屁股稍稍抬起，于是前胸多了一些空隙。又一阵猛击落在他的身后，接着是土落在了他的身上。他拼命憋气，背上的土却渐渐沉重起来。歹徒们使劲在土坑上踩了几脚，走了。

土坑中，宁某海试着动了动，那土竟被他拱了起来。他挣脱了手上捆绑的绳子，扯掉了蒙眼的胶带，双眼刚适应周围的黑暗，他便隐约看到不远处晃着手电筒光线，并有脚步声传来。歹徒又折回来了！他不假思索，爬进了附近的木薯地躲藏起来，两手还紧握了两块石头。

刚填好的土坑出现了一个大缺口，显然吓坏了那几个丧尽天良的歹徒。他们匆匆搜索一番后，连抢来的大货车都没敢开走，便惊慌地逃离了现场。

嗅觉惊人：正义之师截住了狡猾的群“狼”

接到报案后的武鸣县公安局民警马上赶往现场，随后，南宁市公安局领导率刑侦支队侦技人员也赶到现场。在那片松林中，现场勘查迅速展开。

此案3名受害者中，被埋在土坑里的那人是范某文，已死亡。100米外的松林里，民警们找到了被打死的广东老板洪某。遗留在现场的痕迹物证，包括封口胶、尼龙绳、碎报纸、踩有鞋印的黄土，十字镐印等，均被细心的技术人员提取。

走访附近村民，有老百姓说，一年多前亦发现过附近有新土。刑警们找到位置一挖，在离现场土坑15米处又掘出尸骨一具。尸体后枕部和下腭骨骨折，系被打昏后活埋致死。地面上零星散有酒瓶盖、碎玻璃等物。

300多辆红色小轿车受到排查，未有收获，于是民警们兵分两路赴南宁、宾阳，继续排查。该案被广西公安厅定为1996年广西十大未破案件之一，武鸣县公安局局长、副局长亲自担任专案组正副总指挥。为争取得到全区各地及周边省份的支持，元月9日，专案组民警邓宗民、刘振勋和黄铭东赶到公安厅刑侦总队，详细汇报了“11·4”案情以及犯罪嫌疑人的作案特点和手段等情况。

正所谓踏破铁鞋无觅处，得来全不费工夫。谁又能想到，这起扑朔迷离的案子，竟然是因为一份来自广东警方的协查通报而起死回生。

这里，且让一个名叫李某海的歹徒登场。

被民警从广东带回广西武鸣后，李某海拒不交代，坚不吐实。

如果不是因为元月 17 日在广东四会市被巡逻民警例行检查时因怀疑其有作案嫌疑被抓，他的自我感觉确实还一直良好呢!

李某海出身于书香之家，从小在身为某大学教授的父亲眼皮底下顽皮成性。上初中时，他被父亲送到武鸣华侨农场正安分场其舅家。在武鸣读书的一年半时间里，他随心所欲，度过了一段无人管束的自由岁月。等到父亲将他接回南宁时，他已玩疯了性子。

而今的李某海已经 29 岁，1.76 米的个头，仪表堂堂，成了家，有了一个两岁大的儿子。然而，背着严厉的父亲，他的“游戏”早已没有任何规则。1988 年，他就与黄某裕犯下了他一生中第一起杀人案。那次，他俩驾驶黄的姐夫的一辆大货车到广东吴川跑运输，后来为一位老板拉了一车塑料凉鞋。路上，他们用铁棒把老板打死，并把老板的尸体踩在脚下，一路把车从广东开回了武鸣。老板的葬身之地就是他初中时读过书的华侨农场正安分场附近的松林。

杀戒一开，李某海的胆子愈大，堕落愈快，一般的小偷小摸压根儿就不能在他心中产生什么罪恶感。直到 1989 年下半年，他因盗窃被判 9 年有期徒刑，送进了廖平农场服刑。可是，就在 1993 年 7 月，他又因患肝病取得了保外就医的机会。人身自由了，可打工的生活能挣几个钱？根本不够花！李某海的心理又不平衡了，他自然又想通过犯罪的手段去实现发财梦。

于是，他与那帮狐朋狗友通了通气，果然是臭味相投，于是就有了“11・4”特大抢劫杀人案。那可怕的“死人”复活的一幕一度令他恐惧不已，但才平静了几天，他又耐不住了。

1997 年元月 16 日，李某海、朱某友及李某海的表弟潘某志开始了他们的广东冒险之行。他们乘坐的红色迪赛小轿车，是去年 9 月底李某海花 12000 元钱正式买到自己名下的。车上的工具袋里，有霰弹枪、封口胶、尼龙绳、手铐、铁锤等，一应俱全；他们专门跟踪货车，伺机下手。只是这段时间运气不佳，几次跟踪均在半途被迫放弃。而且有一次更是邪门，车子竟在超车作案的关键时刻出了毛病，他们眼睁睁地看着就要到手的“肥肉”又离开了嘴巴。

元月17日这天，是他们倒霉的日子。正当他们瞄准了一个目标准备作案时，因未挂车牌，被广东四会市执勤民警拦下检查，车上工具袋里的物件使他们当场露出了狐狸尾巴。

很快，广西公安厅刑侦总队和武鸣县公安局办案人员赶来广东四会，将3名犯罪嫌疑人及搜获的所有物证押解回武鸣。

摆出办大案的架势：认定该认定的人

重点嫌疑对象到手，令所有办案民警士气大振。武鸣县公安局重新调整了办案力量，抽调了18名精明强干的民警组成了审讯组。与此同时，对这3名嫌疑对象的外围调查工作也相继铺开。技术鉴定组抓紧对3人所携工具与现场提取的痕迹、警犬嗅源等物品进行比对、鉴别。

很快，这些工作取得了突破性进展。经广西壮族自治区公安厅技术检验认定：李某海等人所携带的十字镐与现场遗留的工具痕迹吻合。同时，南宁市公安局警犬队的鉴定也得出了结论：警犬对李某海、朱某友的嗅源反应强烈。

审讯嫌疑人的总攻开始了。由邓洪局长负责主审李某海。在这之前，邓局长已摸清了李某海的所有背景情况，审讯过程中，他始终坚持以政策攻心。然而，几个小时下来，李某海仍持顽固态度，似乎不为所动。邓局长仍然坚信：人的承受力都有一个极限，即使是最顽固的人，都会有动摇的时候。

果然，到凌晨4点多钟，一直懒洋洋眯着眼睛的李某海动了一下眼睛，嘴微微翕动地表示要将功赎罪：“南宁市有一个贩毒团伙，几十斤的白粉呢，我可以揭发。”见李某海已经开始松口，邓局长欲擒故纵地对他说：“我们已掌握了你们的大量证据，再说，案子不是你一个人做的，即使你不说，别人也会说。”言毕，邓局长即离开了审讯室。

凌晨5点，李某海的心理防线彻底垮了，提出要见邓局长，交代所有犯罪事实。就这样，李某海在承认自己参与了“11·4”一案的同时，还供出了同伙朱某友、黄某松和潘某宁。

应该说，此案的保密工作做得很好。连自以为消息灵通的武鸣“地头蛇”黄某松、潘某宁都不知道公安局几天来正与他们的“亲密战友”李某海、朱某友在较劲儿。

这天中午，黄某松刚回家，便看见早已相识的锣圩派出所指导员尹成康在等着他。毫无戒备的他正欲与尹成康打招呼，便被尹一脚撂倒在地。几乎同时，正骑着摩托车在街上闲逛的潘某宁也被民警擒获。

潘某宁和黄某松被民警们带回公安局后，迫于强大的威慑力，一坐下来就一阵哗啦啦地竹筒倒豆子，争先恐后地表现自己的“诚实”。

几个人相互补充，相互印证，使案子得以一通百通。办案人员很快确定该犯罪团伙自1988年以来，仅作凶杀案就有6起，其中受害人8死1伤；还有盗窃、抢劫、贩毒、诈骗等其他案件一大批。经检举揭发，该团伙的另两名成员申某宁、陈某海亦很快落入了法网。

视法律于不顾：现代的拍案惊奇

这个极其残忍歹毒的作案团伙，其成员无一例外都曾经是服刑人员，有的甚至是一出劳改场所的大门便犯案。譬如李某海，在1993年7月保外就医出来后，年底就杀起人来。谁知道法律于他们到底是一个什么概念？

1993年年底，李某海、黄某松、申某宁这3名歹徒在广州西城停车场以到广东肇庆拉啤酒为名，骗了一辆广西百色市的大货车从广州开往肇庆。途中把司机及其母亲打死后，歹徒将车开往南宁。可没想到，路上有一辆百色市的汽车经过，司机主动跟他们打招呼，直把他们吓了一大跳。因怕罪行败露，他们只好弃车而去。警方两天后在车上发现血迹，但终因线索太少，此案久侦未破，直至今日案情才大白天下。

轰动武鸣县城的 1996 年 8 月 7 日“裕华小区”杀人一案亦得以水落石出。从潘某宁之口，歹徒们获悉锣圩糖厂某户人家家道殷实，于是匆匆择日前往。敲门入室后，他们将正在房中看护小孩的老妇人打死，即开始翻箱倒柜洗劫财物。只是他们走错了人家，当天的收获当然不理想，不过，李某海、朱某友和潘某宁还是劫走了现金 1000 多元、理光相机一台、手机电池 2 块。

而先前文中提到的那具松林中被挖出土的尸骨，谁能想到是他们的“自己人”何某光？李某海、陈某海与何某光合伙做生意，在生意上有了矛盾。特别是到了后来，生意越做越不景气，各人就开始打各人的算盘了。终于有一天，他们为了钱，相互之间过不去了。那是 1995 年的某天，李某海坐班车到锣圩砖厂下车，陈某海则用摩托车把何某光从南宁骗到武鸣的那片松林里。天色已渐渐暗下来了，预先在松林中埋伏好的李某海趁何某光不备，突然出现，用铁棒猛击何某光的头部。而后，李某海、陈某海合力将其掩入挖好的土坑中活活掩埋。

案子深挖的结果令人们不禁拍案惊呼：这究竟是人性的蜕变，还是兽性的回归？

发表于《警方》1997 年第 7 期

制贩假证犯罪何时终结?

恐怖:60万人持假文凭?

人们在最近的一次人口普查工作中偶然发现一个事实:目前我国持有大专以上学历者比国家实际培养的多出60万人。这意味着什么啊——60万人的文凭是假的?!

全国多家报纸几乎在同一时间竞相登出这一消息。不由你不信!

60万人持假文凭的既存事实让人心惊!

买假文凭的人到底出于什么心态?钱钟书先生著名小说《围城》这样告诉大家:主人公方鸿渐花钱买克莱登大学假博士文凭的出发点只是为了应付父亲,自己倒一直深感惭愧和不安。不像他那个同样持此假文凭的朋友,俨然一副"大家"派头,实在虚伪得可笑。

今天的社会上,同样有这么一群虚荣心很重的人,他们需要"门面"粉饰自己的"光辉"形象,需要借一道虚无的光彩来促成更完美的自己。于是,另外一群伪造假证贩卖假证获取暴利的家伙应运而生……

这是一个名副其实的"黑市",一个永远不能公开的市场:所有的买方与卖方均偷偷摸摸、躲躲闪闪,所有的买方与卖方都深知自己在做见不得人的勾当。

制、贩假证件在黑市的买卖一度红红火火;后经有关部门清理整顿，一段时间里好像已销声匿迹。可是，仿佛一夜之间，该现象又沉渣泛起：走进寻常巷陌，高高低低的墙上、大大小小的广告牌里，呈现着字迹大小不一的黑色字迹；打电话，电话亭写着粗粗的黑色字迹；走在路上，连树皮上都贴着“办证”字样填有 BP 机号码的字条……

黑色的传呼号码就像附着在城市脸上的“牛皮癣”，美丽的邕城不能尽绽美丽的容颜。

制贩假证犯罪严重影响了社会生活秩序，对社会风气也产生了不可低估的负面影响，人才市场因之混乱，同时也间接造成用人单位不必要的损失。

去年以来，为净化社会风气，维护广西首府的形象，南宁市公安局连续开展几次突击行动。他们从街头的黑色传呼号码着手——

顺藤摸瓜：地下办证窝点浮出地面

时间：2000 年 10 月 29 日凌晨 5 时，地点：南宁市郊上尧乡位子渌村姑爷坡某出租屋。

当来自湖南省娄底市双峰县的农民戴某辉从沉睡中惊醒过来时，数名民警已将他团团围住。不久，他见到自己的同乡伙伴：杨某广和戴某轩。戴某辉与他们不住在一块儿，虽然大家平时凑在一起时熟络得很。这自然是出于从事这项隐蔽工作必须小心谨慎的需要。有意思的一幕是：彼此对望的几个人大眼瞪小眼，傻了。

戴某辉当然不承认自己是什么制造假文凭“工厂”的主要“工作人员”。虽然民警已从他房间隔壁的一间不足 4 平方米的小房子里缴获一大批伪造文凭、证件的工具、原材料及假文凭、证件的成品、半成品，计有：钢印压痕机 1 台，“代办证件”的广告宣传单和名片 3000 多张，树脂塑料印章 181 枚，电脑制作印章纸模 288 张，大学毕业证成品、半成品 535 本。

看着那堆印章，人们自然而然将之与权力联系地一起。放眼过去，既有中华人民共和国人事部、建设部专用章，又有广西壮族自治区建设厅、广西壮族自治区高等教育委员会证书专用章，还有广西壮族自治区高等教育自学考试工作委员会、广西大学、广西民族学院、山东省财政厅、山东省建设厅、南宁市财政局等部门的印鉴。而所有的这些，均出自一个没有任何营业执照的小小作坊。

戴某辉当然无法否认那间小房子里的“全套设备”归他使用和管理。民警们走访了住在附近的群众，得到一个结论：戴某辉就是那个小房子的主人。

案情严重，发现线索精心部署并组织警力围捕的南宁市公安局郊区分局的领导决定将此案一查到底。29日一大早，分局长郭明钦、政委刘小阳调兵遣将，增加警力，刑侦、经侦、治安、巡警、上尧派出所的办案骨干组成专案组。

专案组人人都明确了任务：查清上线，查明造假人员的分工体系，查实造假附件的来路。

审讯工作整整持续了一天一夜，习惯于日夜连轴转的民警一点点攻进犯罪嫌疑人脆弱的心理围城。戴某辉等人守口如瓶的决心一一放弃。

原来，戴某辉是杨某广、戴某轩的“上线”——他自己负责伪造证件，他们是分管贩卖的跑腿。不过戴某辉还不是“老大”。他的“上线”是一个花名叫“小妹子”的人，制假证件所用的印章纸模和证件的电脑打印全都是“小妹子”提供的。审讯的情况在专案组同志的意料之中：戴某辉这个人还不是“发源地”，原因就是毕业证上有电脑打印部分，制印章是需要“飞轮”（即电脑制作印章纸模）的，“戴老板”的全部家当已尽收民警眼底，他确实没有这一设备，向他提供原材料的应该另有其人。

“小妹子”现在哪里？

抓捕“小妹子”的网撒了出去。民警对“小妹子”可能藏身的几个地点一一排查、伏击。收集到的信息也一一过滤。

31日上午，撒出去的网沾上了鱼腥味儿：“小妹子”与几个湖南老乡现在南宁市第二客运站准备潜逃。

郊区分局副分局长胡焕才带领20余名民警直扑客运站，从正要离开车站的“南宁——涟源”班车上将“小妹子”夫妇及其同伙黄某林（男，45岁）、黄某梅（女，20岁）抓获。

“小妹子”真名叫吴某平，30岁，湖南省双峰县洪山殿镇人。他交代：从2000年4月开始，他与其妻贺某莲在南宁搞贩卖假文凭证件活动，但他也是打工仔，主要帮一个叫“黄老板”的老乡打工。据他所知，“黄老板”在南宁市边阳街华建里7栋603房租房一套，专门放置制假用的电脑等设备。

直奔该点。此次搜查战果如下：电脑1台、扫描仪1台、过塑机1台，电脑打印的印章纸模58张，其中单位印模43个，还有吴某平夫妇的假身份证半成品两张。

603号房重新布置完毕，24小时处在民警的监控之下。果然，11月1日上午和下午，又有两名进房间准备转移电脑的嫌疑人掉入了包围圈。落网者是34岁的男子曾某才和28岁的女人邓某中。

是否真有作为吴某平上线的“黄老板”其人？专案组民警对“小妹子”交代问题的可信程度打了个问号。但为什么总感到不对劲儿？老板是没有必要将一切底牌向工仔摊开的。“小妹子”对“黄老板”的情况知道得太多了。审讯吴妻贺某莲，她都承认电脑是她老公的。“小妹子”说什么愿意立功，其实使出的却是金蝉脱壳之计，妄图推卸责任。办案民警不禁暗暗好笑：在这一点上，吴某平是自作聪明了。

审讯中，民警获悉吴某平夫妇在边阳新2街20号另租有房间专门伪造文凭、证件的重要情况，随即调动警力，又端掉这一制假窝点。这一制假窝点同样令人触目惊心：各类学校、单位证件860份，证书封面408本，学校印章215枚，公安、武警等机关印章32

枚，行政单位印章 25 枚，各种单位领导印章 120 枚，各种单位钢印模板 80 块，大学、大专毕业生档案、登记表格 120 份。

不过，确切地讲，吴某平还有一个合作者：那就是湖南涟源市人邓某长。缴获的电脑等设备乃是吴某平、贺某莲夫妇与邓某长合伙出资一万多元购买的。具体分工也比较细，吴某平夫妇负责拉客源、制作贩卖文凭、证件，邓某长承担操作电脑伪造文凭、证件的主要工作。

说起来，在这些普遍只有小学、初中文化程度的湖南老乡比起来，高中文化的邓某长算是个文化人了。他在贵州、深圳打过工，见过些世面，长了不少见识。科学技术是第一生产力。没错！电脑的应用已渗透到现代生活的方方面面，掌握电脑越来越重要也越来越必要。邓某长庆幸自己看得比较远，在深圳打工时就已报名参加过一期电脑培训班的学习。2000 年 5 月，他作为技术人才被这个老乡制假犯罪团伙吸收进来，并发挥了主要作用。

协查通报发至湖南。11 月 26 日，已经逃回湖南的邓某长也被民警抓捕归案。

至此，专案组恰到好处地采用了蛇打七寸、捣毁造假窝点、堵住造假源头的策略，成功摧毁了这一涉案人员多、地域广、组织严密、层次复杂的特大制贩假证件犯罪团伙。

制贩销售一条龙：造假证件犯罪团伙的内幕

采访中，参与办案的郊区公安分局民警向记者道出这类制贩假证件犯罪团伙的一些内幕：

犯罪团伙之所以能够从星星之火燎原壮大，走的是老乡路线，靠的是老乡拉老乡入门。往往是一家大小齐上阵，或夫妻搭档或兄妹联手或连襟合伙。特殊的亲戚关系使这个犯罪组合非常的牢固。外地人到南宁谋生，最常做的是塑料小百货的沿街买卖，钱挣得不多得来更是不易。老乡们凑在一块儿彼此互通信息，他们很快知道帮人“办证”来钱快，便纷纷从最简单的第三线贩子——“广告员”干起：花几十元钱购置一台二手 BP 机，交上一年半年的台费，就可以出去接生意了。

既是广告员就要到处打广告。他们必须将印有“东亚制证集团”、“环球制证有限公司”能“代办证件”的名片派送出去。名片上当然不留下自己的真名字，清一色全都是假名，什么李红、朱英、柳城、黄平，但名片上的 BP 机号码却是真的，保证你一呼他就能收到信息。像南宁火车站、汽车客运站、朝阳花园等人多人杂的地方最好派送了。而路边的公用电话亭、墙上树皮上不高不矮处，都是适合他们张贴狗皮膏药的好位置。或是带一支笔走到哪画到哪，或是将事先准备好的写有 BP 机号码的小纸条随意乱贴。于是乎，这黑色的传呼号码便铺天盖地满天飞了。

你千万别小看广告员的工作。接下来，他作为小贩子跟找上门来的客户谈价钱，一番讨价还价，生意总能达成。广告员拿到了客户的个人资料及预付的定金。这边，他挥手辞别客户，另一头，他马不停蹄地联系到了他的上线。活跃在南宁市的这类广告员根本难以统计。记者询问负责吴某平案件的民警，说是光这一条线的广告员就不下四五十人。

比广告员要消息灵通的是跑腿的，他们负责接送活儿。当广告员联系到业务后，把需要办证人的简历材料送到跑腿那儿后，就由跑腿的负责送给不亲自出面的制假证老板手里。通常老板制作一本证件只收取手工费 35 元至 60 元不等。广告员只须上交 50 元就可从跑腿的手中拿到证件，一转手，他可以卖到 100 元甚至二三百元。有时候，一本证件的售出曲曲折折要经过 4 人至 5 人之手，价格当然也随之层层地加码。

表面看起来好像广告员最容易赚钱，其实能做自己的老板谁都宁愿冒更大的险。“老板”要跟下属打交道，主要通过贴身人员与三级贩子单线联系。为了逃避打击，彼此间都用外号来称呼。狡兔有三窟，做到这份上，“老板”的行踪也诡秘起来：住的地方和制作间是分开的，不会在同一个地方，稍有风吹草动，就要换一个点。所以有很多广告员为老板工作了许久也不知道自己的老板是何方“神圣”。

然而，说到底这制假证的老板还只算得上是三级制售人员。他之所以能承做一些必须借助电脑等高新技术手段能够完成的假证件，还需要他的老板向他批发一般证件的制证用材。像吴某平，他曾交代，他的原材料主要来自广东印刷证书的某厂。

如此看来，广东方面还有线索可循。其中隐藏有更大的集团也说不定。

然而，在民警对案件的审讯过程中，这些制假证的犯罪嫌疑人一要交代就只“坦白”地说是帮哪个哪个老板在拉生意，交代问题也是一点点一点点地来，往往避重就轻。对于已有确凿证据的，即便摆到面前，还是不认。至于非法牟取的暴利，更是避口不谈。他们大都一得钱就汇回老家，赃款既已及时转移，身上没钱你又能奈何得了他？至于经他们之手有多少假证件流通出来这一问，因为涉及到退赃的问题，狡猾的犯罪嫌疑人更是支支吾吾，说来说去不过几十本。倒是邓某长稍稍老实地作答：一天有 5 本吧。如此算来，流通出去的假证件再保守也有七八百本呢。

民警取证艰难。找不到那些买证件的人，这是一难；犯罪分子打印证件后并不存盘，随即删除，民警无法确定流通出去的假证件数目，这是二难；抓获吴某平后，民警从其行李包内一处极隐蔽夹层搜获一张 10 天前汇往湖南老家的 1 万元钱的汇票，断定是非法所得，但更前些时间的则没法再查，这是三难……

12 月 8 日，吴某平、邓某长等参与制贩假证件的犯罪嫌疑人因涉嫌伪造、买卖国家机关证件、印章罪已被南宁市公安局郊区检察院逮捕。

打假：难道都是因为“克莱登”不劳而获的神话?

身份证、驾驶证，大中专毕业证、学士硕士证书，军官证、计生证以及各种技术等级证书……打假的民警缴获了大量的假证件。可以说是包罗万象，应有尽有。

那么，什么人最需要证件？又是哪些证件的销路最被看好的呢？

制贩假证者如是说：文凭最好卖。

文凭虽然只是个凭证，但有文凭才可以提工资，有文凭才允许开诊所，有文凭才能够获取用人单位的面试资格，可见文凭真是个有用的东西，没有它还真是寸步难行。没有真的文凭，权且用假的充充数，说不定就过关了，原先的种种不可能都变成可能了。

不用学习，可以拿到文凭；不需考试，可以获得执照；不是军人，能够冒充军官……这就是《围城》里“克莱登大学”制造的神话，今天，有太多的人向往这个不劳而获的神话。不然，贩卖假证件也没有那么大的市场。不然，也不会有60万人用金钱去买假文凭揣在身边壮胆。

打假，一直是社会关注的热门话题，60万假文凭更是让打击制、贩假证件成了众人关注的焦点。然而，截流固然重要，堵源更是根本。你想吧，制一本假证件只需几块钱的成本，卖出去却可获上百元的利润。制假者不外乎为物质利益所驱动，才铤而走险赚取“黑钱”。所以首先要增大的是打击“造假”的力度。

全国“打假”专项斗争已于去年11月轰轰烈烈地展开。但愿这股势头起到一种震慑制贩假证犯罪的作用。

据悉，同一时间，南宁市刑侦、防暴支队按照市公安局的统一部署，组织大量警力，通过对路面上张贴的“代办证件”BP机号码进行查证，循线追击，又查获一个制假窝点，抓获制假贩假人员15名，缴获伪造的假学历、假证件以及制假工具一批。经查，这些涉案人员与吴某平制贩假证团伙有着密切关系，其中有不少人长期充当该团伙的“下线”。

凡是伪造、变造、买卖或者盗窃、抢夺、毁灭国家机关的公文、证件、印章；伪造公司、企业、事业单位、人民团体的印章；伪造、变造居民身份证的，依照《刑法》第280条，都可以定罪量刑。《刑法》为我们提供了法律依据。但办案民警在实际操作中却遇到了难题。

难题之一自然是感到定罪的轻微。因为按照《刑法》“第280条”的规定，可处三年以下有期徒刑、拘役、管制或者剥夺政治权利；情节严重的，只处三年以上十年以下有期徒刑。

难题之二是对贩卖某些假证的人没法定罪。因为按照《刑法》规定的，假文凭并不属于国家机关的公文、证件，对贩卖假文凭的小贩子，当然不能依照“第280条”定罪。只能按照《治安管理处罚条例》，给予他们罚款、拘留的处分。那处罚就轻多了，一般的罚款也就是200元。让人担忧的是：高额的利润与轻微的处罚对比强烈，这些人一旦重获自由完全可能换个地方重操旧业。

这种担忧不无道理。去年七八月份，南宁市公安局刑侦支队抓过一批制贩假证人员，但无法处理又都放了。据吴某平交代：他在湖南老家时就听老乡有鼻子有眼地说这份“代办证件”的工作来钱最快，特别是南宁，最好做这个生意。所以他去年4月与伙伴6人结伴来到南宁开辟市场。到如今，这些人有的被抓过又放了，有的回老家了，也不懂他们有没有重操旧业。试想，他们若真要卷土重来，岂不是轻车熟路？

而对那些出钱买证件的人，办案民警说目前仍以教育为主。还是吴某平一案，民警传讯两位请吴某平代办机动车驾驶证的司机。这两位仁兄声称在市内开车，本身也有证，但弄丢了。心想反正在车管所也有底，如果他们代办能办得快一点，制作得逼真一点能蒙混过关，假便假吧。他们浑然不觉：正是由于有他们这样的人，存在他们这样的想法，制假证的人才有那么大的市场。

我国法律明确规定，“拐卖妇女儿童和购买被拐妇女儿童都是违法的”，对收买被拐卖妇女、儿童者，我国《刑法》第241条明确规定“处3年以下有期徒刑、拘役或者管制”。因为，只有使拐卖妇女儿童者无法实现其利润预期，才能有效预防和减少此类犯罪的发生。这些买假证的“买主”当然不能等同于“购买”妇女儿童的那些“买主”，但是否也应该有相应的法律法规限制他们的行为，以此来反击制贩假证的犯罪分子呢？

由于现代电脑技术的发达，加上绝大多数证件都没有防伪标志，犯罪分子制作的假证几乎能够乱真。警方忠告：用人单位在拿到证书的复印件时，最好要求看看证书的原件，不妨也多个心眼，发个函给发证的主管部门核实，以免造成不必要的损失。

制贩假证犯罪仍未终结，警方的打击工作也仍在进行中。

终结制贩假证犯罪是我们共同的美好愿望。

发表于《南疆警事》2001年第1期

◎警察人生◎

出于平凡

——记南宁市公安局北湖派出所民警李景奋

冒出来的典型

1993年年初，南宁市委领导一行人到城北区检查工作，顺便走走北湖小区，并问起小区居委会的情况。一个30岁左右的民警任凭众人发问，皆对答如流，如数家珍，显然已将一切熟稔于心了。市委领导的眼睛里写满笑容，他们纷纷问起一旁的南宁市公安局局长文起洁："南宁市有几个像小李这样的民警？"

文局长略作思索，然后轻轻摇头，果然是没几个。小李就这样被众人肯定的目光推了出来。这小李就是南宁市公安局北湖派出所的管段民警李景奋。人眼是窗，人心是秤，人口是碑。工作10年，除去全国优秀人民警察、自治区劳动模范、个人二等功三等功、市局户政系统岗位练兵标兵等殊荣不算，李景奋更是赢得了群众的一片拥戴。

人眼是窗："婆婆妈妈"的年轻人

户籍警的工作对于考干进入公安队伍之初的小李来说还算是很陌生，那一年他只有22岁，绝对没有现在这样"婆婆妈妈"。

刚进派出所不久，小李就碰上一起自行车被盗案件。一群众在居委会里聊着家常，回过头就发现不见了自行车。在1986年，失窃自行车可不是小事。当下小李不敢马虎，风风火火地赶到了居委会，满以为冲着自己管段民警这块招牌，没有什么问不出来的情况。可就是怪，居委会里的人不知是真的没留意还是另有隐情，反正个个嘴巴都像打了封条。到底是怎么回事呢？小李一“检讨”便恍然大悟了：那是因为人家不信任你呵。初来乍到的你跟大家关系不熟，谁会向你掏心里话？看来，要想管好这方“土”，首先，得修好一条能联系群众的桥。

想好的事立马就做，年轻人的冲劲上来了。北湖小区居住虽然相对集中，但人口成分复杂，既有干部、工人，也有个体商贩；既有非农业人口，又有农业人口；既有常住人口，也有暂住人口。为尽快熟悉辖区内的群众，小李把每一户人家的姓名、身份、出生年月、户口所在地等都详细登记在册，建立各种人口档案，时常翻看、背诵，做到心中有数。这是“手勤”。串百家门，方知百家事。第一回还生第二回就熟了。小李“腿勤”，轻易就染上了爱上门做客的“毛病”。而且每有一户新搬来的人家，他都是最先来问候的热心人。难得的是，这个20出头的年轻人热情高潮，脾气又好，见了面，总是眼尖的他首先“抢”到了“发言权”，“口勤”着呢！人家搬煤，填水沟，提重物，他乐呵呵地也上前凑热闹；人家脚受伤了，1.75米的他利索地扛起来就可以马上走。群众的冷暖他但凡看在眼里就忍不住伸出手去，就忍不住凑到跟前。

心能换心，小李与周围群众很快就水乳交融了。大家一有麻烦，第一个念头是：找小李吧！邻里纠纷自不必说了，连夫妻吵了架也赶紧去搬小李来充当调解人，甚至于小李到市场买菜，也有人请他做一下参谋：“小李，今天吃什么好？”

人心是秤：真实的断片

住5栋507房的居民罗美华的丈夫因突发性疾病住了院，家里像猛然被抽掉了主心骨，一下子全乱了套。住得又高，一个女同志，买米换煤气都成问题。所以，罗美华对于小李的主动上门问寒问暖，又是买米又是换煤气，还到医院去看望她那开刀的丈夫，自是万分地感激。可最令她感动的是，有一天小李竟拎了几只蟾蜍来，问他干啥，他说听说这玩意儿能治病，算个偏方吧，所以前个晚上才到郊外的菜地里捉来的。

小李对群众真心实意，大家有目共睹：他照顾丈夫去世、儿女不在身边、患有严重的风湿病不便行走的周叶芳大娘更是无微不至——做饭、扫地、买煤、买菜、买米，样样干，遇到刮风下雨，老人病情发作时，还亲自找车送老人去医院。如果大家觉得这是小李对其搞特殊，那么我要打断你的思路，请相信小李那种绝对一视同仁的特殊。1995年年初，刚被解除劳教回来的李某民就碰上了这么件麻烦事：自己前脚才进家门，管段的李民警后脚也到了。说什么要入户口，还要交什么相片。自己嘴里答应马上去派出所，结果仍是拖了几天才到派出所去。李民警问要解教证时，自己当场傻了眼，那证件分明被老母亲看到后嫌不吉利给烧了。没解教证怎么入户口？为这事，李某民急得吃不下饭，睡不稳觉，只好将情况如实向李民警反映。人家二话没说，像自己的事情一样操心，亲自到有关部门了解调查，几天下来，户口就办好了。

住2栋507房的卢家有点儿信神灵。房内设了个祭祖用的神台。住对面的1栋507房的李家便认定自家的晦气与之有关。耿耿于怀之后，挂起一面镜子。卢家人当然也不服气，又系上个葫芦。马蜂窝可经不起这一捅再捅的，两家人都失去了必要的冷静。于是乎悬八卦、吊剪刀、蒙红布……“十八般武艺”全使上。明火已烧着，且大有燎原之势。阳台与窗台之间很快变成了双方对吵的广场。高分贝没有谁受得了，可苦了住这两栋楼的邻居。可这种情形却没有持续多久，一切就风平浪静了。居民的心中自有一杆秤在：这两栋楼属小李管辖。有好事者欲知详情，追问小李。小李憨厚地笑笑："不多，各上门四五次吧。"

人口是碑：管的这些都非闲事

户籍警的工作不比搞刑侦破大案那么曲折生动且耐人寻味。户籍警，只需管管户口就行了嘛，管那么多闲事，费那么多热情，既不得好处，又惹麻烦上身，傻气。小李从不计较好心人的这些议论。他早"陶醉"在被群众誉为"活户口"的赞扬之中了！

不知道住在9栋的陆家孩子今天还恨不恨小李叔叔。想当年，他偷偷取了同班某同学的房门钥匙去配新钥匙，趁着同学家中无人，他打开房门后堂而皇之拿走了金戒指等物。该同学隐约觉出头天坐在其自行车后座的陆同学有嫌疑，也恍惚记得陆家住在北湖小区里。到北湖派出所才说了陆同学的名字，还没形容陆同学的尊容，这位陆同学的详细家庭住址就被小李叔叔脱口而出。进门一查，当场让未来得及转移赃物的陆家孩子羞得要找条地缝钻进去。

6栋有个男孩子因为偷东西，被小李盯上了。小李每发现其偷一次便上门报告其家长。次数多了，做母亲的不高兴了：独生儿子心肝宝贝，怎么管我还不清楚？这个人怎么这么啰唆？"找我儿子吗？不在不在，串亲戚去了。"忽一日，这位母亲突然哭哭啼啼闯进派出所找到小李："我儿子吸毒了，怎么办？怎么办？""戒毒去呗！"小李像是不记得对方以前曾给过的不友好的脸色，故意把话儿说得轻描淡写。"那我就把儿子交给你了，李同志，儿子交给你去戒毒我放心。"从此，溺爱孩子的母亲再也不敢纵容这匹小野马了。孩子戒毒出来后，她时常主动请小李上门帮做规劝孩子的工作。几年了，这位年轻的李民警以诚心和耐心最终折服了母子两人。

群众路线是搞好管段工作的关键。有着一颗热心肠的小李，连居委会里那些老太太们都感到无可挑剔。而得到群众的支持，小李的工作也是越干越顺手。1993 年 9 月的一天，住在 5 栋的某居民发现邻居陈某开一辆摩托车回家，临进门，却莫名其妙地一扬手，把摩托车的后视镜打破，还手忙脚乱地把车牌拗上去，拆下来。因其形迹可疑，该居民心里憋不住，就上派出所向小李反映情况。果然没错。陈某在小李那里是挂了号的“重点人物”，从小就有瘾于偷铜偷铁偷锅头。陈某一来无正式职业，二来经常有些不三不四的朋友在楼下伸长脖子大喊其名，然后一群人又张牙舞爪一同离开。关于陈某一伙，小李缺的只是证据而已。马上去伏击，陈某被抓获，摩托车也被收缴。经审讯，又揪出其同案犯 4 人，从而破获了偷摩托车、入室盗窃案 5 起。

1993 年的一件往事

这个故事——1993 年 3 月那个散步的晚上发生的事，对李家“三口”来说都是刻骨铭心的。那时还要在妈妈王勤的肚子里呆上 10 多天的女儿李遥遥如今也已经 3 岁 9 个月了。

天渐渐暗下来，路灯没有开。

散步的夫妻俩穿过衡阳路二巷口时，突然听到后面一个妇女的尖叫声：“有人抢东西了！有人抢东西了！”

李景奋一扭头，一个男青年低着头拎着包正匆匆从他身边跑过。略一迟疑，他的身形已然跟上，夺过那人手中的包，将他按倒在地。正欲脱其衣将其捆绑，不料，旁边有个骑自行车的人飞快地冲了过来。来人突然将车子停下，抽出刀来朝着李景奋的胸口就捅。李景奋反应够快，可仍被刺中。

大腹便便的妻子气喘吁吁赶过来，李景奋实在不明白，娇小的一个人在家住都害怕的妻子竟还有那么勇敢的时候。她也凑什么热闹，这可不是闹着玩的呵。李景奋想叫她离开，却看见她的右手已一把抓住正要从地上爬起的那名歹徒。歹徒反手一拳打在她的左肩上。她摇摇欲坠。他赶忙扶住妻子。两名歹徒趁这空隙跳上了自行车冲出老远。李景奋追出了无济于事的几十米后，沮丧地回到妻子面前。

妻子碰到丈夫胸前的血，吓了一跳。知道自己走不快，她推开受伤的丈夫，催他快去医院，自己则冲向了衡阳派出所。

幸运的是，差几毫米，那一刀未刺中李景奋的心脏。

幸运的是，那个怀孕的母亲与她肚子里的孩子也没有出意外。

1996年12月26日晚，我把电话打到李景奋家中。

是广西税务学校老师王勤接的电话，我们絮絮叨叨地聊着一个人的事。她告诉我，这个人实在是平常得很，但她同样肯定地说，这个人的最大优点是认真，责任心极强。

“他现在在干什么呢？”我忍不住问。

“现在啊，小孩又在房间里缠住他了。”

“真好！”我决定收线。不忍心再干扰电话那头一片温馨的天伦之乐。

接着，我们互道了晚安。

发表于《公安时报》1997年1月10日

获1997年广西报纸副刊好作品一等奖、广西新闻奖二等奖

英雄遗爱

——写给劳军

小闹钟静静地躺在那儿，传呼机此时也静下来了。似乎它们的心情都很沉重，因为它们的主人已永远离开了它们。

1996 年 9 月 14 日夜，在执行任务后归家途中，为了抓捕一名抢劫女青年挎包的歹徒，南宁市公安局永新分局刑侦大队缉毒组民警劳军，赤手空拳与歹徒展开搏斗，不幸被歹徒的尖刀刺中了心脏，献出了他年轻的生命……

“军儿超过我了”，老民警父亲眼中的新民警儿子

《人民警察法》规定：人民警察在非工作时间，遇有其职责范围内的紧急情况，应当履行职责。劳军知道。

劳启楠也知道。作为英雄的父亲在接受记者采访时，他反复强调：劳军仅仅是在履行人民警察的职责。任何一名人民警察，保护人民群众的合法权益不受不法分子的侵犯是理所当然的事。然而，劳父也忍不住地悲伤：这孩子走得太匆忙！他才刚过了 27 岁的生日呀！

劳军是他骄傲的小儿子。由于家庭经济困难，12 岁的劳军利用暑假到砖厂拾砖块，才赚几个钱，却没忘了给父亲买支钢笔。自小，儿子就崇拜父亲，因为父亲是警察。儿子对这个阳光下神圣的

职业也无限向往。儿子长大了，职高毕业后进了茅桥玻璃厂当工人。他是什么时候突然关心起国家大事了来？继而又崇拜起邓小平了呢？有一天，父子俩谈着谈着就谈到国际形势，谈到了中国共产党，儿子问父亲：“你当时那么小怎么有胆量出来闹革命？”父亲说：“出来是因为还有一条生路，在家则是死路一条。”儿子便说自己也想入党：“想想自己还是比较传统的。”父亲哪有不支持的道理？儿子开始接受考验，并努力学习，他以工代干考入广西人民警察学校。父亲真想不到，调皮的小儿子竟在当前下海经商捞钱的大潮中，选择了一份与自己一样的职业。警服在身，意味着奉献，意味着牺牲。没有星期天，没有节假日，没有正常的作息时间，劳动法在这个行业难以实施。儿子半开玩笑地说：“老爸，我一定要超过你。你超过了爷爷（注：劳军的爷爷是革命烈士，1949 年春天惨遭国民党杀害），我不超过你我就是落后了。”

1995 年 4 月，26 岁的劳军分到南宁市公安局永新分局。父亲又一次听到儿子说：“现在我没有发言权，还是个新兵！周围的同志都是我的先生。我至少要积累 10 年的工作经验。36 岁的时候，我的事业应该顺手了。”这就是自己的儿子吗？南宁市公安局戒毒所所长劳启楠望着小儿子，一字一顿地提醒他：“‘人’字容易写，做人却难。做一个好民警要过好两关：一是金钱关，一是色情关。这两关都很重要，好多人在这里摔了跤。”儿子的神情变得严肃：“放心，老爸，我会好好处理的。”

父亲记得，当上民警的儿子悄悄对自己说过：“老爸，我这第一线的工作很危险，很危险，你别讲给老妈听，对我女朋友也别说，她们会担心的。”父亲听了心头一颤，这话不吉利啊。

儿子与女友小农已相恋 7 年，感情很好，却没有登记结婚的意向。父亲想不通。儿子便请他吃定心丸：“我刚调进新单位，底子薄，事业又没有基础。现在争取入党和拿大专文凭是头等大事，马虎不得。这段时间我要静心努力。结了婚，多少会有拖累，而且新婚不能陪小农，我心里也过意不去。老爸放心，局里搞集资建房，我和小农正在想办法筹款，小农哪里会跑掉？”

当初在茅桥玻璃厂时，劳军已接受过一年多的入党考验。到了新的工作单位，一切考验当然重新开始。儿子说到做到，好像变了个人。因为队里没人吸烟，六七年烟龄的他竟把烟也戒掉了。今年7月，父亲见儿子满脸喜色，一问，原来儿子入党了。

劳军卧室的床头，有只可爱的小闹钟，那是父亲送给儿子的礼物。没办法，儿子晚上加班，常熬到深夜才回家休息，可第二天的伏击守候又要早早起床。没有闹钟这孩子还起不来呢！小闹钟上的弦什么时候都和劳军身上那根弦一样，绷得紧紧的。

儿子在单位的表现，父亲平时很难从儿子口中听到，儿子忙，父亲也忙。就在劳军出事前的十几天前，儿子所在的缉毒组警长覃忠浩上戒毒所来时他特意问起了儿子的情况，还说：“我儿子在你那里，你对他要严一点。”覃警长回答说孩子不错，会有前途，做父亲的自然感到欣慰。可是现在……

在清理儿子遗物的时候，父亲在儿子简陋的衣柜角发现了儿子的一大叠获奖证书：有连续几年的先进工作（生产）者证书；有能源管理积极分子证书；有质量管理技术成果奖证书；竟然还有南宁市公安局颁发的嘉奖证书，发证时间是1996年1月27日，劳军从警才半年工夫！看着看着，父亲的眼圈便红了：军儿，你超过父亲了。

工作是他的生命，工作之外还是工作

劳军热爱这份认准了的工作。

永新分局缉毒组去年5月组建，新任的警长覃忠浩手下也就阎东强、邓羽、劳军、韦干林4个兵。除劳军外，其余的人都是搞刑侦出身。劳军起点低，工作起来较吃力。他急了，在业务学习上如饥似渴。他将这份紧迫感说与相恋多年的女友小农听，取得女友的支持。他减少了约会，减少了与家人团聚的时间。小农听他说过：“我们覃警长审犯人有一套，我一定要学好。”毋庸置疑，这是根搞刑侦工作的好苗子：谦虚、好学、能吃苦；积极、主动、肯钻研。很快，把工作布置给劳军很让覃警长放心。

缉毒工作离不开跟踪、伏击。毒贩子既然在做违法的事，脑袋挂在腰间，他当然会怕，自然非常心虚非常留意周围。距得近会被发现，远了，他随时又可能逃出你的视力范围。劳军很懊恼自己个头不高，1.66米，劣势怎么变成优势呢？他有办法。贴上副假胡子，还真变了一副模样。回到队里，大家一见便乐了：怎么队里来了个小老头？真好，劳军意识到自己潜在的优势：个子小目标不大，更容易隐蔽在人群之中。

劳军也冒充过开摩托车兜客的，开头当然是旁人拍肩搭背说要坐车。他起先因为别人问价不懂还脸红过，一段时间之后，覃警长惊奇地发现：劳军已将市面搭客的行情摸得熟透。有人也坐上了正在守候的劳军的车，也总可以搭出一两百米，却被莫名其妙地叫下来。对不起！劳军只可以免费送你到这一步，他还得马上拐回原来的地方——目标还在！

这样的守候盯梢是家常便饭。人不是机器，人的眼睛则更为敏感。去年8月，劳军与战友为一条线索足足跟毒贩子周旋了一个月。由于用眼过度，他的眼睛发炎了，被警长“赶”去了红十字会医院。女友抽空去看他，却不见他在医院。原来，劳军已悄悄回队里。回队的时候，战友们已抓获了毒贩，缴到了毒品，审讯工作异常忙碌。队里人本来就少，战友邓羽又恰是新婚。劳军一回来便很兴奋，“赖”着不走的理由也很充分。他就这样带着病，与战友奋战了两天两夜，直至结案。

1996年4月的一天，劳军和战友们前往柳州堵截毒贩。当天傍晚6时，他们抵达柳州，开始了在车站4个小时的伏击守候。毒贩子出现后，劳军和战友借了一辆摩托车，便一路追踪。天公不作美，滂沱大雨下了起来，狡猾的毒贩一直在市区内四处兜圈子，直至次日凌晨3时才在城郊一所出租房落脚。这可苦了守候在外围的劳军他们。他们一步也没离开，足足在门外淋了3个小时的雨。6时，行动开始！战友们翻围墙进院子，劳军第一个破门而入……案子成功告破，劳军却因为淋雨感冒了。

因为要跟形形色色的人打交道，劳军也广泛接触社会上的人，与案子有关的请客吃饭是不去的。拿人东西手软，下次你还怎么抓人？审讯犯罪嫌疑人，难免会碰到说情的，诸如“放我一马，给你5000元钱”、“把我妹妹给你！”之类的许诺，没用的，劳军会一概拒绝。

“可能是当警察的职业病吧，”劳军的女友小农说，“他很敏感，路见不平，就上去了。即便在路上骑着摩托车，他也喜欢盯着人家的车牌，注意察看马路两边的情况，感觉出了事就会冲过去。他这人一看到坏人就会义愤填膺，想抓。”就在去年，难得一个休息日，劳军与战友邓羽带上各自的女友去玩。回来的路上，前面有个老头大喊东西被抢，远远看过去，是坐在摩托车上的两个男青年抢了老人的包。两位战友灵犀相通，不约而同地立即卸下车上的女友，飞车追去。坏人被擒获就近送去了派出所。两个女孩子悬着两颗心，读懂了自己男友心头高度的责任感。

去年11月的一天夜晚，天已渐凉。几天不见劳军的小农突然见劳军呼她，急急地叫了她马上买份快餐赶到某处。那是条黑黑的小巷。到了那，小农发现劳军正坐在公用电话机旁，很疲倦的样子。他苦笑着：“给我几块钱，我身上一分钱都没有了，还要付电话费。”劳军的确是饿坏了，蹲在地上三下两下把饭扒下了肚子。小农就陪了他一会，知道他因为执行守候任务，分不开身，已经好几天没有回家了。正说着话，他流动的余光瞥见守候的那个人出来了，便要赶小农回去：“你自己小心呵！我不送了！”说完，他自己先走了。小农在回家的路上，直想掉泪，心里好痛！

爱，写下一条生命的血路

9月14日深夜12时45分，小农躺床上翻来覆去睡不着。今天是周末，劳军来家里吃晚饭，可又被“113”call走了。“113”，覃忠浩警长的代号。“113”找，当然又是队里有任务了。

小农认识覃警长，而且，她作为“家属”，早已被覃警长打过预防针了。去年国庆节，直到前一天，劳军都说没有任务，可以陪自己的。可一放假，便又忙开了。自己到底放心不下，于是中午就赶到了永新分局。果不期然碰到队里的几个嫂夫人也在等家属，几个人便聊起天来。男人们在房内工作，根本不知道。若不是分局陈志高局长下楼时看到这支“守候大军”，她们还不懂要等到什么时候。“饭不吃，怎么干好工作？”陈局长领着大家推开缉毒组的大门，话中含有责备。“一起去吃顿工作餐吧！”人来得这么齐，工作也基本上做完，覃警长便诚心相邀。这次聚会，他热情举杯，以茶代酒向各位家属轮番地敬，说希望能得到家属的更多理解和支持。小农也喝下了那意味深长的“酒”。她理解劳军了。不知道今晚，劳军又会熬到几点？

“嘀、嘀……”这么晚了，call机还响？哟，劳军家的电话。该不是他告诉我明天——星期天陪我去打网球的计划又落空了吧？她按下那串熟悉的电话号码。

劳军的嫂子接了电话，她说什么？劳军走了？什么走了？怎么走了？小农哪里肯信？

“是真的！”电话那头先哭了。这头小农亦拿着话筒，泪如雨下，家人全被她吵醒了。这，不是真的！

劳军平时从不讲工作怎么危险，小农想自己怎么就轻易信他了？分明是自己在骗自己啊！劳军还说什么，他说有枪，还说有那么多的战友。劳军！劳军！！你答应过我的，明年你一拿到区党校行政管理大专文凭，我们就认认真真地办喜事。7年了，你一直像大哥哥一样，到哪里都护着我……

在这个世界，最后一个得到劳军关爱的人是一位姓覃的女孩。9月14日夜11时左右，在回家的路上她遭到歹徒抢劫，从自行车上摔了下来，裙子也被撕破了，吓得她连救命声都不敢喊！猛然间，她见到一个人开着摩托车冲了过来。过后她知道，这个人名叫劳军。

当夜11点多，劳军和战友韦干林执行完任务，两人才刚分了手。经过民主路小学旁边一条阴暗窄巷时，劳军看到一个女青年被抢了包，歹徒冲进黑巷。劳军凭感觉知道出了事。他没带枪，也没时间考虑歹徒是否有凶器，甚至没时间让他考虑黑暗处是否还隐藏有歹徒的同伙。他不顾一切，飞车冲进小巷（就像那一次，他坐在一位战友的摩托车后座上追逐一名也开摩托车的毒贩。两车车速都非常快，当两车并排时，他突然从后座上猛扑向毒贩那辆摩托车，将毒贩子和车一起撞倒在地。他就有这种拼命的精神）。比劳军高半个头的歹徒与他扭成一团。冷不防，歹徒抽出一把不锈钢折刀直刺劳军。劳军赤手空拳！歹徒用尖刀刺了劳军3刀，其中一刀刺破了劳军的心脏。歹徒夺路而逃，劳军捂着受伤的心口，艰难地追去，在小巷里追出一条30米长的血路……

11时45分，医院抢救无效，劳军的心脏停止了跳动。

可以告慰烈士英魂的是，案发后第3天，即17日晚，歹徒颜某生就被抓获归案。

劳军走了，这个年轻的生命，匆匆走过了27年的岁月，离我们而去了。

然而，他把他的爱，留给了他的事业，留给了爱他和他爱的人……

发表于《公安时报》1996年10月4日
获1996年全国报纸副刊好作品三等奖、
1996年广西新闻奖二等奖、1996年广西报纸副刊好作品二等奖

出境办案，另有一番滋味……

在一般人看来，出境办案与跨国办案一样，都具有非同一般的传奇色彩。于是，国际刑警的身份无形之中也就罩上了一层神秘的面纱。

1923 年，出于协调国际间罪犯引渡和建立国际刑事犯罪档案等问题的需要，第二届国际刑警大会在维也纳成立了国际刑事警察委员会（ICPC）并开展工作，直到第二次世界大战爆发；1946 年，国际刑警委员会恢复，确定了以 Interpol 作为国际刑警的电挂代号；1956 年，为适应世界范围警察合作的需要，更名为国际刑事警察组织，简称 ICPO-Interpol；1984 年 9 月，中国被接纳为成员国；至今，该组织的成员国达到 178 个。

国际刑警组织是在各国现行法律的限度下，本着《世界人权宣言》的精神，保证和促进各国刑事警察当局之间最广泛的相互支援与合作。为打击刑事犯罪，通过国家中心局可以与任何有关国家的政府合作。

显而易见，国际刑警不是超越国家权力的警探队伍，当然也不可以任意周游于各国之间办案。

出国办案的机会既不太多，也不是什么人想去就能去的。陈一平，现任广西公安厅经济犯罪侦查总队副总队长，曾经去香港和南美洲小国苏里南的办案经历，令他 21 年的刑侦生涯更显得丰富而多姿。

案件背景：

1994 年 11 月至 1995 年 1 月，不法港商雷某柏伙同香港的余琼春、加拿大籍的关某英用艾文逊投资有限公司的名义，以同广西钦州港开发公司合资兴建 3.5 吨级集装箱码头进行国际融资为名，通过欺诈手段骗取中国农业银行广西钦州分行《冻结债券确认书》和《国际存款证明书》等 3 份涉外信用文件（每份涉及金额 4.17 亿美元，折合人民币 35 亿元）。这 3 份文件之间互不制约，可以单独使用。最要命的是，一旦文件被用于抵押、贷款或其他经济活动，签发方将承担全部经济责任。雷某柏在钦州行骗后，于 1995 年 1 月 24 日又在广西梧州实施同一性质的诈骗活动，被梧州建行发觉有诈，案情败露。公安机关对雷某柏采取了监视居住措施……

案情巨大，牵涉面又广。说到香港，距离咱广西倒不算很远，但那时香港并未回归祖国，出境办案相对于在国内办案的手续要烦琐得多。公安厅通过公安部刑侦局给国际刑警组织中国中心局打报告，跟国际刑警香港支局取得联系，要求协助调查该诈骗案，征得了香港方面的同意。

于是，1995 年 7 月 13 日这天，时任区公安厅刑侦处四科副科长陈一平就有了第一次出境办案的经历——赴香港。目的：调查取证艾文逊投资有限公司是否存在，雷某柏骗取的 3 份涉外信用文件是否流到香港并落于谁的手中？

同行的还有公安部刑侦局的赵兵、公安厅刑侦处副处长谢百乐、钦州地区公安局刑侦科副科长黄勇。按照惯例，深圳市国际刑警科的同志把他们送到了罗湖桥口岸中心线，香港方面也派出国际刑警科主管冯建民等人到边界来迎接。

从冯建民接他们过香港的那一刻起，陈一平就从对方的笑容里感受到了久违的热情和彼此的信任。虽然双方从没打过交道，毕竟都是炎黄子孙，同源同宗。语言是相通的，交流不成问题。最让陈一平等人感到踏实的是，香港同行理解他们急于办案的心情。果然，安排好工作组的住宿之后，国际刑警科便从中穿针引线，让工作组与商业罪案调查科挂上钩，着手开展调查取证工作。

其间，皇家香港警察警务处处长许淇安、负责行动的副警务处长黄燦光、警务处长参事官郭智思等高级警官也相继接见了他们，并表示工作上会全力以赴予以配合。因为香港回归已经进入倒计时，一家人当然不说两家话，香港同行很真诚也很客气："我们也准备归队了。"不过，香港警察对大陆警察似乎也缺乏了解，这从他们闲聊时好奇地东问西问的问题中可以看出来。

调查取证有条不紊进行着。陈一平他们一方面向证人询问，要笔录，一方面也积极做好雷某柏妻子的思想工作，争取到了她的配合。由于赴港签证时间只有短短的一周，所以，在查实艾文逊投资有限公司1994年6月中旬以9000港币在英属维尔京岛注册，一直没有注资和3份信用文件已落到加拿大籍人关某英手里等情况后，工作组撤离香港。

在港期间，陈一平考察发现，香港同行的办公条件虽不怎么样，但人人都是一副忙忙碌碌的样子有序地工作着。每个人的办公桌上都配有电脑，随时可以操作，调出文件，查阅资料，非常方便——果真是现代化的工作方式才能有现代化的工作效率呢。可当时他却只有羡慕和感慨的份儿。当然，现在利用电脑办案在广西也是很平常的事了。

合作的时间虽短，香港同行却给赴港工作组留下了极为深刻的印象。"他们很敬业，办案效率很高。而且依法办事，工作严谨，同时又很注意尊重人权，实在让人敬佩。有一次讯问时，嫌疑人说肚子饿了，有位警官立马就下去帮他买来食品。"已经是五六年前的事了，陈一平还念念不忘，"他们能既讲原则性，又讲文明办案，处理问题一点都不矛盾。甚至于律师的介入，也是那么自然而然的事。"

此后一年多的时间里，在香港国际刑警、加拿大国际刑警、丹麦国际刑警等部门的协助和支持下，该诈骗案的侦破工作陆陆续续有了进展。其时，中国农业银行也采取了补救措施，向全世界的有关银行发出了2000多份关于信用文件的无效证明书，但由于3份信用文件经雷某柏之手由香港已转到英国等地，那么就随时有可能像“定时炸弹”一样要爆炸。

正因为如此，追回信用文件刻不容缓。通过做工作和迫于压力，雷妻梁某珠通过香港国际刑警来电，称已从别国追回钦州农行被骗的3份信用文件，并要求当着香港警方的面悉数交还中方警察。

1996年9月19日，陈一平第二次去香港了。

任务明确：追回被骗的3份信用文件。

经过大陆警方的努力和香港警方的配合，此行一切顺利。正式交接仪式相当郑重其事。那一天上午，香港皇家警察总部商业罪案调查科里，雷妻梁某珠在其律师、香港警方在场的情况下，把3份信用文件交回给大陆警方。赴港工作组也例行公事，向梁某珠取了一份完整的笔录。陈一平按捺不住激动的心情，当天就把好消息向区公安厅的有关领导作了汇报。

被追回的3份信用文件后经公安部刑事科学技术鉴定，证明是原件无疑。大伙儿的喜悦更不必说了。

由于措施得力，行动迅速，公安机关有效地防止了信用文件被非法利用而造成国家巨大损失的可能。陈一平的香港之行终告圆圆满满。

案件背景：

1998年9月29日，北海市公安局接手一起走私案。当时，该案的犯罪嫌疑人李某已畏罪潜逃到南美洲的小国苏里南。广西公安厅坚决贯彻中央打私精神，通过国际刑警中国中心局向苏里南中心局发出协查请求，但一直没有反馈。1999年3月28日，我国驻苏里南使馆给公安部及外交部来电，称已有李的确切下落。经公安部研究，请使馆与苏警方协商，将李抓获，并交由我警方押解回国。4月2日，驻苏使馆回电，称李已被苏情报部门抓获，请公安部速派人押解。4月9日，公安部又接使馆电报，称李曾于4月3日被释放，4月8日已再次将其抓获。公安部即通知苏使馆转告苏警方，押解小组即日抵苏，务请继续关押……

在研究押解方案的同时，广西公安厅迅速将情况报告了区政府主席李兆焯，并办理有关出国和押解所需的手续，并派出广西公安厅刑侦总队副总队长陈一平与公安部经侦局赵维佳副处长、部外事局韩林及北海市公安局刑侦支队副支队长朱永辉、经侦大队大队长张卓征组成押解小组，赴苏里南押解重大走私犯罪嫌疑人。

4月13日，押解小组向苏里南挺进。飞机从北京起飞，经荷兰首都阿姆斯特丹到达苏里南首都PARAMARIBO（帕拉马里博）。

“以国际刑警身份出国办案的感觉如何？”记者问陈一平。

“走出国门，我马上意识到这一点：自己的身份已不仅仅是代表广西的警察，而是代表着中国警察在国外执行任务。”陈一平没有掩饰自己的自豪感。由于申报出国的手续是经公安部和外交部特批的，所以此行更增加了他们的使命感和责任感。

跟境外打交道对于陈一平来说已不是第一次了，但以中国国际刑警的身份到国外去办案是一件很光荣的事啊，“要笔录吧，一开口首先就要表明身份‘我是中华人民共和国警察’，讲到苏里南国，通通称‘贵国’以示尊敬。”

陈一平说，外交辞令是不能省的，这种时候当然更是随便不得。其实，他们之间的交流实际上都是在有翻译陪同的情况下进行的。苏里南面积不大，原是荷兰的殖民地，1975年独立，荷兰语是官方语言，讲英语也很普遍。华人在当地的地位不差，但汉语仅限于华人之间的交流。出境办案，语言不通的确是件很麻烦的事。

“押解小组是否成功押解犯罪嫌疑人回国了？”

“可惜啊，因情况突变我们没能很好地完成任务，只取得了部分证据，缴获了一些物资。”陈一平惋惜地告诉记者，当时苏里南政局很不稳定，就在他们呆的那段时间里，苏里南货币天天贬值，以每天贬 10 个荷兰盾左右的速度下跌。但去之前，他们并不懂得这些情况。

“这事说起来就让人来气：出发前一天，押解小组专门与驻苏里南使馆电话联系，核实李是否仍在关押，得到肯定的答复。押解小组途经荷兰时，我国驻荷兰使馆又与驻苏里南使馆电话联系，仍得到肯定李还在关押的答复。15 日夜，我们飞抵苏里南。第二天，即在总统府约见下令抓李的苏里南国家安全顾问林斯基，商谈移交事宜。因我们事先了解到苏里南的移民事务由林斯基主管的宪兵负责，而林斯基本人又有诚意与我们合作，就提出：尽快将李移交我方的要求。林答应尽快将李押送至我使馆，押解小组在使馆内执行拘捕，并提供有关的移送手续，由宪兵护送出境。我们再次向林核实李是否仍在关押。参加会晤的情报局局长多尔森当即电话向警察局询问，警察局局长拉拉的秘书称：李仍在关押。按照预定，22 日我们就要返国（苏国一周只有两次国际航班），为避免夜长梦多，使馆及押解小组每天多次与林联系，要求尽快移交。直到 20 日我们宴请林时，他仍保证不会有任何问题。但就在 21 日晚 10 时，林电话来了：李某已被警察局释放，其情报部门正在组织追捕，并向我方表示歉意，请求我方延期回国。”

原来，苏里南实行三权分立，警察局向总检察长负责，林斯基领导的情报部门向总统负责，警察局与林并没有隶属关系。4 月 2 日及 8 日，林斯基两次要求警察局抓捕李。在抓获李后，拉拉均即向总检察长请示，总检察长均以李持有合法证件进入苏里南且在苏里南没有犯罪记录为由，要求立即释放。因此，李某两次被抓，均在第二天（3 日及 9 日）被释放，且没有向林斯基通报。也就是说，在押解小组抵苏时，李某已被释放一星期。

看来，出国办案有太多不可预料的情况存在。“那么在您原先的印象中，两国警方该以怎样的方式进行合作才是最佳状态？”记者问。

“我们当然希望国际间刑警的合作都能严格按照国际条约和章程来办理，但实际操作中差距却很大，总是不能够尽如人意。毕竟，各国、各地区的体制并不一样，政治背景和历史的影响相当复杂，各国警察的权力也不尽相同。一般说来，那些法治程度较高的国家能比较严格地依法办事。”陈一平深有感触地说，“出国办案的时候，我们有必要针对不同国家的国情采取不同的应对措施。”

“对这种不可预知的结果，你们当时是否感到压力很大？情况变化后，苏方后来有否补救措施，是否让您对苏里南警方的工作重新再认识？”

“是有压力，但大使馆压力更大。因使馆同志再三肯定见李关在警察局却没料到情况突变，而我自治区是少数民族地区，办案经费紧张，来一趟不容易。我们在苏里南期间，我国驻苏里南大使馆的刘参赞一直陪着我们忙前忙后，内心是一样的焦急。公安部对我们寄以厚望，白景富副部长也曾亲自过问此案。但人是在我们出国之前就放了的，我们能怎么办？在当时的情况下，我们多次与林斯基会晤，敦促其下达命令，连夜封锁机场及各口岸，严防李某潜逃出境，并约见苏里南总检察长罗申布拉特女士，介绍了案情和我国的有关法律，表明我们的态度，得到了她的理解和支持。苏方随即采取行动，向巴西、委内瑞拉、圭亚那和法属圭亚那等邻国警方、情报部门发出照片传真，派出总统安全顾问的助手率员到邻国请求协助追捕，同时，还对重要轮渡渡口及公路路口进行秘密监控。我们自己也没有坐等消息，马上通过使馆与当地有重要影响的华人联系，并迅速在华人圈内布控，秘密控制地下钱庄及各大偷渡蛇头，刊登报纸，悬赏缉拿……”

面对突然的变故，陈一平他们不得不延期回国。接下来的日子里，他们为节约经费，宾馆是不敢住了。行李一搬，他们就睡到了大使官邸客厅，平常或是买菜开火，或是买几块面包对付一下。当时全国戒严，他们和苏里南警察及特工人员、爱国华人等到路上设卡、搜查、设伏，把首都帕拉马里博和几个靠近大西洋的城市都走遍了，就连“五一”国际劳动节大使馆的大型聚会活动诚邀他们参加也无法到场。

“5 月 8 日，美国轰炸我驻南联盟使馆，那时你还在苏里南……”

“苏里南华侨办的报纸《洵南日报》第一时间登出了这一消息，我们这些人虽然出国在外，但最关心的还是关于我们国家的新闻。大家知道后都很气愤，当地华人的表现也很义愤填膺。各地华人华侨的心情应该都是一样的，都希望中国能真正强大起来。”

经过 20 多天的追捕，陈一平他们缴获了李某的护照和机票。有证据证明，李与另外 3 名中国人在第二次释放后同时出逃别国，其中两人寄存在朋友处的行李已找到并进行了认真清查，犯罪嫌疑人李某的一辆白色本田也已找到，但一直未能将李抓获。在苏里南期间，他们取得了一些很重要的笔录。

回国前，赴苏里南工作组郑重地请求苏里南警方及情报部门继续追捕，一旦抓获，即通知中国警方。

5 月 14 日上午是他们回国的日子。登机时分，天有点阴，有风从陈一平的耳边吹过，隐隐约约地私语着什么。最后一眼于那个曾经工作过的国家，他心里竟多了一丝留恋……

发表于《南疆警事》2001 年第 3 期

努力到无能为力，拼搏到感动自己

——忆甘科伟

“努力到无能为力，拼搏到感动自己”，这是广西缉毒民警甘科伟生前在微信朋友圈写下的心声。

人物小传：

甘科伟，1980 年生，2003 年警校毕业后入警。先后在巡警、刑侦和派出所工作。2009 年 4 月调到南宁市公安局禁毒支队工作至今。其间，曾在中国刑事警察学院刑事侦查专业进修学习，系广西公安厅人才库专家。

牺牲瞬间：

2017 年 1 月 2 日，在公安部禁毒局统一指挥下，广西、福建公安机关成功破获特大生产制毒物品案，因连日工作奔波劳累，突发脑溢血，2017 年 1 月 15 日，经抢救无效，不幸逝世，终年 37 岁。

2017 年 1 月 2 日，公安部禁毒局统一指挥，桂闽公安机关在南宁成功打掉一个制毒团伙，抓获犯罪嫌疑人 12 名，查获制毒物品 10 吨，查获毒品成品约 2.15 吨、半成品约 3.8 吨，总价值 3000 多万元。为破获这起禁毒大案连续奋战、发挥关键重要作用的南宁“80 后”禁毒民警甘科伟却在大捷前倒下。但他这句“名言”却火了，甘科伟不仅感动了自己，也感动了八桂大地，感动了大江南北！

2016 年 12 月 28 日，甘科伟与同事前往江西某地出差，收集研判案件的线索。出差前，甘科伟脸色很差，眼袋很重，面部有些浮肿。同事还拍了拍他肩膀说“没事吧？干脆你回去休息，我和队长走这一趟。”甘科伟说没问题，“最近加班多，头疼睡不好。那边我有朋友，办事方便，摸情况更容易。”

29 日是忙碌的一天：上午他们到当地公安禁毒大队查看嫌疑人笔录，下午提审嫌疑人，晚上加班深入分析线索……其间，同事见甘科伟几次捂头呻吟，便劝他好好休息，然而，他只是摇摇头说不要紧。就在当晚，他与同事一起成功研判出藏匿在南宁的贩毒团伙踪迹。30 日中午，带着研判出的数据和线索，甘科伟他们马不停蹄返回南宁，准备案件收网相关工作。但刚到南宁，甘科伟头部剧痛并伴随呕吐，后昏迷，被送往医院抢救。经 CT 检查医生诊断为：水泡样脑动脉瘤并蛛网膜下腔出血、脑积水。

2017 年 1 月 15 日下午 6 时 46 分，年仅 37 岁的甘科伟经抢救无效不幸离世。他永远离开了无比热爱的禁毒工作，抛下了年迈双亲、年轻的妻和年幼的 4 岁儿子……

“甘科伟曾经是我们永不倒下的‘小强’，他工作起来很拼。”

“他没日没夜加班加点，让人看了既欣慰又心疼。”

“如果甘科伟没有警察的情怀，他的生命不会那么短暂。”

……甘科伟的离去，让很多同事非常痛心。

甘科伟 2009 年 4 月从刑侦队调任禁毒支队四大队以来，充分发挥自己善于总结经验、善于研判案情的专长，从蛛丝马迹中寻找有价值线索，层层深挖，短短几年成长为禁毒支队的破案能手，屡破毒品大案。他参与破获各类重特大毒品犯罪案件 137 起，缴获各种毒品 3000 多公斤，抓获毒品犯罪嫌疑人 197 名；荣立个人一等功 1 次、二等功 1 次，三等功 5 次，获“全区优秀人民警察”、“全市优秀人民警察”、“信息化破案标兵”等荣誉称号。

从警 12 年，甘科伟多次深入毒窝当卧底，抓捕中常被同事摁倒反铐；他飞车抓捕毒贩，负伤挂彩是家常便饭；狡猾的毒贩把毒品倒进厕所企图销毁证据，他不顾脏臭，把堵在厕所地板、厕盆、下水道的毒品一一清理出来取证；有时在外一蹲就是几天几夜，车后座就是他的床，有时在办公室整理汇总，困了他就趴在桌子上眯一会儿……毒品斗争形势错综复杂，他努力钻研，以创新寻求突破，创造了一系列信息导侦、科技破案的战术战法，在全区禁毒战线推广。2013 年他被广西警察学院聘为客座教师，2016 年被自治区公安厅聘为业务技能教官，并入选公安部、广西公安厅专家人才库。

一个人实现自己的人生价值，有很多种方式。而一名普通民警——爱憎分明、嫉恶如仇的甘科伟，则是通过破获毒品案件去体现自身价值。像所有年富力强的年轻人一样，他要干一番事业。大数据信息化时代，信息化作战越来越重要，情报研判工作让甘科伟不断地超越自己，为工作，他付出太多太多。

生前，甘科伟曾不止一次对朋友说，他最佩服的师傅是当时的大队长卢思年。当年他们 7 个人同在一个办案大队，大家一起分析案情，一起办案。“一开始，我有个思路，我跟他说，他就利用技能去完成这个想法，综合分析，案件突破很快，总是给我出其不易的效果，很让人兴奋！我们破获了多起毒品案件！”说到甘科伟，让卢思年感慨万千，他 2012 年 4 月离开大队，调任兴宁分局副局长：“但是，与甘科伟一直有工作联系。他办案的喜悦和收获也会跟我说。公安战线失去那么优秀的人才，太可惜了！”

发表于《人民公安》2017 年第 7 期

用心导航

——记二级英模、苍梧县看守所所长刘石权

鉴于刘石权同志在监管工作中的突出贡献，今年4月20日，公安部部长贾春旺签署命令，授予他全国公安系统二级英模称号。这是一份沉甸甸的光荣，也是一份对付出者最激动人心的回报。

一

1994年6月梧州发大水期间，苍梧县倒水镇特大持枪杀人案的犯罪嫌疑人邵某强被关进看守所。背着2条人命的邵某强自知难逃一死，索性摆出一副死猪不怕开水烫的架势，无视监规纪律，欺压殴打同监人犯，还妄图乘提审之机冲上武警巡逻的岗楼抢枪大干一场，并流露出不成功便跳楼自杀的打算。

邵某强进监后的种种表现，增加了监舍内的不安定因素。刘所长召开紧急会议，制定严密的防范措施，同时对邵作思想教育工作，通过感化来稳定其思想。一审开庭时，刘石权等人专门到庭旁听，针对邵一审被判死刑后产生自杀的念头，及时作疏导工作，并引导邵依法及时上诉。在邵某强最脆弱、最不堪一击的时候，这缕温情如同冬日的阳光。也就从这时起，邵某强的对抗情绪被化解了，自杀的念头也打消了。此后，他不但严格遵守监规纪律，还两次制止同监人犯打架，被评为维护监规积极分子。临刑前，邵某强

表示："在我生命最后的时间里，你们的耐心教育使我懂得了我的死是罪有应得的，我对不起妻儿，更对不起死者的家属和政府。希望你们转告我的儿子叫他好好学习，千万不能走我的路……"

刘所长认为，犯了事，谁都有想法，特别是被判死刑的人犯，思想工作更难做。但正因为难做，就更需要我们去做好工作。刘所长说："我们对他们应该像对病人。他们思想有病，心灵有病，所以必须用心护理他们。"

李某尧也是因为抢劫杀人被关押的。在异地看守所关押期间，他多次闹监、绝食，甚至要自杀。刚转到苍梧县看守所，刘石权就及时给他补上了"第一堂课"，给他讲法律，讲政策。一次不行，两次不行，三次、四次。这样的脾气，这样的态度，渐渐软化了李的强硬。一次，李头痛得厉害。刘所长找来医生帮他看病下药，还一天几次问他吃药后的效果。人心是肉长的，李某尧深受感动："我犯了这么重的罪，你还这么关心我，即使是家人，也不一定做到啊！"于是不仅彻底交代了自己的犯罪事实，还主动组织同监人犯读报、学习法律。临刑前，执行人员问他有何遗言，他说要见厨房的钟师傅一面，告诉他监舍某在押人员因购买日用品而拖欠看守所款项的数目。此言一出，满座皆惊：李某尧临死前还为看守所的工作着想？负责审理此案的法官更是感叹不已：经过思想教育，李某尧前后判若两人。

有人认为，相对死刑犯来说，做其他在押人员的思想教育工作无疑会轻松多了。其实不然。在押人员是各种各样的人，其思想状态更是错综复杂。今年年初，梧州某单位职工钟某因打老婆致伤进了看守所。原因是其漂亮的老婆嫌他没出息，矛盾升级直至闹离婚。钟某不愿意，争执间大打出手。这一进来两人关系显然要画句号，可小伙子仍想不开。他气愤，既不说话也不吃东西，还不洗澡。钟某读过大学，受过高等教育，刘所长相信他只是一时糊涂。刘所长摸准了他的脉搏：小伙子是因为自信心受打击而倒下的，就要让他树立起自信心再站起来。刘所长劝说恰到好处，讲了人应该向前看，讲为了一个不爱自己的女人不值得这样做，讲人有文化还要有事业、有追求，有事业、有成就就不怕得不到别人的尊重……老刘讲着讲着，小伙子听着听着终于开口说饿了，把自己饿了几天，一度颓废的他终于要求吃饭了……

刘某今年37岁，4年前伙同他人偷盗高级轿车，1997年5月6日，他才转来这里。新地方首先有诸多不便，可幸运的是他碰到了好“本家”。刘某原是农资公司职工，走错这一步，他也懊悔。老婆在这之前与他离了婚，孩子原判跟父亲，现在跟母亲走了。判刑肯定是重的，但结果却还是个未知数。老刘来了，他那头白发让年轻人生出敬意感到依赖。1997年9月，小刘被判无期徒刑。犯法的人大多都像小刘一样是因为不懂法，老刘觉得自己有责任帮助他们懂法，以便争取宽大处理。老刘搬出1984年某犯原判3年但在监舍立了功提前一年出监的事作例子，这个例子虽然被老刘反反复复用过多次，但老刘屡试不爽。几乎所有听过这个故事的在押人员都感到心中亮堂了许多。老刘具体分析了小刘的情况，详细说明有关减刑的法律规定。这让小刘看到了希望……

如此经过刘石权的教育而受到感化者，真是数不胜数。你能体会出165名在押人员为希望工程捐款2600元是一种什么样的心情吗？被判死刑后改为死缓的罪犯钟某在《我的改造随感》中写道：回想起在苍梧县看守所的420个日日夜夜，是看守所领导的耐心开导、教诲，令我终身难忘。我终于获得庄严的法律给我的戴罪立功、重新做人的机会。从死亡的边缘走向新生的道路，这确实来之不易。失足未必千古恨，亡羊补牢犹未晚，我奉劝在人生道路上失足的人回头是岸……

可以不夸张地说，刘石权就是用心为失足者导航的人。虽然他一再坚持说看守所保持21年安全无事故是大家的功劳，因为这21年中，局领导换了4届，而他也仅是看守所第5位所长……

二

老刘是1959年兵，1968年3月复员后进了苍梧县公安局。1974年他才到了看守所。

谈起往事，老刘仍感慨不已："那时候，看守所就3个人，其中一个是炊事员，我是两名干部之一。看守所在押的四五十号人，大多是因为小偷小摸进来的。看守员平时开开锁，也没有夜班，简单点，也就是'一收二守三送走'。"八十年代以后，治安形势逐渐严峻，在押人员增多。在感觉到对人的教育是关键之后，只有初中文化的刘石权尝试着在看守工作中加进思想教育这项内容。

既有强烈的事业心，又有着20多年看守工作实践打底，并在副所长这个职位干了3年，刘石权1994年2月走马上任所长一职显得顺理成章。

刘所长麾下是一支战斗力强的看守队伍。按照他的要求，每个民警均熟知每个在押人员的基本情况和犯罪事实、心理状况、改造表现、诉讼进展情况，以提高发现事故苗头及消除隐患的能力。岗位练兵是他经常抓的。不然，1996年苍梧县公安局组织的岗位练兵竞赛（笔试），全所拿不到团体总分第一名；不然，看守所民警聂鑑松参加全区公安系统岗位练兵竞赛，荣获不了看守业务个人第一名。法律、业务知识更是他要求刻苦钻研的。他常说，只有高素质的民警才能如一堵无形的高墙堵住各种漏洞。

值得一提的是刘石权所长带领全所民警开展的卓有成效的教育感化工作。这套行之有效的管理办法也是老刘在多年看守实践中逐渐摸索出来的，正是这套办法，有力地强化了监内管理，确保了监内秩序的井然。譬如上好第一课，就是坚持对收押的人犯上第一节教育课，给人犯讲监规，讲法律，讲政策，讲形势，讲案例，讲做人的道理，帮助他们分清是非、认罪服法；譬如抓两头，促中间，就是针对在押人员素质、思想、经历存在千差万别，为在看守期间收到最好的教育感化结果而采用的。刘石权认为，一般来说，经济类在押人员有一定的社会阅历和资历，在人犯中有一定的威信，经教育，也易向政府靠拢，必须抓好这部分人。至于那些“二进宫”、“三进宫”故意破坏监规的，尽管是极少数，刘所长却坚决打击，绝不让歪风邪气形成气候。还有就是为确保监所安全坚持检查制度。每日一小检，每月一大检，节假日突击检查，做到发现问题及时处置。1996 年 11 月进行的一次大检查，他们及时查出在押人犯钟太伟的一副皮鞋腰铁，防止了事故的发生。而看守员脚勤、耳勤、眼勤、脑勤加上与值班武警的密切配合，更是在几年中发现、制止了逃跑、行凶、自杀等事故苗头 130 多起。为了加强对在押人员的教育，他们还开设了法律教育课，就连公、检、法、司四家领导也被他们专门聘来为在押人员上课。

几年来，刘所长带领民警组织在押人员参加许多有益的活动，促使他们改掉好逸恶劳、贪图享乐的恶习。同时，认真抓好在押人员的生活卫生管理，搞好监舍内务卫生，放风场天天打扫和定期消毒，餐具每天煮沸消毒，每月给在押人员理发，每日让在押人员洗澡。在伙食上，他坚持按国家规定的给养标准，精打细算，让在押人员吃足定量，吃熟，吃热，吃得卫生，绝不购买腐烂变质的食物。夏天炎热，每个监室装电风扇，让在押人员吃上绿豆粥、冬瓜汤、中药凉茶等清凉饮料；到冬天，注意添衣加被，防治疾病。若附近有传染病流行，他及时组织民警给在押人员打预防针。

三

刘石权成了英模。也许有人会说，刘石权运气真好，但真正了解他的人从来不这么认为。

看守所指导员李福祥，说起刘石权时强调：刘石权这个人工作极细致。他想起 10 年前的一个晚上，60 多岁的在押人员黎某半夜 2 点多突然嚷着头痛。老刘和他当班，立即送黎某到县医院，才知其是高血压犯了。去年12月的一天，在押人员——21岁的陈某早早起床就觉得肚子痛，也是老刘当机立断送到医院抢救。陈母后来千恩万谢：多亏了刘所长，不然患盲肠炎的女儿就有生命危险了。

如果在押人犯叶某知道这个消息，肯定也会觉得这是理所当然的事。叶被判刑3年，妻子在探监时告诉他，有不法分子对他要流氓。叶思想压力很大，把这事讲给了管教干部老蒙听。他不知道，老蒙马上报告了老刘，而且他们马上给叶家的辖区派出所打电话。给查实后，那个不法分子被带到派出所处理了。妻子探监时将后事一说，叶某的感动可想而知，改造的劲头和决心更大了。

看守所副所长钟汉金把老刘形容成任劳任怨的老黄牛，做的时候多，说的时候少。钟副所长是学医的，看得出老刘气色不好。事实上，由于常年超负荷的工作，老刘积劳成疾，患有肺结核、哮喘、贫血等多种疾病。医院多次出具证明让他休息，但他惦着工作从未在医院好好呆过一天。在他的时间表里，永远没有上下班和节假日的概念，一周至少工作70个小时。别人说周末、周日，他却只记得星期六、“星期七”。老刘这几年竟患上一种“职业病”——每到深夜一两点钟，他准会醒来，信步到所里转转，凭脚步声能辨别是哪位同志值班，如果是青年民警，他还会陪他一起夜巡。

分管看守所工作的副局长钟金生亲切地称老刘是“我们的专家”，赞扬他既是精明能干的管理者，又是出类拔萃的业务骨干。局长龙石新一言以蔽之：“老刘胸怀宽阔，对党忠诚，没有歪门邪道。”

所里的同志们说，这几年，老刘为解决民警的住房煞费苦心，而他自己的家却连件像样的摆设都没有。记者上刘家采访，更发现了许多难忘的情节：

老刘的妻子是农村妇女，两人的“窝”在农村。1969年生大儿子时，老刘还接她到县里医院接生，而第二、第三个孩子出生时，老刘没空回，她就都在老家请人接生；

农村实行承包责任制，家里分到几亩田，一个女人家忙上忙下，晚上还有忙不完的家务，幸亏老刘的老母亲白天还帮她带小孩。女人竟从没有半句怨言；

夫妻俩如牛郎织女，一年会两三次，一次三两天。老刘不能回，她就骑自行车去省亲。最小的孩子背在背上，前一个，后一个。那是两个半小时弯弯曲曲的小路呵；

夫妻俩长期两地分居，如今妻子人是过来了，可户口还在农村；

老刘的女儿从小左眼斜视，老刘答应带去治病又一拖再拖。十几岁的女孩懂得美丑了，女儿将不满写进日记。老刘终于带女儿去医院时，医生只说一句：来得太晚了……1994 年出嫁的女儿不知道，父亲的心为此永远地不安；

几个孩子都无正式工作，大儿子也是组织照顾才在看守所做了饮事员。就这，也让老刘感激不尽；

老刘的孙女儿 3 岁了。下班逗逗孙女，老刘说，也够了。他特容易满足……

二级英模的荣誉，更是老刘从来就没有想过的……

发表于《公安时报》1998 年 6 月 16 日

缉毒英雄的生命传奇

在中越边境，傅松能算得上是个传奇人物。与他同时被公安部授予全国公安系统二级英雄模范称号的四人当中，一位已壮烈牺牲，一人身负重伤。唯有傅松能至今仍生龙活虎，战斗在缉毒第一线。

广西宁明县与越南接壤，边境线长达200多公里，山险林密，石怪人杂，境内外贩毒分子妄图把这里开辟成走私贩运毒品的通道。20世纪80年代末，这里毒品贩子活动频繁。而缉毒斗争刚刚起步，没有现成的路子，没人为这位刚刚走马上任缉毒大队大队长傅松能指点迷津。面对可能伤亡的危险，傅松能有心理准备，但他也没料到，死神在1990年就差一点“光顾”到他。

当时，从一名被抓获的毒贩那里，傅松能获悉还有毒贩等待毒品交易的情况，便率员前往龙州县某边境村寨抓捕。到寨子后，他分派各人任务，却把最危险的上楼摸底任务留给了自己。当他悄悄摸上木楼、破门而入时，一剽悍青年慌慌张张地从里面冲了出来，傅松能眼疾手快，猛击一拳将其打倒在地。倒地后的毒贩猛摸腰间，他以为毒贩要拔枪，忙伸手抢夺，几乎是与毒贩同时触到其腰间的手雷。毒贩的手已碰到手雷的保险盖了！千钧一发之际，傅松能双手铁钳般死死钳住了毒贩那只已碰到手雷保险盖的手。木楼上打斗激烈，楼下守住毒贩可能逃跑的前后退路的战友正要冲进去增援，便听到大队长扬声大喝：“手雷！不要靠近！”傅松能拒绝战友援助，意味着他自己要单枪匹马作生死之搏。妄图同归于尽的毒贩最终被制服，傅松能当场缴获鸦片 1500 克、手雷一枚、匕首一把。战友们事后无不赞叹：如果不是因为傅松能身手不凡，沉着冷静，胆大气壮，他也许已经“光荣”了，或许，当时“光荣”的同志还不止他一个。

说起来，傅松能 1.65 米的个头算不上高大，形象也并不出众，但傅松能却由衷地为自己不易被人一下子“记住”的外貌而感觉良好，为自己的敏捷有力、擅长周旋而暗自庆幸。傅松能乃广西桂平人氏，家乡离广东不远，操着一口原汁原味的“广东话”，稍作打扮，充满自信的他便老板派头十足，所以乔装打入犯罪团伙内部的任务常常非他莫属。出生人死，血染战袍对他就如同家常便饭。可神奇也就神奇在这里，每一次他都能奇迹般地化险为夷，死里逃生，屡建奇功。他先后 100 多次打人敌人内部，破获贩毒贩枪及其他刑事案件 200 余起，缴获海洛因 1.6 万克、鸦片 8 万多克，缴获军用枪支足够武装 2 个班(共 18 支)，子弹近 500 发，与他亲手擒获的犯罪嫌疑人数基本持平……熟悉他的人说他命大，傅松能却笑着纠正:“不是什么命大，而是责任大，胆子大，把死神都震退了。”

“其实每一次面对死亡之后总有一种后怕。”面对记者采访，傅松能实话实说。

傅松能的妻子赵忠兰也是警察，但对于每一个成功的案子，她与别人关心的并不完全一样。她当然也想知道丈夫只身打入敌人内部的诸多细节，但又掩饰不住自己的担心。丈夫平时对她谈起缉毒故事，这些故事成了她生命中不可缺少的那一半的精神。

故事之一发生在 1994 年 10 月。

“华南虎”与结拜兄弟“金钱豹”穿梭于边境毒道，自诩“毒道双雄”。这次又从境外携来一批“双狮地球牌”高纯度海洛因，傅松能就在这时候“经人介绍”与他们认识了。“华南虎”处处设防，却始终未发现疑点，便同意交易。

交易地点周围当然布好了伏击的警力。傅松能和助手小施左等右等，“华南虎”的一个打手才匆匆跑来说老板要改变交易地点，并把他们带到了一个荒无人烟的山里。可那真是个险恶去处：危石兀立，丛林茂密，后有小道可退，离界碑仅一箭之遥。外围警力只能在几里外伏击，地形对警方极为不利。傅松能正琢磨该如何对付，那打手又说老板要求多走几步进山洞交易。傅松能佯装恼火，“嘭嘭”拍了几下钱箱：“我陈某干这行多年，还未见过如此不守信用之人。告诉你们老板，我不进去了，我就不信这箱钱甩不出去！”

这打手就急了，慌忙说再请示老板。傅松能琢磨，“华南虎”应该比我更怕到手的生意飞了。他为什么贩毒？不怕掉脑袋？不就是图那几个钱吗？抓住这一点就掌握了主动权，我不能老被对方牵着鼻子走。果然。见傅松能态度强硬，“华南虎”就让步了，同意在山里附近公路边的密林恭候。

见博松能坐的出租车远远过来。“金钱豹”靠近出租车，确信车上只有司机、马仔和一个密码箱后，放心地朝“华南虎”点点头。“华南虎”突然一挥手，一群打手杀气腾腾提着刀冒了出来。这情况令傅松能始料不及：“华南虎”想干什么？黑吃黑？他扬声喊道：“人说‘华南虎’磊落光明，原来也不过是鸡鸣狗盗之徒。生意人讲究和气生财，既然你信不过，咱们后会有期。”

“金钱豹”忙打圆场，“华南虎”也喝退打手，抱拳对自己过于谨慎致歉，并一再恳请傅松能下车看货。“华南虎”递过来的塑料包傅松能一捏就感觉出来了，是好货，当下示意小施开钱箱。“金钱豹”进车数钱，面对成叠钞票乐坏了。冷不防双手被锃亮的手铐铐住，脑袋也被冰凉的手枪抵住。小施行动了。当“华南虎”询问情况时，“金钱豹”只能乖乖就范：“数目太大，还没点清。”傅松能乘机说 20 万元可不是小数目，边防武警说不定什么时候来，叫他抓紧时间也上车点钱。“华南虎”拉开车门想回头已来不及了，傅松能一个箭步冲上来拽住“华南虎”的皮带送他进车内，哪知用力过度，拉断了他的皮带。“华南虎”仗着个头高，双手死死卡住车门，右腿猛踹，傅松能竟被踹出几米远。“华南虎”一面回身反扑一面大喊保镖救驾。说时迟，那时快，傅松能一个鲤鱼打挺弹起，左腿顺势踹出，迅速而准确地踹在“华南虎”的小腹上。“华南虎”顿时像一只沉重的布袋跌进草丛。没等他翻身，傅松能一个虚跳，左肘压在他的胸口，右手拿枪抵住他的太阳穴：“叫你的打手都退后，不然要你的狗命！”傅松能报上家门，“华南虎”和七八个武装打手都呆了，显然“傅松能”这大名对他们“如雷贯耳”。就这样，一个贩毒团伙给捣毁了。

傅松能 1997 年年初当上了局里分管缉毒、戒毒工作的副局长。

都说强将手下无弱兵，此话不假。1997 年，在傅松能的带领下，缉毒大队共破毒品案件 104 起，其中特大案件 10 起，重大案件 18 起，缴获海洛因 7006.4 克、鸦片 23000 克，抓获毒品违法犯罪人员 406 名，捣毁吸毒窝点 30 个。一时间，宁明缉毒大队声名鹊起。贩毒分子更是望风而逃。

发表于《羊城晚报》1998 年 6 月 25 日

1998年5月1日下午5时许，南宁市公安局刑侦支队四大队民警钟振宇和队友押解犯罪嫌疑人李某从凭祥返回南宁途中，不幸被歹徒开枪击中肝脏，壮烈牺牲，年仅27岁。

1998年5月6日，自治区公安厅为钟振宇追记一等功;5月7日，自治区人民政府追认其为革命烈士。

振宇，我们怀念你

壮　烈

谁能料到，在整个案子即将告破，离最后的快乐只差一步之遥的时候，振宇却永远地离开了我们……

今年4月，南宁市公安局刑侦支队四大队成功摧毁了一个宾阳籍流窜南宁专门盗窃高档汽车的犯罪团伙，抓获犯罪嫌疑人蒙某林、黄勇等人，缴获被盗“本田”等高档汽车7辆。销赃嫌疑人文某新在审讯中交代：自己曾替一个叫李某的人销售过一辆轿车。这无疑又是另一个盗车团伙的重要线索。新一轮紧张的侦查工作开始了。

思维敏捷的钟振宇马上联想到6年前他处理过一个叫李某的人，而且他记得此人就住在南宁市郊亭子乡白沙大队一带。李某有犯罪前科，早在1987年11月就因斗殴被送劳动教养1年6个月，解除劳教后，1993年又因销赃摩托车被判有期徒刑3年。莫非李某不思悔改，重操旧业？于是，他主动向大队领导请战，要求参加查捕。把案子拿下来成了振宇和队友们那个阶段的唯一目标。案子在千头万绪中逐渐被抽丝剥茧，振宇和队友们都能感到已经接近李某了。一同办案的小李清楚地记得，振宇常用这句话鼓励大家："我已经闻到那股腥味了。"

周密的布控、连续 10 多天的伏击守候之后，钟振宇他们终于在南宁市明德街 4 号将李某抓获归案。审讯中，狡猾顽固的犯罪嫌疑人承认，因从事违法犯罪活动，曾多次被公安机关抓获，也曾多次乘隙逃跑。他专门拜师学习开锁技术，自去年以来，先后盗窃高级轿车 11 辆，大白鲨、大黑鲨等摩托车 5 辆。李某交代，有 2 辆轿车卖给了常到凭祥的一个越南人。

4 月 29 日，钟振宇等 7 人组成追缉小组，分乘两辆车，押着李某赶赴凭祥浦寨追赃。当天下午 3 时到达浦寨后立即投入紧张的工作。振宇和队友们押着李某躲藏在封密严实的汽车中，渴了喝口水，饿了啃一包方便面。怕引人注意，汽车内不开空调，顶着边寨 36℃的高温认真执行监控任务。越南人并未出现，4 月 30 日，追缉小组决定返回凭祥市继续查找。5 月 1 日上午，追缉小组在凭祥获悉，李某的关系人已经到了宁明，下午，追缉小组又匆匆赶到宁明。到宁明得知该关系人因患眼疾已经到南宁就医后，追缉小组又马不停蹄地从宁明往南宁赶。

当天下午 17 时 20 分左右，因连日奔波已疲劳至极的刑警们返回到吴圩镇永江村大潭新村路段时，时时不忘监视身后李某的钟振宇突然发现李某正举左手搔头。情况有异！振宇立即起身，看到李某右手拿着一支枪。"你想干什么？"危急关头，振宇大吼一声，身子已义无反顾地扑向李某。几乎就在队友覃雄威、李浩源起身扑向李某的同时，钟振宇铁塔般的身躯已经紧紧将李某压在身下。可就这一两秒的工夫，穷凶极恶的李某扣动了扳机。钟振宇不幸身中两弹，其中一枪打在肝部，另一枪穿过李某的手后又打进了钟振宇的右肩。钟振宇仍紧紧抓住李某持枪的手用力向上扳扭，有效地制止了李某继续行凶。负隅顽抗的李某终被众人制服。

而钟振宇，却因为被击中要害而且当时不顾一切用力过猛造成失血过多，送上手术台 15 分钟后心脏停止了跳动。南宁市第二人民医院、广西军区 303 医院的医务人员也赶到吴圩卫生院，继续进行抢救，直到 18 时 45 分抢救无效，钟振宇壮烈牺牲……

沉　迷

钟振宇生于 1971 年 7 月。中学时代的他是一名品学兼优的学生，高中三年一直担任班上的团支部书记，被评为市级三好学生，市级优秀学生干部。1989 年高中毕业后，他以优异的成绩考入广西人民警察学校。在警校期间，他刻苦学习，认真钻研公安业务，练就了扎实的基本功。

1991 年 7 月，警校毕业的振宇和几名同学来到当时条件艰苦、任务艰巨的南宁市公安局刑侦支队四大队。振宇每天以队为家，跟着老刑警四处奔波，认真地看，拼命地学。在四大队民警的印象中，个子不高的振宇总是背着一个装着业务书籍和笔记本的大包，遇到什么新问题、新情况，他就及时记录下来。一年见习期很快过去，虚心好学的振宇已完全胜任这份工作。当时局里提议 9 名见习生只留下 2 名在刑侦支队，支队领导毫不犹豫首先就点了振宇的名。

振宇果然不负众望，1992 年，毕业仅一个的他在办理侯某一案中，就充分显示他的工作能力和作为一名刑警应该具备的优良品质。1992 年 9 月至 11 月，南宁市连续发生 7 起高级汽车被盗案，区公安厅和南宁市公安局将之作为当年邕城一号大案交由四大队立案侦查。11 月 21 日，一失主向钟振宇报案，称在合浦发现了自己的被盗车。振宇与队友连夜赶到合浦。经查，该车车体五个特征与被盗车吻合，但发动机号码被锉花辨别不清。由于车主已经上牌入户，当地警方将车退还了车主。队友们已丧失了继续查找的信心。

只有振宇坚信自己的怀疑。初生牛犊不怕虎，他坚持将车拉回南宁作技术鉴定。随后，他又对车子重新进行了认真细致的检查，终于在司机座位下发现有一枚螺丝已经滑牙，这与失主的反映一致，同时还发现，车底的冷气管上显然也是被人动过手脚后重新喷涂一新的。由于证据确凿，车主终于供认买的是赃车。被盗车的认定给全案的侦破定下了方向。又经过大量艰苦的工作，振宇他们抓获了犯罪嫌疑人侯某。侯某很快交代伙同他人盗窃高级轿车 2 辆的犯罪事实。初战告捷，振宇却冷静地联想到作案手段与本案相似的其他几起发生在南宁市的轿车被盗案，认为还有潜力可挖，于是继续加强攻势。在全队同志的共同努力下，侯某等人又交代了另 5 辆轿车的销赃情况……鉴于钟振宇在侦破此案中的突出作用，区公安厅为其记了二等功。

善于思索、坚忍不拔是优秀刑警的必备品质。振宇便是大伙儿一致公认的既有冲劲、韧性，又有书卷味、有思想的人。对于生活他没有什么高要求，而他性格中的开朗、幽默与宽容，使他什么时候都睡得着，什么东西都吃得香。像 1996 年，大队民警驻扎平果县办案，在平果同老那个简直是与世隔绝的地方，他就住在牛棚上面，一次两次，每次还不仅是一天两天。他顶过来了，任务完成得圆圆满满。

振宇曾不止一次对人说搞刑侦工作有意思。据他说，这份工作最具有挑战性，只要肯干，绝对有一个广阔的舞台。7 年中，振宇年年出色完成侦查破案任务，并逐渐在实践中总结归纳出一套行之有效的工作方法。说起来，有些方法甚至是干了几十年刑警工作的老队员们想都没有想过的。

紧张的工作之余，振宇不断丰富充实自己。1997 年，他获得中国刑事警察学院刑事侦察综合专业函授大专文凭，同年，又参加了中国公安大学公安管理本科自学考试。短短几年工夫，年轻的他成了队里不可缺少的业务骨干。大要案交给他办，领导总能放心。在其1995年任小组长之前，队友们说，他实际已履行组长的职责了：工作上事事抢先，满腔热忱，精益求精。7年中，他共参与破获重特大刑事案件386起，带本组破获重特大案件192起。他所带领的小组每年的破案数均位居大队各小组之首。仅1996年、1997年，他就参与破获重特大刑事案件76起，为群众挽回经济损失250多万元。

灵活多变是振宇一贯的作战风格，他总能够创意百出。支队领导无不欣慰于一个年轻人的成熟，并有意对其进行培养。1997年12月，钟振宇光荣成为一名中共预备党员。

温　馨

振宇真是个大忙人，可百忙之中的人也是有大家有小家的。工作之外，家的意义对振宇来说同样意味深长。

说起来，难得的节假日其实是振宇的打工日。振宇的父母都是南宁市麻纺厂的职工，厂里效益不好，两人已提前退休在家。振宇是独子，而妻子小刘也是家中的独女。所以每到节假日，他常要穿梭于双方父母家，包揽下扛煤气之类的重活，尽量抽时间陪陪老人聊天，担起赡养老人的重任。他对母亲说过：只要母亲Call他，无论多紧急的事也要尽可能地放在一边先复机。结婚后曾有一段时间，因为没有房子，住在岳父母家，有时回家晚了，怕影响老人休息，他总是远远地先让摩托车熄火，然后轻轻地推进家门。这样，就不会吵醒睡梦中的老人了。

嫁给这样一个“不能归家”的警察无疑需要更多的爱和勇气。还在谈朋友的时候，小刘就体现出一种理解。她隔三差五往住在队里单身宿舍的振宇那里跑，帮他洗衣服，帮他收拾干净那零乱不堪的“窝”。1995年9月，相爱着的两个人终于走到一起来了。1997年，为方便工作，振宇夫妻把家搬到大队2楼办公室一间不足10平方米的单身宿舍住。近一年时间，由于振宇携妻住队，大家便戏称他为“山大王”，而且有“压寨夫人”。

不久前，振宇分到了属于自己的两房一厅，那个才刚布置好的两人世界简朴而温馨。因为没有时间陪妻子，振宇买了一个大大的玩具熊哄她开心；妻子身体瘦弱，他特意托人从香港买回增肥丸；为帮助妻子理财，他买来了账本；为安抚独自守家的妻子，马上就要上夜班的他坚持要先陪妻子到中山路吃碗田螺；即使是在外省办案的忙碌中，他仍舍弃本来就不足的休息时间，上街为妻子精心挑选了一件丝绸小棉袄；就在这回临出发前，他已经与战友计划着，待案子办完，陪妻子看《泰坦尼克号》。然而这一次，这个充满温馨的愿望再也无法实现了……

振宇热爱生活，爱好很多。如看哲学、文学书籍，如练气功，还有游泳，还有旅游。并肩作战的战友见过他静静地临帖练字，却很少有人知道他平日里也能涂抹几笔。振宇家中有块值日板，写着不能经常碰面的夫妻相互亲昵的关照与留言。两人相聚的时间实在太少太少，就在振宇这次出发前的4月份，妻子只与丈夫匆匆见过两次面。因为振宇常年出差在外办案，每逢回家一趟，他就画下一幅漫画送给妻子，为的是博得妻子一笑。漫画中不乏“大丈夫事业重如山”的豪言，亦有“老婆，你这样辛苦累不累”的内疚；一幅男耕田来女织布的画面上写着：“退休之后，我们将过上男耕女织的幸福安静的生活”，其中的“我爱我家”系列，更令妻子如获至宝。

工作的繁忙，使振宇对生活的要求降到了最低点。结婚两年多，为了不影响振宇工作，直到最近，小俩口才决定要个孩子。家中要添个小宝宝，本来已经节俭的生活每一笔开销就算得更清楚了。振宇再也舍不得花钱买烟，干脆对外就说不抽了。他牺牲以后战友们发现，振宇的钱包里只有两张大热门的购物卡，没有一分钱。

怀　念

白发人送黑发人，这是怎样的悲哀！追悼会上，振宇的父母痛苦不已。其母亲连声呼唤：“振宇啊，妈妈在这里啊，你听到吗？你是个孝顺仔，妈妈不能没有你啊！”

得知丈夫牺牲的消息后，妻子小刘几次昏厥过去。在丈夫的遗体前，她悲痛欲绝，长跪不起。两人的结婚录像带，几天来她翻来覆去地看，泪水湿了又干，干了又湿。

泪水不轻弹的战友在手术室外已然失声痛哭。这又是怎样一种悲痛？是他们，亲眼目睹了整个过程，一个好同志，一个好战友，一个好兄弟的生命就从自己身边悄悄滑过，多么突然。也许，没有振宇当时的奋不顾身，谁能预料事情的另一种结果又是什么样子？记住了，记住啊，是振宇用自己的生命救了我们大家。失去振宇的战友们如同经历了一声噩梦，噩梦醒来，知道还有很多事情要干。一定要把杀害振宇的犯罪嫌疑人送上法庭，送往刑场，枪毙那天，再去给战友烧一炷香。

振宇走了，听到噩耗，振宇的朋友、同学都从四面八方赶来了，为的是送振宇一程。警校邻班的同学钟源春一定记得，毕业后自己因公负伤引起脑部后遗症而生活困难无钱医治。无奈之中，听说南宁有个校友叫钟振宇的特别乐于助人，求援信便寄了过来。尽管并不相识，振宇还是为他积极奔波，召集校友为他捐款。几千元不算很大的数目，但已足够滋润了创伤的同学的心。

振宇中学好友王平的母亲非常喜欢振宇。老人家哪能忘记：有一天，自己在果园劳动时不小心扭伤了腰，是振宇用休息时间找了辆车到果园接她去医院作检查。一路上因为山路崎岖，振宇细心地帮她在腰下垫一个枕头。回家也是一步步扶她上楼梯直到进了家门才放心离去……

谨以此文献给牺牲的战友一份深深的敬意。

发表于《公安时报》1998 年 5 月 12 日

唐斌，33 岁，研究生学历，1991 年毕业于中国人民公安大学，1997 年至 1999 年就读于广西大学研究生班。1997 年 1 月任南宁市公安局江南派出所所长，2000 年 6 月任南宁市公安局江南分局副分局长，2002 年 9 月任邕宁县公安局局长。4 次荣立个人三等功，1998 年被评为自治区禁毒先进个人。

最感动的回想

听说非要谈一段自己当局长以来最难忘的经历，唐斌连连摇头：“都是工作！没什么好谈的！”

在唐斌看来，局长管全面工作，需要协调方方面面，何以为“最”？又何以称之为“难忘”呢？记得当年在江南分局，抓一名持枪杀人犯罪嫌疑人那天恰好是自己的生日，算难忘吗？但事情过去太久了，说到底，不就是一个巧合嘛。

“其实这段经历不限于案件、事件，也可以是一段心理活动或是一种感觉。在您到邕宁当局长的一年多里，工作中有过什么事情最让您感动呢？”记者请他试着再想一想。

过了一会儿，唐斌说：“是有件事情很让我感动，事情发生在今年的 8 月 7 号……”

当时，唐斌刚刚结束为期 8 天的全区公安机关领导干部培训班学习。

那天上午，邕宁县委、县政府组织法、检、公、司的干警到那楼镇屯了村屯吴坡强制执行南宁市中级人民法院已判决生效的，将两个鱼塘给屯了村屯王坡的决定。但不幸的是，因不法之徒煽动，200 名准备好工具守候在鱼塘边的村民对他们进行了暴力围攻。大部队在进村的路上被村民们拦腰截断，公安民警因为走在最前面，顿时深陷于包围圈之中。

情况发生得太过突然！事先谁又能料到强制执行竟会受到如此严重的阻碍？暴徒们手执刺刀、杀猪刀等凶器冲了过来，他们有锄、有锹、有铲，正挥舞着，手中还抓着一把把的石灰乱撒。情况十分危急！唐斌直到现在仍经常想起那个极其混乱的场面。

当时，唐斌心里暗暗叫苦。眼看着司法宣传车挡风玻璃被打烂，盾牌、警棍、防暴头盔被损坏，县人民法院的领导被村民打伤了头部，民警有被刀捅伤、划伤的，有被石灰撒进眼睛受伤的……

唐斌焦急、愤怒、自责，想来那种遭遇“滑铁卢”的壮烈滋味也不过如此吧。他最担心民警出事，一旦民警中有人残废或是留下个后遗症什么的，他更会一辈子内疚，一辈子不安。但现场的一片混乱使他顾不得多想。

政法干警一开始所处的被动挨打局面是显而易见的，这跟他们原先的估计不足有很大关系。执行此类任务，按规定民警是不带枪的，又由于是临时抽的人，盾牌、警棍等警械也不齐备。但很快，民警们从自卫到开始反击了。他们冒着危险去抢夺暴徒的作案凶器，双方进入相持阶段。随着民警们展开反击，闹事的村民见情势不妙，纷纷择路四处逃窜。唐斌与民警们一同奋战，前后也就 10 分钟左右时间，共抓获了 30 多名参与抗法的不法分子（后来依法逮捕了 26 人）。

面对暴力袭警案件，需要反思的很多。比如说行动上要建制，事先做好调查研究，对方信息要全面掌握；比如装备上的加强，以及自我保护意识的提高。从事公安工作多年，唐斌习惯再做一下总结，这样心里会亮堂些，目光也能看得更远。

现场那么乱，有近十名民警不同程度地受了伤，自己为什么一点事儿也没有？事后的唐斌也想到了这个问题。没有理由啊，自己是大块头，又冲在最前面，难道自己真的是那么幸运吗？

为解开疑团，唐斌就调来了当天的录像带。这一看，果真让他有了惊人发现——

当时的场面真的好乱，拍出来的录像连镜头都是晃动着的，很不清晰。但唐斌还是注意到了一个很微妙的现象：无论他冲往哪个方向，身旁总有好些民警紧紧地跟随着。可以说，他的确一直在奋不顾身地带动着大家向前冲，但是，由于有这些民警自觉不自觉地围在了他这个年轻局长的周围，竟然也对他形成了一个保护圈。

是真正的人墙形成的保护圈啊！明白了这一点，顿时，唐斌心里除了感动仍是感动。那是民警们不知不觉地在维护、在保护着自己啊。这是一群多么重情重义的人，这是一支多么勇敢的队伍啊！

到邕宁也就一年时间，唐斌深深地感受到了大家对自己的拥护与信任。这是何等珍贵的收获啊！那份感动你让他怎么说得出口呀！自己是 2002 年才到邕宁的，也正是这一年，邕宁县公安局获得了建局 50 年来的第一个“全区优秀公安局”称号。还有什么比在自己的任上捧回这个来之不易的至高荣誉更让唐斌激动的呢。还有，全县去年刑事案发率下降了 8.5%，破案率达 40.2%，走在了全区前列；禁毒、缉毒工作名列全区第二；在县人大常委会组织的行风评议中，群众对公安工作的满意率高达 93%……

经过这件事，唐斌的心被深深地触动了：这一仗打得值！他分明感到自己与民警的距离拉近了许多，心与心更是贴近了许多。说实在的，并肩作战，讲究的是搭配，是默契，是彼此间的融合与珍惜。现在他知道啦，自己手下这支队伍可能有这样那样的毛病，但在关键时刻、危难时刻，绝对是义无返顾、赤胆忠心的。真好啊！作为这支队伍的领头人，身在这样一群真汉子的中间，心中怎能不升腾起无穷的力量！

县委、县政府充分肯定了公安民警所表现出来的英勇与大无畏精神。汇报会上，唐斌无比自豪地表示：“关键时刻，我们这支公安队伍经受住了考验！”所以，所有受伤的民警理所当然地要报功受奖，唐斌积极地为他们去争取。对受伤住院的民警，他一一去看望，还给他们送去了慰问金。

也就是事后的十来天，在全局大会上，这位年轻的局长动情地说道：“我来到这里以后，真正与大家做心灵的交流不多。但经过这件事情，我能感受到与大家在心里的那份融洽。感谢同志们！”

不用说，台下，掌声雷动！

听到这，记者的心里有种说不出的很温暖、很温情的感觉。感觉自然源于这个如此动人的故事。是啊，谁能料得到呢，在冲锋陷阵的血火考验的时刻，竟然还有这种不经意间流露出来的侠义与柔情。

看得出来，故事中的主人公也沉浸在自己的感动之中。

正是秋天。在南方晴朗的午后，秋阳具有不可思议的火热的穿透力量。我心里不自觉地就想到了一个词：人格魅力！

感动总是相互的！真没错！

发表于《南疆警事》2003年第12期

对于工作，她是有一分热就会发一分的光。
对于家人，她的理解是相互信任与尊重。
关于自己的性格，她觉得属于平和一类。
关于自己这一生，她感到充盈、快乐与满足。

淡泊的人有颗朴素的心

——记广西公安系统第一位女警监刘树辉

刘树辉，四川大邑县人，生于1944年12月，1967年7月毕业于北京政法学院，曾在洞庭湖军垦农场劳动锻炼。1970年3月分配到梧州地区公安处，开始了她的从警生涯。1972年6月加入中国共产党，曾任梧州地区公安处办公室主任、公安处副处长、广西区公安厅办公室副主任、公安厅直属机关党委专职书记兼工会主席，现任广西公安管理干部学院党委书记。1995年9月晋升警监。从警33年来，被授予全国、全区“三八”红旗手各两次，荣立个人一等功、三等功各一次，多次被评为区直机关和自治区优秀党务工作者，还被评为全区公安系统先进个人、全区政法系统严打斗争先进个人、区直机关红旗书记、全国优秀党务工作者、区直机关“十佳公仆”、全区先进工作者等。

在区公安厅许多人看来，勤勤恳恳、任劳任怨、朴素严谨、平易近人的刘树辉书记已经成了“老革命”或者“廉洁”的代名词。但人们也绝不因此否认自己心底里对她的那份钦佩之情。

生活与工作环境的变化使50多岁的刘树辉有了引以为豪的人生阅历，只是她无论为人还是处事一向都很低调。

“刘书记，您从公安业务部门到机关党委，是1989年吧。”我开始了一本正经的采访。

“对，这一年，对我这个在公安业务部门干了 19 年的党务工作新兵来说，工作的内容和方式发生了较大的变化。过去，面对的是违法犯罪分子、敌社情信息等。而现在面对的是 1000 多名党员、民警，从事对民警的思想教育工作。过去大家都清贫，讲艰苦奋斗，讲无私奉献很灵，但在 80 年代末 90 年代初就不同了。”

机关党委的工作从党的组织建设、思想建设、作风建设到理论学习、普法学习、精神文明建设，从工青妇工作、协调同志关系、邻里纠纷、恋爱家庭到文娱体育活动、知识竞赛、捐款捐物，等等，十分繁杂。难得的是，刘树辉书记把领导就是服务的思想贯穿到工作中去，紧紧围绕公安中心工作，努力探索新时期加强厅机关党建工作的路子，使厅机关党务工作规章制度化。她既带头树立机关正气，又全心全意为人民服务，开展多层次、多渠道的思想教育工作，逐步形成了一套协助厅党委落实厅机关政治理论学习和思想教育的方法和措施。

为此，公安厅多次被上级党委列为理论学习和思想教育活动的试点单位，在各种考核评比检查验收中，多次获得表扬和肯定。1995 年年底，公安厅开展爱国主义教育活动的经验材料被区党委宣传部作为先进典型上报中宣部交流。那一年，广西总共也就上报两份材料……

“机关党委的工作，关系到同志们的思想、工作和日常生活，要想让大家都满意是很难的，但我知道您的工作却真的让人心服口服了。”机关党委不像其他业务部门，做的都是很朴实、很生活化的事情，没有一件真正称得上是轰轰烈烈的。但她所做的一件件“小事”却不是常人都能够做到的，而且她是长年累月地做，出于公心地做……

在厅机关里，刘书记深知大家会自觉不自觉地把机关党委的同志视为党组织的代表，自己的一举一动、一言一行都在大家的监督之中。所以她一直把正己当作自己的处世原则。多年来，她每天提前半小时上班，经常加班加点，事事亲力亲为，却从不为自己谋私利，不吃请，不收礼。单说在用车的问题上，刘树辉就给自己定下了一条规矩：决不因为个人的事甚至是个人的工作需要而用车。机关党委有一辆小轿车，除非是集体活动同志们一起走，不然她外出开会办事，总是自己骑自行车去。要办什么事，她首先考虑的就是有没有麻烦到别人，会不会影响到别人的工作。也许有人不能理解她的言行和做法，也许有人感动于她的严格与自律，可是这样做对她来说却是很自然的事，很正常的事。

"就用车这件事，有人说您'古板'，太原则、太苛刻了。您自己怎么看呢？"我问。

"首先我是不会放弃原则的，在原则问题上，我不会让步。但在讲原则之下，其实我也很灵活。"刘树辉的灵活体现在她很善于处理各种关系，也很努力地帮助别人走出困境。工作多年使她养成了记笔记的习惯。她的工作笔记常常是不到一个月就要换一本新的，笔记里写满了对工作的思考与点滴的体会。人们会惊奇于刘树辉的心太单纯了，几乎是没有私心杂念地一心扑在工作上，这样的人在社会上真是不多。

所以，一方面，你会觉得她让你敬佩，而另一方面，她又是一个值得你信任的年长的朋友。曾经当过10年内勤的她最能理解内勤工作的"琐碎"了，但她却这样向一个刚刚从事这项工作感到没前途的年轻人指出：不要小看"内勤"，"内勤"不是一个无关紧要的闲职，"内勤"其实是整个工作的"中枢"。做内勤的，既要了解情况、掌握情况，也要让更多的人从你这里获得情况。"过来人"的一席话让年轻人振作起来，信心百倍地投入工作中。

"我觉得您很让人钦佩的一点就是您在地位和荣誉面前从不张扬，是出于什么原因呢？"

"我们都是社会的一分子，中国十亿人，你算老几呢？我觉得实干才是最重要的。我们的党历来提倡务实嘛。”刘树辉把位置看得很淡很淡，在她手下干活你会感到很舒服。曾在机关党委工作过的小李告诉我，有一次写总结，他没有认真核对情况就上报了。刘书记看到后，什么也没说，自己一个处一个处地认真了解情况，默默地帮他把事情做好。看到这一切，他当时心里特别感动：领导在帮我呢。我有什么理由不好好干？以后，他每做一件事都力求做得最好。

说刘树辉是公安厅里人们最熟悉的人，也是对公安厅的人们最熟悉的人，也许没有言过其实。她以一名党员的党性和责任感，真正做到了对待同志像春天般的温暖，她用正直、热情和真诚叩开了人们的心灵。厅机关干部甚至家属生病住院了，她会去探望慰问；对于她看不惯的事情，她也敢顶敢说。最贴心的人不就是这样的吗：人们有事喜欢找她商量，有话喜欢找她诉说，有不平喜欢找她倾诉。有什么事情，人们有时甚至不找部门领导，最先想到的是她。当年，她总是有那么多人找。

有一次，一位50年代就参加革命工作的老同志，因在解决职级待遇上遇到一点波折，认为有人耍了他，非常生气，打电话找到刘树辉，说是要向党组织汇报自己的思想。刘树辉便跟他约好在一个休息日谈心，陪了他半天，耐心听他的倾诉，同情他的境况，同他一起讨论共产党员如何坚持信念和组织原则，讲为什么工作，为谁工作的道理。老同志的气消了：“就冲你陪了我一个上午，我的气也顺了。”

“作为女性，您在工作中是怎么要求自己的？”

“我要求自己，对待民警职工，要有女性的细腻和大姐般的胸怀；对待工作，则要克服女性的弱点，自信自强。”

人们都还记得1983年的“严打”吧，当时任梧州地区公安处办公室主任的她常常彻夜坚守在工作岗位上，各种报表要填写，各种情况要汇总，方方面面的信息要通报……1984年，因为在“严打”中的突出表现，她被评为全区政法系统严打斗争先进个人（当时政法工作还没有“立功”一说，在我们今天看来相当于“立功”了）。看惯她的果断与细致，你不会想到她其实是个眼窝很浅的人。那年厅里有位女民警不幸遭遇了人生的大变故。刘书记听说后几次登门去探望，一边还软语轻言地安慰着她。只是，善良的她话没说上几句话，就陪人家一起掉眼泪了……

刘书记从不讲享受。不是她家里没那个条件，或许是跟她生活质量的标准不算高有关吧。但是，碰上各种捐款救助，她却从不含糊：每一次她捐的数额几乎总是最多的。在我的印象中上千元的捐款她就有好几次。可是，当我问起她曾捐过的最大一笔数额时，她说不记得了。“我想，我个人的力量虽然小，但全国的力量集中起来就可以解决大事情。毕竟，我的生活比贫困中的许多人好得多。”刘树辉的话很朴实。

“您晋升警监是哪一年的事？当时有什么特别的感觉吗？”

“1995 年，同一批的只有我和邓树义两个女同志。当时没有意识到竟然成了广西第一批晋升为警监的女性，所以也没有什么特别感觉。”

“据我所知，工作多年，您几乎没有休过工休假，每天提前上班，最后离开，不累吗？”

“就我而言，工作已经形成了习惯，假如不能及时完成工作，我心里就像缺了什么似的，坐立不安。我这辈子可能就是这劳碌的命吧。”1998 年 5 月，刘树辉调到广西公安管理干部学院任党委书记，工作的担子更重了，要考虑的问题更多了。即便如此，她也从来没有拒绝过有问题来找她谈心的学生和教工。对学生的思想教育工作，她主要抓“两头”：即抓学生骨干和抓矛盾。一位曾参加过她主持召开的座谈会的学生对此记忆犹新：“1999 年 9 月 16 日这一天让我难忘：刘树辉书记把我们十几个学生找来，每人发一份试卷，都是些政治常识题。譬如写出美国轰炸我驻南使馆 3 位烈士的名字、国歌的歌词等。等我们都答完题后，她对我们解释了为什么出题的原因。用这种方式进行思想教育，我还是头一次见……”

“退休之后我还有个愿望：想当一名校外辅导员……”这样的愿望从刘书记嘴里吐出，我真是一点儿也不感到奇怪。

“有人觉得您心肠狠，说是您的父亲过世您也没回去，女儿那次做心脏手术，非常需要您，但您为了工作，最后还是托朋友去照顾她。”对此，刘书记一笑而过。谁不爱自己的父母和孩子？她是不想因为这耽误了工作啊。工作 30 多年了，她只请假回过四川老家两次，其中一次是她母亲病危的时候。1991 年女儿做手术时，她想方设法安排好。白天要上班托退休的朋友帮看护，但下了班，她就赶往医院，晚上彻夜守护。其间，她从不肯请假，也从没有迟到或早退现象。

与 50 多岁的年龄相比，刘树辉书记的精力显得格外充沛。在我的印象里，她总是风风火火的，俨然没有性别区分。直到那年厅里举办模特大赛，在老年组的表演中，我惊奇地发现刘书记也身在其中。当时的感觉她其实还是很女性的，因为我真是想不到她也会参加表演，而且还化了妆。后来我又听说，她还会唱藏语歌，虽然不是很好听，但同样也能给你带来一种非常特别的感觉。你绝对不会想到，她会守在电视机前看言情电视剧，像琼瑶的片子；也会在休息时选择打打牌，却不需要旁人在后面指指点点……

刘树辉是一个受人尊敬、拥有幸福家庭的成功女人。多年来，她与家婆、丈夫、儿女三代人彼此互相尊重、互相关心。为了支持她的工作，同样担任一定领导职务的她的爱人和孩子们自觉多干家务。女儿和儿子都已大学毕业参加了工作。就在半年前，她家里还有一件喜事：女儿有了孩子，刘书记也荣升为“外婆”了。

采访就要结束了，我突然听说她还有个爱好：每换一套新警服，她都会专门去拍张照片作留念。所以，从警 33 年的她几乎保留了各种警服的照片。

我很好奇，一定要看看。她同意了，于是就有了我们一起看到这样一组珍贵照片的机会。

发表于《南疆警事》2002 年第 3 期

成人洗礼

她是专程回家扫墓的，为了那个已永远离去的父亲。

这是 2003 年 4 月初的一天，女孩站在风里，任思绪飘飞。

女孩闭李莉记忆中最深的黑色是在 1991 年 2 月 24 日那天，时任金秀瑶族自治县公安局刑侦队长的父亲李国康在执行追捕任务中光荣献身。可女孩记得呀，就在那年农历新年，一直忙于公务的父亲还歉疚地向家人许诺说：“等我回来啊，正月十五我要煮一桌好菜补给你们……”

父亲走了，丧失至爱亲人的无情现实沉重地打击她那颗幼小无助的心灵。但生活却仍在继续着。这十几年到底是怎么过来的，仿佛也就是一瞬间而已。当年不谙世事的 9 岁女孩长成了 21 岁的大姑娘。只是，再次触摸那天的情景，心中仍有一丝隐痛。曾经最脆弱的一刹那，是在听到别人喊出“爸爸”二字的时候，自己的急忙转身！

人不可能永远地生活在痛苦之中，是母亲教会了小莉要坚强地面对一切。

其实更小的时候，小莉就固执地认定当个警察最棒。这种认识当然源于自己那个善良的，对家人都很好的警察父亲。

那时的父亲总是身着橄榄绿，记忆中他经常不在家，常常要出差办案。一次他从上海出差回家时全家人都欢天喜地，因为他给母亲买了件羊毛衫，也给自己和妹妹买了好些东西。家里洋溢着开怀的笑声。母亲穿着那件羊毛衫一脸的幸福。父亲走后，母亲把那件衣服当作纪念品收了起来。初中时，由于自己的个头一下子蹿到了 1.53 米，母亲便将洗过后有点儿缩水的羊毛衫转给了她穿。羊毛衫是纯白色的，胸前还绣着两朵花，挺适合她的。衣服上身时，她的感觉中分明多了份特别的温暖。后来她发现，每一次穿起那件衣服，心里总是不由自主地想到父亲的好。她穿了三年，再后来，那件衣服又转到了妹妹的身上。

没有父亲陪伴自己成长，在她心中已渐渐淡化成了一种遗憾。这并不妨碍父亲是女儿心目中永远的骄傲和楷模。父亲走后，女孩眼里所有的警察叔叔阿姨都变得亲切无比，如同自家人一般。1998 年，小莉参加了公安英烈子女赴俄罗斯参观团。跟那些与自己有着同样遭遇的团员们一起交流的时候，她能体会到他们心灵深处真切的痛，她更深切地体会到父亲用生命换来的荣誉的珍贵。她仿佛才真正地读懂了自己的父亲以及父亲的牺牲。

警察，这个神圣的职业成为她心中的向往，完成父亲未竟的事业更成了她最大的梦想。所以，小莉高中毕业后毫不犹豫选择了去读广西公安管理干部学院。2000 年穿上崭新的警服，头顶着闪亮的警徽那一天，女孩内心深处自然比其他同学多了一份庄严和沉重。她告诉自己说，以后再也不能轻易地掉眼泪了。

读书的感觉真好。大一时，女孩无数次地憧憬毕业时会是怎样的一种场景，她还想象着在父亲的阵营里作战的种种滋味。然而，屈指算来，离今年 7 月自己毕业离校的日子也没有几天了。

女孩一直很庆幸，自己性格里全然没有单亲家庭的孩子惯有的忧郁，特别是那股子坚强、直爽、开朗、利索，简直像极了母亲。父亲走的那年，母亲才 33 岁，很年轻，又有一份固定的工作（县民政局干部），有人看她一个人带两个年幼的孩子，主动提出要帮她介绍对象。但她生怕两个孩子因此受到伤害，一直好强地走着自己的路。

母亲这么多年过来的太不容易了。且不说她用一份几百元的工资供两个孩子读书受教育，担起一个家庭所有的负担，更要坚守着失去另一半的寂寞和孤独。母亲将完整的母爱，平均地分给了两个女儿，无论吃的用的，都不多不少，不偏不倚；单位房改时，是母亲用自己平时省吃俭用的钱交了房款，营造起这个遮风挡雨的家；身为人女，母亲在节日里还会买东西、送零花钱给年迈的外公、外婆；对父亲那边的亲戚，母亲也一直很热心，能帮忙的都尽量地帮忙。那个叫母亲做“婶”的表哥，实习时是母亲帮联系的单位，他还在这个家吃、住3年，现在他自己都结婚买房了……

女孩心中的母亲柔韧而亲和。正是母亲一个人的忙忙碌碌，让女孩在感动中学会过一种叫作自立的简朴生活：洗衣服、煮饭，到后山去打柴火，跟母亲一起换煤气、买米，搭上梯子修灯……

还记得在她忙着联系毕业实习单位时，有位叔叔说了句话正打在了她的心坎上：“在县里实习好啊，你多陪陪母亲嘛！”就这么着，女孩到金秀派出所度过了2002年7月至2003年2月那段难忘时光。

是的，从那时起，作为实习生的她才算是接触了真正的警务，也更加理解了做警察的不容易。她记住了母亲的话：这是你工作上的开端，年轻人，多做一些不要怕。上班要去早一点，烧烧开水，搞搞办公室的内务，要多向单位的人学习，做人要有原则，工作上对待办事的人要先让人坐下，帮人家倒杯水……

很多的生平第一次让她感受着从警的激情：她参加查夜，也去抓赌、抓嫖，感到刺激，感到新鲜。而所里有了这么一个女孩，便不需要在行动前专门到刑侦大队临时借用女民警了。当生平第一次去搜身时，女孩想不到人家会把赌资藏进长发里面。每一次行动之后，她都彻底地把剧情一幕幕地回放，从头到尾像过电影一般，慢慢地也收获到了经验。

9月里的一天，女孩在傍晚时分匆匆回了趟家，为的是告诉母亲一声：“今晚有行动，我可能回不来！”“自己要注意哦！”出门时，耳边带走的是母亲的叮咛。做母亲的不知道，就在那天中午，当地发生了一起杀人抢劫案。所长为照顾她，下午安排她在所里值班。但她想多学东西，到了晚上，她强烈要求加入到县里拦截守夜的队伍。所长实在拗不过她，只好同意了。于是，夜风中，她与民警们守在一个山路口，想着凶犯出现时怎么对付他。直到第二天凌晨6点，接到犯罪嫌疑人从另一个方向逃窜已被抓获才收了队……

女孩有一颗好胜心，凡事她都力求做得更好。实习期间让她比较有成功感的是：所里后来把她当成真正的民警来用，户籍那摊活儿基本上让她承担起来了。那段时间，几乎所有来派出所办事的群众没有一个人对这个新来女警的办事能力有过半点怀疑，甚至对女孩的热情服务赞不绝口……

年岁渐大，女孩心里却是越来越依恋起母亲来了，尤其是离家在外更是怀念母亲做的家常菜。宿舍里安有电话，比如学校因为非典型肺炎临时封闭了，她打电话告诉母亲；比如前段时间班里第二批入党的人中没有自己，心中有些沮丧，她也打了个电话回家。听着母亲的句句安慰，心里便觉得很是亲切，很是舒服。母女俩尽可以说些贴心的话儿，包括一起回忆那些相依为命的旧事，感受着那些平平实实的家常幸福。

也就在那时，她才知道，原来母亲这么多年来，逢年过节的夜晚都会梦见父亲。据说梦中的情形也没什么特别的，尽是些家人们在一起的平常生活、交谈之类。她就想，这不奇怪，父母亲感情深厚，可惜的是他们不能相守到老。好在姐妹两人慢慢地长大，能分担家庭的重担了，母亲闭风音的艰辛也熬出了头。

母亲去年退了休，早上锻炼，下午散散步，晚上串串门、打打牌，生活倒是挺有规律的。只是姐妹俩很少在家，平时母亲连个说话的人都没有，她要是有个伴就好了。母亲自己也想找个伴。去年，她与同为民政系统的老廖在南宁学习时认识，老廖的老伴前几年过世了，两人挺谈得来。为此，她专门征求了两个孩子的意见。

姐妹俩当然举双手赞成，她们绝对相信母亲看人的眼光。

“毕业后我能分配在首府南宁工作当然最好，真要分回金秀也不错，可以陪在母亲的身边也是一种幸福。”小莉的话里充满着阳光的味道，透出了温暖的气息……

母亲的话：

小莉从小就很懂事。因为是老大，她平时帮我做很多事情。记得她爸爸过世第二年，我和她上山砍柴。1992年，我家还没有煤气灶。小莉说了一句话：“妈妈，今年我跟你砍柴，我们的柴火可以烧一年。等我长大了，我要让我们家的柴火够烧3年，妈妈你就不用砍柴了。”这话从一个小女孩口里说出来，你能理解我这个母亲是多么的欣慰吗？她独立生活的能力很强，所以16岁那年她去俄罗斯，我都很放心的。反倒是她在派出所实习时，我担心起来。因为家里出过这样的事，所以她去上班或是搞行动，她不回来我都睡不着觉。像去年9月那次夜晚行动，我特意问她，知道所长也去，才稍稍放下心来。她们姐妹从小失去父爱，生活上我们也跟不上人家，我心里就想，绝不能让两个孩子受到一点委屈。说实在的，老廖那事，我跟她们说之前就决定了的，如果两个孩子觉得不好就算了。但她们说：只要他人好、心好、爱你就行了，你爱的人我们都爱……现在，已经退休的老廖来到了金秀，走进了我们这个家……

发表于《南疆警事》2003年第7期

一个警察“工作狂”的激情备忘录

16年的光阴如水般静静地流，这名壮汉为我们呈现的忠诚与奉献却让人无法平静。警察这个职业操劳而清贫，但为人民服务的天职永远崇高而神圣。

——作者题记

黄源德从警纪事：

1984年——1985年：钦州市公安局那蒙派出所民警；

1986年——1990年：钦州市公安局小董派出所民警、副所长；

1990年5月——1995年：钦州市公安局大寺派出所所长；

1995年10月：钦州市公安局钦北分局副局长兼任小董派出所所长；

1997年10月：从小董调派出所回钦北分局任副局长，主管刑侦工作；

2000年10月：因病离开工作岗位。

百姓联名写信，把他这个分局副局长拉回到派出所上班。

黄源德的妻子潘少玲至今还清楚地记得，丈夫去小董任所长的前一晚，亲自下厨为家人做了一桌可口的饭菜。席间，趁她进厨房乘饭的当儿，他揽过家里两位小男子汉的肩膀，小声道：“小董离大寺不远，爸爸会抽空回来看你们的。听妈妈的话，别让她太操心了。”

妻子无意中听到了，泪水悄悄地掉下来……

她不怪丈夫心里只有工作没有这个家，毕竟共同生活了十几年，她太了解丈夫对这份工作的热爱。别人都说他是“工作狂”，那可是一点儿也不夸张。

当然，她也不能怪小董镇的老百姓。他们为什么非得联名写信给上级部门，要求把曾在小董派出所工作过、后来到大寺派出所当所长、现已升任钦北分局副局长的丈夫调回小董“抓一抓社会治安”？纯朴平实的她文化水平不高，但心中认准一个理：如果不是丈夫工作出色，他就不会让小董群众如此的信任。被群众看重总是一份光荣。

事实上，这对于黄源德来说的确又是一次人生的选择。当时的情形是：有关部门接到群众的联名信后认为，黄源德已在基层派出所干了十几年，既已任命为副局长，是应当回局里工作的，但小董人民的请求怎么办呢？民意不可违啊。主管部门最后决定，还是先听听老黄的意见。

潘少玲理解丈夫在家庭利益和人民需要之间作出的选择，但不会想到他在临行前也有种种的不安：毕竟自己的身体状况不如从前了，病痛时常缠身；两个儿子还在读书，非常需要父母在身边照顾；妻子在大寺糖厂当工人，自己去小董工作，夫妻两地分居姑且不说，家庭负担是更重了。

自然，她也没有机会听到丈夫在主管部门领导面前那番朴实的话：“我是党的干部，人民的警察，一切服从组织的安排，听从人民的召唤。”老黄是怎么样的人她还不清楚？他自己决定了的事，没有谁能拉他回头的。

其时，黄源德已在基层派出所干了 11 年，工作经验有自己独到的一套。小董是钦北重镇，钦州人有句俗语，能把小董大寺管好，整个钦北就安宁了。他在小董曾工作过 4 年，有感情了，对那里的情况比较熟悉，群众基础也不错（不说别的，单是黄源德破案时肯动脑筋且人又很卖力地工作这两点，就让小董的群众牢牢地记住了他这个人）。

事实证明，黄源德没有辜负小董群众的厚爱。在他1995年至1997年兼任小董派出所所长期间，共破获刑事案件100多起，查处治安案件600多起，有力打击了当地违法犯罪分子的嚣张气焰。派出所也连续两年荣立集体三等功。

壮壮实实的黄源德站在你面前的时候，你根本感觉不到他是一名领导。不穿警服的他，你甚至觉得更像是一个村民。不修边幅、大大咧咧的他从来都是这样的，既当领导又当兵，在他的工作字典里没有丝毫尊卑之分。

1996年7月19日深夜，小董一名盗窃嫌疑人被富川警方抓获的消息传来。为尽快了结此案，20日凌晨1点，黄源德与战友驱车800余公里赶往富川，为了让战友休息，其中500多公里的路程是由他驾驶的。当晚7时，他们一到富川就去办理了交接犯罪嫌疑人的手续。饭后，他马上要赶回小董。理由非常简单："'严打'期间，所里的事太多了。"见大家都很疲劳，又是他抢先坐在了驾驶员的位置上。第二天中午时分回到小董后，他安排同行的两名民警下午休息，自己只歇了一会儿，下午又忙开了，还跟一名民警到辖区多隆村抓获了一名抢劫嫌疑人。

难道，上天真的如此厚爱我们的"工作狂"，赠给了他一副铁打的脊梁？

在小董的社会治安走上正轨的时候，黄源德便匆匆要离开了。还是出于工作的需要，1997年，他奉命调回钦北，主持刑侦工作大局。11月17日，正把所里的工作移交给新任所长的他听说，这天凌晨，黎钦铁路16局工程队车队两辆东风翻斗车同时被盗，负责侦破此案的刑警大队压力很大时，便连夜从小董赶往青塘，并转战灵山、博白和青塘，直至案破……

周围的眼睛都看到：全身心投入工作的黄源德，总是激情洋溢，精神焕发。

啃下了一堆骨头："神探"之誉来之不易。

面对手上那堆沉甸甸的积案案卷，1990年的黄源德真的有些头痛了：都是些当时啃不下来的骨头，现在又要把它们重新翻出。大寺啊大寺，难道就非要给我这个初来乍到者一个下马威吗？

黄源德把目光盯到那起布匹盗窃案：1989年11月19日晚，个体户周某刚购进价值1700元的布匹放在院子里被人盗走。案发后，警力投进去了，时间也过了半年多，但线索全无。

能够干手净脚盗走那么多布匹，必定不会是外地人。黄源德反复勘查现场，认为是本地人作案无疑。但又无法找到突破口。

换上是别人，也许就收手打道回所了。偏偏黄源德却是个死心眼儿。他不甘心众人所说的能破的话早就破了的混账话，继续沉入现场寻找线索，并对外称：没有结果自己不会撤。

有位村民被他破案的劲头感动，悄悄向他检举了邻村的韦某华。又说，没凭没据的，你仍是不能抓他的。

黄源德想了想：虽然只是韦某华一个人作案，但那么多的布匹必定需要找人窝藏。把韦某华的亲戚逐一排队，黄源德觉得其在南宁的叔叔家最有窝赃的可能性。

钦州民警如神兵天降。韦某华的叔叔一下呆住了，交出了赃物……

黄源德在大寺的工作局面就这样不可思议地打开了。

他与全所民警一鼓作气奋战了半年，大寺的十几起积案全部水落石出。

由此，"德叔"在大寺名声大振，赢得了"神探"的美誉。

说起来，黄源德不是一个爱好广泛的人，但业余时间于他却非常宝贵。你一定想不到，努力钻研公安业务和破案技能竟是他业余时间的唯一兴趣。《刑事侦查教材》、《侦探术》、《古案例选译》、《刑事疑案与行政败诉案例选编》等公安专业书籍是他几经搬家总不离身的宝贝。每逢晚上下乡或办案回来，他都会躲进书屋去读书。

熟悉黄源德的人都知道，他有一本随身携带的笔记本，里面全是他摘录的各国、各地破获的经典案例。难得的是，他能活学活用，笔记本常常会在关键时刻帮他的大忙。这是他在破案时无声的“军师”。

只有在工作中，你才会体验到黄源德身上独特的干练与沉着。他有一颗有勇有谋的头脑。

1998 年 2 月 2 日，钦北区长滩镇谈楼村发生一起持砂枪械斗案，其中一人当场死亡。

兵贵神速。黄源德率人立马赶到现场。经查，此系陆某顺、陆某锦等人与陆某业、陆某瑞兄弟俩为首的两派之争。见到民警，陆某顺一方如见青天大人，急忙气极败坏地报告说，死者陆某锦是陆某瑞用砂枪打死的。现陆家兄弟俩已畏罪而逃，你们要赶快抓他们回来，为死者讨回公道啊……

陆某锦的尸体已停放在离械斗现场 60 多米外的山坡。揭开死者衬衫，黄源德看到死者头、脸部右侧崩缺，整个创口边缘不齐，创口周围无烧灼伤，亦无烟垢，残留部分脑组织也无异物，身体其他部位也无伤痕。一时半会儿的他也说不上到底是哪里不对劲儿，便又去了一趟械斗现场，反复勘查。

功夫不负有心人，他留意到附近的土砖墙上有弹孔。

——那是砂枪钢砂的弹孔。

“死者头部的创伤很可能是其所持的砂枪自爆造成的……”在案情分析会上，黄源德提出的见解让与会者哗然。

整个侦破思路因此扭转过来。

民警们对死者一方参与械斗的人员加大了审讯力度，尤其是陆某顺等抬动过尸体的人。案情随即真相大白：械斗中，陆某锦持土制砂枪发射，不料却被整支枪回击撞伤头部，当场死亡。陆某顺有意藏匿枪支，企图嫁祸于对方……

久经案件考验的黄源德无愧于“神探”这个称号。但中国的“神探”可不好当：不仅仅要能破案，还要你英勇地冲到第一线上。

按老规矩，我先上，你们随后。

1992 年 6 月的一天凌晨 2 时许，防城区公安分局电话求援，声称一伙蒙面歹徒洗劫当地一华侨的家后，抢了一辆出租车朝大寺方向逃跑，劫匪手上有枪械，有凶器。黄源德即带民警上路设卡拦截。事也凑巧（要不怎么说他是名“福将”呢），黄源德他们远远就发现大寺电影院门口停着一辆形迹可疑的出租车，隐隐约约还看得见车上坐着几个神色慌张的青年男子。黄源德的眉心敏感地一跳，“跟我上！”他带头冲向了出租车，眼疾手快地打开车门，迅速制服一名歹徒。车内的歹徒均被擒获，并收缴了赃物及尖刀、手枪、子弹等。

还有一次，“神探”差点儿就把命留在了大寺：那是 1992 年大年初一，大寺镇那桑与那览两村的村民为了一块土地权属问题发生了争吵，双方持棍棒、石头相持着。剑已拔弩已张，械斗一触即发之际，黄源德接报后带领民警火速赶到现场了。他拨开已经开始推搡的人群，站到了对峙双方中间进行调解。冷不防，不知哪来的一块石头砸到黄源德的头部，他当即倒地，不省人事。鲜血染红了泥土，鲜血也唤醒了良知。当日，两村村民自觉平息了械斗。

小董也不会忘记：1995 年 10 月，黄源德所长甫一上任就带兵冲锋陷阵。

小董镇一亡命之徒刚从南宁枪贩手中买到一支“五四”式军用手枪，正在南宁开往小董的班车上。

黄源德即率员出发，在邕宁县与小董交界处台马路段守候。

夜幕降临时分，他们等到那辆班车。

黄源德抢先上了车，很例行公事的样子向乘客们宣布："根据举报，有人在车上偷窃了乘客的财物。现在请大家配合一下，我们要例行检查。"并示意各乘客打开行李。说话间，他那犀利的目光飞快地过滤车内的一张张脸。

根据群众提供携枪者的相貌特征，他在一闪而过的几秒钟内迅速作出了判断：坐在后排边角的那名男子应该就是携枪者。

那人果然做贼心虚，压根儿不敢直视黄源德的目光，冷不防地却要从右肋间掏枪。但黄源德比他更快，以迅雷不及掩耳之势用双手紧紧挟住其双手，令他无法动弹。

这时，一同上车的民警和联防队员一拥而上，当场从携枪者林某腰间缴获一支已上膛的"五四"军用手枪及子弹7发。

由此，黄源德循线追踪，连破2起非法持枪案件，共缴获"五四"手枪2支、左轮2支、子弹18发。

2000年4月的一天，警方获悉：涉嫌杀人的钦北区板城镇古屋村韦某藏在钦北城区城西某私人住宅楼内。追捕之前，早知道韦某持有猎枪的黄源德特别对当晚参战的民警交待：按老规矩，我先上，你们随后。凌晨5时许，他带领围捕民警巧妙地从隔壁居民住宅楼的楼顶跳到韦某躲藏的那栋楼顶，吊下绳索直闯入韦某的房内……

"杀死1人、杀伤3人，钦北区平吉镇垭塘村委关屋村发案。"

案情犹如命令，十万火急。2000年7月7日上午9时许，黄源德接报后即赶赴现场，当场抓获凶手关某添，但另一名凶手关某华已逃逸。

黄源德边审讯关某添边组织民警追捕关某华。傍晚6时许，他在拉网式的追捕中得知关某华的确切行踪，立即带人赶往青塘附近的长麓岭，发现关某华手持一把长柄利斧，正在一个石洞口歇息。不容黄源德多想，凶手一闪身就钻进了山洞。

"把他围困在洞中！"

时值三伏天，闷热无比。此处偏僻得很，援兵未到，守在洞外的4个人谁也不敢离洞半步。黄源德还冒着凶手向外扔石块的危险，到洞口喊话劝关某华自首。

近百人的民警大部队迅速聚拢过来。但关某华执迷不悟地负隅顽抗，最终被当场击毙。

这晚12时许，黄源德和战友们才吃上当天的第一顿饭……

在黄源德的办公室和家门口，各立有一块牌子："说情者止步！"

也是刚到小董不久的事。

这天，几位原先在小董镇地下经营过小赌摊的老板听说黄源德重回小董"执政"，悄悄到派出所找他来了。

黄源德是聪明人，很快听懂他们话中有话：只要允许他们暗地里开设赌摊，可以给办案经费困难的派出所赞助一些经费。当然给黄领导的好处更不会少。

道不同不相与谋。黄源德三言两语就打发他们走了。

一年里，仅在小董辖区，光是黄源德查处的赌博案件就有44起。

一年后，小董街上原先暗地开设的赌摊完全销声匿迹。

一位在小董经商的亲戚，其子因参与一起抢劫案被抓进派出所。考虑到自己"朝中有人"，他不慌不忙地封了一只内有1500元的信封给黄源德送来后，便神态若定地在家里静候佳音。

不曾想，他那个警察亲戚丝毫不买他的账。他当然听不到黄源德在所领导会议上一席话掷地有声："虽然他是我的亲戚，但亲情归亲情，法律归法律。"但从当天黄源德就与副所长一起来家，并把钱送回开始，他知道大事不妙了。

他的儿子后来真的被依法判处了3年有期徒刑。

黄源德是个冷血的亲戚，甚至连黄源德的老父亲都领教到了儿子的无情。

那次，是家乡一位堂叔的儿子因盗窃耕牛被那蒙派出所抓获。

老人很自然就想到黄源德：作为副局长的亲戚跟属下说一声，事情会好办得多。便直接请黄源德的老父代去说情。

岂料，老人家出马也没能够马到功成。黄源德一句话就把父亲顶了回去："我给你讲了情，那我今后还怎么去破案，还怎么去做工作？"

经这事，为避免亲朋好友间无谓的尴尬，黄源德感到有向他们打声"招呼"的必要。于是，在他的办公室和家门口各立了一块牌子："说情者止步！"

黄源德不是不知道，这会得罪一些人。而他自己并非一个无情无义不需要帮助的人。

他的家境可以说是非常不好：父母年迈多病住在农村老家，妻子1988年户口农转非后，很长一段时间在家待业。1990年，他当所长时，妻子叫他帮找份工作，他就总说"没时间"。妻子只好自己上街找些小工做，帮人挑砖建房子，到饭店端菜端饭洗洗碗碟，换取微薄的报酬补贴家里拮据的生活开支。直到1992年10月，派出所的其他同志看到所长整天忙工作，一家4口的生活主要靠他一个人的工资维持，便多方为他求助，才把他的妻子安排在大寺糖厂当了一名工人。黄源德调回分局后，同事们都劝他想办法将妻子从远离钦州30多公里的大寺调回钦州，妻子也为照顾他及两个儿子读书叫他活动一下。结果，同事和妻子都被他狠狠地批评："现在有工作就行了，为什么要给组织添麻烦？"

走进他的家门，你会发现这个家的简陋：两房一厅的房子里没有一件像样的家具，床是最简易的木板床。它们都是主人当年（1979年）结婚时的"元老"了。唯一值钱的东西，就是那台25寸彩电。

可不是么？这里怎么看怎么不像一个副局长的家。

这样的官，老百姓喜欢。再多，也不会够。

头脑有些清醒了的黄源德用手比划着，要妻子送他去上班。

读者已经看到黄源德那张工作照了，意气风发的他正指点着江山文字。可现在，昔日的雄风已荡然无存，黄源德瘫痪在床，不能言语，日常生活，一切的一切，全靠人护理。

这一定不是黄源德所愿意出现的状况。他的心必定还在工作上。

我们的工作狂也是血肉之躯。他一直都在忘我地工作，无暇顾及家庭，更不会珍惜自己。因长期超负荷工作，他早就患有高血压。

就在病倒前几天，他已预感到身体不支，曾两次到医院想看病。可一到医院，看到病人排着长队，想到工作如此繁忙，他又不忍心把宝贵的时间浪费在医院里，浪费在排长队上，便匆忙去药店买了点降压药，又与战友相约出发。

他绝对没想到这一次的倒下竟会与自己终生痴迷的刑侦工作诀别。

这天是2000年10月28日。

上午，他与教导员申宗宪、刑警刘汉东一起研究分析平吉镇那起伤害致死案件。

下午，接到举报说杀人疑凶在平吉露面，他迅速组织抓捕小组赶到平吉现场指挥围捕。

晚上9时许，奔波了一天的他回家洗完澡，正想到分局参加“三项教育”讨论会，刚出家门，突然扑倒在地，昏迷不醒。因长期超负荷工作，过度劳累而诱发颅脑大出血，黄源德被送进钦州市第二医院施行开颅手术……

人生最大的无奈就是远离自己的热爱。

今年2月25日早上，在病倒了4个多月之后，头脑有些清醒了的黄源德让妻子替他穿上新式警服，把他以前随身携带的手机、BP机、笔记本放进公文包，用手比划着要妻子送他去上班。当妻子按他的意思要搀扶他起来时，他真恨自己为什么站不了……

黄源德这种对工作的执着让人在无声中感动得要流泪。从警 16 年的点点滴滴，终于凝聚成了他生命中不能忘却的一段激情岁月。

发表于《南疆警事》2001 年第 5 期

做官一张纸，做人一辈子。身为广西壮族自治区公安厅警卫局局长的华超清，在生命的最后一刻，仍然惦念的是手头没有完成的任务，他经常这样说——

做官就要做个好官

今年6月29日参加完广西公安警卫部队“七一”表彰和大练兵阶段总结大会后，广西壮族自治区公安厅警卫局局长华超清心脏病发作，于22时05分溘然辞世。这时离他退休只剩11个月。

警卫工作绝对不能出问题，没有下不为例可言

平时，华超清讲得最多的话是：“警卫部队无小事。警卫工作绝对不能出问题，没有下不为例可言。”作为警卫局局长，为确保圆满完成每一次任务，华超清的心时时刻刻提在嗓子眼上。凡等级任务，他都认真部署，妥善安排，既当指挥员又当战斗员。很多时候，他亲自带人落实措施，严密部署行动方案。用华超清自己的话说，当警卫的领导压力更大，必须得“黄连树下弹琴——苦中作乐”。

1998年，美国总统克林顿访华，在桂林，总统只是7月1日那

一天里有八个小时的停留，可华超清带领官兵从4月份就着手准备。华超清和同志们对克林顿发表演讲、参观游览现场、路线和路线周围山地和村庄等进行了多次周密细致的调查和走访，白天收集情况，晚上回单位加班加点整理材料。那里高速公路还没有完全通，华超清往返南宁桂林多次，许多地方都是徒步走访。他所走的漓江沿线村庄有人见他都说："哎，看那个老头又来了。"

1996年至2004年上半年，警卫局的等级勤务总量达2180批次，均安全圆满完成，警卫工作多次受到了上级领导的肯定。华超清功不可没。

一个人的生命有限，可他把有限的生命献给了警卫事业

1996年6月，一纸调令，华超清奉命从武警广西边防总队南宁地区边防支队支队长的岗位调任自治区公安厅警卫局局长。这是一个全新的考验和挑战——华超清充分调动起大家的积极性和主动性，夜以继日地搞调查研究，一个环节一个环节地熟悉业务，很快理顺了各种工作关系。

一手抓警卫任务，一手抓队伍正规化建设。这是华超清在警卫局长任上的辉煌。

警卫队组建初期，借住在广西军区青秀山下的废旧营房，环境十分艰苦，硬件设施也很不完善。华超清亲率机关人员18次深入警卫队，在检查、指导工作的同时，与大家一起平场地、修设施。为了改善机关部队的办公、训练条件，华超清一个部门一个部门地协调。最后，自治区政府特批竹溪大道半山坡的30亩地作为警卫培训基地用地。2003年4月1日，警卫队综合楼落成，警卫队官兵迁入新营房，结束了建队以来没有正式营房的状况。2003年8月1日，局机关也搬迁至新的办公大楼。

近年来，华超清大刀阔斧地建章立制、规范办公程序。随着值班制度、部队管理规定、后勤管理规定的出台，营区管理逐步走向

规范化，业务也走向规范化，进而带动全区警卫部队的正规化建设。很多老同志都肯定地说：老华这个班子是历年来最团结、最实干、最有凝聚力的班子！

但是，又有谁知道，在这些成绩背后，是常人难以承受的超负荷工作，更是华超清身体的严重透支。

华超清的心脏不太好，在他的车上、办公室和衣服口袋里都备有药品。就在去世前不久，华超清为了“中国—东盟博览会”的安全保卫工作，多方勘查，到处奔波。有一次心脏病发作，他吞下救心丸后用手紧紧捂着心口，足足歇了几十分钟才缓过劲来。但是这一次，就在他离退休仅剩 11 个月的时候，无情的心脏病将他击倒在工作岗位上，再没有醒来。

对工作有责任心，才是做人的品行

华超清住在单位大院里，逢年过节，他都会请单身的同志到家里吃饭，让官兵们在节日里感受到家的温暖。对于官兵们工作、生活上遇到的困难，他都会细细地过问。

华超清非常俭朴，即便是公务开支他都尽量节约，从不大手大脚，不乱花一分钱。自从搬到新办公大楼，局里的汽油费急剧上升。从那以后，只要不是出差或是有急事，华超清上下班都会坐局里那辆旧班车。出差回到南宁不管多晚，他都要赶回家里吃饭。司机小赵说，他曾受华局长之命到警卫队食堂缴纳伙食费 200 元。因为那段时间华局长的家人外出，他自己没开伙，到食堂吃了五天饭。华超清常说：“做官一张纸，做人一辈子。做官是临时的，组织上任命你，你才能做，所以做官就要做个好官，不能以权谋私；可做人是一辈子的事情，要诚恳，要有责任心，那才是做人的品行。”

警卫局建训练基地时，不少承包商、工头主动找上门来，承诺给予种种好处，以期承包工程。背后有人说这是发财的好机会，也有人说这是升官的好时机。但他以自己的行动有力地回答了人们的种种猜测。对基地建设工作项目，他从来不先发表个人意见。工程承包不搞暗箱操作，而是通过调查让有实力的单位一起竞标，一切公开化、透明化。那些别有用心的人根本无可乘之机。

在令人敏感的人事变动、调整、提拔等重大事项方面，华超清都会广泛征求听取各方面的意见，也都必须经过党委会讨论这一关，从来不会个人说了算。机关的一位处长感慨地说："外面总说什么买官卖官，但是我从副营到正团，就没请过华局长和其他局领导吃过一次饭，喝过一次酒。"

走进华超清的家，客厅里摆放着简单的木沙发，地上一个吱吱作响的落地小电风扇不停地转动。自治区领导在他去世后到他家里慰问时噙着泪感慨道：真想不到这是一个正师职领导干部的家！几年前，华超清的爱人因单位效益不好提前内退，每个月只有四五百块钱，儿子退伍以后工作一直没有着落，至今仍在一家私营企业做临时工。对于他这个级别的领导来说，帮儿子找个相对稳定的工作不是什么难事，可他一拖再拖。

前两年，因为感到胸闷，华超清不得不到医院做了心血管造影，医生说他胸部有两节血管已经堵塞，必须做"搭桥"手术。手术时间不长，但手术后必须花几个月的时间来调养。万一有任务呢？局里缺第一把手，很多工作就不能马上拍板，难道让同志们跑到医院请示？不行！药，记住随身带就是，忙过这段再说吧。出现不良反应他就吞服一两粒药丸顶过去，休息一下，继续投入工作。

"博览会任务完成了我就去住院！"华超清到底禁不住妻子三天两头地劝自己住院，总算对她做了这项口头承诺。可他到底没有等到那一天！

发表于《人民公安报》2004 年 9 月 13 日一版

“十八般武艺”大师黄桎林

从警十五年，他以精干、血性、搏命著称，集法医、痕检、侦查、抓捕、审讯、擒拿格斗、开锁、心理咨询师等“十八般武艺”于一身。

从警十五年，他出各类现场 7014 起，尸体检验 1120 具（含协助交警、安监部门尸检）、活体检验 4270 人次，出具鉴定文书 2884 份，鉴定结论无任何差错，均被法院采纳。

从警十五年，他先后被评为全国“百佳刑警”、全国优秀人民警察，荣获个人一等功一次、个人二等功两次、个人三等功五次。

他，就是广西崇左市公安局江州分局刑侦大队大队长黄桎林。

一

当法医是不是做警察？有警服穿吗？ 2003 年崇左市公安局欲招一名法医。黄桎林仅问了两个问题。得到肯定的回答后，他的一颗心狂跳不已。

也难怪，十年前高考报考警察院校因为体能测试未合格，黄桎林不得不与从警梦失之交臂，可做警察的念头却从没有放下。

这次招录法医，机遇难得，年近三十的他虽已在崇左县人民医院做到了中层，领导赏识，患者追崇，年轻有为，春风得意，但他还是难忘初心，果决地报考了法医，结果被顺利录取。

可是，警服刚上身，第一次出警就给了黄桎林一个下马威。

“就是入警那年，2003 年 10 月 22 日下午，江州区驮卢镇灶瓦村水口屯附近的龟背岭发现一具女尸。”死者李某，六十八岁，水口屯村民；被发现时尸身覆盖树枝，下身裸露。

解剖，鉴定。黄柽林判定被害人死于钝器伤，并从创口形成及颅骨骨折现象，判定凶具是木棒、石块。而从死者阴道内提取擦拭物送检，检出一男性 DNA 基因型。从临床医学到法医学，从医经历让黄柽林自信、沉稳、睿智，他借来抽水机，抽干鱼塘，打捞出黏附着头发的白枣树干和石块。

“新来的法医得啵！”群众的眼睛雪亮，战友们也心服口服。

此案定性为“10·22”强奸杀人案。排查重点放在特殊人群上：二十岁至六十岁，当地农村鳏居者及外地流浪汉、有性犯罪前科的单身男性，甚至聋哑、不同程度的精神病患者、残疾人。

“一开始都想着案子应该不难破。毕竟找到嫌疑人，比对 DNA 就会中。”黄柽林说。

驮卢镇是江州区第一大镇，灶瓦村是驮卢镇第一大村，但符合上述先决条件的人终究是极少数。江州分局动起来了，大批警力配合专案组进行地毯式出击，先圈定一百多人，又从中筛选确定二十多名重点嫌疑对象。除了讯问核查，最直接办法是：提取 DNA 检材化验比对。

崇左市、县两级公安机关当时尚不具备遗传基因检验的高端技术和设备，检材得集中送自治区公安厅物证鉴定中心检测。第一批送检，一来一回花了不少时间。好不容易等到的结果，却是送检检材的 DNA 图谱无一对上号！

“一把尺子量下去，是或不是很明显。如无 DNA 早破了，但破的可能是冤假错案。”黄柽林记得当时有个六十多岁的嫌疑人，一直跟办案民警对着干，大家都以为他就是嫌疑人，直到验过他的 DNA，才证明实非此人所为。

几次案情分析会，黄柽林都不请自到，听发言，记要点。但接连比对三批都没中，破案期限一延再延。

案子悬着，就管不住有人说风凉话，有人看笑话，死者家族也状告公安机关不作为，甚至有公安机关“包庇罪犯”一说。要不怎么说破案才是硬道理呢？

一年过去，又一年过去……

此案渐渐淡出了人们的视线。其间，分局长、刑侦大队长换了几任。经过十年发展，崇左市公安刑侦技术装备已今非昔比，DNA检测可以在本市完成了。2004年3月，为更好适应工作需要，黄柽林到中山医科大学进修法医专业。2005年至2007年，他又参加了中国刑警学院侦查专业函授，系统学习侦查学和犯罪心理学。十年磨一剑，黄柽林在刑侦口表现突出，独当一面，当上了副大队长。

对一件已被湮没得无影无踪的积案来说，一般很难有破获的希望了。可黄柽林一直对“10・22”案件耿耿于怀。他说：“在第一个案子就倒下，我不服。”

案子已悬了十年，又是命案，想想简直就是刑侦人的耻辱。这里是自己家乡，守护安宁、终结罪恶是警察的天职，决不能让行凶者逍遥法外。这种执着的信念驱使着黄柽林不断找寻着真相。

那份写着崇左县公安局的案卷材料，黄柽林会时常拿出来翻阅，摸来摸去，都摸旧了。

随着DNA技术的不断成熟，黄柽林敏锐地意识到侦破此案的转机来了。

他首先质疑“10・22”案侦查之初关于“强奸杀人”定性。他认为，准确的提法应是“杀人强奸”或“杀人后奸尸”。虽说在造成的严重后果及应承担的法律责任上，两种提法无本质区别，但就刑事侦查学而言，导向可不一样。“强奸杀人”导致侦查走进死胡同，另辟蹊径从“杀人后奸尸”入手，或许就会柳暗花明呢？

黄柽林打开尸检记录，现场勘查照片历历在目：死者致命伤集中在头部，共七处，全部为钝器伤，均为近距离甚至贴身打击形成。

他慢慢地翻阅案卷，仿佛回到那年，又走进了那个触目惊心的现场……

从小在农村长大，黄柽林深知，因为一句话、一只鸡、一棵菜引发矛盾造成流血冲突的事，在农村并不少见。虽说深仇大恨是故意杀人的重要诱因，但决非唯一。被害人个性强，邻里关系不融洽，此易激化矛盾。从凶手就地取材行凶看，符合偶发、突发的特征。死者躺卧的位置下方约两米为鱼塘，上方约十米为贯通龟背岭的小径。小径上有新鲜血渍，至尸体处有一道约十米的拖痕，可认定此为杀人第一现场。凶手欲沉尸鱼塘灭迹，因无法跨越鱼塘四周高出地面近一米的堤坝，不得已就地掩尸？被害人系农村老年妇女，习惯不着内衣裤，仅穿对襟单衣及松紧带单裤，拖曳间死者衣裤脱落，引发凶手邪念……

黄柽林开始大胆采用家族排查法侦办此案。

他把全村村民按姓氏男性Y染色体家族排列。无数次比对DNA样本，一组一组来，一件一件过，过程枯燥无味。

但他坚信，真相也许就在下一个！

都说破案讲究机缘。在提取交通事故当事人吴某DNA样本时，黄柽林发现这份检材与“10·22”案精斑DNA有部分重合。一看登记表，吴某籍贯赫然为驮卢镇灶瓦村水口屯，与被害人同村！电话打到驮卢派出所。民警反馈说，吴氏家族兄弟多，仅同胞兄弟就有四人。

仔细翻阅案卷，黄柽林发现，吴家四兄弟除当时尚未成年的老四外，都曾被列入审查范围，却因不属于重点对象，无作案时间，未进行DNA比对。同一家族男性Y染色体是一致的，在没有基因突变的情况下，亲属成员间男性Y染色体相当稳定。

科学不会说谎。黄柽林认定：嫌疑人就在吴某同胞兄弟及同一家族的叔伯兄弟甚至父辈间！

2014年年初，黄柽林主动申请到驮卢镇灶瓦村当驻村民警，结合警务工作为该案建Y库。

专案组秘密启动，重要信息越来越集中：吴某兄弟中的老四吴某朋，性格孤僻，行为怪异，常偷看色情网页，曾偷窥女生洗澡；初中未毕业即辍学，外出打工，至今未回；目前在福建厦门某电子厂打工。

崇左警方急赴厦门，抓获吴某朋。

“崇左老乡来看你啦！”黄柽林与犯罪嫌疑人一见面，便拍其肩膀，叫他名字。

“唉，到底还是来了。”吴某朋唯有无奈叹气。

黄柽林一眼认出他来。有印象的，当年去吴家，见那少年坐在床铺上。问他的是：“你老爸在家吗？”

十年后，黄柽林又问他：“怎么不结婚呢？”

这时的吴某朋，已在电子厂当上班长，分到一房一厅，月入四千元，不乏女员工追求。

“我也想结婚啊，就怕结婚那天，新郎不在。”原来，一个人内心深处有多大的秘密，就有多大的担忧。

犯罪嫌疑人吴某朋供认：2003 年 10 月 22 日下午三时，自己在龟背岭小道与被害人相遇。因路面狭窄，擦肩碰撞。她差点儿摔倒，随即大骂他不长眼睛，诅咒吴家人不得好死。他气极，从路边柴堆抽出一根木棒，紧追几步，从背后狠击其后脑勺一棒。被害人倒地后更是大骂，威胁说回家召集七个儿子教训他。他再次举起木棒……

上机检测结果显示：吴某朋的 DNA 基因型与被害人体内提取精斑的基因型完全一致。

二

“像我儿子这种案子，还有人管吗？”2017 年的一天，受害人宋某的父亲走进江州分局。他希望早日抓获杀害其子的凶手并绳之以法。

1990 年 6 月 5 日，原崇左县江州镇板崇旧街发生一起故意伤害致死案。十七岁的宋某与郑某、张某、廖某等人因琐事争执打斗，宋某被打中头部、刺中背部，经抢救无效死亡。现场有多名群众目睹了经过。案发后，犯罪嫌疑人逃逸。当时信息技术落后，追逃陷入僵局。警方每逢重要节假日都会组织民警上门对涉案嫌疑人亲属宣讲法律法规及投案自首政策。迫于追捕压力，犯罪嫌疑人廖某于 1991 年投案自首。

“这个案子难度很大，但还是有破获的希望。”黄柽林没有推脱。

1990 年实在有些遥远了。那年，初三学生黄柽林就在距案发地不远处读书。他那天放学后，应该会在回家路上给家里的牛割草了。他不知道在那起案件中，隔壁村有个同龄人因为被几个十七八岁的人殴打伤害而致死。他也无法预料到三年后，为了让他读大学，家里被迫卖掉那头母牛作为学费……

如今，这起二十七年前的旧案摆上了黄柽林心头。他清理柜子，拿出案卷，费心琢磨。

坐着坐着，不知不觉几个小时过去了。就那几个人，现在也不过四十多岁，黄柽林不相信他们全部都从人间蒸发了。

受公安打拐寻亲节目启发，黄柽林突发奇想：何不借鉴打拐寻亲方式寻找涉案嫌疑人？

一号目标张某，那场打斗的召集者。黄柽林常去板崇旧街看望张某父母，还让刑事技术人员提取他们的血样。

“张叔好啊！张婶，病好些了吧？”对老人，他真心诚意，嘘寒问暖。

张婶是重度糖尿病患者，“不行啊，今年都去医院四趟了”，她有气无力地伸出四根手指。

“唉，人老了一身病。”张老汉感慨。儿子要在身边多好。可惜这辈子见不到了。当年儿子离家就没想过他能回来。儿子欠什么不好，偏欠下人家一条命，怎么还？还是不回来才好，免得被抓走。

其实，儿子现在在广州。他们知道。而且儿子现在也不叫张某了，他已丢掉老祖宗的姓氏，隐姓埋名。有关儿子的消息，这些年倒没断。平日联系都是通过妹妹妹夫直接传话，相互间的冷暖也就关照到了。这是张家人守口如瓶的天大秘密。外人不能道也。

二号目标郑某。在宁明亭亮派出所的大力协助下，黄桂林多次锲而不舍地进村。

“你的车怎么经常半夜在从宁明回来的路上？”有交警朋友问他。他笑笑，都是开自己的车去找线索。

有时，他也提议散步去走走，寻找当年的感觉。他发现，村子以前的房子大都只剩下矮矮的围墙。几个嫌疑人家属已搬走，田地也交别人耕作。

但他仍感觉机会来了！突然就有一天，有村民跟他反映，曾在防城港市防城区爱民街见到一个人，长得很像郑某。

当年投案自首的廖某给黄桂林还原现场：死者先动了手，几个人才打他。听说伤人致死后，他们几个躲在山上两个晚上才分散，再无联系。二十多年来自己一直在村里，警察多次查上门，哪还有什么正常生活？老婆都找不到。

黄桂林感觉到了他对沉重生活的无奈。

对每个犯罪嫌疑人的各种亲属关系，黄桂林又查了一轮，一条条线索慢慢地捋。

接着他又积极争取到崇左市公安局刑侦支队的大力支持，将张某父母的血样放进全国 DNA 库比对。结果惊喜来了！户籍地为钦州市大直镇屯宽村委会公车村一名叫曾寿奔的男子，与张某父母确认有亲子关系。

DNA 线索指向明确，一开始大家都很诧异。因为以民警对其家庭情况、家庭成员的了解，都知道这对老夫妻一辈子没出过远门，土生土长的本地人，怎么会在钦州有人跟他们有亲缘关系？是私生子或是其他？黄柽林与民警继续摸排，同时马不停蹄地赶到公车村核查。

去前，先找当地派出所了解曾寿奔的情况。反馈说，此人常年不在家，家里人也搬走了。民警遂以扶贫名义进村打听。

“我们想找曾寿奔。”黄柽林问最熟悉村情的村主任。

“你们找谁不好？真不知道曾寿奔二十年前就死了？”村主任很奇怪。

死了？那那个活着的、比对出 DNA 的曾寿奔又是怎么一回事？黄柽林心里打鼓。

“你们不信？”村主任直接带民警翻过一座山，来到一座坟前。他拨开杂草，用手刮刮那块石碑，“信了没有？是我亲自帮埋的。”

墓碑上，赫然写着那个曾姓名字。“那时我是队长，病死的……都没有棺材。他还有个哥哥在崇左，都不再回村了。”

曾寿奔已死，但曾寿奔的户口却并未注销。经多方走访，黄柽林查实了曾寿奔二代身份证上的照片，就是张某本人无疑。张某将身份漂白为曾寿奔后，曾在广州因为抢劫被判刑四年，用冒名顶替的身份坐过牢。

把疑点一个个排除，剩下的那个就是真相了。黄柽林十分高兴。

更让他高兴的是，经过信息研判，发现“曾寿奔”就在广州市白云区活动。

再说另一嫌疑人郑某。他果然在防城港居住。此人也漂白了身份。调查发现，他之前的身份证号码还在使用，只是持该身份证的人名叫凌建华。

原来，事发后，郑某连夜逃跑。过了两年，他叫他哥到派出所把他的户口从父亲的户口本迁到母亲的户口本。之后，他便改随母亲姓凌，轻而易举由郑某改名凌建华。他庆幸当时父母没住在一起，户口是分开的，没有合户。换到新的身份就重新做人吧。他在防城港做起了装修生意，结了婚，生了三个孩子。2000年出生的女儿还交给父母帮带，老人对外就说是在某某地捡到的女婴，到派出所要求入户当女儿养，都有惊无险。想来，那么长的时间都过去了，那件事也该过去了吧。因为自家车子被偷盗，凌建华曾去派出所报案，留有报案记录。在这份报案记录上，凌建华的身份证号码与郑某的号码一模一样。

调查期间，黄柽林去过凌建华的居住地，装作不经意地跟他聊过天。其实一看到他，黄柽林心里就已确认了八九分。郑家几兄弟间的相貌很像。曾经几次上门提取郑家兄弟的DNA，黄柽林都把话留下："劝劝他吧，不要跑了。这样跑，什么时候是个头啊？"局里有同事跟郑某还是堂兄弟，这些年也不知其去向。黄柽林将偷拍照片发回让同事辨认。回复说，像。

黄柽林最先固定的是租住在防城港市防城区爱民街的凌建华系郑某本人。但是，只有一个犯罪嫌疑人，审判是判不下的。又经过一番努力，主要犯罪嫌疑人张某奇迹般地被比对出来。

是否可以收网？黄柽林主动到自治区公安厅刑侦总队汇报，请求协调。总队立即出面帮忙。

2018年3月29日，江州分局组织精干警力赶赴广州，与天河警方配合，将潜逃二十八年之久的张某抓获归案。与此同时，黄柽林率另一组人马到防城区爱民街抓获了郑某。

回程的路上，张某沉默以对。他声称本名曾寿奔，对真实身份不打算认领，直到黄柽林与他面对面。

"曾寿奔？有些东西你是改变不了的。"黄柽林胸有成竹，"曾寿奔已经死去二十几年了，那块石碑上刻有他的名字。你不是他本人。你的态度好不好，决定你后面的判刑。如果你认，现在还有机会。如果不认，估计就没有机会了。"

张某装作不明白："你想说什么？"

黄柽林不说话，给张某看一段之前所录的张老汉夫妻的视频，

“那一年，你跪在他们前面，才十几岁就跑了。都这么多年了，难道你就不想见见父母吗？你敢认你的父母吗？你信不信我拉他们过来？我估计他们会认你的！”

张某一下子失声痛哭：“我承认，我是张某。我想见我父母……”

至此，此案四名犯罪嫌疑人已有三人到案。最后一个确定身份的人叫“梁拉”，也是受害人同村隔壁邻居。有消息说他跑到越南去了，生死不明。若有线索，只要人到案，马上可以起诉。7 月 20 日，案卷交到检察院审核。

8 月 22 日下午，我在江州刑侦大队采访黄桎林时，听说法院刚打来电话，这两天案子开庭。黄桎林很振奋。

一抹斜阳正悄悄地打在黄桎林的左肩上，他就坐在光影里。2006 年至今，江州辖区共发命案八十二起，黄桎林全部参与侦办，全部侦破，另侦破命案积案四起。

“江州区能连续十二年命案全破，黄桎林功不可没。”崇左市公安局副局长许胜武给予高度肯定。

三

一把手术刀成就了黄桎林。

黄桎林手中的手术刀，在众人眼中，仿如一件神器。神器在手，手起刀落，一刀惊人！

2006 年 3 月 30 日七时许，110 接报，国道 322 线板利路段道边发现一辆被焚烧严重变形的轿车，车上有两具尸体，起火原因不明。现场位于 322 国道原崇左县板利乡与宁明县北江乡的临界点。车卡在路边树干上，右前轮悬空偏离路基。

经检验，车上可燃物已烧毁殆尽，两侧车窗及前后挡风玻璃全部爆裂熔化。前后两排座椅仅剩金属框架，严重变形。两具尸体分别躺在驾驶座和副驾驶座，凭肉眼看不出男女。两个座椅靠背已调至最低位置，车辆挡位处于空挡位置。

按照交通事故或者火灾事故处理程序，尸表检验结束；但就事故定性，却有不同看法。交警认为，从车头与路边树干碰撞的损伤程度看，不至于爆炸起火。如因驾驶不当发生碰撞爆炸起火，起火部位应是引擎。现起火部位是驾驶室，疑为线路老化短路起火或者驾驶室内不当用火而引起失火，交通事故理由不足。消防反驳，检查发现汽车挡位处于空挡，驾驶员违反驾驶规则空挡溜坡，因刹车无法控制而撞树。车辆在行驶过程中起火，不应由消防部门负责。经现场消防专家分析，有三点可以确定：起火点在驾驶室，火是从前面烧到后的，有助燃器。

但无论是交通事故还是火灾事故，都仅要求尸表检验。之后，尸体会送殡仪馆解剖。

黄柽林发现了三点可疑之处：首先，事发地点处于坡底，斜坡呈30度，坡长800米。如空挡溜坡，车辆势必抛出路面，而不是右前车轮悬空。其次，两个座椅靠背放到最低，呈135度后仰状态，不符合车辆正常行驶状态。夜间行车副驾驶位置调低座椅至半躺卧状态可以理解，驾驶员则完全不可能。最后，起火点在驾驶室，如无其他助燃物，车辆不会如此严重损毁。车门严重变形是火烧而非碰撞导致。起火时，车上人完全可以开门逃生。为什么没走？除非人已处于昏迷状态甚至死亡。

黄柽林将疑点向两位前辈——市局刑侦支队资深法医任正建和李国汇报。

其实这些疑点前辈不是没看出来，只是不愿轻易表态。假如黄柽林的推断成立，这起或交通事故或消防事故，立即就会上升为刑事案件。消防专家分析确定了三点后，沉默了一阵，才说："那就意外吧。"

黄柽林一直在最前边听着专家们的分析，此时忍不住发声了："如果这样说，法医书要重写了！"

这句话简直掷地有声。

黄桎林之所以敢说这话，不是没有理由的。从专家看完现场，到领导表态有段时间，殡仪馆的车还未到，他拿手术刀在尸体气管割下一刀，见气管很干净，更是笃定。

手术刀已然揭开了迷雾的一角。

为郑重起见，市公安局领导请区公安厅刑侦总队派出刑侦专家增援。

解剖，仍由黄桎林主刀。两尸面颅骨未见明显骨折，排除因头部打击致死可能。喉头、气管、食道、支气管及其分支管腔内壁均未发现烟灰附着，可认定为死后焚烧。按照法医学原理，被焚烧致死者的呼吸系统中，应该能检出烟灰附着，反之，则不能认定为生前焚烧。

继续解剖，更有惊人发现：驾驶位尸体系男性，副驾驶位尸体系女性，均提取到圆形金属弹丸和弹托，系 16 号弹猎枪近距离射击致死。

痕检技术人员也有发现：汽车上方约三十米处路基泥土中，检出大量汽油成分；汽车驾驶室的大量灰烬中，检出已烧结融化成球状的塑料制品(经技术化验证明系十公斤左右塑料油桶)；车内提取到几十颗圆形金属弹丸。

一起典型的杀人焚尸案!

黄桎林为此大胆进行现场重建：凶手枪杀两人后，将尸体置于后备箱，开车沿 322 国道南下，至长坡中段停车并把汽车挡位挂至空挡，把尸体移至驾驶室座位，浇上助燃汽油后，顺手把油桶扔进驾驶室。后凶手推车顺坡而下，欲将车子推下路侧深沟后点火焚烧，制造交通事故起火假象，未料汽车滑行中车头被树卡住，只得就地焚车灭迹。

走访附近村民得知，汽车起火时间为 30 日凌晨二时许，焚烧约两小时。

黄桎林据此判断，案件系一人所为，凶手系成年男性，身强力壮，有私藏枪支嫌疑，汽车驾驶技术熟练，熟悉焚尸地点路况及环境特点，不排除有人接应。轻型轿车后备箱装两具成年人尸体，必然因失重而导致车头上翘，不利远行，故推测杀人现场与焚尸现场不会很远。

迷雾几乎马上就要驱散。接下来，是寻找尸源。

整车全部包好送检。被烧汽车发动机及车架号码，通过技术手段很快还原：车牌号码为“桂 A-0XX68”，海南马自达轿车，车主马某，南宁市某律师事务所律师。另一尸体身份亦确定——马某婚外恋人杨女。

与杨女合租者提供线索，3 月 28 日晚九时许，曾接杨女用座机打来的电话，说一个人在宾馆太无聊。座机电话系县城某宾馆客房电话。

专案组调出两名被害人失踪前后的电话通话记录。发现马某曾打给一台不知名的小灵通，很可疑。这台小灵通自入户仅用过四次。第一次是主叫，3 月 16 日打给号码为 13737196XXX 的移动电话。第二、第三两次也是主叫，分别是 3 月 16 日和 26 日打出，接听方是马某手机。最后一次是 3 月 28 日十二时二十分被叫，主叫方为马某。调查发现，13737196XXX 号码曾出现在马某手机通话清单中。手机持有人被请到了公安局。她说 3 月 15 日马某来电，请她代购一台小灵通送朋友，并留下姓名及电话号码，叫她办好即联系托运。她记得收件人叫王某。

王某，男，三十四岁，XX 县人民检察院专职司机，兼职法警。原籍广西宾阳县，与被害人马某同村。曾在某侦察连服役，体格强健，嗜爱打猎及野外生存体验。3 月 28 日，王某上午在单位上班，下午以去医院检查身体为由，请假半天。29 日，王某上午照常上班，但十时三十分提前离开，还是请假去医院。王某具备作案条件。

4 月 20 日，王某落网。缴获 16 号双管猎枪一支，子弹 5 发，小口径步枪子弹 330 发，军用“五四”式手枪子弹 19 发。据王某交代，又从其朋友家起获松鼠牌16号双管猎枪及小口径步枪各一支。经弹道痕迹检验，松鼠牌16号双管猎枪正是杀人凶器。

黄柽林参与了对犯罪嫌疑人王某的审讯。王某交代如下：

因经济纠纷，王某对马某起了杀机。3月26日，王某以介绍诉讼案件为由诱其到宁明。28日中午，马某、杨女到宁明后，王某接应。马某到宾馆开房，安顿杨女后重新上车，发现后排座上多了一支带枪套的猎枪，便问带枪干吗。王某说早春自然保护区内正是山鸡繁殖期，运气好打上几只，晚上可以打牙祭。王某驾车载马某进入自然保护区腹地时太阳已下山，在山高林密转弯处，王某停车，说听到了山鸡求偶的鸣叫，并从后排座取了猎枪。马某下车说我怎么听不到啊？王某说你往前走两步，仔细听就听到了。马某往前走了几步，王某朝其后心开枪……后王某把尸体装进轿车后备箱，对杨女谎称马某留宿林场。第二天王某接杨女并杀之。焚车过程与黄柽林推断基本一致。后来，王某给姐夫熊某电话，谎称不小心撞坏了车，想烧车制造交通事故向保险公司索赔，请他连夜开车到距板利乡二十公里的扶绥县柳桥镇接应……

关于此案，黄柽林及时进行经验教训总结，形成《杀人后烧车焚尸伪装交通事故一例》，在国家司法部主管的《法医学杂志》发表。这些年来，他共有32篇刑事科学技术论文陆续发表在《中国医药指南》、《法医学杂志》、《中国刑事科学技术研究》、《中国科学学报》等核心医学刊物上，成果斐然。

悠悠黑水河从越南流入中国大新，在江州区新和镇附近注入左江。

2008年8月3日中午，河上浮起一具肿胀女尸。新和派出所随即出警，发现死者衣着完整，外表无伤，右裤袋检出手机一部。经查，死者农某，十七岁，大新县某中学高二学生。于是民警联系死者亲属辨认尸体并处理后事。

但令人始料不及的是，死者亲属来时，不是几个人，而是四十余人分乘几辆农用车，浩浩荡荡而来。确认尸体系失踪亲人后，群情激愤，声称要抬尸到县政府示威。理由是一个女孩好端端地不会跳河自尽。即便失足落水，学校也有管理不善的责任。

压力前所未有。法医黄柽林立即赶往五十公里外的新和镇，并于下午一时到现场。

此时室外气温超过摄氏 37 度，酷暑难耐。更可怕的是，情势紧急：聚集围观群众已达数百人！五名派出所民警坚守阵地，但防线随时有被突破的危险。

黄柽林举着扩音器，开始喊话，“一个美丽善良的孩子死于非命，谁都想不通。希望你们相信法律，相信科学，相信政府，配合公安机关查明真相。”他要求无关人员离开现场，让死者亲属派代表跟现场处置工作组谈判，“我保证，如果通过科学检验，证实孩子是被害死的，公安机关一定会在最短时间内侦破案件，缉拿凶手。如属其他情况，也会及时给你们一个明确答复。”

死者亲属派出三名代表跟公安机关协商，其余人暂时撤离。协商结果是死者亲属答应给公安机关三天期限。

黄柽林坚持亲属代表作尸检现场监督。

一切准备就绪，黄柽林戴上橡皮手套，拿起手术刀。

此次尸检的艰辛程度，是黄柽林从没有遇到过的。

尸体经过河水浸泡，已高度腐败。黄柽林没戴口罩，蝇蛆顽强地突破橡皮手套和防护服的阻隔，侵入他的袖管和领口。令人窒息的腐臭弥漫在炎热的空气里。尽管戴着两个加厚口罩，三名现场监督的亲属代表已然受不了，他们面色苍白，呼吸急促，开始呕吐。

黄柽林几乎也睁不开眼睛，但他强忍着，不忘叮嘱同事：注意拍摄，全程录像。

解剖持续了四个小时。

黄柽林在尸检报告郑重签名后，向死者亲属代表宣读了鉴定结论：死者系生前入水，属意外溺水死亡，排除他杀可能。

眼见为实。亲属代表完全同意尸检鉴定结论。但调查未能停止。因为死者父亲说过：即便意外落水身亡，学校也应负管理不善的责任。

一个花季少女为什么走上这条路？又是怎么死的？

调查组深入到死者生前就读的学校。班主任说，小农学习勤奋，成绩中上，但不稳定，思想压力较大。上学期发现她精神异常，向家长反映后，家长曾带她到南宁某医院检查，说是没检出什么病。经查证，当时检出小农患有中度抑郁症。调查组又分头找同学了解情况，都说她生前多次流露厌世轻生念头。其书本、笔记本也都被调查组过了一轮，里面有较多厌世内容："抑闷、不如死算了"、"完了，一切结束了"……

黄柽林还看到了小农生前笔记本那句触目惊心的黑色预言：我的最终归宿是黑水河。

"你应该跟我们讲真实情况。你女儿去过南宁市第五人民医院，拿过药，回来还吃过一段时间。你女儿还有很多遗言……"

死者父亲望望他，眼神悲戚，"你是什么人？"

"我是法医，我们要给死者一个交代。你女儿真的想离开这个世界，就让她轻松上路吧。难道，你真的不想让她安安静静地离开吗？"让死者安魂，一直是他作为法医的坚持。

"你们其他人出去一下，我想单独跟法医说。"死者父亲松了口。

"其实我懂的，没想到你那么认真，我有条短信想给你看。"老农打开手机，递给黄柽林。那是一条发自四天前的短信。"爸妈，我走了，永不再见！当你们见到我的时候，我会在黑水河中。"老农心痛啊，女儿真的是顺着黑水河漂走了。

"一开始，他希望我们含含糊糊，给不出结论，他就有借口了。毕竟，送进去的是活生生的一个人，现在却死了，你怎么交代？学校多多少少是有责任的。但现在家属觉得，公安都调查得那么清楚了，没有必要再追问下去，让女儿安静地走吧。他出去后，跟其他家属一说，那几个家属后来也走了。”黄柽林说。

“这件事情成功处置了，领导对我就有了一定的认识。”黄柽林自然是让领导看到了一个优秀的刑侦人才。于是，到了2009年，直接把他从法医提拔为副大队长，后来更是频频重用。

四

交叉互补的联想科学思维，激活的是刑侦的一池水。

黄柽林所在公安机关与医院进行开创性的合作，在全国即便非首创，也是做得较早的。2003年，黄柽林从医转而从警后，力主开通了救助伤害案件绿色通道：只要是公安的案件，受害者不管生与死，到医院马上救助，不涉及医疗费，过后由公安机关出面联系相关部门解决。政府支持，对方赔偿，各方面支持，进展十分顺利。

对接报的每一起伤害案件，黄柽林都会去医院看伤者，已坚持了很多年。

“因为只有一个法医，他们随时打电话给我。这样我就可以掌握第一手资料，避免冤假错案，也避免造假，并且能够及时反馈给办案部门，让他们心中有数，是刑事案件还是治安案件，方便处理。”

“最早的鉴定书，我就是手写的：某某派出所，某某人的伤已达到轻伤，之后就直接签法医黄柽林。想想自己胆子也真够大的。我这是第一个做了。法制部门就凭着这个同意刑拘。刑拘一个人要有依据，历年来是没有人敢这样，都是治疗清楚后才给做鉴定。我甚至可以直接穿白大褂到手术室，看伤者缝了几针。第一时间都在忙抢救，谁会想着去搞假？”这是黄柽林认真负责的担当，当然也包含有对当时法医技术人才匮乏的无奈。

“有人要告我，但我手上有原始资料，根本告不动。一摆出来，他没话说了。特别是伤痕鉴定，不掌握第一手资料很被动。”

黄桎林那次去中山医科大学学习，带回不少新理念，为办案人员提供了科学依据。工作于他就是挑战。处置艾滋病，他提倡出警要戴头盔口罩。抓人回来，以前都是铐到所里的树上，但因为胸腹受压，容易造成体位性窒息死亡，他就明确提醒。他说："我跟各个派出所说不允许这样，并提倡要进行入所检查。后来《公安机关执法办案场所办案区使用管理规定》出台，全国统一入所检查，检查是否藏匿危险物品、违禁品，而人身检查也是为了避免带病进来。"

采集高危人群 DNA 信息，注入数据库备库，是黄桎林主导的"蓄水工程"。

2010 年年初，黄桎林担任江州公安分局物证鉴定所负责人。他建议对重点人员进行"蓄水"，即对崇左市公安机关打击处理过的辖区违法犯罪人员、吸毒人员等重点人员进行 DNA 采集。八年来，他带领同事共采集约 1.22 万个 DNA 信息样本。

采用微量 DNA 破案，现已成为江州分局继指纹比对之后的又一侦破利器。

2011 年，城南新区发生多起盗窃案，黄桎林通过对现场痕迹和指纹的收集、分析研判，一举打掉七个犯罪团伙，抓获犯罪嫌疑人 29 人，追回赃物价值二百多万元。

2013 年 5 月，一 90 后女子与友人在 KTV 唱歌，四名男子邀其吸食毒品，以致她意识不清被带至宾馆遭受轮奸。接报后，黄桎林火速赶到案发现场搜寻可疑物证。服务员称，该房间曾接待过另一批客人，是一对夫妇，房间已做过一次保洁。但黄桎林没有放弃，竟还是在客房席梦思与地板不到三厘米的缝隙，发现一团擦拭过的纸巾，上有疑似精液已干结的擦拭物。后纸巾上的擦拭物被确定为精液，放到"蓄水工程"数据库中，比中了一例。由此犯罪嫌疑人落网，对所犯罪行供认不讳。

2017 年 2 月 22 日，中央电视台法治频道《天网》栏目播出《硅胶面具》，其中对黄桎林进行了个人专访：

2016年9月21日，江州区江南路某珠宝店被盗取玉石银器一批，价值35万元。嫌疑人为一名蒙面男子。案发现场遗留有面具及液压剪、撬棍、手套的痕迹。黄柽林结合视频监控和现场勘查分析研判，认定嫌疑人应是提前踩点放置了作案工具，具有一定的反侦查能力。

此案还未破，另一案又起。10月20日凌晨三时许，附近另一家珠宝店也被盗，幸亏巡逻民警和店主合围追捕，嫌疑人弃赃逃离现场。黄柽林提取到嫌疑人现场遗留的鞋印，经比对发现与“9·21”珠宝店被盗案提取到的鞋印高度相似。而进入现场方式亦同，都是剪断店铺窗枝后钻入。在嫌疑人丢弃作案工具及赃物的楼道，黄柽林发现一个用橡胶制作的人脸面具。经反复鉴别比对，虽然前一面具有头发，而现场起获的面具无头发，但两张面具仍高度相似。他果断提出串并可能，并根据现场遗留面具比对出一个具有犯罪前科的男性DNA，结合前期证据，成功锁定了“蒙面大盗”。

21日中午，黄柽林在掌握犯罪嫌疑人王某国行踪后，组织民警成功将其抓获。一个月前藏匿深圳的赃物均被悉数追回。

五

“法医对于案件的科学定量，像天平，法医的标准不能偏。”黄柽林对法医工作有一种近乎狂热的爱。

十五年的公安侦查实践，给黄柽林的法医学研究提供了广阔天地。

然而，法医在以前，可没人愿意当。因为法医在人们的眼里，是和尸体打交道的人。法医负责前期勘查，而案子破获与否，破获快慢，抓到抓不到人，都是侦查的事。案子查不下去，有时就会有人埋怨法医或技术人员不“给力”，提供不了技术支持；案子顺利破获，带队领导和侦查员立功受奖，法医则很少被提及。

“以前，往往一个分县局只有一个法医。后面这些年才有改观。”黄桎林介绍说。

黄桎林从法医继而转为侦查，他已将二者完美结合。目前江州分局刑侦大队十七人，其中技术人员八人。

“你不要觉得恶心。想想你为什么做警察，做技术。那人死得冤吧，你就要为他申冤。你做的任何事情都是为他。他会保护你……”大队技术员宁媛至今仍记得，自己从警校毕业面对死者惨状手足无措时，是黄桎林的一席话让她安下心来。

“桎哥能力是公认的！”桎哥、阿桎，都是大家对黄桎林的尊称。

想想起初，大家只当法医黄桎林是医生，审讯时会说让他过来帮看看有没有病。

他第一次转型审案，纯属偶然。

嫌疑人被抓捕回来都审了大半天了，没有任何进展，侦查员要出去吃午饭，叫黄桎林帮着看一下。

黄桎林就跟犯罪嫌疑人聊了起来：“兄弟干嘛进来？我以为你是追二妹，二妹不是漂亮些吗？”

“不这样做怎么做？”人家倒反问他。

于是继续聊，朋友似的推心置腹，不知不觉地把该问的都问了，人家也把该说的全说了。侦查员午饭结束，那人也全部供完了。

审讯室有全程录音录像。大家回来看录像，都笑死了，不得不承认黄桎林审讯有一套。

后来，审案开始给黄桎林排班，疑难案件也会叫上他。

为什么领导对法医越来越重视？

黄桎林讲述了2008年的一段旧事：有个六十多岁老人，因邻居间吵架，被年轻人用木棍敲了头。人倒地后昏迷了十几分钟，家人送医院就没救过来。老人入院后，打人者就跑到派出所说我打人了。派出所某领导没在意，说你找点钱帮他治一下吧。到了晚上，有医生打电话给黄桎林，说看你平时蛮积极，怎么这个老人都昏迷不醒了，还不见你来呢？黄桎林说不可能呀，我现在都没有接到案件呢。怎么回事？说话间黄桎林就到了。此时老人已昏迷。问派出所，却说已让打人者回去了。黄桎林急了，说被打的那个人快死了，要出人命了！没想到听说人不行了，打人者便逃跑了。这案子最后是在上海抓到的人，前后花二十多万元，历时八个多月。嫌疑人骑摩托车到上思、防城，去北海，又跟着爬火车北上。但是，命案必破啊！这种颅脑损伤肯定没救，看起来较轻，其实是外轻内重。

从此就有了不成文的规定，遇到打伤人，一定要报法医。现在各派出所都知道了，凡是出警当中碰见有人受伤的，半夜都会发信息给黄桎林，说某某受伤了，现在在哪个医院。特别是打中头部、胸部的，经验教训太多。

有个小插曲：那年冬天，黄桎林孩子三岁，爱人值夜班，他接到电话要马上去医院看伤者，便用警用大衣包住儿子，捎带到了医院。之后他顺手将孩子放在一楼通风过道的长椅上，自己就进了手术室。两个小时后出来，突然想到儿子，他疯了一般跑出去，儿子正在长椅上呼呼地睡得香着呢……黄桎林爱人何英讲到这，不禁流泪了。

爱人何英是黄桎林最坚强有力的后盾。两人曾是高中同班同学、医院同事，他的责任感、做事踏实稳重、对人细心体贴，让她很崇拜。而她一米五的娇小个头儿也能量强大。怀孕后期，正值丈夫转警后去外地警校培训。她白天还在上班，晚上破水自己上医院，凌晨两点多生下孩子，下午就回家了。打电话报告丈夫生子喜讯时，他在跑步，欣喜不已。她叮嘱他安心培训，她记得儿子三十五天后才第一次见到爸爸……

黄桎林全身心地投入各种现场。每一个案件都不能复制粘贴，中心现场不能套用模式，破案没有捷径可走，只有全面细致，反反复复研究。办疑难案件、重特大案件，虽说有发达的科技支持，也不能过多依赖高科技。

黄柽林会在外围先观察了解，选择最好的方式进入中心现场。这是黄柽林对现场的解读。他不提倡零口供，尤其喜欢研究犯罪心理学。其攻心审讯模式有别于之前的车轮战。

“特别是大要案，二十四小时以内拿下来绝非易事。我会先看材料，看犯罪嫌疑人家庭情况，注重他为什么走上犯罪道路，有啥遗憾心愿未了，这事对他打击有多大，后果怎样，如何帮他分析。几个小时在外面，考虑清楚再去接触他。我不轻易上，一进去，我肯定要攻下来。”

唯其如此，才能直达人心！

国家三级心理咨询师黄柽林调整好的角度，能让嫌疑人感觉到与警察是平等对话。嫌疑人把他当作知音的不在少数。

话说 2009 年那起案子。村里报称有人失踪。失踪直至找到尸体，花了四十天。尸体从十八米深的江里被打捞上来，手脚被绑了，颈部捆了石头。犯罪嫌疑人在本村。两人矛盾公开，全村人都懂。

人就坐那里，冷冷地。办案民警从其家搜到《重案六组》影碟及《三十六计》一书。

“我看这个村最有眼光的人是你。”黄柽林跟他谈及风水，“你家的门不开向河里，开在左边。好！”黄柽林去过那个家，可谓家徒四壁，但屋内物件摆放整整齐齐。屋外码了些砖头，还有很多风景树盆景，造型别致。

“你看破红尘，但红尘不看破你。风景树做得那么好，可惜卖不出去。”

“你不结婚，是因为你看不上村里的女人，看上的人又不愿跟你。”那人三十大几年纪，光棍一条。家中还有老母亲。

“你杀人肯定事出有因，你的委屈我们知道。”

“他罪有应得！他让我一辈子受耻辱，我要报复。”犯罪嫌疑人激动起来，说到死者开赌令其受辱的旧事。

“但他罪不至死啊，”黄柽林说，“我只是好奇，你既然知道三十六计，为什么不走呢？”

“我走了，你们不更认定是我做的？”他低下头，仍无语。

“你为什么不起房子，只住小瓦房？砖头你都买了。你不敢起房子，是因为你怕人财两空。”他继续发问，“你是怎么做的？我很好奇。”

这人没让死者出一滴血，在其颅脑处几棍打下去。他很小心，怕留下痕迹，袜子反穿着。他用铁线绑了石头到尸体上，沉江。

“就你读懂了我。”犯罪嫌疑人把罪行和盘托出，辨认现场完全配合。

第二年他被执行枪决。走前，黄柽林去看他。他笑了。当听到黄柽林已帮卖掉那些风景树，留下钱给了他老母亲……

柽，红柳。阿柽父亲早年参加抗美援朝，在北方见过柽树林。耐碱、抗旱、防沙，有着胡杨一般与恶劣自然环境顽强抗争的不屈精神。父亲给家中第五个男孩的名字里嵌入这个生僻字，寄予的厚望不言自明：要坚强，靠自己挺过苦难。

名如其人，黄柽林的性格里，只有不服输，不放弃，永远向前。

选入《中国刑警（一）》，群众出版社 2018 年 12 月出版

钦州刑警曹斌

旧州投毒杀人案

钦州市公安局刑侦支队合成作战室里，曹斌支队长常年熬夜的脸色略显疲累。

面对我的采访，他竟这样开场：这些年，令他最难以忘怀的，不是破案的艰辛，而是刑侦传统工作中那些缺失，以及无可挽回的失误。

传统刑侦办案怎么适应依法治国？怎么适应以法庭诉讼证据为中心的审讯？

曹斌先讲述了他从警生涯中最遗憾的一案。

2003 年 7 月 5 日，灵山县旧州镇上井村委会坪岭村，村民方某全、方妻潘某清、女儿方某妹莫名身亡，留下 5 个未成年孩子，年龄最小的只有 10 岁。

法医尸检鉴定证实：3 人系进食含有毒鼠强的食物后中毒死亡。

我当时是副支队长，负责现场勘查与侦破。一周后将犯罪嫌疑人方国桂抓获。

侦查查明：方国桂一直因为其坡地被放荆棘阻拦等，对邻居方某全怀恨在心，伺机报复。趁其家厨房不上锁且无人之机，将毒鼠药泼洒在饭桌菜上，致使方某全及妻女 3 人死亡。

犯罪事实有书证、证人证言、犯罪嫌疑人供述及辩解、勘验结果、鉴定结论等证据证实，按程序依法移送起诉。

最后法院一审认定犯下故意杀人罪，判处方国桂无期徒刑，剥夺政治权利终身；二审却判其无罪，把人放了。

案子破了，受害者家属只高兴了一时。之后，受害者家属便不断上访。被抓的嫌疑人也不断讨说法，要求国家赔偿。对死者没有一个交代，对生者没有一个结果。

我无奈地表示，自己只能尊重法律。

你问我，人是不是他杀的？我觉得他是犯罪嫌疑人啊。但依法治国要证据。二审判决是客观、公正、合法的。判他无罪对吗？对！按现行法律，他就是无罪。

取证具有不可逆转性。传统刑侦的现场勘查不客观、不科学，导致案件无可挽回的证据流失。作为参与破案的人，你说我能不遗憾吗？

当时认为已做得很完美，但案件判后，再从证据角度回溯，确实工作存在失误。我们未做到全面获取现场物证。原因有三：一是没有理念，二是不懂方法，三是设备跟不上。任何一起投毒案件，你要清楚毒物来源、毒物包装物、投毒的动机。

我们当时组织技术人员，反反复复看现场10天，前后10天呵，难道我们不想看细吗？

现场厨房外的排水沟，长长一截，十来米。为找到中毒物，我们单是勘查排水沟及采样都搞了一周，才验出了毒物成分。

后来犯罪嫌疑人供述是赶集时买的毒鼠药，用白纸包着揣回来。之后就洒到人家的饭桌菜上了。那白纸也在排水沟冲走了。

说实在的，一张白纸，我们确实没注意。再去找，找不到了。

先说作案动机。还有其他人与被害者有矛盾，既然不止一人与被害者有矛盾，为什么只认定他一个人有矛盾而起杀心？

再说证人证言影响证据认定。指控的证人是在被公安机关行政拘留期间做的证言，称看见嫌疑人从厨房里走出来，这个证据被认为采信度不高。

而投毒的毒药，你说是液体毒鼠强，但嫌疑人供述买了粉状的毒鼠强，这个证据链没有连起来。

所以综合认为事实不清、证据不足，作出这样一个无罪判决。它不是不构成犯罪的绝对无罪的判决。

为什么我耿耿于怀？死 3 个人啊，从认定杀人，到最后却作无罪判决。

开始我也不理解。就像你问这案子是不是他做的。是他，但我们回过头，却没证据，也不能恢复当时的现场了。

责任自然在于破案的人。是我们取证的时候不够细致，才导致其翻供时毫无办法。归根结底，是传统刑侦不能适应司法制度的要求了。

再好的犁，你赶头牛，一天也耕不了一百亩地。

这个遗憾，让我明白了现场的重要性，明白了证据收集的诉讼核心地位。

传统刑侦在发案后的“三板斧”是：看现场、去走访、开大会。接着就破案了。

而现代刑侦，要有高效协调的指挥系统、要有大数据侦查手段、要有规范的证据收集和诉讼制度，还要有错案冤案必纠的考评办法。

传统刑侦，是结合苏联保卫工作经验建立起来的一套刑事案件侦查方法。发案后，有人看现场，之后大家研究现场，破案。看现场的人只看现场，搞侦查的人只搞侦查，侦查员不了解现场，搞出来的案件能客观真实？为追求口供，会出现刑讯逼供，急功近利、变相的非法证据采集。

非法证据排除法出台，以法庭审判为中心的诉讼，要求勘查和检验必须分开。如果刑侦人不去改变，莫异于重蹈覆辙。就像 2003 年那起案子，破了案有什么用？

从“微察”到“智能云审讯系统”

曹斌记得刚到刑侦支队时，刑事技术能依靠的设备，就是一台像游戏机大小的指纹比对仪，通过投射进行比对。有人笑他：你辛苦10年搞信息化，你带出的一批人也在搞信息化，有些人搞一下就不搞了，但你还在搞。

曹斌回答：坐的不知道站的腰痛。因为我站着，我知道腰怎么痛，我明白我为什么这么做。

公安科技信息化能力就是警力。以创新为动力，提高公安科技信息能力，才可能解决警力少的问题。

在部队时，曹斌是通讯专业。1987年分回县级钦州市公安局刑侦队，历任钦南分局刑警大队副大队长，钦城刑警大队大队长，刑侦支队二大队教导员、大队长，刑侦支队副支队长、政委，2009年8月任支队长。参与破获刑事案件6000多起，打击处理犯罪嫌疑人3000多人，打掉各类犯罪团伙500多个，追缴涉案财物一大批，破译死亡密码无数。

曹斌认定，大刑侦信息化格局必须要“面向全警、面向基层、面向应用、面向实战”。由他领头创新研发和建设的“109联侦平台”，成为全警查询研判信息不离手的共享平台，在全国26个省市公安机关推广应用。

钦州公安民警2000余人，警力数居全区倒数第二，全市刑侦民警193人中仅有刑事技术民警68人。全市年均立刑事案件9000起，由于刑事技术力量不足，难以应对量大面广的现场勘查，导致十类案件以外的侵财等“小案”现场勘查率低、质量不高。而恰恰是这类侵财等“小案”约占总案的80%。

专职技术员少，基层派出所兼职技术员身兼多职，对“小案”的现场勘查，往往是蜻蜓点水、走马观花，现场勘查率、提取率低，无法形成后期对侦破“小案”的有力支持。

怎么办?

第一步，2015 年他创新研发了“微察”系统，快速采集处警信息，实现侵财等“小案”现场必勘。

第二步，他研发“微察”升级版 2.0 侦勘通，实行“侦勘合一、勘鉴分离”打击犯罪新机制。

第三步，研发 3.0 版，打算 2019 年做云警，集合之前的功能，还将实现现有公安网 PC 端资源向移动端转移。

曹斌坦言，研发应用“微察”系统是被逼出来的。

2015 年，他带领公安局信息技术精英团队，落实公安部“一长四必”现场勘查，创新研发快速采集处警信息和“小案”现场勘查信息的“微察”系统。

该系统不断升级完善，集处警、采集、巡防、核查、互动“五大功能”，成为全警勘查简易案件现场、采集基础信息以及日常警务活动的信息化应用工具，刑事案件现场勘查率达 100%。

“微察”系统获 2015 年度公安部科技创新奖，2016 年公安部创新项目银奖，被公安部列为 2017 年全国重点推广项目。

这之后，曹斌继续创新现代刑侦理念，带领团队不断加大刑侦改革力度，在研发“微察”系统后将其功能进行升级，2017 年获广西自治区公安厅科技创新大赛二等奖。

该平台实现侦查人员与现场勘查人员合二为一，现场勘查和检验鉴定一分为二，变革处警、勘查、侦查、鉴定的传统模式，顺应司法改革，破解多发性侵财案件侦查难题，真正实现“侦勘合一、勘鉴分离”的目的，解决小案现场勘查人员到案件侦查人员的无缝结合，全面提升公安机关打击破案的整体战斗力，真正意义实现更多地“破小案”，更准地“办好案”，更好地“控发案”。

“破案是我的天职。案子破了，犯罪受到惩罚，被害人得到安慰，我们也心安理得了。在心里，也就把这件事放下了。”

1992 年入党、有着二十七年党龄的曹斌说。

褚某荣涉黑团伙案

扫黑除恶，离开党委政府寸步难行。

光天化日之下，公路上一辆客车被一伙蒙面人拦截并打砸。时间是 2016 年 9 月 18 日。大白天的，谁能拦截打砸一辆客车？没有势力？你相信吗？

曹斌带人开始查。从这个案抓了十几人，全部以寻衅滋事个案处理。

外界传，曹斌把治安案件定为刑事案件，是公报私仇。某领导电话打过来，要求曹斌，你要讲实话。

我跟你认识 20 多年了，我是那种人吗？

听说被烧车的是你老表？

那你派人来调查呀？是我什么老表？我连人都不认识。

这两年来，曹斌一直坚持拿事实、证据说话，不断向党委政府报告。

曹斌大义凛然：说我公报私仇，我无所谓；说要制造车祸伤害我的家人，说要搞掉我，我也无所谓。我做一天警察就尽职尽责去做。我不做的时候，我相信别人来做，也同样不会容忍违法犯罪。

最终这起案件，人民法院以故意毁坏财物罪判处该团伙成员 18 人有期徒刑，判决书认定幕后组织者为主犯。

在扫黑除恶这个看不见硝烟的战场上，曹斌毫不畏惧，敢于碰硬，绝不退缩。

对浙江籍房地产商陈某来说，2011 年上半年简直不堪回首。

1 月 24 日凌晨，陈某驾车回家。入车库时，见一辆丰田大霸王商务车正挡着道呢。下车去理论。没等他反应过来，车上下来一伙人将他劫上车。

陈某就这样被褚某荣等多名男子非法拘禁了。这伙人声称有人出钱要杀他，他们可以帮摆平。

作为外地人来钦州，陈某只想求财，不想发生任何意外。于是他一次次出钱买平安。连续 3 次遭非法拘禁，他共计被勒索人民币 1350 万元。

可没想到这伙人竟又绑架他的副总威胁他。他除了报案，别无选择。

这一天，是 2011 年 6 月 23 日。钦州市政府领导和市公安局高度重视，成立专案组。

曹斌支队长是副组长，随即带领民警开展调查取证。

他开始详细询问报案者。

陈某痛苦地回忆起那令人战栗的往事。

那个黑色凌晨，在商务车上，一个声音警告他，有人出 700 万元人民币要他的命，让他老实点。后被挟持到一桑拿楼。进房间才得以打开头罩。

他第一次见到清瘦斯文的褚某荣。褚指着旁边马仔翟说，这位就是出钱要杀你的人的手下。

陈某想不出自己跟谁有仇。

不料褚却说喝茶。

两人边喝茶边聊，陈某竟然与褚父还蛮熟。褚当即表示愿意帮他。

褚拿出一把枪，命令翟躺在陈某当时坐的那张床上，突然快速地用被子将其头部盖住，当着陈某的面用枪朝其头部连击两枪。

随着枪响，那人“啊”的一声惨叫，挣扎几下就不动了。

褚亲自开车送陈某回家。他说既然出手帮你解决麻烦，枪杀了对方手下，以后安全他来保障。由于近段经济困难，要借款 525 万元人民币。

陈某被迫同意，当天中午 11 时许，叫人转 525 万元入褚的指定账户。

2月17日，褚到陈某办公室，以朋友投标需要押金为由，要借200万元。

陈某当天便转账。

褚为蒙骗陈某，几天后归还220万元，其中20万元说是利息。

又过了一段时间，褚找到陈某，称因为帮助陈“枪杀”翟，自己被公安机关抓获，通过公安厅的朋友花了一大笔钱疏通关系才得以释放出来。以此再次向陈敲诈勒索295万元人民币。

陈被迫如数转账。

之后，褚以各种理由向陈某借钱，但陈某避而不见。却不料自己又被人抓了。

抓他的人问：知道我是谁吗？上回我被打两枪，幸亏打偏了，要不然我就死掉了。

原来就是那天被打之人，他居然没死！陈某再次被人戴上头罩劫持。因极度受惊吓，他大便失禁。

陈某当然不知道，当时人家用的是发令枪，事先安排的装死。

然后那人手机响了，一接通就表现出非常害怕的样子。说行行行没问题，你不要杀他们。赶紧把手机递给了陈某。

是褚！褚对陈某说，你放心，我也听说他没死，预见到会对你不利，已经把他家人控制了。他敢动你一根毫毛，我就把他老婆父母全部杀掉。放心，待会他们送你出去。你安全到家，我再放他家人。

过一日，褚给陈某送去两条香港烟，1000多元一条。还说自己每年都要花几百万。公安的治安啊什么都要打点，不然混不来。

之后，褚又以各种理由敲诈勒索。自己因担心人身安全，被迫听命，170万元、70万元、36万元……一笔笔款项进入了褚指定的银行账户。

4月18日早上，褚来到陈某的办公室还车钥匙，叫陈某送其回公司。陈某送褚到公司后，褚持一支改装的装有钢珠弹的发令枪当着陈某的面将办公室一电脑显示屏打穿，以借钱为名又敲诈勒索陈某530万元……

陈某俨然成了褚某荣的提款机，不得不躲起来。

没想到褚又实施绑架……

这个褚某荣，曹斌早就认得的。

此人自小混迹社会。2001年6月因涉嫌盗窃汽车被钦州市公安局钦城刑侦大队抓获，因情节轻微不予起诉；2008年6月在钦州市文峰南路开设钦州市亿宝寄卖行，经营旧货寄卖；2009年10月，褚将亿宝寄卖行迁至钦州市石岭路，任“亿宝投资有限公司”董事长，以投资为名向社会公众吸收资金，进行高利放贷，非法获利；2010年9月21日因涉嫌开设赌场罪被钦州市公安局钦南分局抓获并刑事拘留，后被取保候审。

刑侦支队当时已研发应用109平台，收集有海量的社会基础数据、警用数据以及网络舆情数据。经勘查、走访、调查，基本摸清这伙人的主要骨干成员，立即对其的身份、社会关系、交通工具、通讯工具以及之前的涉案资料，进行系统的分析研判，确认这伙人的经常活动地点。

进一步调查取证中，曹斌带领专案组从报案人所提及的褚某荣的基本情况、关系人、经济状况、日常行踪等方面入手，对他及其同伙全面调查，并对褚某荣等人行踪跟踪取证，基本查清情况。

最意外的，莫过于发现这伙人正在对另一老板林某敲诈勒索，涉案金额已达700多万元。

案发6月28日。

为预防光天化日之下抓人遭到小区保安阻拦，褚某荣携带假军官证，车辆挂着桂O-8字号车牌，装着警灯，安排马仔带上警棍及手铐，统一穿警用T恤。挟持林某时，林某挣扎反抗。结果被击打腹部，戴上手铐，衣服罩头。

将人挟持回公司后，褚叫马仔解开手铐，跟林某喝茶。他说，不是我想抓你，人家想杀你，给我出了1500万。

褚出示从公安局那里打印出来的户籍证明，问这个人是不是你。并说你家里有什么人我都掌握。

又聊，没想到林某与褚老爸是老朋友。

褚拍林某照片过去，问是不是这个人。

对方回复是。

褚说这人跟我老爸有交情，能否放过他。

对方说不行。老板已交代，也已派人下去了。

褚直接在电话里告诉对方，说出几百万给你，你就不必再要他命了。感觉对方还要说，褚生气了，你这样我们兄弟都没得做。他很愤怒地挂掉电话。

讹诈林某时，褚命人将“老板派来的两人”推进卫生间解决。按事先安排，马仔A一听到枪响后即倒地装死，马仔B假装求饶，把林某吓得便溺。

褚叫其冲洗，把他半推半扶到房间，安慰说大不了跟他大干一场，先送你回去。交代马仔，你把那个手雷一起带过去。挟持林某到自己办公室后，林某被迫转账……

民警找到被害人林某。

林某惊呆了：“你们怎么知道啊？”

当然，他很快便把惨痛的遭遇倒了出来。

掌握充分证据后，6月29日晚，市公安局长周斌坐镇刑侦支队三楼会议室专案临时指挥部发出抓捕命令。

曹斌组织刑侦支队民警，与技侦等部门协同作战，先后在亿宝投资、亿宝寄卖行、捷佳咖啡、盛世皇朝等场所抓获涉嫌敲诈勒索的褚某荣等12名犯罪嫌疑人。

怎么审？

曹斌召集专案组成员逐一解读黑社会性质组织犯罪必须有的四个特征，是否有组织者、固定成员？是否通过不正当手段获取经济利益？是否用暴力威胁等手段多次为非作歹？是否在某个区域有一定的势力范围，对社会造成恶劣影响？

他细致到叫民警找到租房的租客，了解是否对其有影响。专案组一一落实。

怎么认定威逼的情节？曹斌通过受害人大小便失禁作出判断。

犯罪嫌疑人避重就轻，说老板主动给钱。

曹斌说，肯定不是主动给的，枪一响，屎尿都到裤子了。精神恐吓就是一种暴力手段。

褚具有反审讯经验。民警问话，他不吭声，还挑衅道："打我啊，最好打我，打死我！"

曹斌开始问话，他知道褚的底细，褚不得不应答。但他否认与敲诈勒索有关系。

曹斌不急。审讯是双方的心理战。抓回的人，曹斌都去审问，及时掌握进展。

他提出，选择骨干成员作为突破口，通过突破他人，以查证的事实专门制定对褚的审讯方案。

褚某荣第二天承认，为非法获取巨额钱财，选定陈某和林某为作案对象，假装为他们摆平事，并当面制造随意杀人假象，对其心理控制，致其多次被敲诈勒索而不敢报案。

亿宝投资有限公司就是一个幌子。

2008 年 7 月至 2011 年 6 月间，褚以投资为名筹集资金约 1355 万元，采取单利、利滚利等计息方式，按每期（10 天一期）或每月 2% 至 15% 不等的利息放高利贷。查处亿宝投资有限公司扣押的财务流水账显示，2009 年 10 月 21 日至 2010 年 9 月 4 日，共向 100 多人放高利贷非法获利 2293105 元。

褚某荣开赌、追债、敲诈勒索，以经营公司来掩饰，其犯罪手段相对隐蔽。褚某荣老爸原在财政局，后来下马的地委书记是他叔。

公安机关调查取证时，大部分受害的欠债人因惧怕打击报复不敢作证。后经反反复复做工作，才愿意举证。

被害人林某在询问笔录中陈述：听到褚开枪杀人，我的想法是，他们这么随便就杀人了，不管多少钱我都出了，保命要紧。

他自述道：当时在办公室思虑万千，如果报警，怕他真带有手雷来可能出现严重伤亡，且电话被监听，怎么可能报警？再者父母、兄弟、妻子、儿女的情况也不清楚，他们是否被劫持？是否处在危险当中？……还是先付钱度过危险时段再说。

审讯中提到，褚某荣叫马仔带手雷去老板办公室，叫老板转账。

曹斌问：你怎么拿到钱的？

褚说，是自己走了后才转的。

曹斌马上追问：你确定是这个时间？

他让人记录下来，马上核实。证据确凿，铁板钉钉，一环扣一环。

6 月 30 日，褚某荣被刑拘。8 月 5 日，钦南区检察院批捕。

其间，犯罪嫌疑人亲属也想尽各种办法阻挠和干扰曹斌办案。有托熟人、亲戚来“打招呼”的，有请求他放一马的，有答应事成之后重金答谢的，更有把电话打到他家里进行威胁的。来自各方面的压力从未动摇曹斌打黑除恶的决心。

为办成铁案，曹斌带领专案组迎难而上，制定缜密的工作方案，审讯、取证、追赃、材料综合、案件审核把关等工作有条不紊迅速展开。他组织民警多次赴南宁、广东、湖南等地调查取证，取证涉及人员 200 多人、材料 1000 多份。破案后追缴赃款 300 多万元，缴获涉案汽车 5 辆、非法枪支、子弹以及手铐、伪造警服等作案工具一批。

曹斌说：此案最糟糕的是，把褚某荣关到哪里，哪里就有民警违纪被抓。他以金钱开路，把个别民警拖下水。

褚某荣进钦州市看守所后，还在网络开赌赌博。他一直在说很快他就会出去。确实很快，关到看守所就趁着外出看病跑了。

当时，经所长同意，副所长和一民警带他去看牙。之后，褚提出回趟家。副所长自己不去，让民警跟他去。结果民警在楼下陪褚母聊，褚上楼与妻子呆了一个多小时。后褚又说要会女友，叫民警帮开房。民警便用自己的身份证提供方便。褚还嫌弃该酒店档次低，要换地方。

曹斌知道褚某荣脱逃已是当晚 9 点。他组织研判确定其落脚点后，率领民警直扑中青酒店。

踹门进去，褚刚要起来，曹斌一脚踩到床上：走喂！能走吗？

哎哟，我知道不能走的。我出来透透气，就睡在这里等你们啊。褚某荣大言不惭。

在市公安局党委会上，曹斌要求严办，不然这个案子还怎么搞？

褚的逃脱，不仅是透气放风，而且是妨碍司法公正。纪委随之介入，为确保案件顺利侦查，防止主要犯罪嫌疑人再次脱逃串供，褚被押到南宁羁押。之后 3 名违纪民警被判刑。

进入诉讼阶段。曹斌详细审阅案卷，与检察院、法院沟通交流，多次向区公安厅“打黑办”和刑侦总队汇报。以褚某荣为首的犯罪团伙被移送检察机关起诉。最终，该案定性为涉黑案件判决。

一审判决书长达 113 页。29 卷案卷，叠起来有一米多高。褚某荣涉黑团伙的覆灭，是正义打败邪恶的胜利。

成功侦破此案的曹斌，荣立个人一等功。

总有一天水落石出

钦州港 2003 年刚开发。

接到有人被杀的报案后，曹斌即率员赶赴现场。

在一条偏僻的公路，一辆摩托车倒在路边，水田中有一个土堆，土堆中露出人体上肢，周边有血迹。

曹斌组织民警立足中心现场，勘验、收集物证。除收集到被害人血迹，还提取到摩托车头盔外沿零散的脱落量较少的血迹。

摩托车头盔的血迹经DNA检验及甄别，与死者DNA比对，排除是死者的血迹。经分析，极可能是嫌疑人受伤后遗留现场的。从而推断被害人反抗，致嫌疑人受伤，血迹脱落。本地人作案的可能性大。

可由于侦查人员排查不细，加上技术条件有限，虽对发现的嫌疑对象采集了生物检材，都未能比中。

曹斌感到有些遗憾，但没有放弃。

他认为这只是时间上的问题。现场有物证，案件总有一天会水落石出。

直到2017年，他仍不忘要求支队民警对未破案件进行梳理比对。

那天，在对违法犯罪人员进行生物采样检验中，技术民警比对后，惊喜地报告：是14年前的案子。

以前最早做的数据位点较少，只有9个。对这仅有的9个位点，慎重地研究、分析，认为已达到识别要求——比中的人在本地，又是钦州港人，应该是重大嫌疑对象。

如何把作案人挖出来？

到底作案人数是一个还是两个？

曹斌指令以此证据为切入点，排查此人基本情况。

通过梳理此人当时周围朋友亲戚各种人际关系，同时对现在此人的情况分析研判，看是否符合作案特征。

之前的材料、笔录、照片都拿出来了。当时访查了解到的，包括嫌疑人所处那一带的环境、房屋位置、路线构成、现场位置，全部重新绘图恢复。民警以原来的资料重新回到现场，复原现场情况。又重新一家家做详细排查，回访村民。

现场复原分析，认为除嫌疑人，还有另一人作案的可能性。

曹斌果断定调：既然这个现场比较支持两人以上，符合两人作案特征。那我们能否找到另一个人？这对案件下一步的审讯、侦查，证据的力度、证据链的形成应该更有力。

回访嫌疑人前妻。

现场曾有人提到，当晚发案听到一声“十三佬”的喊声，喊的人说自己在找人。

嫌疑人前妻说：还真有一个叫“十三佬”的，跟其家隔两块田对面。

又问：“十三佬”现在什么年纪。

答：30 岁左右。

往回推算，“十三佬”当时十五六岁，符合另一对象的可能性。

访查“十三佬”。

但不正面接触，而是找其女友通知他，说公安找他有事，让他到钦州港分局去一趟。

监控发现：“十三佬”突然打电话给一号对象。

这个情况非常重要。

“十三佬”来到钦州港分局。民警虽感觉到他有问题，却没说什么，让他回去。

专案人员缜密研判分析，他是犯罪嫌疑人之一的可能性非常大。

曹斌拍板定夺：实施抓捕。

庞一号对象在码头附近。庞二号对象在开大货车拉泥。

同时行动，两嫌疑人相继落网。

下午 6 点抓回，晚上 9 点多就认了。供述如下：

2003 年 12 月 30 日下午，庞某青因欠人赌债，急需找钱还，便和庞某游商议去钦州港偷抢。庞某游答应了。

出发时，庞某青从家中携带柴刀和弹簧刀各一把，弹簧刀给了庞某游，自己携带柴刀。

30 日傍晚，两人在钦州港找不到目标盗窃，便在市场路口随机上了一辆搭客摩托车，让司机搭到钦州港中间坑村。

当摩托车司机搭乘两人到中间坑村禾堂路边停下，庞某青突然用随身携带柴刀照着摩托车司机肩颈部砍了一刀。庞某游在庞某青与摩托车司机发生打斗时，因害怕跑走了。摩托车司机拿起摩托车车头的头盔砸庞某青。庞某青被砸伤左手，手背流血，拿着柴刀向司机乱砍。司机被砍数刀后往路边田地方向跑，庞某青持刀在后面追。司机跑了一段路便倒在田间。庞某青一查看，发现其已死亡，便用田里泥块将尸体掩埋，后将摩托车抢走，驾驶到半路，因害怕被人发现而将车丢弃路边逃跑……

那摩托车司机的老婆身体不好，不能工作；小孩没人管也没钱读书，大孩子初中跑去广东打工，打几年工，染了尘肺病，一直病歪歪地躺床上……

曹斌谈到此案，心里感到十分难受。

为抢一辆摩托车，一条人命没了，一个家垮掉了。

幸亏那一枪偏上了

采访中，我问及曹支是否遭遇过死亡威胁？

曹斌说：有。但都过去了，也不觉得有什么。

因为好奇，我专门去法院查阅了那个枪杀案卷宗。

那是 1994 年 2 月 13 日，钦州镇城西姓黄的居民打电话报称：有一男人持枪闯入城西仙鹤路一巷刘春辉家开枪行凶，打死打伤人了。

民警迅疾出警，奔赴城西。

紧接着，市物资局保卫科长又报称：住本镇的刘振福持一支军用手枪，闯入市物资局退休干部刘璋兴家行凶。凶手逃离现场，去向不明。

根据报案情况判断，城西凶杀案也应是刘振福所为。

那天是大年三十。还没吃年夜饭呢，曹斌赶到现场。

他看到那里有五四子弹的弹壳。

凶手非法持有枪支，竟然开枪把老婆、岳母等人给杀了。现已逃离现场。

曹斌带队搞这个案子。那时没有现在的技侦、网侦，就是靠走访。

通过走访发现了凶手逃匿的线索，查明其藏身的落脚点——钦州镇南区二路 41 号。

凌晨 3 点，曹斌与队友执行抓捕任务。

嫌疑人躲在三楼阁楼里。

民警把那栋楼封住。阁楼是顶层小房，楼道很窄，门也比正常门小而矮。这就受限制了，一下子没办法上去很多人。

曹斌悄悄上了楼梯，逐步向前。

他一脚踹开门。枪声响了！

踹门时，曹斌已成跪姿进击之势。子弹从头上方飞过。

迅即反应自己没事，他马上跳将而起。几乎是神奇般地，他一只手已经把犯罪嫌疑人的脖子死死地掐住，另一只手则死死握住其手上的枪。这时，战友们已冲了上来，犯罪嫌疑人被制服。

凌晨三四点钟，开始审讯。

不管问什么，犯罪嫌疑人都承认。毕竟身上有血，又缴到了枪。

那天很冷，曹斌回到队里坐下来再起来的时候，发现刚才坐的位置已是一窝子的水。

那时候，他才觉得有些后怕：幸亏那一枪偏上了，否则，门口就那么大，能躲去哪？

为此，曹斌得了个三等功。

“2010·11·3”大寺镇杀人碎尸案，现场环境恶劣，尸源不明，案发现场非第一现场，重重困难，让破案陷入僵局。

这时，一张假身份证引起了曹斌的注意。

他以此为突破口，结合现场勘查很快查明尸源。寻访、摸排、研判，伏击、审讯、追踪。逃窜多地的犯罪嫌疑人最终在凭祥被抓获。

犯罪嫌疑人以为杀了来路不明的女人，到外地躲躲就没事了。没想到这么快就被抓了。

他当然更想不到，为了突破案件僵局，曹斌连续8天在没日没夜地工作。

由于过度疲劳，曹斌的心脏旧疾复发，全身直冒虚汗、脸色苍白。同事们都劝他赶紧去治疗。

可他却拿出随身携带的药说：没事，我吃片药，休息会儿就好了。

没过一会儿，他又投入到紧张的工作中……

我说：如果你不搞公安，肯定是个科学家。

曹斌笑了：不搞公安，我根本就不懂这些东西。为什么会研究？我在研究公安信息化建设时，都是围绕怎么破解治安难题去做的。

曹斌祖籍福建，父辈早年来到钦州。他感恩钦州，因为他在这里出生，在这里长大。

他说：“一个人的幸福，就是你能做你想做的事情。”

选入《中国刑警(三)》，群众出版社2019年9月出版

◎文化如水◎

南国广西，山清水秀，是歌仙刘三姐的故乡。近年来，广西公安文化活动风生水起，波澜无限。公安机关坚持文化育警、文化强警，以各级公安文联为依托，积极组织策划、开展了形式多样的文化活动——

广西：公安文化之花夺目绽放

春节文艺晚会：我们的歌舞在春天绽放

舞姿优美，热情奔放；舞步有力，青春洋溢。

舞台上，身着壮、瑶、苗族等十二个民族绚丽服装及交警、巡警、消防、边防等多警种服装的民警演员，在美妙悠扬的乐声中飞驰，旋转，融汇，流光溢彩，激情迸发。好一幅警民同欢、共庆节日的热闹场面！

2010年2月3日，广西电视台演播大厅，民族歌舞《同在阳光下》正在走台。此时离2月5日晚2010年广西公安武警春节文艺晚会《平安向未来》的正式演出只有两天了。

广西是少数民族聚居区，民风淳朴。该舞蹈热情讴歌了壮乡的警民鱼水觉悟和民族团结一家亲。舞蹈中的一段，源于去年11月公安部主办的“为祖国放歌——全国公安系统文艺汇演”中获铜奖的节目芦笙与舞蹈《跳坡》。此次，在原有节目基础上又增添了多民族元素，《同在阳光下》焕发出更为鲜活的力量。

近年来，广西公安机关非常注重公安文化建设。从2008年起，公安厅每年都举办全区公安武警春节文艺晚会，从2008年《春天的和声》、2009年《守护春天》到今年的《平安向未来》，节目的艺术水准逐年提高，影响日益扩大，充分发挥了公安文化凝聚警心、激励斗志、陶冶情操、树立形象的作用，艺术地再现了全区公安民警的精神风貌和汗水付出。在新春佳节即将来临之际，这台晚会成为送给全区公安民警、武警官兵和家属的一道文化大餐。民警与群众欢聚一堂，在欢声笑语中喜迎新春，欢腾的歌舞在春天里绽放。

除自治区公安厅外，许多基层公安机关坚持每年举办各类文艺晚会，以文艺晚会为龙头的各地公安文艺活动呈现出了蓬勃生机。

广西公安文联：基层民警的艺术摇篮

2009年12月20日，在广西公安文联的主持下，公安作家龚桂华作品研讨会在桂林举行，来自区内外的著名作家、文学评论家近150人参加了会议。会议规格高，规模大，是广西公安机关首次作家作品研讨会。

为繁荣公安文艺创作，推动基层公安机关文化建设，广西公安文学艺术联合会于2005年1月成立。从此，广西公安机关文艺爱好者有了一个展示才艺的平台。此后摄影、美术、文学、书法等分会相继成立，各类文艺人才信息库也建立起来了。

2006年2月，广西公安文联承办全国公安文联首届年会。年会在柳州召开，生动活泼的采风形式，极具特色的少数民族风情，给来自全国公安机关的与会代表留下了深刻的印象。公安文联成立后，积极组织策划、开展了丰富多彩的各类文化活动，举办文艺晚会、书法培训班、摄影美术书法作品展，编排小品，创作警歌，开展采风活动等，同时依托公安文化活动，不断加强与外省及国外警方的文化交流。这些年，文联会员们到过全国及全区各地采风，领略了白裤瑶、黑衣壮的万种风情，体味到了三江侗寨风雨桥的感人传奇，感受到了百色乐业天坑的大气磅礴、鬼斧神工……在体会深厚的民族风情、捕捉美好的生活瞬间的同时，开阔了视野、丰富了文学创作内涵。

2007年10月，广西公安文联内部刊物《警察文艺》创刊。刊物以传播广西公安文化为宗旨，以促进会员交流为己任，成为广西公安文联与会员，与广西文联、全国公安文联及与外省兄弟文联、社会各界联系的桥梁和纽带。

经过5年的发展，广西公安文联现有会员150多人。这些文学创作、新闻写作、电视拍摄、摄影、书法、绘画等方面的人才，逐渐成为广西公安文化建设的骨干力量。会员中，有中国美协、书协、摄影协会会员，还有广西文艺最高奖铜鼓奖的获得者，可谓卧虎藏龙、人才济济。

文化大旗飘扬：精品迭出精彩纷呈

艺术有品格，艺术讲品位，艺术给人以美的感受。公安严纪律，公安守忠诚，警民和谐以情动人的画卷魅不可挡。最重要的是，在警察的血脉里，永远流淌着崇高和牺牲、忠诚和奉献、智慧和勇敢的警察精神。善与恶、正义与非正义……凡此种种，公安民警时时刻刻都要面对，公安文艺创作中，不可能离得开。海纳百川，公安文化兼收并蓄，因而丰富，因而新颖。

2009年9月下旬，为迎接新中国成立60周年和广西公安成立60周年，公安厅举办庆祝新中国成立60周年暨广西公安成立60周年“金盾之光”摄影美术书法作品展览。此次展览是广西公安机关庆祝新中国成立60周年的重要活动之一，既是广西公安文化建设的一件大事，又是对广西公安文化建设的又一次大检阅。展览共收到作品近2000件，绝大多数出自公安民警之手、来自公安基层一线，展现了不同工作岗位的人民警察形象，体现了广大公安民警趋势的情感和对艺术执着的追求。展览共展出摄影、美术、书法作品350余件，其中获奖作品103件。

公安厅领导对此次展览高度重视，展览开幕之前，专门邀请摄影家，先后对“6·26”国际禁毒日、“七一”全区公安机关重温入党入警誓词活动、特警风采、警犬神威等进行了专题拍摄，作为展览的重要内容。全国公安文联、自治区文联及广西书法家协会、广西美术家协会和广西艺术学院领导专家们为展览提供了书画作品。

近年来，广西公安文艺人才多次在全国公安系统的各类大赛或展出活动中为家乡战友赢得荣誉：2007年“和谐之光”公安民警摄影大赛，广西11件作品获奖、入围；2007年8月“9+2”泛珠三角区域警察书画展，广西13件作品获选参展；2008年，公安部、全国公安文联组织公安系统著名油画家，在广西进行大型抗震救灾油画创作，广西公安文联承办并参与了整个创作活动；当年，获得全国公安系统相声小品大赛三等奖；2009年“为祖国放歌”全国公安系统文艺汇演，广西公安机关荣获银奖和铜奖；同年的《金盾金曲》全国公安民警电视音乐大赛中，广西获得最佳作曲奖……

没有公安工作的发展和进步，就没有公安文化艺术事业的兴盛和繁荣。五彩斑澜的公安文化，给广西公安工作带来了潜移默化的良性作用，使得公安队伍迸发出了巨大的向心力、凝聚力和活力，出色完成了各项公安工作。在公安文化大旗的感召和激励下，壮乡的公安工作正在迈入全国先进行列。

发表于《人民公安报》2010年2月5日

木棉花开和谐美　警民同心颂平安

2012年“激情广场·爱国歌曲大家唱公安专场”精彩回放

歌声嘹亮响彻四方，红旗高扬斗志昂扬。3月12日，广西南宁国际会展中心广场上空回荡着高亢嘹亮的歌声，由中宣部、中央文明办共同主办的“激情广场·爱国歌曲大家唱”系列活动，来到了绿城南宁，走进了公安系统。

此次大型广场演出活动由公安部政治部宣传局、广西壮族自治区公安厅、南宁市人民政府共同承办。优美抒情的旋律、铿锵有力的节奏、坚定豪迈的气势，引起了全场共鸣。警爱民，民拥警，警民同心颂平安。广西各族人民在共和国的大家庭里，共享和谐文明，尽享幸福平安。“激情广场”走进广西公安，是广西公安文化建设一件里程碑式的大事，对于进一步激发广大民警的爱国热情，在新的起点推进广西公安事业的新发展新进步具有重要意义。

演出活动成功圆满。台前幕后，也故事多多——

最灿烂：是星光

激情广场广西公安专场精彩回放，自然少不了这张星光灿烂的节目单：主持人张蕾、张泽群；歌唱演员殷秀梅、蔡国庆、吕薇、黄婉秋、严当当、斯琴格日乐、何静、刘玮、徐子崴、师鹏……

每一个，都是很有气场的人！

殷秀梅，中国歌坛的常青树，《共和国选择了你》、《你是血脉我是血》充分展示了她的迷人歌喉，尤其她那激情饱满、富于穿透力的嗓音更是令人难忘。由于11日晚上还有演出，殷老师是12日清晨5点多前往机场赶到南宁的。她一下飞机就直奔演出广场而来，从容地化妆，沉稳地上场，靓丽地亮相，完美地演唱。唯有赞叹！

蔡国庆将一首由广西公安机关组织创作的歌曲《万家团圆颂平安》唱起来了。旋律动人，他亲和的声音极具感染力。这首歌歌词感人，熟悉的旋律在一瞬间便点燃了现场观众的激情。蔡国庆走下台来与观众握手。想得到他的平易，想不到他的近人，蔡国庆就这样征服了人心，现场欢呼声此起彼伏，连绵不断。

从广西舞台走向全国的歌手斯琴格日乐笑谈广西是她的福地，当年她在广西唱响《山歌好比春江水》，与南宁国际民歌节“亲密合作”了一把。12日，也是这一首歌，唱出了壮乡儿女以歌会友、以歌传情的豪迈。和着壮家《敬酒歌》，斯琴格日乐也走下舞台，以水代酒向现场公安民警英模敬酒。

广西籍青年歌手严当当歌美人美，以歌曲《共和国之恋》唱出了广西民警的忠诚。回到家乡，她笑意盈盈，话语暖人，现场观众没有人知道，穿着蓝色曳地长裙的她是带着脚伤忍着疼痛走上舞台演出的。

广西著名表演艺术家、电影《刘三姐》中刘三姐的扮演者黄婉秋老师携女儿、外孙女与广西各族群众一道，将一曲《多谢了》献给了公安民警。

青年歌手风采各异：何静的《大中国》快意抒情；吕薇的《在灿烂阳光下》热情奔放；师鹏的《祖国不会忘记》无比深情……伴随着总政歌舞团青年歌手刘玮《和谐大家园》的欢快旋律，现场警民手拉手，围成欢乐的圆圈，共同载歌载舞。一时间，歌飞扬，舞翩翩，好一片浓郁的喜庆气氛！

最好形象：是公安

演出在南宁市公安局特警支队与广西公安边防总队战士威武阳刚的警体拳表演中开场。

激昂向上的音乐一起，立即调动了全场的热情。台上，60 名黑衣特警英姿焕发，刚毅果敢；观众方阵过道上，120 名边防战士身着迷彩，整齐划一地变换阵形。台上台下，热情点燃。一系列连贯动作仿佛一气呵成，刚劲有力，气势磅礴，淋漓尽致地展示了良好的精神面貌，顿时全场掌声雷动。

警营文化丰富多彩，是因为在公安队伍里文艺人才济济！我们的公安队伍中有优秀的舞者，也有优秀的乐器高手。器乐表演《快乐警营》描述了这样的场景：年轻的民警们从热火朝天的练兵场回来，意犹未尽，忍不住操起身边的盾牌、警用水壶、警棍等开练，构成了打击乐的表演。民警杨兴宇是手风琴演奏高手，在全国比赛中曾获金奖，还有奔放的小提琴手、竹笛手，灵动的舞者自由飞扬，美妙的乐器演奏一段段穿插其中。三分多钟的鼓乐舞，动感而时尚。身着白色演出服的民警们挥洒激情、青春闪亮。

广西地处祖国南大门，公安工作责任重大，使命光荣。广西公安民警英勇奋战，为“平安广西、稳定广西、和谐广西”无私奉献。为表达广西公安机关各级公安民警迎接党的十八大召开的满腔豪情，公安民警方阵演唱《人民警察》，消防官兵方阵演唱《我是消防兵》，所有节目洋溢着公安民警的豪情与憧憬、忠诚与奉献，催人奋进。全体参演民警感情饱满，斗志昂扬，尽情地展示了广西公安风采。

最英雄：红木棉

舞台布景是大朵大朵的木棉花，火红绽放，花开绚烂。

舞台下，公安英模及道德模范方阵也手举红色木棉花，高唱

《少年壮志不言愁》。

三月，正是南国木棉花开的季节。那花，红得火热，红得壮烈。木棉，有英雄树之称。有英雄树的地方，因了英雄树精神的滋养，平添了许多荡气回肠。广西公安特警、社区民警、巡警、交警……无数的他们，在各自岗位上默默奉献，忠诚地履行为人民服务的职责，守护着万家灯火的平安。

在演出现场，美女主持张蕾采访了被誉为“禁毒尖兵”的百色市公安局禁毒支队民警马霄。

马霄坐在轮椅上。他是全国公安系统第四届“我最喜爱的人民警察”特别奖获得者、广西首届“我最喜爱的人民警察”获得者、全国公安系统二级英模、全国政法系统优秀党员。

2002 年 6 月，马霄在一次因公出差中出了车祸，导致高位截瘫，不得不离开他无比热爱的禁毒岗位。但九年多来，他一直通过网络进行禁毒宣传。他开通的“禁毒在线”是全国首家禁毒微博。“禁毒在线”微博的“粉丝”已达 342 万多人！

现场采访中，当大家知道马霄自 2010 年 10 月开办禁毒微博已帮助 38 人成功戒毒、目前正在劝解两名吸毒人员慢慢戒毒的情况后，其永不放弃的信念、坚忍不拔的精神感动了大家，全场响起了热烈的掌声。英雄的话很朴素很实在，“因为我是警察！虽然我不能在一线工作了，但是我依然可以尽我所能去帮助别人，去履行一个人民警察的职责。”

最动情：好久没回家

为维护国家主权和尊严、维护边境沿海地区社会稳定、维护口岸通行秩序，驻扎在广西凭祥中越边境的边防官兵，很多已经三四年没回家了，他们也思乡，也想家！

3 月 10 日，青年歌手徐子崴与摄制组来到中越边境凭祥友谊关，慰问了驻扎在那里的边防官兵。那天，他演唱的是自己创作的歌曲《好久没回家》。这首温情的歌，让很多边防战士的眼泪止不住地流。

在零公里执勤岗，两名年轻战士正在执勤。徐子崴来到了他们身边，与他们聊天。徐子崴 14 岁进部队当文艺兵，知道他写的歌为什么感人吗，是因为他在部队经过多年的历练，吃过苦，能一口气做数百个俯卧撑。曾经的军人看到身着绿军装的边防战士，自然而然就很亲切。歌声真挚，因为徐子崴是用心来唱的。“好久没回家，不是不想家……”

那歌词、那旋律，就像一种静静的诉说。面对面，那么的近，战士们心中生起了说不出的感动，但男儿有泪不轻弹，硬是强忍着。面善心慈的导演李宇红，开始在后面自己抹起了眼泪。徐子崴再唱一遍。战士张家曾应该是想念家里的亲人了，再也控制不住，失声痛哭起来。正在全身心深情演绎的徐子崴也动情地哭了，仿佛是受到了感染，摄像师竟然也边拍摄边流泪。歌声里是不是有一种召唤？国门友谊关见证了那特别感人的一幕：徐子崴与年轻战士张家曾，这两个素昧平生的人紧紧地拥抱在一起……

红旗招展、歌声嘹亮，人海如潮、激情荡漾。

这是一场视听的盛宴！

一路走来，有那么多的人对活动给予支持，有那么多双眼睛关注活动开展，有那么多颗心以演出为重。正是大家的共同努力，才使得这场激情广场公安专场演出活动如此圆满精彩。

广西公安厅领导高度重视，及时组织工作人员做了大量的准备工作；中宣部、中央文明办、中央电视台为演出配备了较强的演出班子；节目总导演——中央电视台导演李宇红真切地理解警察这个行业的艰辛，用心架构了整台节目的策划方案。

此次广西公安专场演出活动，以丰富多彩的节目、警民联欢的演出形式，充分展现了广西公安机关的工作亮点和特色，有效地增进了人民群众对公安工作的了解，加深了人民群众对公安民警的理解和信任，促进了和谐警民关系建设。到场观看节目的公安部政治部领导充分肯定了广西公安文化建设取得的成效，在场观众也纷纷表示:“节目做得太好了，很有激情，让人感动！”

发表于《人民公安报》2012年3月23日

《守护春天》背后的故事

今年春节，广西公安、武警举办了大型春节文艺晚会《守护春天》。晚会大气磅礴，感动人心，在广大民警、武警官兵及家属中引起了极大反响。不仅晚会精彩，晚会背后的故事同样让人津津乐道。

特警展现铁汉风采

去年全国轰轰烈烈的抗震救灾，有南宁特警们浓墨重彩的一笔。

晚会怎样更好地展现特警雄风？从那支队伍中挖掘一个感人的故事来，应该不难。但难就难在我们不想重复去讲那些个已经讲了无数遍的故事，便跟参加抢险救灾的特警们使劲地聊。这样聊啊聊的，就聊出了倪大姐纳鞋垫走40多里山路送特警的事儿来了。听到这，我们眼前仿佛出现了警民和谐的一幕，想到当年红军长征经过那片土地时羌族同胞也是这般几十里相送。有戏了！

晚会上，来自四川灾区北川的四岁王志思扬小朋友和妈妈、奶奶、姐姐一上场，晚会就掀起了让人热泪盈眶的高潮。

看特警表演《雷霆出击》，你能感受到一股很雄壮的气势。你绝对想不到的是，表演这个节目的，是从来没有过舞蹈演出经验的南宁市公安局特警支队的特警们。他们演战斗中真实的自己，展现了特警生命中不平凡的精彩。

无言战友台上亮绝活

晚会上，一群可爱的小家伙也走上了舞台。那就是我们的警犬战友。不过，排练的时候，大家都挺担心这些小家伙能否适应舞台环境，顺利地把表演进行下去。记得在选拔“演员”考验缉毒犬的定力时，我们的警犬队员倒水的手反而先紧张得抖了起来。

但我们广西的警犬队是一支非常了得的队伍，在2008年的全国警犬技能大比武中夺得团体第一名，并被派往北京参与了奥运安保工作，为奥运会的圆满成功立下了汗马功劳。同样，这支训练有素的队伍在表演时也十分机灵、勇敢。小家伙们在训导员的带领下，表演非常的卖力：坐、立、卧、前进、后退、匍匐等动作，无不标准规范，令人称奇，展示它们高度的服从性和纪律性；中国昆明犬表演咬断绳索，脱身去营救自己的战友，感动人心；比利时牧羊犬的弹跳性非常好，反应灵敏，注意力超强，是侦查员的得力助手，在表演中气定神闲地完成了头顶水杯的任务，逗得观众直乐；而搜爆和安检的“专家”丁当——这个奥运安保二等功臣从观众座位下面搜出“可疑”物品并变成“新春快乐”的横幅时，现场的掌声顿时热烈地响起。

警棍警盾奏出警营交响乐

警营文化丰富多彩，是因为在公安队伍里文艺人才济济！我们的队伍中有优秀的歌手，有优秀的舞者，有优秀的乐器高手……如何让他们在舞台上展示“十八般文艺”？南宁市交警支队的夏险峰是公安系统内数一数二的编导能人，筹备组请他过来策划，大伙儿说着说着，灵感跃然而出：

年轻的民警们从热火朝天的练兵场回来，意犹未尽，用身边的盾牌、警用水壶、警棍敲打起来别有一番韵律，这场景可以弄个打击乐表演，并与在全国比赛中获得金奖的小提琴、手风琴、竹笛、萨克斯等等汇成别具一格的“交响乐”，加上灵动的舞者激情洋溢的表演……妙吧？夏导来了兴致，信心十足地准备节目去了。

道具借来了，做了一番装饰；舞蹈编排出来，配上4分多钟的音乐，非常时尚；就连“隐藏”在高速公路支队三大队、打击乐专业毕业的赵鹏警官也给挖掘出来加入其中。所有需要的元素都齐备了！不出所料，这个名为《练兵归来》节目果然在晚会上闪亮无比。

戴玉强、程桂兰：著名演员的风采

著名歌唱家戴玉强和程桂兰的精彩表演，无异于给“守护春天”锦上添花！

戴玉强，有着中国第一男高音的美誉。作为警察晚会的压轴，他那刚强饱满富于穿透力的迷人嗓音最合适不过了。你听，天籁般的《你像雪花天上来》飘过来了，动人的旋律吸引了人，亮丽的声音震撼了人。高大魁梧的他在台上那么一站，就完全镇住了台。《节日快乐》，他是在对警察送出他的深情祝福，也是他与大家一起分享欢庆节日的欣然喜悦！

而在晚会上演唱《妈妈对我说》和《咏梅》的歌唱家也同样让人难忘。程桂兰老师是总政歌舞团副团长。当年以一曲《太湖美》唱红大江南北。歌美人美，兰香自溢。而她军人的严谨作风则更给我们留下了深刻的印象。20日晚上演出，程老师5点多的飞机才赶到南宁。她一下机场就直奔演播大厅而来，从容地化妆，沉稳地上场，亮丽地亮相，完美地演唱。

共同的努力演绎精彩晚会

这台晚会涉及演职人员之多也是少有的。1月20日录制当晚，筹备组光订盒饭就近五百份。正是大家的共同努力，才使得晚会精彩纷呈。

“守护春天”的导演——广西电视台导演罗鼓鸣早年也是警察队伍中的一员。他了解警察，对警察这个行业一直怀有深厚感情。当他拿出策划方案《守护春天》的大体框架时，顿时给人一种惊喜。

大家都记住了晚会开始时不同凡响的换岗：前奏音乐缓缓响起，大屏幕上，春芽破土，旭日东升，一派生机盎然。三位身着冬装的武警战士伫立在晨曦中，他们是祥和宁静春天的守护神。冬去春来，岁月轮替，完成这项庄严换岗任务的，是武警广西总队南宁支队五中队的战士们。大家不知道，彩排那天晚上近 12 时了，可负责在电视台外接战士们回单位的苏师傅还是等不到他们。怎么回事，不是人都走完了吗？一问才知道，战士们对当天彩排情况不满意，为了在舞台上走出最好效果，他们精益求精，彩排结束后悄悄在电视台找地方自行练习呢。

如果，没有那一场山洪激流中的抢险，今天，你一定就坐在我们中间；

如果，没有那一场大火里轰然倒下的屋檐，今晚，你一定还会翻看那本《老照片》；

如果，没有那一颗罪恶的子弹，现在，你一定牵着爱人的手漫步在湖边。

此时此刻啊，我知道，你已化作那一棵棵高大的红木棉，身躯挺拔，花朵鲜艳，无惧风雨，不怕雷电，装点南疆大地，守护祖国春天。

听了这首诗朗诵，观众无不为之动容。这首诗朗诵《忠诚颂》的作者，是自治区党委宣传部文化处副处长石才夫，一位充满激情与感情的诗人。而广西话剧团副团长蓝振波和广西电台著名播音员寒芳饱含深情的朗诵，更赋予对人民警察无限的深情与热爱。

晚会上，访谈人物谭剑勇永不放弃的信念、坚忍不拔的精神与乐于助人的执着感动了现场所有观众。11 年前，南宁市公安局 110 警务大队民警谭剑勇在执勤的过程中，突然遭受到歹徒的枪击，造成了高位截瘫。但如今的他依然乐观开朗，对生活充满了热爱。他与南宁市残疾人艺术团团长喻湘南一起，到高校去找志愿者，帮残障人士的孩子们免费补习。说到这些事，这位轮椅上的英雄的话很朴素很实在，“我是一名警察。我现在又找到了我生活的方向和目标。为人民排忧解难是我们的天职，虽然我不可能在一线工作了，但是我依然可以尽我的所能去帮助别人，履行一个人民警察的义务。”

发表于《法治快报》2009 年 2 月 13 日

激情的心澎湃　真情之花盛开

——2007 年公安部“公安文化基层行”文艺小分队广西行

在南方的火热八月，5 日至 10 日，以公安部政治部宣传局副局长刘家伟为领队的公安部“公安文化基层行”文艺小分队一行 29 人来到广西，在柳州、河池、宜州、南宁等地，通过 9 场与警民近距离、形式多样的高水平演出，及时传送部党委对广西基层民警最真挚的关爱与最温暖的厚重情谊，深受基层民警和广大人民群众的热烈欢迎，八桂大地火一般地迅速刮起了一股“基层行”的狂潮。

6 天里，公安部“公安文化基层行”文艺小分队的队员们冒着酷暑，顶着高温，在群情激荡的柳州市江滨公园露天舞台、宜州刘三姐对歌台和河池市文化广场等大广场，在马山县公安局小礼堂，在环江毛南族自治县公安局会议室，在柳州市消防支队鱼峰消防大队，在南宁市公安局伊岭岩派出所，在基层民警的家中演出，以广大民警和人民群众最喜闻乐见的形式，把优秀的文艺节目一一展现：开场曲《欢聚一堂》气势磅礴，一唱响便如同把欢乐的种子播撒;《中国警察》是那么的耐人寻味，触动了平凡中的一缕感动；齐声高歌一首《少年壮志不言愁》，有的人唱出了激荡的豪情，有的人却边唱边流下了眼泪;《水与火》原来并不是矛盾体，竟然能融合；他们热情捧出《一杯美酒》，讲着《东边日出西边雨》的温情故事，把《一路真情》洒向天地人间，洒得那么开，洒得那么远……仅三个大场演出，观众就达上万人。最是那深入人心的真情互动，队员们走到观众中间，手握着手，心贴着心。6 日上午，小分队在广西的第一场演出是柳州市消防支队鱼峰消防大队，而第一个议程就是到韦必江烈士塑像前敬献花篮。韦必江是全国模范公安民警，先后十一次评为功臣模范、先进工作者、五好民警，1956 年出席全国模范代表大会，受到过毛泽东主席的接见。1963 年 3 月 18 日，他在柳江河面扑救油船火灾战斗中，为抢救国家财产、掩护战友撤退，壮烈牺牲。小分队来到烈士生前工作过的地方慰问，四台消防车一摆就是最好的背景舞台。在提前来看场地的黄纪清队长的坚持下，原先安排的舞台与观众席的位置做了调换，消防官兵们可以安然地坐在荫凉处欣赏节目了，队员们却晒在烈日下淌着汗在演出，现场气氛其乐融融。之后，小分队员还参观了韦必江烈士陈列馆，烈士朴实无华的拼搏精神打动了他们。

7 日晚上，小分队刚刚结束宜州大场演出。宜州市公安局覃局长对宜州大场的精彩演出赞不绝口，一不小心却向刘局长透露了个小小的遗憾："我最喜欢的一首歌是《为了谁》，可惜今晚没能听到。"刘局长马上说："我来给你唱！"说唱他就真的马上唱了起来，覃局长感动之余，激动地说："小分队来了真好啊，把好运气也给我们带来了。我们 3 月发的一起命案，一直都没能破，今天破获了！"第二天早上，当小分队就要出发的时候，刘家伟副局长听说全国特级优秀人民警察潘克彬重度劳累患病在家休养，全国优秀人民警察韦荣坤由于侦破一宗非法集资案错过了看节目的时间，立即带着两名队员到潘克彬家中演出。公安部的关心实在是太暖人心了。

8 日晚上，又是一个四五千人的大场演出。队员们个个精神饱满，节目依然是那么的精彩。当地公安局的小品《后盾》讲述到了民警牺牲的悲壮，看到这里，导演立即调换了节目，把原来排好的节奏欢快的《康定情歌》往后挪，先请小分队队员给到场观看演出的功模代表献花，一齐上台同唱《少年壮志不言愁》，节目过渡得非常之完美。民警们激动地说："平常我们参加大演出都是在执勤，做安全保卫工作。今天公安部慰问小分队来了，我们才成了观看节目的主角，可以静静地坐着欣赏节目了，这是公安部为我们带来的幸福啊。”但即便如此，为维持现场秩序，我们还是有六十多位民警是背对舞台的。但他们护卫在最中间的是自己的战友，感觉总是不一样。最有意思的，莫过于小品《东边日出西边雨》在这里找到了原型。一下场，河池市公安局后勤服务中心的王桂英主任就急急拉起队员吴雁的手说，这一幕她太熟悉了，仿佛就是她家里发生的。在她孩子小的那几年，她整天忙于工作都回不了家，家属就是这样支持她的，多年来无怨无悔的支持，让她从派出所户籍警、副所长、县公安局副政委、政委，一直干到现在。小品演的太好，她高兴得手都拍红了……

9日上午，小分队赶到马山县公安局，碰上四个多月前被歹徒砍了二十多刀的巡警大队大队长蓝康归队。这场演出对于蓝康来说，正是最好的欢迎仪式。小分队为蓝康的壮举高声喝彩，为这位刚刚走出劫难的战友祝福。在观看演出的过程中，特别是上台与小分队队员同唱《少年壮志不言愁》的时候，脸上隐约现出疤痕的英雄蓝康眼里饱满着泪水，眼泪他一直在擦，他的心情除了感动还是深深的感动，更是感受着无上的光荣。他说他一辈子都不会忘记在他住院期间，领导和社会各界对他的关怀，更不会忘记公安部派人不远千里来到马山慰问他。

9日下午，南宁市公安局特警支队两百多名特警收看到了小分队带来的一场让他们听觉视觉激荡的盛宴。互动一开始就非常热烈，掌声、笑声从未停过，而快乐的共鸣引起了更为澎湃的激动。特别是金花上场，更掀起了一阵热潮：支队长吴沛安为金花献花在先，副支队叶世明登台为金花伴舞紧随其后，叶副支队长全情投入地表演，还积极地动员坐在前面几排座位上的民警走上台一起集体伴舞，场面顿时变得更为热烈，人们激动的欢呼声都超过歌唱声了。然后就是不断地加节目，精彩不断上演。连刘家伟副局长也情不自禁拿起话筒与仝阿梅唱起了《好人一生平安》，为的是一定要亲自把最好的祝福送给最可爱的战友们……这真是一场火爆的演出啊，当小分队队歌《一路真情》唱响之后，全部人都站起来高高地扬起了手臂。即将结束时，叶副支队又带头高呼："向公安部小分队学习，向公安部小分队致敬！"刹那间，特警队员喊声震天，整个特警支队沸腾起来了。结束之后，导演赵杰只说了三个字："演疯了"。按那气氛来看，再演上一两个小时场面仍会是这样的火！

小分队一路走来，真情之花朵朵盛开。民警们难忘无比地形容说："'公安文化基层行'活动振奋精神，昂扬斗志，让我们增强了工作的信心，鼓舞了工作的干劲，重燃起内心深处那份真诚、感动与光荣。"不仅如此，"公安文化基层行"活动还极大地争取了人民群众对公安工作的理解与支持，进一步促进和谐的警民关系。

发表于《人民公安报》2007 年 8 月

警察的风采

——全区公安系统第三届“金盾之声”文艺汇演侧记

覃祖桂的眼泪忍不住又要掉下来了，可舞台上分明一片欢乐祥和的气氛。老人家怎么了？再看：一群警校生紧张地训练着——摔打、格斗、前扑、后倒，很快，他们各自投入了火热的战斗生活。不好！一名年轻的警察受了重伤，血浸红了他的前胸，是儿子！儿子倒下了……音乐低沉起来，作为背景的民警站成一排，脱下警帽致哀……心再一次被揪痛，烈士覃志武的父亲覃祖桂早已是泪流满面。

1997年6月3日，容县公安局石头派出所民警覃志武在追捕犯罪嫌疑人中英勇献出了23岁的年轻生命。生命虽然如流星般划过天际，永恒的光辉却留在了人间。玉林市公安局取材于此，组织创作人员深入覃志武烈士生前的工作单位体验生活，请烈士的战友介绍其生前工作情况。演员们从烈士壮烈牺牲的追捕路上走过，用心感受一种生与死的距离。舞蹈《心中的金盾》边排边演，首先请的是烈士的父母、战友提出修改意见，为使节目精益求精，专门在容县作过公演，在当地引起了强烈震动。

该舞蹈以烈士的妹妹手捧警服走上从警之路结束。场上那最后的几步，女演员庄重地走着，伴奏音乐却嘎然而止。静默中，只见主持人走到台中：“今天，烈士的父亲就坐在观众当中，让我们感谢他为人民养育了这么个好儿子。”前排就坐的覃祖桂无言地站了起来，他含着泪，接过了女警双手送上的一束鲜花。静默的人群“哗”地响起了持久而热烈的掌声。这是12月18日晚，区公安厅礼堂全区公安系统第三届“金盾之声”文艺会演汇报演出中一个动人的场面。

百色地区公安局代表队的小品《生日》同样来源于一个真实的故事。11年前，一位孕妇惨死在车轮底下，她肚子里才8个月大的婴儿硬是被提前挤到了人间。当年救起血泊中的孩子的，便是现在平果县公安局交警大队的陆大队长。由于那场车祸，孩子的父亲神经失常了，11年来，交警叔叔、阿姨一直关心帮助这个苦命儿的成长。逢年过节便去看望，无数次地捐东西、送东西。小品《生日》中，那个小女孩接东西时下跪的动作很感人，其实就是生活中的真实。小品结束前小女孩那一声将交警阿姨喊作“妈妈”的喊声更是震撼了在场的千余名观众的心，许多人都被这一声“妈妈”感动得热泪盈眶。虽然这个节目的演员的演技并不算很高，但这个真实故事本身具有的魅力还是使这个节目获得了小品一等奖。

正面的歌颂因为一种真实的成分，更增添了无穷的说服力。根据真实故事改编的，还有梧州市公安局的舞蹈《画魂》、柳州地区公安局的小品《雷雨夜》等。公安的战斗生活无疑为创作提供了丰富的素材。

自1992年全区公安系统第二届“金盾之声”文艺会演以来，广西公安系统的文化生活又得到了很大的发展。公安民警在维护社会安定的斗争中经受了血与火、生与死的考验，涌现出了无数的英雄群体和先进典型。为展现警察文化的风采，进一步推动广西公安机关社会主义精神文明建设，丰富民警的文化生活，增加全社会对公安工作的理解与支持，8月，区公安厅政治部和宣传处发出举行第三届“金盾之声”文艺会演的通知。经过3个多月的积极筹备之后，12月16日至18日，全区公安系统第三届“金盾之声”文艺会演在南宁市隆重举行。各地、市公安局及厅机关共组成了19支代表队参加了舞蹈、小品、声乐的角逐。尽管是警察演警察，都是业余演员，但节目内容之丰富、水平之高，大大超出了许多人的想象。人们也没有想到，自治区领导曹伯纯、陆兵等同志在观看了18日晚的汇报演出之后，会给此次演出那么高的评价。

是不是因为由公安演公安，自己演自己，才这样地感人呢？采访中，记者知道了这么一件事。南宁地区公安局代表队的舞蹈《牵情》还真的牵动了无限深情呢！《牵情》描述的是除夕之夜，南国边陲民警舍小家、顾大家，在缉枪缉毒前线忘我工作的情景。担任领舞的男警官名叫吴达朝，他的父亲也是一名警察。别看他年纪轻轻，为缉枪缉毒出生入死的经历他也有过多次了。可就在他参加排演的过程中，家人来电话说父亲因公牺牲了。小吴简直不敢相信自己的耳朵：早些天还是好好的父亲，怎么说没了就没了呢？他是孝子，可回家处理父亲后事不到两天就赶了回来。他是领舞，哪里能少了他呀！小吴硬是压住了内心的悲痛进入了角色。随着昂扬的音乐，他忘情地腾跃，仿佛没了自己，又仿佛就是演着自己。他将那位舍生忘死、置牺牲于不顾的边陲警官表现得淋漓尽致。

舞蹈无疑能给人以美感，舞台之上，它更是显示出一种积极向上的精神风貌。有观众说：在和平的年代，还有哪个职业的危险性超过警察这个职业呢？也许没有了。但选择这个危险职业的他们却能视这个职业为生命，很乐观地面对工作、面对生活，就更难能可贵了。真想不到，公安民警除了能在现实中打击犯罪，还能将之搬上舞台展现自己的形象，让更多的人体味民警的苦、民警的累、民警的牺牲，体味他们并肩战斗的战友之情，无法顾及的天伦之乐，以及对国家、对人民的无限深情。

都说外行的看热闹，内行的才看门道。声乐比赛一结束，记者就采访了评委之一——广西艺术学院声乐系声乐教研室主任刘中边教授。5年前，刘教授也是第二届“金盾之声”文艺会演的评委。有对比，他的话更有分量：“最新鲜的是柳州地区公安局代表队的男声小组唱《祖国不会忘记我》。单声部、多声部能和谐统一，整个声音抱成一团，很不容易，获得一等奖是当之无愧的。另一个获得声乐一等奖的是柳州市公安局的女民警董莉，她参赛的歌曲是毛主席作词、王志信作曲的《送瘟神》。这首歌本身难度很大，但是发音的技巧还有舞台的表现力，董莉都完成得很好。”他的意见代表了评委们的普遍反映：此次公安系统的文艺会演的水平比许多行业的都高，比起上一届，水平也高出了一截。据他的分析，原因之一是公安系统对精神文明建设有了足够重视，引进了文艺人才，吸收了一些艺术院校的毕业生充实公安队伍。像以一曲《警察的承诺》唱出了当代警察无私奉献的心声的厅机关代表队的覃勇，便是广西艺术学院音乐系97届毕业生。学院毕业的学子们能在公安文艺阵地展示才华，并带动整个公安文艺水平的提高，做老师的当然无比欣慰。

2个多小时的汇报演出精彩纷呈。演出结束，曹伯纯等领导同志上台与公安演员亲切握手，祝贺演出获得成功。

发表于《公安时报》1997年12月23日

周东东：面朝大海　春暖花开

让我们从一幅题为《和谐家园系列之九月》的油画作品说起吧。

作品展现的是广西北部湾一带的景色：土狗、群鸭、自行车以及村头婆娑的蕉林树影，郁郁葱葱的亚热带植物。这些南方农村最熟悉不过的场景，被作者用斑斓陆离的色彩加以表现。作品构图与色彩受西方表现主义的影响，强调画面的装饰性，注重表现光影的微妙变化，用线条加强色调划分区域的形式效果，折射出东方语境的熏陶。用色上，大胆融入敦煌石窟艺术和广西花山壁画的色彩元素，设色貌似零碎，但斑斓绚烂，层次分明，格调不俗，将色彩的对比性、和谐性完美发挥。整个画面呈现出一种内容与形式非常完美的和谐。这个九月，是生命蓬勃张扬怒放的丰收季节，是红土地上温情和谐家园的一个简约缩影。可以看到，作者用坚实笔触将平常风景表现，凸显中国传统笔墨的隽永沉雄，画面还注入了中国古典的山水精神，流淌出淡泊宁静的文人情怀。

2011 年，该作品荣获第四届全国公安系统“卫士之光”美术、书法、摄影作品展览一等奖。这幅油画的作者就是广西公安画家周东东。

周东东是我好多年的朋友了。他是北海市公安局宣传科科长，广西美术家协会会员、广西青年美术家协会理事、广西公安文学艺术联合会理事、北海市美术家协会理事、北海市美术家协会中国画艺委会秘书长。作为一名基层公安民警，与画结下如此深的缘，总让我多少有些好奇。我当然知道他对画画的执着与热爱。他说:“一直以来，对色彩与画面的敏感总是让自己感到惊奇。这既是我学画的开始，也是我不断追求进步的关键。”

周东东从小就喜欢涂涂画画。但在20世纪70年代中期那个连温饱都难以解决的年代，家里除了一些早被翻烂了的小人书，根本不可能有多余的钱给他买美术书籍和绘画工具。他说自己是从临摹《三国演义》等连环画开始的，家里的和能从邻居、同学借到的连环画他基本都临摹了一遍。当小伙伴们在院子里躲猫猫、嬉戏打闹时，五六岁的他却沉浸在自己的绘画王国里自得其乐。周东东的父亲在县城邮局工作，有时能从负责书报发行的同事那里借回一些美术书籍，反复叮嘱千万不能把书弄脏了。每每这时，周东东便如饥似渴地阅读，并把喜欢的作品用铅笔临摹。但有一次还是不小心把《吴昌硕画选》弄脏了，这本书标价12.9元。书还不回去了，父亲只能买了下来，这让当时一个月工资只有32元的父亲大为光火，将儿子狠狠揍了一顿。这本《吴昌硕画选》最终成为周东东美术启蒙阶段的重要读物。上小学二年级时，一个远房亲戚见他喜欢画画，送他一本巢勋临本的《芥子园画传》，周东东如获至宝。自此，他开始自学国画，沉迷在黑白世界里感受墨之五彩魅力。没有宣纸，只能在毛边纸上画；不懂笔法，通过熟人找到县文化馆的一个会画国画的龚老师。龚老师毕业于广西艺术学院工农兵学员班，教画画，口头禅是:“得吃”、“不得吃”(广西桂柳方言，意思是行与不行)。这是周东东的第一位美术老师。

20世纪80年代末期，生活环境有所改善。周东东能够在假期去参加美术院校毕业的或在校的学生办的培训班，接受正规绘画训练，画石膏像、静物和头像，开始知道铅笔根据颜色深浅还能分很多种。中学时，周东东的画得过不少小奖，这也让他一度成为当地小县城的名人，至今回故乡碰上多年未谋面的同学，他们第一句话都会问他:“你现在还画画吗？”后来，周东东到山水甲天下的桂林上学，在这座连空气仿佛都弥漫着中国水墨气息的城市，他有幸遇上岭南画派大师黄独峰的弟子——广西文艺创作铜鼓奖获得者罗兴华老师，便时常向罗老师请教。罗老师很喜欢这个好学的非美术专业的学生。在罗老师带领下，周东东和一些美术爱好者常到桂林各景点写生，并沿漓江而上，到阳朔兴坪、杨堤等古镇采风，为以后的美术创作打下了坚实基础。

20世纪90年代中期，周东东大学毕业分配到北海市公安局。北海地处亚热带，空气潮湿，阳光明媚，有山有海有滩，色彩斑斓，是我国“海上丝绸之路”始发港，有南海明珠之誉。其特有的大海、港口、渔船、西洋建筑以及色彩鲜艳的芭蕉树、剑麻、木瓜、菠萝蜜等亚热带植物，给周东东带来了无尽的想象和创作空间。北海还有着一个享誉中国美术界的代表群体——北海水彩画画家群。北海水彩画群体形成于20世纪90年代，至今已有20多年历史，主要代表画家有蔡道东、肖畅恒、蔡群徽等人。他们的作品表现北部湾题材，体现了“海洋文化”所具有的独特审美特征，被美术学术界誉为“北海现象”。原中国美术家协会主席、著名油画家靳尚谊认为，北海水彩画有着浓厚的地域特点，风格迥异，韵味十足，对中国美术界产生了重要影响。北海画家们成了周东东的良师益友，周东东经常跟他们一起谈论艺术与人生，一起探讨绘画的技法和创作体会。

说起来，周东东真正画油画是在参加工作后才开始的。凭着在学校打下的色彩功底，他画了第一幅油画作品《祖先——金色的旋律》，竟然参加了广西壮族自治区美展。整个画面是抽象的，借鉴了印象派的构成和广西花山壁画的人物造型元素，色调是暖的，表现一种对远古历史的敬畏和反思。之后，他陆续画了一批小幅水彩画作品，有风景也有静物，主要表现一种存在的美好。慢慢地，周东东开始思索色彩与画面的构成与形式感的创新。他疯狂阅读与画相关的古今中外书籍，以寻找理论的支持。南朝谢赫的《古画品录》、五代荆浩的《笔法记》、现代《黄宾虹画语录》给他留下了难忘的印记。谢赫的“画有六法，以气韵生动者为最”、“应物象形”、“随类赋彩”，荆浩的“心随笔运，取象不惑。隐迹立形，备仪不俗”等画论让周东东的创作深受启发。在翻阅伦勃朗、米勒、安格尔、梵高、雷诺阿等一大批西方油画大师的作品后，20世纪法国纳比画派大师皮埃尔·博纳尔的画风深深吸引了他。

博纳尔被誉为“色彩魔术师”，足见其驾驭色彩之高妙。博纳尔热衷于反映自然界的光，探索自然界的色彩和色调之间永无止境的关系。他不仅有意识地关注自然，而且关注记忆中的世界。博纳尔唤起了周东东对色彩与生俱来的浓厚情结。作为骆越后人，血液里的神秘图腾、壮锦的五彩色韵、少数民族风情画、气象万千有容乃大的海洋文化……内心深处有个声音在说，色彩的美妙和谐与隽永沉雄正是他努力要追求的艺术效果。在认真分析了博纳尔的多幅作品之后，周东东尝试将博纳尔的绘画技法与广西花山壁画的色彩元素相结合，并将北部湾地域特色的景物有意识地取舍和凸显来画油画。2004年，他用这种画法创作油画《当我们年轻时》，作品呈现公安民警七彩年华的亮丽，在第三届全国公安系统“卫士之光”美术、书法、摄影展中获三等奖。其间，他相继参加不少美术作品展，增长了见识，开拓了眼界。经现为北京画院副院长、中国油画学会秘书长、著名油画家雷波的推荐，周东东加入了广西美术家协会。

十年前，周东东有缘结识著名画家、中国国家画院专职画家申少君先生并拜其为师。

“申老师师从著名画家卢沉、李少文先生，曾任第一届、第二届深圳国际水墨画双年展执行委员兼编辑总监，设计书籍《梅兰芳藏戏曲史料图画集》获得德国莱比锡‘世界最美的书’金奖，是一位跨画界、设计界和出版界的奇人。申师生活风趣，治学严谨，重情守信。他授课从不正襟危坐，亦无叨叨说教，或画余闲聊，或饮酒品茗，听他妙语连珠谈笑间，你如醍醐灌顶，豁然开朗。”

周东东何其有幸，遇上了名师。在他眼里，申老师是洞察世事、喜怒哀乐皆成文章的智者。申老师更似高明的禅师，有时劈头盖脸一声棒喝，敲醒多年困惑，有时发自慧心半句禅语，让他恍然顿悟。尤其是申老师主张的既坚持传统而又走创新之路，作品的形式视觉既要汲取古典精华又要融合超前的现代，含蓄与张力并存的观点，深深地影响了周东东和他的绘画创作。2009 年，周东东的油画《九月》获广西公安系统书画摄影展二等奖；2011 年，油画《和谐家园系列之九月》获第四届全国公安系统“卫士之光”美术、书法、摄影展一等奖；2013 年，油画《和谐家园之绿韵》通过各种变化微妙的光影和绿色，展现对绿色和谐家园的憧憬，参展当年广西艺术展。

面朝大海，春暖花开。时光荏苒，周东东一晃从事公安工作二十载。他先后在政工、团委、党办、派出所、分局、治安、网安等多个部门和警种工作，走动颇多。现在的他从事公安宣传工作，在围绕公安中心工作弘扬正气、树立形象、传递正能量的同时，闲暇不忘涂抹胸臆，常有所得。创作日渐成熟，并入佳境，对周东东既是鼓舞也是激励，让他坚信这种对色彩的追逐乃至于情感的表达传递终有一个好的注解和出口。

“用不同色彩的效果表达情感，进而争取早日形成自己的个人风格，如何赋予画以生命、以思想，让它经得起时间检验。收放自如始终最难，很庆幸，我有这一生去追寻！”

祝福“70 后”周东东！

发表于《现代世界警察》2016 年第 2 期

耿国华：用笔大胆　厚重丰富

耿国华就职于南宁市公安局宣传处，南宁市美术家协会原副主席、广西美术家协会理事，多年从事连环画、插图的创作。美术作品曾多次在全国及自治区的美展、报刊展出、发表，出版过连环画《张云逸大将》（与陈以忠合作，天津美术出版社出版）等，中国画作品《黄河老人》在全国“和谐之光”书画影赛中获一等奖，中国画作品《一线记者》在全区公安摄影、美术、书法展中获一等奖，中国画作品《和煦》入选全国美术作品展，《女特警日记》获公安部“金盾文化工程奖”艺术奖三等奖，中国画作品《狙击手王浩》在全区公安摄影、美术、书法展中获二等奖，插图作品《女特警日记》在广西首届“金盾之光”摄影、美术、书法展中获二等奖。

耿国华，河北昌黎人，从警38年。他从小喜欢画画，尤喜临摹连环画。二十世纪八十年代起跟随全国著名连环画画家雷祖德先生学画，进步神速，《广西文学》、《小说世界》、《红豆》等刊物常有署名“耿国华”的插图。上个世纪九十年代中期回炉广西艺术学院美术系，系统地补充知识，刻苦钻研，多画多练，且琢且磨，技艺更上一层楼。近年来，他主要致力于公安题材的人物创作和大型主题创作，常用笔墨深情抒发公安民警维护社会大局稳定、促进社会公平正义、保护人民安居乐业的豪迈情怀。

为了塑造各种公安形象，描绘公安工作和生活场面，展现公安精神面貌，他坚持写实主义创作方法，毕竟写实最适合表现警察刚毅果敢和乐观向上的状态，最能表现公安题材特有的气氛。这种手法与他身上严谨、执着、认真的个性也是一致的。其笔下人物有形态各异的警察像，如青春洋溢、飒爽英姿的女警，或者奋战一线的特警、消防人员、边防武警……他们刚毅的脸庞记录从警岁月，显示警察特有的不怕牺牲、顽强拼搏精神。耿国华工笔造型好，写实，细腻，功力深厚，作品富有感染力，所画警察肖像，充分展示他坚实的素描功底和非常的造型能力。

耿国华画作与工作生活一脉相通，表现满满的正能量，既鼓舞精神，又激励斗志。笔下人物或刚强坚毅或优雅干练，皆通过流畅细密的线条，传神的形态、动作、表情，充分表现；个性鲜明，形象生动，活现于画中。这些散发着艺术魅力和张力的警察形象让人难以忘怀。文艺复兴时期法国画家夏尔丹有句名言："绘画要用感情。"绘画正是一种表达感情的语言。耿国华的用情更体现在他从未放弃对笔墨的追求，并力图在造型、色彩和传统笔墨上有突破。他的绘画语言运用细腻，线条密集却不紊乱，讲究干湿浓淡，画面层次丰富，扎实的功力产生了强烈的艺术效果。

人物画作品对于人物的"形"必须扣得一丝不苟，每一细微局部都毫不马虎。耿国华对此很有心得："一要抓住形与神。人像难表现，眼神和人心，捕捉出来不容易。二是要抓住特点，善于发现特点，比如特警作品我多用粗犷线条，男警嘴唇厚突出其憨厚朴实可靠，女警柔美线条流畅，眼睛是心灵窗口，我一般会把女警眼睛画大一点。"如果没有热爱倾注笔墨，他又怎能通过厚实、感人的艺术形象传递精神，又怎能呼唤人们对朴素无华的审美格调给予应有的关注？

耿国华构图用笔大胆，不受局限，放得开，收得住。一笔下去，浓淡干湿，线条变化，气韵生动。厚实，质朴，深刻，严谨，是耿国华绘画追求的风格。他投入越真，悟性越深，画得越出神入化，作品因而厚重丰富。

艺术表达，本于现实，达之于心，托之于物。耿国华也很会画佛。画佛即画心。看耿国华的佛，淡然洒脱，收放自如，形神妙得，心象自出。那些佛的神态，仿佛有耿国华的样子淡淡地跳出。

发表于《当代广西》2017 第 13 期

一台台春晚展现公安民警风采；激情广场让民警与歌坛明星一起闪耀；一次次公安文化基层行给基层送去真情、温暖和欢乐；社区警民联欢活动促进和谐警民关系；一组组数据彰显了广西警营文化建设的骄人业绩。

公安文化　光耀壮乡

公安文化对传承人民警察精神、提升公安队伍素质、构建和谐警民关系具有重要作用。近年来，广西公安机关坚持以社会主义核心价值体系引领公安文化建设，认真贯彻落实党的十七届六中全会精神，积极构建和谐警营文化，广泛开展丰富多彩的文化活动，努力营造快乐工作、幸福生活的环境，进一步激发了公安队伍的凝聚力和战斗力，为加快推进广西实现富民强桂新跨越提供了坚强保障。

一位热心观众打来电话：真想不到，我们的警察同志能武也能文

“每当合家团聚的时刻／是谁在默默拒绝着诱惑／含笑承担苦和累／无私奉献光和热／用双手捧出千家万户的欢乐

每当夜深人静的时刻／是谁在悄悄忍受着寂寞／含泪凝望山和水／胸中流淌诗和歌／用双肩扛起万户千家的生活

平安是福万家灯火／是你用心去实现人们的嘱托／你用你

那普通的身躯啊 / 汇聚一条不普通的长河……”

2012 年广西公安武警春节文艺晚会上，主题曲《万家团圆颂平安》唱出了广西公安民警坚守使命、履行职责的壮志豪情。

自 2008 年起，广西公安厅每年都举办全区公安武警春节文艺晚会。从《春天的和声》、《守护春天》到《平安向未来》，一台台春晚真实再现了每一年广西公安工作成绩，生动展现了警营文化的精品和警营文化建设的新成果。春晚已成为广西公安文化的一大品牌。这道送给全区公安民警、武警官兵及社会各界群众的文化大餐在广大群众中引起巨大反响，一位热心观众打来电话：“真想不到，我们的警察同志能武也能文！希望你们的节目越办越好、常办常新。”

2012 年 3 月，中央电视台“激情广场”栏目《爱国歌曲大家唱 · 广西公安专场》在广西唱响。此次活动明星云集，主持人张蕾、张泽群；歌唱演员殷秀梅、蔡国庆、吕薇、黄婉秋、斯琴格日乐……堪称广西公安舞台上最多明星同台献艺的一次演出。自治区有关领导和公安部有关领导，以及公安战线和社会各界群众 5000 余人组成代表方阵，高唱爱国歌曲，共同唱响了对人民的热爱、对祖国的赞歌。

基层民警的心声：在观众的掌声中感受到了“民拥警”的自豪

近年来，“传递真情、欢乐警营”广西公安文化基层行小分队，以“禁毒宣传边境行”、“风生水起北部湾海防行”等主题，深入崇左、百色、钦州、北海、防城港等市开展基层行活动，行程 3000 多公里，在派出所、戒毒所、大礼堂、会议室、广场进行大小场演出 30 多场。柳州、来宾、钦州等市公安局也多次组织公安文艺小分队下基层慰问民警，传递真情。今年 9 月第九届中国 – 东盟博览会和中国 – 东盟商务投资峰会期间，南宁市公安局组织文艺小分队深入安保工作“战地”演出，为一线执勤民警加油鼓劲、缓解压力……

公安文化基层行在公安基层和广大群众中激起千层浪。观看演出的群众纷纷反映："观看节目，为大家提供了解公安工作的新途径"；基层民警则表示："在演出现场，我们不仅深受'警爱民'的教育，更在观众的掌声中感受到'民拥警'的自豪。"

各市公安机关紧紧围绕群众最关心、最迫切需要解决的问题，经常性地开展"市民代表进警营"、"送法下乡"等活动及社区警民联欢活动，运用群众喜闻乐见的形式，为群众写春联、讲解法律知识，展示警用装备、表演特警实战技能，向群众汇报公安工作，展示人民警察的良好精神风貌，让群众了解公安、理解公安、支持公安，进一步促进和谐警民关系。南宁市公安局根据交警全俊杰先进事迹创作的音乐快板《交警全是好俊杰》和以福建园派出所民警王巧燕为原型创作的小品《能帮就帮》多次在警营开放日、广场宣传活动中演出，"好俊杰"、"好巧燕"深入南宁百姓心间。2012年3月29日，贺州市公安局八步分局禁毒大队副大队长植志毅英勇扑向持刀歹徒，拖着淌血的身体，仍坚持与歹徒搏斗，被群众亲切地称为"无畏姐"。情景舞蹈《英雄植志毅》在《神圣的使命》2012年全区"6·26"禁毒文艺晚会演出后，感动了无数人。

2012年6月，广西壮族自治区公安厅成功配合公安部"公安文化基层行"文艺小分队赴钦州、崇左等市基层公安机关、边防部队慰问演出，受到广大基层民警、武警官兵和人民群众的热烈欢迎。由于组织得力，扶绥县广场演出当晚观众近两万，创下了单场观看人数最多的一次公安文艺演出记录。

基层警营文化组织：给广西公安文化的发展插上了腾飞的翅膀

"咔嚓！""咔嚓！"在来宾街面24小时巡逻为群众提供"的士接警"服务的民警，街头伫立的"巨型蘑菇"——警务工作站，以及在警务工作站享受便民服务后喜笑颜开的市民……一幅幅生动画面，定格在一群特殊摄影师的镜头里。来宾市公安文联组织摄影记者及公安摄影爱好者，与该市城区警务督察支队一起出警，记录下民警工作的点点滴滴。

公安工作的特殊性，决定了民警承受的心理压力比一般群体要大。想方设法让民警的压力得到释放，是公安文化建设的一项重要任务。广西公安机关牢固树立文化育警、文化强警理念，最大限度地实现了让民警“快乐工作，幸福生活”。

广西公安文联于2005年1月28日成立以来，陆续设摄影、美术、文学、书法、文艺等分会，建有各类文艺人才信息库，组织策划多项文化活动：举办全区公安民警书法创作及摄影培训班，邀请全国知名书法家、摄影家来上课并点评、指导；举办全区公安机关“金盾之光”书法美术摄影作品展，编排小品，创作警歌，开展采风活动等，不断加强与外省及国外警察的文化交流。2012年4月，为进一步促进泛珠三角区域公安文化的交流，由全国公安文联和广西公安文联联合主办、来宾市公安文联协办的“走进平安金秀”泛珠三角区域公安机关摄影采风活动在广西金秀瑶族自治县举行。全国公安文联摄影家协会及泛珠三角九省（区）的公安摄影家们走进金秀大瑶山，亲身感受瑶山的警民鱼水情及浓郁的民俗风情。

经过7年多的发展，广西公安文联已有会员200多人。会员中，有中国美术家协会、书法家协会、摄影家协会会员，还有广西文艺最高奖铜鼓奖的获得者，可谓卧虎藏龙，人才济济：2009年广西公安作家龚桂华作品研讨会在桂林举行；2010年广西警察画家刘智的美术作品展在北京成功举办；2011年广西公安作家李荣军以长篇小说《别无选择》获第六届壮族文学奖；鼓乐舞《练兵归来》与舞蹈《跳坡》在2009年“为祖国放歌”全国公安系统文艺会演中分获银奖、铜奖；民警阎小平创作的《中国人民警察进行曲》获2009年全国公安民警电视音乐大赛最佳作曲奖；2010年、2011年“中国红歌会警营唱区”比赛，广西有8人获奖；2011年首届广西政法系统书画摄影展获一等奖4件，二等奖7件，三等奖6件；2011年首届广西政法系统文艺会演获曲艺、声乐、舞蹈、器乐4个项目的一等奖；2011年第四届全国公安系统“卫士之光”书法美术摄影作品展33件获奖，其中一等奖1件、二等奖7件、三等奖5件……由于工作出色，广西公安文联被评为第四届广西文联系统先进集体。

在公安文化大旗的感召和激励下，广西公安队伍出色完成各项公安工作，为维护社会稳定、促进广西经济社会建设发挥了重要作用，全区警务机制改革成效显著，各地发案率明显下降，禁毒、打拐、打黑、“清网”行动等工作成绩突出，获得公安部多次通令嘉奖，公安信息化建设走进全国先进行列……

发表于《人民公安报》2012年11月2日

直面人性的黑暗面，却不流于伤感。以幽默和乐观的态度让我们确信，书可在困境中滋养人们的心灵。

《根西岛》：让阅读成为一种力量

推荐书籍

《根西岛文学与土豆皮馅饼俱乐部》

推荐人

广西壮族自治区公安厅宣传处　农秀红

内容简介

伦敦的幽默专栏女作家朱丽叶，对战后英国凋敝的景象颇感乏味，而新书的题材和小报的绯闻又让她一筹莫展。困顿中，她收到了一封来自根西岛的陌生人来信，信上说在一本查尔斯·兰姆的旧书里发现了她的姓名和住址。这本凭借着神秘归巢本能飘洋过海的二手书，让朱丽叶结识了独特的“根西岛文学与土豆皮馅饼俱乐部”。随着鱼雁往返，这群素未谋面的俱乐部会员让朱丽叶深深着迷，也给朱丽叶的人生带来了意想不到的改变……

推荐理由

一个关于书、关于爱与勇气、关于友情和抉择、关于历史与记忆的美好故事。对书与爱书人最美好、最富感情的礼赞，也是对人性的高度礼赞。

媒体对这本书好评如潮：

让人备感温暖的美丽文字，让人魂牵梦绕的书缘情缘；纵使是铁石心肠，也难以对他们的故事无动于衷！——《每日邮报》（英国）

英国人深深地爱上了根西岛文学与土豆皮馅饼俱乐部，法国人紧随其后，已有几十万人沉醉于这个神话一般的故事之中。——《费加罗报》（法国）

惊人的处女作，让人不由回想起《查令十字街 84 号》，是对文字魔力睿智而风趣的最高礼赞。——《图书馆期刊》（美国）

直面人性的黑暗面，却不流于伤感。以幽默和乐观的态度让我们确信，书可在困境中滋养人们的心灵。——《华盛顿邮报》（美国）

读后感

这本小说是美国人玛丽·安·谢弗的处女作，讲述了一段让人魂牵梦绕的书缘情缘。在不经意的时光路上，因着书信的往来，朱丽叶迷上了那群在黯淡岁月里分享酸楚温暖的人，并动身去根西岛，要写一本关于德军占领期间根西岛上发生的故事的书……

朱丽叶因了书的奇遇，开启了一段人生奇遇。她为之震撼的是：在那个因为战争而满目疮痍的小岛上，书籍的力量不是空洞的文化传承，也不是虚夸的附庸，更与知识癖的炫耀和占有无关。本书表现了德军占领期间海峡群岛上的人们所经历的磨难和他们的坚强与力量——正是阅读，屡试不爽地振奋了岛上人的精神。书和朋友成为岛上人们的支撑，提醒他们生活之外还有另一番天地，“使得日子变得可以承受”。书，以及阅读本身，舒展着最温暖最友好最妥帖的一面，它给人以精神上的愉悦，让人的心灵美好地相聚在一起，让人忘却那个黑暗而荒谬的尘世。书的浸润，使得根西岛土豆皮馅饼俱乐部里任何一个原本离文字很远的人或者说哪怕是挤牛奶的大叔都能言语从容、举止优雅。你看，通过读塞涅卡的书，有人摆脱了酗酒的人生，有人读查尔斯·兰姆，读出了“伟大的精神能和万物交朋友”。一个个平凡的生命，因着对于高尚、美好的渴望，变得光彩夺目、美丽动人。

透过小说叙述的文字，我们看到了善良坚韧的伊丽莎白——这个能“将黑暗变成光明”的神奇女子，还有拥有最甜蜜微笑的道西——这个会种花、会雕木头的采石工、木匠、猪农非常腼腆，懂得许多农业方面的基础知识，人很善良。故事的结局，当然是美丽的女主角爱上了根西岛，并嫁给了道西，收养伊丽莎白留下的女儿小基特。

阅读此书的我，也深深地恋上了根西岛，沉醉于小说里荡漾的真挚情感和小说人物显露出来的高贵内心。特别羡慕根西岛人那样纯粹天然的简单活法：“享受阳光、沐浴春天的气息、爱、思考、做事、增进真正的友谊”以及他们朴素而真挚的表达：“看好书会让你厌恶坏书。”喜欢他们，平时里会“轮流谈论各自读过的书。于是，看书、谈书、辩书，彼此也越来越亲近。于是，晚间聚会成为了生活中无比快乐而生气勃勃的时光”。是啊，在读书中体验生活，从生活中感悟书籍，他们生活中的每一天因而美好、丰富、充盈。

关于阅读的可爱之处，有这么一段话：“书里的一件小事引发你的兴趣，引领你去看另一本书，而另一本书的另一件小事又领着你去看第三本书。一切成几何级数向前发展，一眼望不到头，全过程都是纯粹的享受。”这非同寻常的阅读体验，温暖人心。真美、真好！

这本书，对于我真是不一样的感受。我想我是遇上了一次与美好文字可遇可求的约会。于是，便执著地想：这本书，我也要跟亲爱的朋友们继续地分享下去……

精彩摘录

关于书的归巢本能（朱丽叶致道西）：我已经不住在奥克莱大街了，不过真高兴您的信最终还是找到了我，也很高兴我的书能找到您。和《伊利亚随笔精选》分手是件令人伤心的事。这书我有两本，而书架空间又不够多，尽管这样，在卖书的时候，我还是觉得自己像个背信弃义的人，而现在您让我心里好受多了。我想知道，那本书是怎么到了根西岛的。难道说，书拥有某种神秘的归巢本能，能令自己来到理想读者面前？

关于荐书（朱丽叶致西德尼）：真正道地的书店店员，比如苏菲和我，是不会撒谎的。我们的脸总是会泄露天机，这很要命。眉头一皱或者嘴巴一撇，就表示那不是一本好书，而聪明的顾客紧接着就会询问我们有何推荐。于是，我们就会像对待囚犯一样，把他们抓到某本书跟前，命令他们去读。他们读了之后如果不以为然，就不会再来了。但如果喜欢，他们就会成为终身顾客。

关于把握今天（朱丽叶致出版人西德尼）：似乎我的整个人生就在过去的 24 小时内铺陈开来。想想看！我和道西原本可能会继续彼此思慕，却永远都假装毫不在意。如果对这种固守自尊的执念放任不管，它会毁掉你的人生的。

发表于《人民公安报》2011 年 2 月 18 日

网上警察博物馆建设的思考

当今很多博物馆建立网站，在互联网发布博物馆地址、藏品信息、预约参观方式、开放时间、公共交通等，作为实体馆展线的延伸。笔者认为警察博物馆也应该积极开展网上建设，加强警察博物馆的网络传播。

一、趋势所在：通过数字化手段保存和传播文物

网上博物馆是建立在博物馆丰富的藏品数据库基础之上，借助Internet媒介，介绍博物馆的藏品、展览、历史等，不仅是宣传，更是展示，还是一种新型的人文关怀，具有使用便捷、应用领域广泛等优势。目前数字博物馆是一个新趋势。随着国家对博物馆建设支持力度的加大，越来越多的博物馆将馆内珍藏的文物，通过数字化手段保存，在互联网上传播。这其中，当然也应该包括我们的网上警察博物馆。

传统博物馆凭借其建筑、实物、陈列的布置环境，运用灯光使观众得以身临其境，感伤触怀，抚古追昔，刹那间跨越时空的界限，在精神上与观众沟通。而网上博物馆应该借助何种手段弥补该缺憾呢？多媒体技术赋予了网上博物馆特色，呈现出多姿多彩的面貌。美国大都会博物馆就是一个范例。数字博物馆融入三维展示技术，能够让更多的普通人通过互联网体验博物馆珍贵的文物藏品，通过手机微信查看文物真实的三维信息，体验文物深藏的文化底蕴。相对于传统的文物古董展示，只能在博物馆内进行，受众群体小，影

响力有限，且展馆之间的展品交流也存在运输成本过高和意外损坏的风险，互联网三维展示技术使参观者摆脱地域和展馆的限制，无论何时何地都可以在网络上参观展览、所有展出物都有机会让更多人看到。而藏品和展品是虚拟的、交互式的，展示的3D模型逼真，而不仅仅是图片，能使人体验一种真实感。当前，受各方面条件限制，网上警察博物馆未能充分运用三维展示技术。

二、目标定位：尽早定位、尽好定位、精确定位

网上警察博物馆建设要尽早定位、尽好定位、精确定位。其实，从建设的层面考虑，网上警察博物馆跟公安内部网站建设是不一样的，即它应该是对外的，能对公众开放的，能为不能到馆但对警察博物馆感兴趣的所有人提供各种服务的平台，而不仅仅是作为公安机关内部资料，仅提供给公安机关内部人员查看。不然，费尽心力搭建一个平台，付出与回报太不对等了。个人以为，网上警察博物馆的目标定位，必须包含以下几个方面：

一是向网络参观者和使用者清楚描述警察博物馆的使命和目标任务。

二是引导网络参观者和使用者走进警察历史文化，进一步提升警察博物馆的品牌形象。

三是提供虚拟“代替性”访问体验，提高潜在参观者对警察博物馆的了解。

四是提供警察博物馆最新进展，以供参观者随时把握。

五是提供不同社区论坛，讨论交流网上警察博物馆意义、发展、使用等看法和意见，以加强公众的参与感。

在开发网上警察博物馆网站时，博物馆应该寻求有关网站设计和管理方面的专业意见，同时仔细考虑网站建成后如何进行长期维护和更新，使其一直充满活力的问题。这一点必须引起我们的重视。当然，这一点需要用到较多的人力和物力，以及多种研究，需

要专业博物馆人士参与建设。

据统计，网上观众群体中博物馆的专家所占比例不多，网上警察博物馆面对的，也大多是没有太多专业背景的普通人，加之现今网民的低龄化趋势，这个群体的构成是多元化的。作为普通人，相比于通过网上警察博物馆接受单纯教育，他们也许更倾向于满足一种对美的需求，对警察过去的历史文化、对公安各警种各部门工作的好奇。明白到了这一点，我们办网上警察博物馆便有针对性，而且也涉及到一个保密性原则，要严格把好上稿关，属于涉密的资料自然不能挂到网上，以免引起不必要的麻烦。

三、内容要求：网上警察博物馆是对实体馆的补充拓展

事实上，许多人正在享受博物馆网站提供的各种服务，如临时的网上展览、网上购物、藏品研究、在线会议或学习资源，却可能从来没有真正亲临博物馆参观。因而在接触并发展现实中的博物馆观众的同时，博物馆网站具有发展新的“虚拟”观众的潜力。这一点也跟建设网上警察博物馆的初衷不谋而合。网上警察博物馆的观众一旦进入“网上警察博物馆”专题，便可将各个警察博物馆最有代表性收藏品尽收眼底。“网上警察博物馆”搭建一个导航式平台，这一平台除了展示最有代表性的收藏品外，还应汇集各警察博物馆的活动信息、链接各警察博物馆网站，成为集中展示中国警察历史文化、警察博物馆建设的一个重要窗口，让人们足不出户，便能和警察文化历史亲密接触。

关于网上警察博物馆建设，我们一直有一个理念，即让资料充分利用，做到不遗余力地延伸实体馆，保证辛苦收集到的资料不浪费。其实，如此建设，很有可能就是数据资料汇编——实体博物馆的图片版本。想来，这样建设一个网上警察博物馆是远远不够的。

首先，在功能上保留博物馆的建设架构。网上警察博物馆既是虚拟的，便与到实地去参观的展馆有所不同。互联网上，键入“警

察博物馆”进行搜索，你可进入中国警察网的“警察博物馆”频道。该频道设图说警史、警界记忆、天下博文、奇案密档、展馆风采、人物记事、寻迹览物、英烈墙、警界词典、警史大事记等栏目。可以说，在参观浏览界面的栏目设置上，不管叫什么名称，应该包含上述的内容，而且还应该添加网上警史讲解、网上互动区、疑难问答，等等。网上警察博物馆不仅要有3D技术的珍贵藏品展示，还要链接各种珍贵视频。网上警察博物馆与网上观众群体的交流，不仅表现为网站上“联系”、“论坛”等栏目，更是网上警察博物馆源自内心与网上观众的交流沟通，建立起的一种互动关系。网上警察博物馆的立场很是关键。网站设计不能满足于教育观众，解说知识，这会让观众望而生畏，兴趣索然。

其次，在研究上进行拓展，即要对地方警察史做好研究工作。这既是对公安史实的补充、挖掘，也是一种对资料的保存。个人认为，与各地警察院校的专门研究机构对接联系，是较好的方式。

再次，横向联系必不可少。借助网络，将网上警察博物馆做好链接工作。与兄弟省市警察博物馆的，与国外警务交流的，也要加强与其他网络媒体建立链接。说到底，警察博物馆网站应该让网络使用者满足学习和研究的需要。

四、形式追求：活出一盘新意思

现代社会是网络时代。网上警察博物馆可利用和吸引网络使用者，让他们以各种方式在不同层面上探索其藏品。通过互联网延伸警察博物馆的传播范围，是警察博物馆调整服务方式、延伸文化休闲服务功能的良好平台。警察博物馆应充分发挥现代传播网络的巨大作用，通过网上发布文物、博物馆知识、展览资讯、本地区历史文化介绍及网上办展的形式扩大传播的辐射范围，使网上警察博物馆能够跨地域、跨时空发挥更大作用。

形式上自然要搞活，可以借鉴西方博物馆做法。比如类似的互动性就很好，也可考虑设置游戏方式。要令观众动情，令观众对所访问的网上警察博物馆印象深刻，细节的人性化将会起重要作用。实践中，也要注意多摸索一些行之有效的宣传形式，比如将编写好的警察博物馆的历史与简介、一些介绍警察博物馆的展品和藏品书籍电子版放到网上。还可以将有“警察元素”制作的具有警察博物馆特点的工艺品、纪念币和画册等链接出售，满足部分人的需求。

建设网上警察博物馆，开辟警察博物馆信息资源共享，大量工作网上完成，无纸化办公节约资源能源，必将使得我们的网上警察博物馆事业朝着繁荣的方向不断发展壮大。

发表于《警史钩沉》2016 第 2 辑
获第五届全国公安警事文物收藏工作理论研究论文一等奖